RAN

燃之冬

大鱼
有爱的青春陪伴者

退役中单想打职业

闭目繁华 著

广东旅游出版社
中国·广州

图书在版编目（CIP）数据

退役中单想打职业. 2 / 闭目繁华著. — 广州：广东旅游出版社，2024.4
ISBN 978-7-5570-3174-9

Ⅰ.①退… Ⅱ.①闭… Ⅲ.①长篇小说－中国－当代 Ⅳ.①I247.5

中国国家版本馆CIP数据核字(2023)第224723号

退役中单想打职业. 2

TUI YI ZHONG DAN XIANG DA ZHI YE. 2

闭目繁华 / 著

◎出版人：刘志松　◎总策划：苏瑶　◎责任编辑：何方　◎责任技编：冼志良
◎责任校对：李瑞苑　◎策划：张磊　◎设计：Insect 姜苗　◎图片绘制：朝如雪ZRX 秃头大白鹅 毛球君

出版发行：广东旅游出版社
地　址：广东省广州市荔湾区沙面北街71号
邮　编：510130
电　话：020-87347732　020-87348887（销售热线）
印　刷：长沙鸿发印务实业有限公司
地　址：长沙黄花工业园三号
邮　编：410137
开　本：889毫米×1194毫米　1/32
印　张：10
字　数：307千字
版　次：2024年4月第1版
印　次：2024年4月第1次
定　价：45.80元

版权所有·侵权必究

如本书印装质量出现问题，请与印刷公司联系调换。联系电话：020-87808715-321

前言

本文基于网游《英雄联盟》创作,网络连载于2017年7月~2018年2月,文中所有比赛赛制、英雄阵容、战术分析,均以S7~S8期间的游戏资料作为参考标准。后续官方对比赛赛制和英雄机制等进行了一些更改,所以某些情节会与当前游戏版本情况不符,一切以当时的资料为准。

游戏《英雄联盟》介绍:

《英雄联盟》是一款风靡全球的十人对战游戏,因为其英文名为"League of Legends",缩写为"LoL",所以又被玩家们戏称为"撸啊撸"。

名词介绍:

上单(Top):《英雄联盟》的对战地图分为三条线路,在最上面一条线进行对战的人被称为上单,每个位置的名称既可以指玩家位置,也可以指英雄位置。

打野(Jungle):《英雄联盟》的对战地图分为三条线路,三条线路以外被称为野区,野区里面放置了一些野怪,不在线上对战升级,而以打野怪升级,随后去线上帮忙的人被称为打野。

中单(Mid):《英雄联盟》的对战地图分为三条线路,在中间一条线进行对战的人被称为中单。

ADC:Attack Damage Carry,普通攻击持续输出核心的简称,一般与辅助一起在三条线路的最下面一条线路进行对战。

辅助（Sup）：一般在下路辅助 ADC 进行对战。

主要游戏术语介绍：

AP：Ability Power，法术伤害、技能伤害。

平 A：普通攻击。

兵线：《英雄联盟》的对战地图分为三条线路，每一条线路上每隔一段时间会出现几个小兵，从基地水晶往各路进攻，小兵所在的位置被称为兵线。

带线：击败某一条路上敌方的小兵，让己方的小兵可以在线上走得更远，被称为带线。

分带：分别带线。

游走：离开原本所在的位置，去其他位置帮忙。

GANK：抓人，一个或者几个人一起，对对方进行偷袭、包抄、围杀等。

回城 / 按 B：B 键为《英雄联盟》默认的回城键，经过 8 秒的吟唱可以回到泉水里补充血蓝与装备。

发育：暂时不与地方英雄发生战斗，用补兵或者击败野怪的方式获得金钱，再用金钱购买装备达到提升英雄属性的效果。

召唤师技能介绍[1]：

幽灵疾步（疾步）：在 10 秒里，你的英雄可以无视单位的碰撞体积并且获得 24% ～ 48%（基于英雄等级）移动速度加成。【幽灵疾步】会在参与击杀后延长其持续时间。冷却时间：210 秒。

治疗术（治疗）：为你和目标友军英雄回复 95 ～ 345（取决于英雄等级）生命值，并为你和目标友军英雄提供 30% 移动速度加成，持续 1 秒。若目标近期已受到过其他治疗术的影响，则治疗术对目标产生的治疗效果减半。冷却时间：240 秒。

屏障（盾）：为你的英雄套上护盾，吸收 115 ～ 455（取决于英雄等级）伤害，持续 2 秒。冷却时间：180 秒。

---

[1]引用自《英雄联盟》官方技能介绍。

虚弱：虚弱目标敌方英雄，降低其30%的移动速度，并使其造成的伤害减少40%，持续3秒。冷却时间：210秒。

传送（TP）：在引导4秒后，将英雄传送到友方建筑物、小兵或守卫旁边，然后提供一个移动速度加成。冷却时间为240～420秒，取决于英雄等级。

闪现：使英雄朝着你的指针所停的区域瞬间传送一小段距离。冷却时间：300秒。

净化：移除身上的所有限制效果（压制效果和击飞效果除外）和召唤师技能的减益效果，并且若在接下来的3秒里再次被施加限制效果时，新效果的持续时间会减少65%。冷却时间：210秒。

引燃（点燃）：引燃是对单体敌方目标施放的持续性伤害技能，在5秒的持续时间里造成70～410（取决于英雄等级）真实伤害，获得目标的视野，并减少目标所受的治疗和回复效果。冷却时间：180秒。

惩戒：对目标史诗野怪、大型野怪、中型野怪或敌方小兵造成390～1000（取决于英雄等级）真实伤害。用在野怪身上时，回复一部分最大生命值。冷却时间：15秒。

《英雄联盟》相关赛事介绍：

S系列赛：英雄联盟全球总决赛系列赛，S指season，也就是赛季。

LPL：League of Legends Pro League，中国大陆最高级别《英雄联盟》赛事，分为春季赛与夏季赛，常规赛采用积分循环赛制，而季后赛则是淘汰赛制，是中国大陆赛区通往全球总决赛的唯一渠道。

LCK：LoL Champions Korea，《英雄联盟》在韩国地区的顶级联赛，由CJ E&M旗下节目 *On Game Net* 主办，所以早年也有称韩国地区的比赛为OGN比赛的说法。

LMS：League of Legends Master Series，《英雄联盟》在港澳台赛区的顶级联赛。2020年赛季的LMS与东南亚职业联赛（LST）合并为全新的PCS联赛，自此LMS联赛成为历史。

LCS：League of Legends Championship Series，《英雄联盟》在欧洲和北美赛区的顶级联赛，又分为北美（NA）赛区与欧洲（EU）赛区，2019年赛季欧洲赛区独立于 LCS 举办了全新的欧洲顶级联赛 LEC，EU 与 NA 之分成为历史。

MSI：Mid-Season Invitational，《英雄联盟》季中冠军赛，每个赛区春季赛冠军获得参加资格。

LSPL：《英雄联盟》甲级职业联赛，曾经作为国内战队进入 LPL 的唯一渠道，2017年被 LDL 所取代。

LDL：LOL Development League，《英雄联盟》发展联赛。

德玛西亚杯：Demacia Cup，为了加深职业联赛与非职业联赛的碰撞而举办的比赛，参赛队伍从 LPL、LDL、TGA（城市英雄争霸赛）、LCL（高校联赛）中选拔出来。

目录

>> 第一章 >>>>
　　人总要有梦想 001

>> 第二章 >>>>
　　拯救世界 022

>> 第三章 >>>>
　　韩服第一 048

>> 第四章 >>>>
　　我们的友情就如此脆弱吗 079

>> 第五章 >>>>
　　疯子的微笑 104

>> 第六章 >>>>
　　LDL 大区晋级赛 128

目录

>> **第七章** >>>>
　　他回来了…… …… …… …… …… …162

>> **第八章** >>>>
　　一神带四坑…… …… …… …… …192

>> **第九章** >>>>
　　被抛下的，以及向前走的…… …213

>> **第十章** >>>>
　　折戟 …… …… …… …… …… …241

>> **第十一章** >>>>
　　秋末 …… …… …… …… …… ..266

>> **第十二章** >>>>
　　燃之冬 …… …… …… …… ……289

第一章
人总要有梦想

假粉丝吃饭去了，Master 也去了食堂，结果转个身就跟经理碰上了，他立刻又转了个身，端着餐盘去了空气那里："今天下午跟谁的训练赛？"

空气吃着鸡腿头也没抬："NGG 啊，你不是一天念叨着的嘛，怎么忘记了？"

躲得了一时躲不了一世，吃完饭，Master 想了想，还是去跟经理坦白了："他现在还不想打职业。"

从假粉丝的说法来看，夏季赛应该都是不会加入战队打职业的，所以 Master 可以随便说。

经理也就是问问，现在的 MW 有没有"18"这个人都一样，何况"18"只是路人局特别厉害，职业赛场上的表现可说不定，多少的路人局王者到了赛场上表现平庸，甚至是屡屡失利。

Master 下午打训练赛去了，钟晨鸣则是在看原子单排。

原子选到了辛德拉。他昨天晚上试了试用辛德拉排位，表现得并不理想，甚至对线水平比跟钟晨鸣 solo（单挑）的时候还差，毕竟 solo 是一对一，而游戏是五对五，总有些突然的变化到来。

打完一把，钟晨鸣给了原子一些意见。原子刚想开第二把，看到右下角企鹅号的图标在跳动，就顺手点开了。那是战队的群，平时很少用，毕竟他们吃住都在一起，有什么直接喊话，用不着用群联系，里面的消息多是可可跟他们沟通。

现在群头像跳动，原子第一个反应也是可可有什么安排，结果一打开，是一连串战绩截图。原子看了看，侧头喊钟晨鸣："钟哥。"

钟晨鸣看向他的电脑屏幕，那是连胜截图，国服的，用TGP（腾讯游戏平台）截的，上面一溜的辅助英雄，有锤石有牛头，还有女坦，其中一半都是MVP（全场最佳）。

而发截图的人，是豆汁。

发给谁看的，自然是不言而喻。

钟晨鸣看向豆汁，豆汁也面无表情地看着他。

原子看着两人，脑海中突然浮现出了两个字：宣战。

钟晨鸣却十分好脾气地笑了，问豆汁："你想证明什么？"

豆汁手里紧紧捏着鼠标，看着他："这才是辅助正确的玩法。"

"所以你用这套正确打法打上王者了吗？"钟晨鸣问他。

豆汁脸色有点发白，语气也急了几分："你也没上王者，你怎么能说是错的！"

钟晨鸣："……"

他总觉得自己说点重话这孩子会气到窒息，只得温和了点："你过来。我没说过你的打法是错的，只是说不适合这个版本。你坐我后面，看着。"

钟晨鸣用自己的韩服号开了一把游戏，这次选的辅助位，很快就排进去，钟晨鸣锁定了锤石。

看到钟晨鸣选了锤石，豆汁神色微微一动，又镇定下来，没有说话。

ADC选了寒冰，一个现在很少出现的ADC英雄。现在是排位，也不是比赛，拿什么英雄可能就是突然心情高兴，没那么多讲究。

钟晨鸣按照常规的辅助游走套路，给豆汁玩了玩什么叫作游走辅助。

一开始，他在下路帮助AD打出了优势，这才转去了中路，杀了中路之后，又回了下路。

"你觉得这时候下路是谁优势？"钟晨鸣问豆汁。

"对面。"豆汁想也没想。

钟晨鸣点了点头："你也能看出来，一开始是我们的优势，但是我去中路游走一圈就变成了对面的优势，因为我离开下路，ADC被压刀了。"

豆汁立刻道："那是ADC太菜！"

钟晨鸣笑了一下："要不你来跟我双排，你打AD？"

"来就来！"豆汁一口答应。

"等我这把打完。"钟晨鸣一边跟豆汁说着，一边布好了需要他做的眼位，又跟着打野入侵了野区。寒冰一直被压着，补刀数慢慢落后，对面ADC是老鼠，辅助风女，线上单杀能力不强，寒冰还可以勉强撑住不被塔杀。

但是游戏进行到第25分钟，钟晨鸣还没说话，豆汁就开口道："输了。"

钟晨鸣奇怪地看了豆汁一眼："你看得很明白啊，那为什么还坚持辅助游走？"

25分钟，对面老鼠装备成形，风女做出香炉（辅助装备），老鼠输出高，风女保护能力强，很难赢。香炉这个装备，能帮ADC吸血加攻速，在这个版本真的是无敌，出香炉的辅助都被人称为香炉怪。

豆汁又不说话了。

钟晨鸣也没跟他多说，其实锤石也可以出香炉，但收益不是很大，反正豆汁玩的时候是不出的，钟晨鸣这次也没有出香炉，按照豆汁的套路来打，一边打，还一边跟豆汁讲利与弊。

将这些利与弊拆开来讲之后，豆汁突然就变得好说话了，因为都是从某一个点来讲的，豆汁也不敢乱说，乱说就是对游戏的理解有问题了。

打完这一把，豆汁好像有点犹豫，没有去自己的位置，钟晨鸣提醒了一下，他才磨磨叽叽地上了韩服，钟晨鸣拉他双排，他又磨蹭了一会儿才点确认。

豆汁也是会玩ADC的，只是玩得不太好，他是个辅助狂人，只要能辅助就一直辅助。

这一局，豆汁想了想，拿了轮子妈。这是一个手短、清线能力却很强的英雄，QW都是群攻技能，有一定装备之后使用QW技能就能清一波兵，适合塔下抗压发育。

钟晨鸣看他如此上道，十分欣慰，开场没两分钟就跑出去游走了，基本没管过下路。

钟晨鸣还抽空看了一下豆汁的表情，发现豆汁十分的气定神闲，好像觉得ADC就应该这样玩一样，他出去游走，豆汁就塔下补刀，一切都驾轻就熟，仿佛重复过很多次。

这个人,还活在上一个版本。

豆汁偷偷摸摸地发育得很好,钟晨鸣就算出去游走,也不会让他出现被越塔强杀这种情况,他发育虽然不及对面,但装备还算过得去。

"你觉得你发育到现在有什么用?"钟晨鸣问他。

"我是一个大招。"豆汁立刻回答。

——轮子妈希维尔的大招是群体加速。

"你一直这么玩的吗?"钟晨鸣不由得问,"在这个ADC的时代,你还把ADC当团队辅助来打?"

豆汁点了点头,没有做更多的解释。

"你看到对面ADC的爆炸输出就没点想法的?"钟晨鸣又问。

豆汁敲键盘的手指停顿了一下,这才道:"没有。"

一把打完,豆汁的ADC毫无作用,很正常地输了。

钟晨鸣还想再说几句,一转眼看到Master上线了,突然笑了笑:"你如果觉得辅助真的应该游走,那么我让你看看什么叫作真正的野辅双游。"

辅助游走的战术,从来不是辅助一个人游走,而是配合打野一起,这才是真正的野辅双游。

豆汁疑惑地看过来,钟晨鸣拉了Master,打字道:【来,玩一把野辅双游。】

Master很爽快地接受了邀请,还问了句:【我玩什么?】

钟晨鸣想到他玩盲僧玩得很高兴,打字过去:【盲僧吧。】

一番交流,Master拿了盲僧,钟晨鸣看自家ADC是个霞,就拿了洛。

洛和霞在官方设定里面就是一对,同时出场的时候会有一些彩蛋,两个英雄还会从头到尾地对话,因为是韩服,钟晨鸣也听不懂。

豆汁就坐在旁边看钟晨鸣玩洛。Master用的是小号,他没认出来,他的日常就是打游戏,偶尔会去看一些比赛,并不怎么看直播。更何况他一开始就跟钟晨鸣不和,钟晨鸣每天早上八点就起床直播了,下午很少打游戏,他上午还没起床,所以不太清楚钟晨鸣直播的情况,也不知道Master的事情。

洛是一个可以出香炉的英雄,并且还有强开(强行开团)能力。他跟传统的香炉型英雄不同，传统的香炉型英雄，比如风女、璐璐，都是比较软的辅助，控制能力不太足，洛却有两个控制，控制能力不足的辅助出去游走不容易捞到好处，控制多的更容易帮线上的人杀掉对面，从而获得优势。

简单来说，洛是一个可以出香炉，又可以游走的英雄。

很快英雄选择倒计时结束，钟晨鸣一方打野瞎子，辅助洛，ADC霞；而对面是打野猪妹，ADC大嘴，辅助风女。

一级上线，钟晨鸣就站在霞旁边，跟着混。

洛是个手短的英雄，他玩得不是很多，只能说清楚技能，但这个英雄简单粗暴，并不需要刻意练，所以他才会拿出来，正因为熟练度不高，他一级也没有搞事，就帮助霞补兵。

对面风女跟大嘴都是远程，看到一个短手辅助洛过来补兵，肯定是不干了，风女手握法杖，大嘴迈着小短腿上前，两人都试探着去攻击洛。

霞根本没有管她相好被打，自己补着自己的兵。洛自己嗑了个血瓶，看上去像是很傻一样继续耗着。

风女跟大嘴不知道他一级学的什么，也不敢太靠前——洛的W是群体击飞技能，如果一级学的W，一招把他们捶起来，霞再接上伤害，怎么看都是他们亏。所以他们上来平A（普通攻击）消耗也没有太过分，更不敢追着打，看着洛后退，他们也就不追了。

这样你来我往的消耗没有持续一分钟，钟晨鸣给对面展示了一下自己的技能——身披黄色羽衣的洛手轻轻一挥，一片神奇羽毛脱手而出，指向对面大嘴。大嘴小短腿一抬，往旁边走了一步，神奇羽毛与大嘴擦身而过，没中！

一级大家都只有一个技能，你技能没中，那我就可以立刻反打了！

大嘴开启W技能给自己加伤害又加射程，立刻跑过来对着洛一顿狂揍。大嘴的身上还出现了一个白色的风盾，风女飘过来，给完盾，开始平A洛。

这个时候，风女没有注意走位，她跟大嘴站到了一起。

霞依旧没有关注被打的洛，她指尖夹着一个紫红色的羽毛，右手一扬，羽毛如同利剑一般飞速射出，射向了一个残血兵。

金色光芒升起，就这一个兵的经验，洛和霞升级了！

下路讲究一个抢二，下路有两个英雄，谁先升到二级，两个人就多了两个技能,这在下路简直是压制性的优势。

这时风女因为洛一级学的 Q 技能,现在还空了,觉得这个洛没有任何威胁,也就没有注意走位,跟大嘴站在了一起。钟晨鸣立刻秒学 W 技能"盛大登场",飘逸的洛身化残影,扑向对方两人。

大嘴是个老 ADC,上去点了一下洛,看到兵线就觉得有点问题,风女走到他身边,他打心底里就升起一股非常不安全的感觉,开始后退。

作为一个 ADC,在线上是十分讨厌跟自己辅助站在一起的,因为只有 ADC 或者只有辅助被控,还能挣扎一下,如果两个人都被控,不是装备压制,或者组合压制,基本就可以双手离开键盘打出 GG (Good Game 的缩写,表示打得好,我认输)了。

但是大嘴还是溜得慢了点,风女更是走位太靠前,没躲没闪,站在洛的靶心位置,双双被揪起。

钟晨鸣这个技能释放还预判了一下,如果不预判,大嘴是可以躲过的,但对线状态的时候钟晨鸣观察了一下他的走位,总结了对面走位的规律,这才把两个人都给揪飞。

对线的时候,不是在特别注意的情况下,一般人的走位基本上都有些规律,比如一些人会习惯往左走躲技能,一些人习惯往右走。当然,这不是绝对的,只是在放技能之前,可以判断对面大概率会往哪边走,就跟摸奖一样,猜到了对面走位,就是摸到了奖,没猜到,那就是没摸到。

这次钟晨鸣摸奖摸中了,霞立刻冲上去补伤害,手中的翎羽夹杂着匕首飞射而出,穿过风女与大嘴的身体掉落在地。

接着霞手又是一挥,召回了掉落在大嘴和风女身后的羽毛。风女跟大嘴刚刚落地,大嘴立刻交出闪现,那些羽毛从他身边飞过,风女没有反应过来,被召回来的羽毛刮到,羽毛的伤害化作紫红色的光带,禁锢住了风女。

风女看情况不对,立刻开了治疗,盾刚好 CD(冷却时间)好了,也套到了自己身上,大嘴立刻回头平 A 两人,禁锢结束,风女残血逃脱。洛跟霞都没有继续追,所谓穷寇莫追,在 LOL 中更是如此,深追要么容易被反蹲,要么顶不住小兵伤害,被小兵打死。

刚才他们的经验就咬得很紧,大嘴立刻 A 了两个残血兵,大嘴跟风女也双双升到二级,不是很好追了,双方又回归于和平对线期。

虽然说是和平对线，但是对面两个人血线太残，打起来就不太敢靠前，这段时间，洛跟霞就可以压着对面打。

升到三级，钟晨鸣将洛三个技能都学全了，他看了一眼 Master，Master 刚刚打完自家的第二个 BUFF（属性增益），正在准备往上路走去。

下路大嘴跟风女已经开始往塔下龟缩，按照正常刷野路线，对面猪妹应该还在刷自己上半区的野区，下路很安全，钟晨鸣给霞打了个信号，走了。

Master 看到下路的信号，又看洛往中路走去，他想到之前说的野辅双游，大概知道对方要做什么，立刻往中路走。

中路的信号声响起，钟晨鸣跟 Master 同时打出了"正在路上"信号。

看到这个默契，豆汁嘴唇动了动，似乎想说什么。他本来就是不太会表达的性格，平常很少说话，此刻想了半天，也不知道该怎么说，干脆就不说了。

钟晨鸣没空去关注豆汁，他要去中路"杀"人！

看到两人的信号，中路也给出了反应，他在上路草丛打了个问号的信号，意思是这里有眼。Master 立刻选择了从对面野区走，绕过眼位。

对面中单是个发条，自己这边中单是卢锡安，盲僧先从对面上半野区绕出来，发条看到了，直接选择往下路走。

这个版本的辅助都是死待在下路保 ADC，很少游走，就算游走也只是去做做眼，发条就大意了，看到盲僧从上半野区绕后出来，下意识就往下半野区走。

而洛就站在下半河道的草丛里，等着。

发条往下路方向走了两步一眼看到下路的辅助不见了，立刻心生不妙，但已经晚了！

草丛里极限距离冲出一个身披翎羽的洛，直接将发条捶飞，盲僧一个 Q 技能打中半空中的发条，中单卢锡安立刻跟上伤害。

一套技能发条直接残血，等落地她交出闪现想跑，卢锡安直接闪现跟上，收掉了发条人头。

"杀"掉了发条，对面的打野猪妹去上路，没有大招不好 GANK（抓人），逼上单交了一个闪现，没杀掉。

钟晨鸣杀完发条，毫不犹豫地往下走，Master 立刻跟他下去。卢锡安

-007-

收了一拨兵,看起来想赖在中路的样子,钟晨鸣狂发了两个信号,卢锡安这才反应过来他们要干什么,也跟了下来。

这一轮,对面中单被"杀",打野在上,下路兵线刚刚被对面推出塔,可以越塔!

三个人在中路拿到了优势,立刻转下路。对面下路看洛不在,压制了霞。霞不是头铁的人,兵也不补了,干脆往后退,这个时候只要自己不被击杀就行。

看到自己队友往下走,霞立刻上去对拼。这个时候霞还敢上来,对面意识到了不妙,开始往后退,霞利用他们后退开始推兵线。

洛走了之后,原本压在对面塔下的兵线被推出来了一点,对面或许是想抗压,将兵线堪堪控在了距离一步进塔的位置,此时正好给了他们越塔的机会。

霞将兵线推了进去,刚才的中路三人组已经绕到了野区后面,四人强杀,对面大嘴还没闪现,直接被塔下击杀,风女则是闪现逃生。

霞美滋滋地拿了一个人头,又控线吃了一大拨兵,还让自己方的兵被对面防御塔吃掉,这样对面的 ADC 不能吃到这一拨兵,她就比对面多吃了很多兵,十分美好。

如果说一开始中路的 GANK 是节奏点,那下路就是起飞了。

下路拿到了大优势,钟晨鸣回家直接出了鞋,买了个真眼对对面野区进行了惨无人道地控制。

钟晨鸣往对面野区走,不用打信号打字,Master 自觉地跟了过来,两人去对面野区,就如同入无人之境。

猪妹的野怪是 Master 的,BUFF 是 Master 的,人头……也是 Master 的!

中下被压制,抽不出空来支援猪妹,就算他们来支援,因为装备差距,根本就打不赢。

前期打出了优势,Master 跟钟晨鸣的节奏也没断过,钟晨鸣一方以破竹之势一路推到对面高地,还没到 20 分钟,就结束了这把游戏。

一把打完,钟晨鸣跟 Master 说了句等等,让他先开一把,转头问豆汁:"这是不是你理想中的辅助玩法?"

豆汁看得有点蒙,刚才那把的节奏,跟野辅双游的模板一般,打得对面一点还手之力都没有。而且对于什么时候要做什么,不管是打野还是辅助,都非常清楚,就算队友有时候有点"谜",两人也能强行带起来。

这哪是什么他理想中的辅助玩法,他理想中的辅助玩法也没有这么顺的。

关键这种野辅的默契……

"这……"豆汁想了半天,蹦出来一句话,"对面傻吧!"

钟晨鸣挑了下眉,等着他继续说。

豆汁却没有继续再说下去,他安静了一会儿,又下意识看了眼 BUG,然后低下头,神色间有几分失落。

片刻后豆汁抬起来头,看着钟晨鸣:"你辅助玩得很好,比我强。"

"但就算游走型辅助能打成这样,"钟晨鸣看着豆汁眼睛,他从那里面看到了挣扎与不安,"但我还是要说,这个版本,辅助还是要死保 ADC,这个玩法,不适合当前版本。"

豆汁手指微微收紧,捏着裤子:"我……我去练风女。"

钟晨鸣看着他,没有立刻回答,而是问道:"我一直很奇怪,你能打上韩服大师,其实不用……"

剩下的话钟晨鸣没有说出来,说出来估计要被打,豆汁的段位一直在大师跟钻一之间徘徊,他这个段位,完全可以去大战队青训,没必要待在这里。

即使钟晨鸣没说完,豆汁也听懂了,他沉默了很久,终于说出了自己的想法:"我喜欢这里。"

钟晨鸣瞬间懂了什么:"所以你一直在努力用辅助去 carry?"

听到这话,豆汁浑身都僵住了,他蒙了片刻,"唰"的一声从椅子上站起来,慌乱道:"我去训练了,我去练风女。"

钟晨鸣看着他回到座位,立刻跟可可沟通了一下,说了自己的想法。

可可瞬间明白过来,打字告诉钟晨鸣:【豆汁一直很拼,他是战队里面段位最高的,但是大家都不太喜欢他,我也没想到,他这个赛季坚持玩游走辅助,是因为这个。】

因为自己段位最高,所以他觉得自己应该担起 carry 全队的责任。他是一个辅助，前几个版本游走辅助都十分强势，一个好的游走型辅助可以直接把对面抓崩，但是这个版本却不行了，他也只能咬咬牙，继续坚持。

"豆汁，你等等。"钟晨鸣跟可可沟通完之后，大概知道了这个别扭至极的人的想法，"给你一个 carry 队伍的机会。"

豆汁刚好排进去了，手一抖，点了拒绝，疑惑地看过来。

钟晨鸣望向他："你跟 BUG 换一下位置，你去打野，他来打辅助。"

豆汁常年阴郁甚少有表情的脸直接就被震惊得僵掉了，连其他在打游戏的人也抬头看着他们。

"我我我……"被这么多人看着，豆汁一瞬间跟失去了语言能力一样，看了 BUG 好几眼，发现 BUG 没有露出恶意，这才"我"出个所以然来，"我其他位置不行，就会玩辅助。"

"你既然这么喜欢游走，为什么要玩辅助？打野不是更适合你？"钟晨鸣问他。

"不不不。"豆汁又看了好几眼 BUG。BUG 一如既往地用他那高贵冷艳不食人间烟火，仿佛谁都入不了他的眼神看着豆汁，豆汁瞬间慌了，"我不行，我不会。"

钟晨鸣也看了 BUG 一眼，BUG 立刻收敛了一下自己的眼神，努力让自己看起来柔和一点，用自己最不高冷的声音说："我去打辅助，你打野。"

原子在旁边看得下巴都要掉了，目光在几人之间转来转去，不知道这是搞的哪一出。

Boom 皱着眉头，质疑道："下个月就是网吧联赛，再下个月 LDL 海选，现在换位置来得及？"

钟晨鸣看向 Boom："你觉得我们现在这个队伍去打网吧联赛，能拿到什么名次？"

Boom 沉默了。网吧联赛听起来不是什么高级比赛，但是各路乱七八糟的战队很多，这次蓝鲸网咖的网吧联赛更是如此。

拿到蓝鲸网咖网吧联赛的冠军名额，那距离次级联赛就只有一步之遥，如果自身实力强大，那进入职业联赛也不是很困难的事情，很多战队都会在这个比赛里面选人。

正因为如此，这个网吧联赛的含金量并不低。

至于他们……一群三流选手，人心还是散的，ADC还不靠谱，今天都半下午了连个人影都没见到，能打出什么成绩？估计16强回家。

钟晨鸣的游戏窗口右下角闪了几下，他看了一眼，是Master，没有管，转而点开了可可的对话框。

可可说道：【我马上过来。】

钟晨鸣扫了一眼，看向豆汁："我看了你的战绩，你除了辅助位置，玩得最多的就是打野，为什么说你不会？"

BUG看着豆汁的反应，忍不住好奇："我很可怕吗？"

原子在旁边说道："不可怕，很讨人厌。"

这时候敲门声响起，可可敲了三下直接开门进来，看到大家的反应，也猜到了现在的情况，她看向大家："豆汁跟BUG换位置，是我的决定。"

可可虽然平时跟他们相处得好，关键时候说话却依旧有分量，她一说出来，Boom也没再说什么，只是眼神里还有些不赞同。

可可看着他们，又道："如果网吧联赛成绩不好，你们在战队的花销我付。"

原子立刻站了起来："可可！"

平时他们战队的花销都是打一些小比赛的奖金，刚开始挺辛苦的，可可经常补贴他们，后来有了点成绩，奖金多了，也没有再让可可付过，可可说起来是他们的老板，其实只是因为大家是可可聚集起来的。

可可冲他摆了摆手："没事，我有钱。"语气十分淡定。

你的朋友说她有钱，让你别瞎操心，你还能说什么呢？

当然是——

Boom是在打游戏中途发表了一下自己的疑问，后来豆汁说话，他又继续打游戏了，此刻抽空插了一句："我可以做饭。"

原子一脸见鬼的表情看着Boom："你做的能吃？"

"我家开馆子的。"Boom道，"我爸想我帮他开馆子，结果我要打游戏，被他打了一顿赶出来了。"

"做清洁轮班吧。"BUG在旁边说。

"嗯。"原子道，"排个值班表。"

看他们这么商量着，可可莫名来气，直接一拍桌子："姐有钱，听不到啊！你们认真打游戏行不行？"

几个人不说话了。

Boom专心打着游戏，BUG看了一眼可可，他知道对可可来说，请个阿姨来做饭的钱或许还没她出去吃一顿饭的钱多，没有多管，自己回身戴上耳机继续打游戏。

豆汁一向没有什么话语权。钟晨鸣一个新来的，在财政问题上也插不上话，他自己都没钱，主播工资没拿到不说，直播平台那边还说工资会押一个月，到了第二个月才发上一个月的工资，也就是他还要穷两个月。

穷啊。

原子刚好打完了一把游戏，此刻已经上网去看柴米油盐的价格了，反正能省则省。

钟晨鸣点开Master的对话框看了一眼，Master说等他，自己去看下比赛，钟晨鸣回了个"十分钟"，打开网页看了看最近都有哪些比赛，除了蓝鲸网咖的网吧联赛之外，没有什么大的赛事，像之前他跟BUG打的网吧赛那种，不是熟客老板也不会让他们参与。

何况他们八月底还要打LDL，现在应该好好练练配合才对。

LDL是《英雄联盟》的发展联赛，从全国选拔战队，LDL的终点便是LPL——职业联赛，中国大陆最高级别的《英雄联盟》赛事。

虽然以战队的现状，打进LPL简直是痴人说梦，不用LPL吊车尾的战队，就LPL吊车尾的青训战队都能把他们按在地板上摩擦。

但人总要有点梦想的，万一实现了呢？

钟晨鸣关掉网页，又跟Master打了一把，然后去看了下豆汁跟BUG的情况，毕竟这两人刚换了位置，可能会不适应。

关于换位置的事就这样过去了，豆汁经历了短暂的不适应之后，开始练打野。

比豆汁更不适应的是BUG，他一个梦想着制霸对面野区的打野，怎么就变成了跟在ADC屁股后面转的小奶妈了？

尽管适应不良，BUG也每天都在做着训练，他的排位由一选打野，变成了一选辅助，二选补位。

BUG 练的都是版本辅助，什么风女、璐璐、洛，一开始他为了强迫自己适应软妹子辅助，选了移动救护车星妈，玩吐了之后才慢慢去玩其他的。

玩 LOL 这么久了，BUG 肯定也是打过辅助的，但是他以前就算是打辅助，也是玩的牛头、机器人这种爷们的辅助，软妹辅助他真的要适应许久，才能控制住自己那颗蠢蠢欲动想上去干架的心。

从打野转辅助，BUG 也有了一个优点，那就是随时随地都会去估计对面打野的位置，并且时时刻刻想着控制对面野区的视野，在这点上，他比豆汁做得好。

而豆汁从辅助转打野，在 BUG 的指导下，进步神速。豆汁本来就有极强的抓机会意识，对大局观的把握也不错，何况除了辅助他就是玩打野，对某些方面的理解比 BUG 还强。

抛弃了自己一心想用辅助 carry 的想法，豆汁短短几天，重新由钻一打回了大师，并且冲到了大师一百点。

这个时候，还有一周就是蓝鲸网咖的网吧联赛。

钟晨鸣看着队员们最近的战绩，询问可可：【你联系上战队了吗？】

可可回得很快，只有简单的一个符号：【……】

钟晨鸣大概是明白了，没联系上，回复道：【算了，我来吧。】

可可：【他们看不上我这个战队。】

看着屏幕上的几个字，钟晨鸣点了根烟，打字过去：【很正常，淡定。】

他吸了一口烟，转头看周新，这位好不容易才出现一次的大学生 ADC，问道："你们校队现在有空打训练赛吗？"

战队训练，除了常规的排位训练外，还会和其他战队打训练赛，这个训练赛是重中之重，多少套路都是从训练赛当中开发的，也只有训练赛，才能让人体会到赛场的感觉，毕竟游戏和比赛，还是不一样的。

周新正在国服跟 BUG 双排，他这几天好不容易从国服钻二打到了钻一，此刻更是打起了十二分精神应对。

不知道为什么，他跟豆汁打的时候感觉挺舒服的，虽然豆汁的打法他不习惯，但豆汁的人他觉得没什么压力。

但跟 BUG 一起双排，他分分钟觉得这个人下一刻就要开喷了，搞得他很是紧张，打得战战兢兢的，关键人家还玩得比他好，是在强行带他上分，就算被喷，他也只能受着。

听到钟晨鸣问他，他愣了三秒才反应过来，一边注意着游戏一边回钟晨鸣："我打完这把问问。"

之前钟晨鸣跟可可谈到训练赛的事情，可可说自己去问问她认识的几个青训战队，然而被拒绝了。可可其实还在联系另外的战队，但是他们等不及了，还有一个星期网吧联赛就要开始，他们不能在那之前一把训练赛都没打过。

周新那边的回复也很快，半个小时之后就给出了回答："那个……钟哥，他们说没时间，期末要复习，有几个人说都快一个月没碰LOL了。"

闻言，钟晨鸣第一反应不是关心他们校队的成绩，而是先想了想，一个月不打游戏能保持竞技状态吗？随后才发现，人家根本不需要保持竞技状态。

钟晨鸣点了点头，表示知道了。原子问他："你同学都在复习，你还天天往我们这里跑？难道你还是个学霸？"

之前周新一天能在这里待三个小时就不得了了，最近几天却天天泡在这里，周新自己又提到期末的事情，一群离开学校的人这才反应过来现在是期末的时候，别人都在紧张复习，怎么这个人还主动减少自己的学习时间？

"没有没有。"周新表情非常尴尬，"我是个差生。"

结果第二天一大清早，周新在群里面丢了一个企鹅账号，说这是他们的学长，已经考完了，有空打训练赛，并且说自己要复习，今天就不来训练了。

战队里就只有钟晨鸣起得最早，他看到这个消息的时候，首先问了周新一个问题：【你不来，我们怎么打训练赛？】

周新没有回复，钟晨鸣也没有管，开直播去了。

登录上游戏，一个动画弹了出来，他灰色的大师勋章破解重塑，变成了金色的王者徽章。

在昨天晚上的结算里，他的分数比王者最后一名高，于是排位名次重新排列，他被归在了韩服两百名以内。

换句话说,就是他上王者了。

钟晨鸣移动鼠标的手指停了一下,打上大师的时候他还没什么感觉,此刻看到王者徽章,说内心没有波动,那是假的。

昨天晚上睡觉前他还看了看,自己的分数上王者还差了点,没想到今天就上了,可能是有哪位在他睡觉之后输了游戏,掉了几分吧。

世事无常,他没有料到他今天能上王者,就跟他没有想到他还可以重来一次一样。

钟晨鸣眨了下眼睛,随即露出一个笑来。他点了一下界面,金色王者徽章消失,钟晨鸣在粉丝群里发了开播提醒,开始了今天的直播。

即使是早上八点,他直播间也很快就来了几万观众。

钟晨鸣笑着跟他们说:"今天开始就是单排了,因为我上王者了。"

不少粉丝发问:【看不到 Master 了吗?】

钟晨鸣笑了:"你们都不先恭喜我上王者吗?"

弹幕纷纷吐槽:

【你上王者不是早晚的事情吗?】

【哇,你之前在虐菜谁都看得出来,上个王者也好意思嘚瑟?】

【上王者难道不是基本操作?】

没想到看他直播的人比他还淡定,钟晨鸣自己都不好意思高兴了,说道:"好吧好吧,我这个是基本操作,你们还真信任我,没有虐菜,在韩服这个分段,谁敢说虐菜,分分钟会被教做人。"

钟晨鸣看着弹幕,看到又有问 Master 的,他接着说:"上王者就不能双排了,这段时间大家都应该见不到 Master 了,我的目标是韩服第一。"

观众有看好的也有不看好的,一时间刷了个满屏:

【第一?】

【你问过 Kiel 了吗?你问过独孤了吗?】

【独孤笑了。】

【Kiel 笑了。】

【Miracle 说,你来抢独孤的第一试试?】

【醒醒吧,现在的韩服第一是 Gin,还有人吹独孤 Kiel?】

【主播有梦想,关注了。】

钟晨鸣微微一笑:"有梦想总是好的,我就是要实现给你们看。"

弹幕上的几个都是顶尖的职业选手,钟晨鸣最近有排到 Gin,这位是中单选手,正好就排到的中单,钟晨鸣排到的是辅助,他看着 Gin 的操作和意识,觉得现在的自己丝毫不逊于 Gin。

但是这种话,在直播间里就不太好说了。他跟观众们聊了一会儿,游戏排了进去。

刚刚才打完一把,Master 的密聊过来了:【来来来。】

钟晨鸣:【排不了了。】

Master:【?】

钟晨鸣:【我上王者了。】

Master:【……】

钟晨鸣看了一下时间,才九点:【你竟然是个有上午的职业选手?】

职业选手基本都是打游戏到半夜,第二天不到下午不起床,Master 十点跑来找他双排他都觉得很不可思议了,今天竟然九点就上了游戏。

Master:【哦,最近睡得早。】

至于为什么睡得早,还不是为了早点起?

钟晨鸣摆出过来人的心态:【早睡早起是好的,熬夜伤身。】

两人胡扯了几句,钟晨鸣排进去了。过了一会儿,Master 又发消息过来:【你人气掉了,跟我打小号双排吧。】

钟晨鸣在游戏中没空搭理 Master,Master 等了一会儿没等到回复,又发过来一句:【这几天的比赛你看了吗?】

还是没回,Master 又打字:【你是不是没小号了?我有。】

这里是韩服,打字又看不懂,钟晨鸣很少看对话界面,即使是这样,钟晨鸣也觉得这个人好烦。

因为韩服游戏里面不显示中文,所以这些字,Master 都是打的拼音,看到是 Master 在说话,他下意识就会去看一眼,一眼就看到一串拼音,脑内转换也是很累的,同音字一会儿还反应不过来。

钟晨鸣干脆打拼音过去:【你好烦。】

Master 那边终于安静了。

等一把结束，钟晨鸣才回了 Master：【给我个号。】

Master 回得十分迅速：【看企鹅号。】

钟晨鸣给观众说了声抱歉，黑屏看了眼账号密码，一眼就看出这是战队的账号，因为战队的账号密码都是一个开头。

钟晨鸣本想打字问一下 Master，拿战队的账号给他真的可以？但是转念一想，又删了这些话，改成：【钻五的号？】

Master：【嗯，我也换个号。】

钟晨鸣提醒他：【虐菜局打久了会变菜。】

Master：【没别的号了。】

钟晨鸣：【好吧。】

接着，Master 发了个语音邀请过来。

登录完账号，直播间的画面重新亮起来，观众发现主播换了个号，连跟 Master 的语音都开了。

【主播不是说不跟 Master 双排了？】

【"口嫌体正直"？】

【主播是跟 Master 进行了什么交易？】

【说好的韩服第一呢？】

钟晨鸣看了一眼弹幕，淡定道："陪 Master 打两把，安抚一下他躁动的内心。"

Master 假装没听到，问："你玩什么？"

钟晨鸣："亚索。"

Master："好，那我选盲僧。"

跟 Master 打了一上午，钟晨鸣卡着午饭的点关了直播，却没关语音，他要跟 Master 交流一下。

钟晨鸣："我准备打到韩服第一。"

Master："这个，有点难吧。"

钟晨鸣："不试试怎么知道？"

Master："那我试试打个韩服第二。"

钟晨鸣："可以可以。"

Master:"你还打吗?"

钟晨鸣想了想:"下午吃饭之前吧,应该就打一两把。"

Master:"好,我去吃饭了。"

钟晨鸣:"我也去吃饭。"

饭菜的香味已经飘了过来,钟晨鸣闻着就知道今天又是青椒炒青椒以及土豆炖土豆,这几天周新都不过来蹭饭了。

为了缩减开支,原子综合菜价定了每天的食谱,号召大家一起吃素,现在一顿两个素菜,一个骨头汤,一个炖肉,穷啊,不过有饭吃就行,钟晨鸣不挑这个,比他在网吧吃得好多了。

吃完饭,钟晨鸣终于等来了周新的回复。

周新在群里面打字:【上午在考试,考完跟同学去图书馆了,没注意手机,我下午过来打训练赛,钟哥你联系学长了吗?】

钟晨鸣:【没通过好友。】

周新:【你有说你是谁不?】

钟晨鸣:【说了。】

周新:【那可能是没睡醒,下午我问问他们。】

到了下午,周新终于出现在战队里,并且说联系好了学长,可以打训练赛。

双方都沟通好,建房,然后游戏开始。

这时可可也过来战队,看他们的训练赛。

钟晨鸣在旁边看着。职业赛场上教练是可以参与 B/P(BAN/PICK,禁用和选择)的,钟晨鸣在一旁跟可可交流,他这次没参与,想看看他们自己的发挥。

钟晨鸣很奇怪:"你们之前没打过训练赛的吗?"

"打过,不过我们都没有训练赛这个说法,都是说约两把。"说着,可可自己也笑了笑,"不是什么正经战队,没想那么多,去比赛的时候别人说对练,就打了。"

"之前跟你们打的那些战队呢?"钟晨鸣问。

可可低头点了根烟:"这几天我联系了几个,都散了,之前一直打的也走光了,有些人就是为了打一个比赛才临时凑起来的,是这样,不然我也不会去想着通过朋友联系青训。"

可可言语之间有些落寞。她的战队也差点散了，好歹是强行找了个 AD 救了回来，但未来如何，还是个未知数，或许能走得很远，或许打完网吧联赛就散。

钟晨鸣听着，没多说什么。他不敢保证自己能把这个战队带多远，只能说尽力。他也点了根烟，跟可可一起抽。

第一把，TD 战队被校队吊起来打。

TD 实力是有的，但没有配合。说起来他们也一起打了许久的比赛，不知道为什么，这把打得就是没有配合，就算有个新人，也不应该如此才对。

钟晨鸣跟几个人沟通了一下，结果看到周新在旁边瑟瑟发抖，一脸尿样，十分奇怪："你怎么了？"

周新搓了搓手："我有点冷。"

可可看了眼外面的大太阳，又看了看空调，六月的天，几个大男人待在客厅里，为了省钱空调都没开，这个人还冷？

钟晨鸣给他倒了杯水，安抚道："别紧张。"

周新喝了口水，又道："我先去上个厕所。"

等周新上完厕所，小心翼翼地坐到座位上，看着 BUG。

BUG 冷眼看着他："打个训练赛都紧张成这样？"

周新声音都低了几分："那你别骂我。"

"我有骂过你？"BUG 看着他，"我说的都是实话，有哪句说错了的？"

"能不能……委婉一点兄弟？"周新很尿。

"你确定说委婉一点你听得懂？"

钟晨鸣："……"

可可："……"

Boom 受不了他们两个，提高声音："都闭嘴，专心打游戏！"

这下两个人都不敢说话了，又跟校队开了第二局游戏。

这一局打得比上一局好点，配合总算打出来了。周新打起游戏来状态也好了点，没怎么去注意 BUG，发挥也比上一局好很多。

第三局，就把对面按在地板上摩擦。

对面毕竟是校队，全是学生，即使打过一段时间配合，跟他们这种战队打起来，就算他们是个边缘战队，也还是有些差距的。

可可一开始也看出来这点，看到校队被摩擦，发出疑问："这样训练真的有用吗？"

钟晨鸣道："也没有更好的训练方法了吧？至少对面还是有些实力的，现在就怕他们不愿意跟我们打。"

可可点点头，是这样，一直被吊打也很难受。

这把结束，钟晨鸣跟对面的组织者沟通了一下，旁敲侧击那边的情况。

对面是一个学生，也是跟他们对练的人中的一员，见钟晨鸣询问，直接回答：【你们打得还可以，我们这边准备换个人，老学长听说要打训练赛，很有兴趣，想来打两把，你们不介意吧？】

钟晨鸣回得很快：【不介意，你叫来。你们平时有空一起对练吗？】

对面：【有啊，以后一起练啊。】

话还没说完，钟晨鸣也没太看出对面什么个意思，新一局就开了。

游戏一开，周新率先疑惑道："换人了？"

钟晨鸣跟他们解释有老学长来，对练他们打的国服电一，此时一眼就看到对面的段位，最强王者。

BUG道："你这个老学长很强啊。"

周新突然兴奋起来："这个学长一直以来是个传说，制霸过电一，可惜我进来的时候他已经毕业了，没一起打过，没想到今天还能碰到！"

这个老学长的个人实力确实厉害，有了他的加入，对面战队实力突然就提升了一个档次，Boom在线上竟然被压着打。

尽管Boom线上劣势，但双方打野差距太明显，豆汁从辅助转成打野，个人风格很明显，他更倾向于算计对面打野，控制对面野区，而不是频繁抓人。

这就给了对面打野很大压力，对面打野自顾不暇，自然没空去帮其他路，对面的老学长也不敢太过分，毕竟他不知道什么时候Boom这边的打野就来了，而他家的打野并不会来帮他。

这一把打得比较久，打完就到了吃饭的时候，双方沟通了一下，准备晚上继续打。

　　吃饭之前，钟晨鸣特地问了一下周新："你们校队的人，会不会不想打了？"

　　被一直压着打，毫无还手之力的话，大多数人都会失去兴趣，钟晨鸣就担心这个，现在找个对练的队可不容易。

　　"应该不会吧？"周新自己也不确定，低头摸手机，"我问问。"

　　自己人比较好说话，周新问的时候也不会旁敲侧击，那边回得很快：

　　【哇，很有兴趣好嘛，我们会赢回来！】

　　周新把回复给钟晨鸣看了，钟晨鸣这才放下心来。

　　钟晨鸣在吃饭，Master在看比赛视频，他没开全屏，一边看，还一边留意着自己的企鹅账号以及游戏对话框。

　　他看了看时间，快七点了，假粉丝的晚饭吃得这么晚的吗？

　　空气喊Master吃饭喊了三遍，Master终于动了动，磨磨蹭蹭地去吃饭，站起来时还回头看了一眼电脑，假粉丝还是没有上线。

　　空气一把搂住他的脖子："想什么呢，吃饭去啊。"

　　"想比赛。"Master说着，"我看了NGG前两天的比赛，NGG现在真的有点强。"

　　"你担心这些干什么。"空气跟个没头脑一样，脑子里装的东西好像没几个事儿，"这都是教练的事儿，他们会研究，你安心练你的英雄就是。"

　　"嗯。"Master点了点头，又开始愁他今天还要玩多少把猪妹，不知道什么时候他才能换个英雄玩玩，很快把假粉丝没上线的事抛到了脑后，其实连他自己都不知道他为什么在期待着假粉丝上线。

第二章
拯救世界

接下来的几天钟晨鸣按部就班地过着，每天上午直播，下午督促队员们训练。周新来的时间也越来越少，他这几天考试特别多，如果不是跟校队打训练赛，他基本不会出现。

跟校队的训练赛打到第三天，校队的人也换了几拨，突然他们就不来了。

钟晨鸣问了一下，对面支支吾吾地说都有事，人喊不齐，来不了了云云，但是周新给出了答案："他们校队拿得出手的都被虐了一遍，实在是没人想打了，没意思，他们又不是职业选手，一直这么被虐，对游戏都快失去兴趣了。"

钟晨鸣点了点头，觉得很正常。虽然前几天他们还在说着很有挑战性，但确实实力差距太大，可能一开始还有点斗志，到了后面都疲惫了，不想打了。

此时距离蓝鲸网咖网吧联赛还有四天，可可拿来报名登记表，开始填写。

蓝鲸网咖的报名条件很宽松，比赛开始前一天都能报名，可可找他们拿了身份证信息就开始填。

每一个人除了填个人信息，还要求把位置填上，填到替补的时候，原子突然说："把钟哥填上吧。"

可可的笔一顿，看向钟晨鸣："你……愿意打吗？"

钟晨鸣没有异议："填上吧。"

如果跟着可可他们打职业要签合同，钟晨鸣还会考虑一下，但他们就是自发聚集起来的一群人，钟晨鸣就不用考虑了，需要他的时候，他可以上场。

"什么位置？"可可看着报名表上面的说明。

原子道："中单。"

钟晨鸣："填 AD 吧。"

可可略微一想，点头："行。"

他们围在饭桌上填报名表，就周新没来，他明天有考试，现在在临时抱佛脚。

蓝鲸网咖的每一个连锁店都可以报名，这点倒是不麻烦。填完报名表可可就去网咖报名，其他几个人继续日常训练。钟晨鸣也更加注意他们的情况，每一次排位上的问题钟晨鸣都要看一看。

当然，作为一个早睡早起的人，钟晨鸣上午还是在直播的。

报名完，第二天钟晨鸣大清早继续直播。

考虑到自己报了 ADC 替补，钟晨鸣这次一选 ADC，二选中单。

他的直播间人数比以前也少了一些。之前跟 Master 双排的时候，经常上一二十万，现在上十万都很艰难，但他并不怎么在意自己的人气，他的目标并不是成为一个人气主播。

或许是今天运势不对，或者是排位大神跟钟晨鸣作对，今天他想玩 ADC，硬是每局排到中单，一上午他就排到两次 ADC。在准备打最后一把的时候，钟晨鸣一点排位，进去还是中单。

钟晨鸣笑着在直播间说："本来想用 ADC 下分的，没想到连排位系统都想让我上分，掉分真难。"

直播间立刻刷出了一串弹幕：

【主播脸呢？】

【这里有个主播，他的脸不见了。】

【我第一次见到如此厚颜无耻之人，关注了！】

钟晨鸣已经到了选英雄的时候，没多跟观众交流，看着对面阵容，硬控不是很多，就选了个小鱼人，对面中单是辛德拉。

不一会儿游戏读条结束，钟晨鸣跟辛德拉平稳对着线。小鱼人打辛德拉还是要小心应对，钟晨鸣注意力也很集中，小心地走位躲着辛德拉的技能。

游戏外的弹幕却突然多了起来。

【这是风语者？】

【主播跟你对线的是风语者！】

【真的是风语者吗？】

【好像是这个ID。】

【风语者能排到主播？别逗了。】

【风语者好歹也是韩服大师好吧，怎么就排不到了？】

风语者，DSK的中单选手，韩服大师，擅长辛德拉、卢锡安、安妮这一类偏刺客型英雄。

钟晨鸣知道风语者是谁，但到了韩服，风语者给自己取了个韩文ID，钟晨鸣也不知道这个ID就是风语者，不过他就算知道了也不会如何，还是照常对线。

到了三级，钟晨鸣抓住风语者一个走位失误，操控着小鱼人上前。

灵活的小鱼人手中挥舞着三叉戟，身形一窜，快速穿过辛德拉身边的一个小兵。辛德拉反应也极快，一颗暗黑法球已经在小鱼人脚下显现，手中的"弱者退散"技能即将挥出。

小鱼人突然高高跃起，扇形的红黑色冲击波自它脚下划过，没有伤到它一丝一毫，随即它从自己立足的三叉戟上跳下来。

"啪"的一声，小鱼人落到辛德拉身上，辛德拉血线立刻少了一截。

接着小鱼人手中的三叉戟一挥，黑紫色的辛德拉身上亮起莹莹白光，头顶上出现一个三叉戟的标志——这是流血标志，代表着辛德拉会持续掉血。

辛德拉手中亮起红色的光，一个小兵被她用暗黑能量束缚着抓起，直接砸向小鱼人。

小鱼人手中的三叉戟还没收回来，这个时候无处可避，钟晨鸣习惯性走位也没躲掉砸下来的小兵，小鱼人被砸了这么一下，感觉腿都迈不动了，手中的三叉戟亮起白色的光，又戳了一下辛德拉。

小兵砸中小鱼人，小鱼人会有减速效果，而辛德拉的平A没有小鱼人的平A痛，所以减速小鱼人之后，辛德拉第一反应是后撤，与小鱼人拉开距离，辛德拉是远程，小鱼人是近战，拉开距离她好打很多。

小鱼人也是这样想的，它已经消耗了一轮，一套伤害都打在了辛德拉身上，血赚，辛德拉就丢中了一个技能，它被减速肯定追不上辛德拉，这时只要拉开距离不让辛德拉打到,再等下一次机会就是。

一轮换血之后,双方的对线还算平稳,中途对面打野来了,钟晨鸣这边的打野早就在草丛恭候多时,双方你来我往地打了三个回合,最后双双交闪现逃走。

一个人都没死,无事发生。

钟晨鸣在聊天频道记录下了打野和中单的闪现时间,回家补充状态,传送回线。

对面辛德拉也是带的传送,刚才她也残血,同样选择了传送回线。

钟晨鸣看了一眼辛德拉的装备,发现辛德拉买的小魔法书,没有出防御装,也没有买鞋子,心中立刻有了想法。

两人回线都是四级,兵线总体来说是往钟晨鸣这边压的,钟晨鸣传送的塔,辛德拉传送的小兵。

一到线上,钟晨鸣操纵着小鱼人上前。这次没有特别好的耗血机会,小鱼人蹦蹦跳跳,强行上去A了两下,辛德拉回头反打,小鱼人立刻后退,跃到三叉戟上躲过伤害,然后从三叉戟上跳下来,砸到了兵线上。

一拨兵线在眼前,他上去清兵肯定要被辛德拉捶,所以先用技能把辛德拉逼走,这才回头用技能清兵。

血线没有被消耗多少,辛德拉觉得自己还很安全,血药她回家之前吃完了,也没补充,继续这样跟钟晨鸣对线。

钟晨鸣看着辛德拉的血线,算计着伤害,随着补兵以及等级提升,辛德拉的血线慢慢回了上来——血量太高,伤害不够。

一身蓝色鱼皮的小鱼人在中路踱步,古灵精怪的声音从它嘴里响起来:"想看戏法吗?"

小鱼人身形一动,窜向辛德拉旁边的一个小兵。

辛德拉手臂微微向上一抬,一个暗黑法球在距离她最远的一个小兵脚下升起,她小心翼翼地在补兵。

远程打近战打成她这样,补个兵都小心翼翼的,她也是蛮憋屈的,但是有什么办法,这个小鱼人走位贼好,正常对线下,她一个技能都打不中!

中单是十分看技能命中率的,毕竟打中了才能造成伤害,关键就是她打不中啊!

看到小鱼人出手,辛德拉的暗黑法球刚刚用来补兵,此刻她立刻回头抓取法球,砸向小鱼人。

抓取法球是两段技能,要按两下W,技能释放还有动作,比直接用Q技能创造法球慢了许多,这个时间,钟晨鸣已经走到了辛德拉面前。

辛德拉好歹也是个职业选手,小鱼人的基本消耗套路她肯定是知道的,除了一开始的走位失误让小鱼人抓到机会耗血,之后她都没让小鱼人抓到机会。

但这次是钟晨鸣算好了对面会来补这个兵,这个兵就在他脚下,辛德拉如果想补,走位必定靠前,一靠前,就是机会。

耗完血,钟晨鸣又退了回来,他这次耗血压根不赚,辛德拉离小兵还是有些距离,他走去耗血的路上辛德拉已经开始反打。

而且就算走位再好,贴身平A的时候只要辛德拉不动,她朝自己释放技能就能打中小鱼人,何况还是远程打近战,越兵线打人小兵还会打它,但小鱼人有回血补给品,辛德拉并没有,这样就是赚了。

耗完血,小鱼人又顶着辛德拉平A的伤害平A补兵,观众看着都替他疼,小鱼人却依旧继续吃兵。

钟晨鸣盯着自己的经验条,又算计着对面的经验条,这种补兵节奏下去,刚才自己的打野在中路蹲了一会儿,辛德拉会比他先到六级。

六级就能学大招,可以强打一轮,辛德拉作为一个偏刺客的英雄,只要会玩,六级秒人不是问题。

但小鱼人才是真正的刺客!

辛德拉到达六级,她身边围绕着的数个法球齐齐涌向小鱼人,这是辛德拉的大招,能量倾泻,每一个法球都能造成伤害。

小鱼人灵活地跃到三叉戟上,在三叉戟上它是无敌状态,一整个大招只中了两下。

躲过大招,小鱼人"啪叽"一下落到辛德拉脸上,同时辛德拉身边的两个小兵也被小鱼人一脚踩死——小鱼人也六级了!

"喂鱼时间到啦!"

一条鱼苗从小鱼人的手心脱手而出,径直游向辛德拉,辛德拉脚下的土地变成了海洋的颜色,她的动作变得十分迟缓。随后一条鲨鱼破水而出,一口吞下鱼苗顺带狠狠咬了一口辛德拉,小鱼人也随后而至,补上伤害。

小鱼人一套技能的爆发伤害十分高,加上辛德拉头铁回家不出防御,钟晨鸣之前又耗了她血量,此刻直接被秒杀。

没闪现,不知道控线,企图单杀他,还头铁不出魔抗,这意思不就是你快来单杀我吗?

"杀"完人,钟晨鸣回家,把"杀人戒"升级成了"杀人书"。

杀人戒跟杀人书,两件装备都是杀人或者助攻之后提升层数,层数越高,法强越高,不过有层数上限,死亡之后也会掉层数。

杀人戒是小鱼人的常规装备,但杀人书就不是了,这就有点太刚了,弹幕里也开始讨论起来。

【这个时间出杀人书,主播这么自信的吗?】

【看到杀人书就知道主播要GG。】

【这么不尊重风语者的吗?】

【这个人是不是太狂了一点。】

【把风语者当猪养?】

在这些弹幕刷出来的时间里,钟晨鸣的队友"死"了两个,打野去上路帮忙被反蹲,打野上单双双死亡。

现在他们与对面的"人头比"是1∶6,也就是除了他单杀了一次辛德拉,自己的队友没有杀死过一个人,还送了对面六个人头,大劣势。

队友都这么玩,那他只能勉为其难出个杀人书拯救一下世界了。

出完杀人书,钟晨鸣没有回中路,直接向下路走去。

下路被压得很惨,看起来马上就要被越塔了。看下路的动向,钟晨鸣猜测对面打野也在下路,如果上单传送下来,那就是四包二,下路直接爆炸。

这还真的让钟晨鸣猜对了,对面上单传送,打野绕后,自己家的打野看到这个情况,立刻往这边赶。

钟晨鸣没有大招,伤害不够秒人,上去做了片刻牵扯,保护了一下ADC,一轮技能交换,双方残血,对面退出塔下等机会,钟晨鸣操作着小鱼人在塔下转圈。

对面血量并不健康，但看着一个残血的小鱼人在那里转来转去，哦不，还有一个残血的ADC加一个残血的辅助，看起来十分可口，都蠢蠢欲动，想要吃下下路这几块待宰的肉。

辅助率先按捺不住，技能一好直接冲向ADC，上单也跟了过来，钟晨鸣没有管冲进来的辅助和上单，小鱼人手中三叉戟一抬，指向对面ADC。

这才是对面的核心输出点。

身材娇小的小鱼人轻轻一蹿，三叉戟往对面ADC脸上招呼而去。打野看ADC被切，回身保护。小鱼人轻轻一跃躲掉技能，落地一脚踩在ADC头上，ADC血线哗哗往下掉，原本就不满血的他只剩个血皮，被小鱼人一叉子收掉。

收掉ADC，自己这方的ADC也被对面击杀，钟晨鸣看也未看对面打野一眼，直接往塔下走。对面大优势，难免贪了一点，杀完ADC还想杀辅助，或许还想杀这个技能都交完了的小鱼人。

辅助保命技能都给了ADC，此刻只能坐以待毙，小鱼人一回塔下，对面立刻收敛了一点，准备往塔外走。

这个时候，他们这边的打野终于赶到，限制住了塔下两人，配合小鱼人杀掉了对面辅助，人头是小鱼人的，上单闪现逃跑。

一轮游下，杀人书直接多了八层，一个人头四层，加上之前单杀辛德拉的杀人戒叠的两层，一共十层。

辛德拉看到小鱼人出现在下路，也想赶来下路支援，但是她太慢了，这一轮打完辛德拉才赶到，看到没机会，又走了，回她的中路继续补兵。

钟晨鸣回家补充状态买装备，他这轮支援拿到两个人头，少吃了两拨兵线，强行不亏，回线之后还整整比对面辛德拉多了一件小装备，外加十层杀人书。

钟晨鸣闪现好了，直接闪现把辛德拉给秒了，打得辛德拉一点还手之力都没有。

杀人书十四层。

过了几分钟，下路打起来，钟晨鸣传送CD好了，下路传送，收获一个人头一个助攻。

杀人书二十层。

做出装备中娅沙漏（一个既具有进攻属性，又具有防御属性以及防御技能的装备，一般用于团战中被切时可以开启金身保命）。

　　对面五人集结推中，小鱼人放弃中塔，蹲在河道等待回线的ADC，一套秒掉AD，辅助逃跑。

　　杀人书二十四层。

　　一轮团战，对面谁都不看，只杀小鱼人，小鱼人换掉对面打野，己方杀掉对面辅助之后败退。

　　杀人书掉回十六层。

　　辛德拉中路清兵，小鱼人传送绕后，一套技能秒掉辛德拉，开启中娅沙漏变身金身雕像（身形凝固化为小金人免疫所有伤害与控制）躲过辛德拉大招，安全撤出。

　　杀人书二十层。

　　小龙团战，小鱼人收获一个人头两个助攻。

　　杀人书二十五层。

　　高地团战，小鱼人爆炸伤害，走位如同开挂了一般，秀了对面一脸，五杀！

　　对面投降。

　　一条弹幕刷了出来：

　　【18：今天也在拯救世界呢。】

　　电脑前的钟晨鸣摸了把脸，这把他注意力太集中，感觉脸有点僵，然后跟观众告别："今天的直播就到这里了，我吃饭去了，明天八点见。"

　　钟晨鸣一走，直播间炸开了锅，都在讨论刚才那一局，钟晨鸣一点面子都不给风语者，做人太过分，又有人说游戏中就凭实力说话，谁管你对面是谁。

　　风语者打职业也有几年了，总体来说没什么特别亮眼的时候，队伍也混在中流，不上不下，不过长得还行，平时待人也客客气气的，脾气超好，粉丝们普遍把他当成了"小仙女"伺候着，感冒发烧状态不好都能心疼半天。

　　这下风语者都没说什么，有些粉丝就开始为风语者打抱不平，觉得钟晨鸣不给面子。

直播间里立刻就被人嘲回去：

【打游戏还要面子？你怎么不回去玩你的过家家？】

【玩你的劲舞团去，这个游戏不适合你。】

【菜还想要别人留面子，脸呢？】

粉丝被骂得跳脚，直播间里进行了一场骂战，酣战十来分钟最后不了了之，就跟没发生过一样，归于风平浪静。

倒是钟晨鸣的这一局被人录了视频，配以"韩服王者分段逆天五杀小鱼人"题目，发到了网上，当然，只发了精彩操作的部分。

LOL官方视频网站上，每天这样的精彩集锦数不胜数，看到是韩服王者局也有人惊讶了一下，韩服王者局也能这么玩？

视频作者在简介部分留了主播的个人信息，也有人因为这个精彩集锦视频跑来看钟晨鸣直播。

钟晨鸣不关注这些，他比较关注比赛，每次的比赛都有看，无论是哪个战队在打，他都会注意，有空也会看一看韩国那边几个强队的常规赛。

周末的时候因为战队训练赛的原因，钟晨鸣缺了几场没看，今天吃完午饭，钟晨鸣准备把那几场捡起来，其中就有MW的比赛。

MW这周的两场比赛都输了，输得惨烈至极，前期优势后期被翻盘，关键对面也不是什么强队，打得几个队员心态都要崩了。

看了两场比赛，钟晨鸣突然想起这两天Master安静得不得了，难道是心态爆炸了？

钟晨鸣摸了摸自己的良心，发现还在的，于是他点开了Master的对话框，想了半天，打了两个字加一个问号：【双排？】

Master过了一会儿才回他：【等等，打完训练赛。】

这个"等等"，一等就是一下午过去了，到了快吃晚饭的时候，Master才给钟晨鸣发了条消息来，说晚上要拍广告，估计是没空双排了。

钟晨鸣回了句"没事"。MW也是一个有名气的队伍，接广告很正常。

第二天钟晨鸣照常直播，他的直播间人数突然就多了一些，虽然还是没有跟Master双排的时候人气高，但好歹回升了一些。

弹幕里还有人嘲"怎么不抱Master大腿了，给你抱断了吧"，又被很多人嘲回去，说："眼睛瞎了吗，没看到主播王者了？你王者双排一个给我看看？哦忘记了，你青铜的当然不知道王者不能双排。"

总的来说这个清晨还算平和，钟晨鸣一边排队，一边用旁边的电脑看了一眼战队里所有人昨晚的战绩。

分数高了，能匹配的人也少了，毕竟越往上人越少，大清早的也没什么人打游戏，钟晨鸣排了快十分钟都没排进去。他也不急，打开韩国LCK赛区的比赛视频，一边看一边做着笔记。

二十分钟之后，钟晨鸣终于排进去，按部就班地选了英雄。

等到加载界面，钟晨鸣突然发现对面的人有点眼熟。

直播间炸开了锅：

【Master在对面哈哈哈。】

【哇，这么早，Master是没睡还是醒了？】

【我猜是没睡！】

【对面！Kiel！】

【Kiel还在玩？不要命的哦。】

【这是Kiel？名字不是吧。】

【小号，是这个，自己去查。】

【用小鱼人打Kiel，心疼主播，怕是要被吊起来打。】

Kiel，韩国LA战队中单，常年韩服前三，擅长刺客类英雄，代表英雄男刀、卡萨丁、小鱼人。

钟晨鸣这一局就是拿的小鱼人，在这个版本里，因为大多数是死保ADC的阵容，上场率高的辅助更是刺客英雄的克星，这让刺客类很难有上场机会。

但并不代表，刺客就完全不能玩。

昨天钟晨鸣用小鱼人拿了五杀，看到这个英雄，现在就觉得手热，他一选，想也没想就拿了小鱼人，对面的Kiel拿的常规中单蛇女，一个持续作战能力很强的中单。

钟晨鸣把Master认出来了，Kiel他没认出来，毕竟Kiel用的是小号，大号钟晨鸣还认识，小号他就没有关注过了。

这一场开局，钟晨鸣还没升到二级，Master操纵着挖掘机就冲到了中路,强行GANK逼掉钟晨鸣闪现和自己闪现,又被小兵打残不敢深追,只得走了。

没有闪现,钟晨鸣不敢太浪,线上变得厌了一点,对面的中单对线细节做得很不错,钟晨鸣很难抓机会,当然,他也不会给对面抓到机会,所以前期对线基本上是无事发生,五五开的局面。

过了没两分钟,Master又跑中路来转了一圈。钟晨鸣本来就很小心,Master过来连摸都没摸到钟晨鸣的小鱼人,又走了。

大概是刷了一拨野怪的时间,Master再一次出现在了中路——这次钟晨鸣这边的打野反应过来了,对面这个挖掘机死抓中路啊,那我就在旁边等着你来抓反打好了!

钟晨鸣这边的打野是个酒桶,两边和平友好地打了2对2,又是无事发生,几个人都交掉了闪现,跑了。

钟晨鸣在对话框里记录了蛇女的闪现时间,回家补充状态,出门跟蛇女继续对线。

蛇女没有闪现,而他的闪现还有一分钟。

钟晨鸣算着时间,趁蛇女补兵时跳到蛇女脸上,蛇女见情况不对立刻后撤,手里捏着大招却迟迟不放。

小鱼人的技能"古灵精怪"可以躲避她的大招,她想等小鱼人先跃上鱼叉之后,再放大招,但是你不放大,小鱼人捏着技能也不放。

这是一场博弈,看谁技能预测得更准的博弈。

蛇女血线下去,还是按捺不住出了大招。并不是所有小鱼人都能反应过来,用技能躲开蛇女大招的,她这个时候也只能赌一赌,就赌这个小鱼人反应不过来!

可惜,她赌错了。

就在蛇女转身嘶吼的一刹那,灵活的小鱼人脚下一跃,跳上鱼叉,躲避了蛇女大招"石化凝视",然后反身跳下,一脚踩在蛇女脸上,直接将蛇女踩死。

弹幕沸腾了:

【666!】

【厉害。】

【"蒂花之秀"！】

【唯你独秀！】

【鬼鬼，一首《暖暖》送给主播。】

【Kiel 打了个通宵状态不好吧。】

【这个蛇皮走位，Kiel 就是来送的。】

【被自己的拿手英雄单杀，求问 Kiel 心理阴影面积。】

小鱼人刚把蛇女单杀完，一个挖掘机突然从旁边冒了出来，一口咬向小鱼人。刚才小鱼人杀蛇女把技能都用完了，跟蛇女打完还是残血，直接就被挖掘机收掉了人头。

弹幕又是刷屏：

【我收回之前的话。】

【惨不忍睹。】

【Master 这是住在中路了吗？】

【看了主播的小鱼人，我决定买个挖掘机。】

弹幕刷屏没多久，他们发现这个主播又把 Kiel 单杀了一次。

这次是 Kiel 自己清完兵线又去野区吃了两个小怪准备回城，被钟晨鸣这边辅助做的眼给看到了。

既然看到了，钟晨鸣总是要做点什么的。

"鲨鱼！"

屏幕上的小鱼人手中一条鱼苗抛出，隔墙命中蛇女——这下 Kiel 是真没反应过来，他还没闪现，被鲨鱼咬中就是死。

弹幕开始狂欢：

【主播我相信你可以打上韩服第一了！】

【两次！】

【对不起我之前还嘲你做梦！】

【Kiel：打扰了。】

【主播哪个战队的？？？】

【小鱼人教学，18 教 Kiel 如何玩小鱼人。】

【Kiel：我不会玩小鱼人。】

【Kiel 明显通宵过后状态不好，单杀个 Kiel 就能上第一了？】

根本不看弹幕的钟晨鸣淡定地打着游戏。

果不其然,他杀完蛇女后 Master 又来了,这次他没有给 Master 机会,溜得非常快。

Kiel 像是给钟晨鸣打出了血性,中路小鱼人装备优势,他打不过,立刻选择了去其他路游走支援,拿完两个人头又美滋滋回到中路,继续守线。

观众看到 Kiel 的曲线救国,又开始吐槽:

【Kiel:对不起刚刚是我表弟玩的。】

【Kiel 将脚从键盘上拿了下去,双手放上了键盘。】

【秀还是你们秀。】

【鬼鬼,别秀了。】

钟晨鸣在中路打出优势,Kiel 在下路建立起自己方的优势,这算是打了个有来有回,双方经济持平。

很快就到了中期团战,酒桶去入侵对面野区被 Master 的挖掘机抓了个正着,双方中下路都赶去支援,由此爆发了一轮小团战。

小鱼人跟蛇女同时从中路过去,钟晨鸣想的不是如何去野区帮酒桶,他玩的是一个刺客,自然是要半路截杀。

蛇女看到小鱼人过来,远远放出了一个面积巨大的弧状毒雾区,横在道路中间,封路。

小鱼人直接利用"古灵精怪"技能越过毒雾区,来到蛇女面前,蛇女看小鱼人技能已交,立刻嘶吼一声,放出大招,想要凝固小鱼人。

然而她的大招只是减缓了一下小鱼人的前进速度,完全没有控住。

蛇女的大招"石化凝视"——晕眩面对她的敌人,减速背朝她的敌人。

就在大招出手的那一刹那,小鱼人扭了一下头,背对了蛇女!

这简直是个细节得不能再细节的操作,多少人连用技能躲蛇女大招都反应不过来,竟然还有人做到了用走位躲蛇女大招,这不仅是反应了,肯定还有预判以及大量的游戏经验在这里面。

这次蛇女有闪现,钟晨鸣没能单杀,随后加入了小型团战,打了二换二,没死的蛇女顶着丝血加入战局。

Kiel 完美展现了他常年霸占韩服前三的实力,团战里走位美如画,就算一丝血也没让钟晨鸣这边抓到机会击杀他,反而打出了成吨的伤害。

这一轮打完，回家补充状态之后，钟晨鸣刚到线上，Master"又又又"来中路了！

这个人跟有毛病一样一直往中路跑，仿佛有一种不抓死中路不罢休的精神，好在现在已经是中期，对面下塔也被推掉了，钟晨鸣这边下路转中，打消了 Master 深追的想法，然后联合打野推掉了对面中路。

前面还跟大乱斗一样一通乱打，到了这里，整场的局势就明朗了起来。

钟晨鸣这边的节奏被带起来了，不是被他带起来的，是被他们下路。

即使对面有 Master 跟 Kiel，也挡不住他们中下太过劣势，救不起来。

一局结束，弹幕都在带节奏喊钟晨鸣拉黑 Master，居然死蹲中路，钟晨鸣看了一眼弹幕，他打开跟 Master 的对话框，发了一个字：【早。】

Master：【我还说把你抓崩了就赢了，你什么时候练的小鱼人？】

钟晨鸣：【这几天，你怎么这么早就起来了？没睡？】

Master：【睡醒了，爬起来打两把，看到你在排，我还说能排到你，结果排是排到了，就是在你对面。】

钟晨鸣：【双排？】

Master：【不了，你不是要冲韩服第一吗？跟我排你又打不上去，我去补个觉，你单排吧。】

又胡扯了几句，Master 滚回去睡觉，钟晨鸣继续单排。

大概是早上人太少了，第二局钟晨鸣以极慢的速度排了进去，又排到了 Kiel，不过这次 Kiel 不是中单，排到了二选位置 ADC，还是钟晨鸣这边的 ADC。

Kiel 作为一个中单选手，ADC 实在是玩得惨不忍睹，属于那种躺都躺不好的类型，辅助一直在用韩语跟他讲话，不知道是讲的什么，整个对话框都是辅助打的字。

钟晨鸣看 Kiel 的下路如此惨，跟打野一起去下路帮了他两次，硬生生把 Kiel 给帮了起来。

Kiel 用事实证明，自己的 ADC 虽然在线上被打爆，但是有装备之后，还是有用的，后期打团直接捶得对面满地找牙。就是 ADC 被 Kiel 当成了刺客在玩，每次冲最前面，然后一群人死保他，打得钟晨鸣心累，真想问问这位大爷什么时候才能去睡觉。

前一局结束之后,他看直播间的弹幕也知道对面的中单是 Kiel,而且 Kiel 这个人,不知道受了什么刺激,一晚上不睡,一直在打排位,从昨天中午打到现在。

第三局,钟晨鸣又排到了 Kiel,这次钟晨鸣 ADC,Kiel 中单。

钟晨鸣的 ADC……只能说比 Kiel 好那么一点,Kiel 是不会 ADC 对线,钟晨鸣就是只会打对线,而且对辅助要求极高。

低端局他还能用 ADC 虐虐菜,韩服大师王者这种局,他的 ADC 就变成了一盘菜。

或许是上一局钟晨鸣去帮了 Kiel,这一局 Kiel 也来帮他,辅助玩得也还行,钟晨鸣下路还算顺,就是对面也挺会玩的,到了团战期,钟晨鸣十分无力,道理他都懂,但就是……哪里不对。

Kiel 像是在练英雄,一个人也没 carry 动,这局输了。

下一局钟晨鸣没排到 Kiel,结果隔了一局,又是 Kiel。

这一局 Kiel 在对面,两个人都是中单,Kiel 估计是把脚从键盘上放了下去,换成手在打游戏,两人打得有来有回,钟晨鸣十分专注,这样的对手,他已经很久没有遇到过了。

如果是常年被人压着打,或者是一直碾压别人,这样的游戏会渐渐变得没意思,只有势均力敌的对手,才能激起游戏欲望,敌人越强,求胜心也就越强。

就如同高手过招,见招拆招,一番比试之后,大多令人酣畅淋漓,在电竞领域,所谓棋逢对手,正是如此。

Kiel 跟晨光是不同时代的人,Kiel 刚在 LCK 打比赛声名鹊起时,正好是晨光状态下滑的时候,当 Kiel 在国际赛事上崭露头角,晨光已经退役了。

以前看 LA 战队比赛,钟晨鸣有时候也会想,如果是晨光跟 Kiel 在场上过招,那会是什么样子,晨光能赢 Kiel 吗?他是不是比 Kiel 强?

最后他得出的结论是,巅峰时期的晨光能跟 Kiel 一战,现在的自己,只能勉强不被单杀吧!

他打死也想不到真的有一天,自己会用极好的状态跟 Kiel 一战,虽然是在排位里,但这也足够了。

这一局钟晨鸣打得很舒服,队友也不是傻子,大家都知道正确的局势运营,连对面也能做出相应的选择来,没有什么愚蠢的操作或者乱七八糟的失误,这是一局高质量的排位。就算是输了,他也十分高兴。

打到最后还是他们棋高一着,赢了。

钟晨鸣看着屏幕上的"胜利"字眼,将鼠标一扔,靠在椅子上长出了一口气,嘴角慢慢绽开一抹笑来。

他看着自己握着鼠标的手,手指依旧在微微颤抖,不过这次不是因为伤病,而是因为兴奋,他与 Kiel 的这场对局,使他很开心。

视线从手上移开,移向训练室的其他位置,训练室里空无一人,看来还没人起床。

钟晨鸣嘴角慢慢耷拉下来,如果是晨光,他一定会抓着坐在他旁边的 3F 狂吹自己刚才有多厉害,或者跟教练吹嘘 Kiel 也不过如此,或者问 Miracle 自己那局能不能让他有什么收获。

他揉了揉脸,勉强笑了笑,开了下一局游戏。

到了中午十二点,钟晨鸣一天的直播也结束了,下午继续去盯队员的训练。

而他上午的这几局游戏,却在 LOL 圈子里持续发酵着。

现在是 LOL 的常规赛时期,新闻虽然不算特别少,但可以写的东西也不多,这几天就围绕着 NGG 一路强势以及 MW 惨遭连败进行报道。看到 Kiel 居然被国内路人吊打,这下又有了一个新闻,大家还是很喜闻乐见的。

Kiel 那局有热心观众录屏了,就算没录屏,国内也有 OB(观战) Kiel 的主播,正好也 OB 到了 Kiel 是如何被吊打的,这下视频素材也有了,新闻稿出来得十分迅速。

这次发这个新闻稿的媒体是《英雄联盟》的官方咨询 APP,俗称"掌盟",编辑首先说了一下前情,放出了战绩截图,然后又介绍了一下实力主播"18"。

不仅是掌盟,之前的"德玛西亚"推送号闻风而动,将几个精彩瞬间做成动图发了出来,还去翻了之前风语者被吊打的视频,整合了一下,做了个主播"18"精彩操作集锦。

随后 LOL 视频中心也更新了一些精彩集锦视频,钟晨鸣的镜头越来越多地出现在了这些集锦里面。

当然,这些钟晨鸣都没有关注,对于直播间的人数上升,他只觉得是自己实力到了,看的人也就多了,还是很淡定地直播。

他现在关注的,是即将到来的网吧联赛。

马上就要比赛了,周新来得却越来越少。据周新说,他们六月会考完大多数科目,七月三日还剩下一门考试,考完就结束了,剩下的时间都可以用来打比赛。

毕竟周新要学习,这是周新的正事儿,但大家训练的时候不免带着情绪,开始对周新有些不满。

钟晨鸣跟可可也做了一些工作,改善一下大家的情绪。虽然情绪是好了点,但训练室的气氛依旧压抑,可可在里面待久了都觉得有点喘不过气来。

很快,比赛日就到了。比赛是在距离战队有半个小时车程的蓝鲸网咖,周新一早到了战队,跟大家一起坐地铁过去,在网吧外排队等待着签到。

现在是海选赛,时间卡得很紧,也没有抽签,直接按签到来。签到的第一队跟第二队打一局,输了的战队直接淘汰,赢了的战队进入下一轮,最后他们所在的这个网咖选出三支战队,去跟同市里面其他网咖选出的战队打,接着是去省里面打,最后只有两支队伍晋级全国赛。

海选赛是分区域来的,钟晨鸣他们所在的区域不算大,有二十来支队伍来参加比赛,水平也是参差不齐,有在网吧开黑(在对战游戏中,一群人在一起交流的情况下进行游戏的行为)看到活动临时起意的,有大学生组队的,也有一些社会人士跑来追寻梦想的。

二十几支战队也有百来号人,网吧划分了一块比赛区域给他们,几个战队一起打,打完又按签到顺序继续打,就一个BO1(一局定胜负),从下午两点打到了晚上十点。

不过还好,这次没什么强敌,他们晋级还是轻轻松松。

打完后大家都精疲力竭,一群夜猫子才十点就想睡觉,可可说她请大家去吃小龙虾,大家瞬间又活了过来,纷纷嚷着去哪家,周新赶紧溜了,他还要回学校,回去太晚了,宿舍大门关了他可进不去。

吃完小龙虾回到基地,又十二点多了,钟晨鸣倒头就睡,其他人有的习惯性开了电脑,有的也去洗漱睡觉。

原子从小龙虾店里带了瓶可乐回来，一边喝着一边开电脑。他平时都凌晨一两点才睡，还准备打两局游戏。打开游戏，他下意识地看了看赛事新闻，一眼就瞄到 MW 又输了。

白天他们在打网吧赛，MW 打夏季赛常规赛。

原子摇了摇头："MW 这怕是不行了，很'谜'啊！"

"哦。"旁边的 Boom 内心毫无波动，他是 NGG 粉。

原子打开比赛视频看了起来，跟 Boom 说："我还在想这赛季 MW 能取代 NGG 的地位，可能是我想多了。"

Boom 点了点头，说："是的，你想多了。"

虽然是海选赛，但时间安排得并不紧凑，有的网咖地方小，参加的队伍多，可能一天还打不完，所以第一轮初选打两个队，打完休息一天就打二选。

考虑到周新考试的原因，可可特地找的报名人数比较少的网咖报名，算着时间把周新考试的那一天空出来，还空了一天时间给他复习。

可可想得很好，但到了比赛的那一天，周新却没有出现。

在基地没等到人，打电话不接，可可给周新留了消息，先跟队员们出发去网咖。

路上，可可一直在给周新打电话，依旧是无人接听。BUG 也一直拿出手机来看，原子一副果然如此的表情，豆汁照常低着头，没人看清他的表情，倒是 Boom 面上有些担心。

毕竟周新昨天就应该考完了，考完就是暑假，更应该好好玩才对，他昨天晚上还过来一起打了几局，到了今天，反倒联系不上，这很奇怪。

到了网咖已经是下午两点。他们不是第一批比赛的队伍，还不用急，可可让他们先进去，自己在外面等周新。

蓝鲸网咖的环境很好，外设也还不错，但职业选手们大都习惯了自己的键盘鼠标，就算是 TD 战队的人，出来打比赛也是带着键盘鼠标出来的。

这个时候已经有第一队的人在换鼠标键盘，钟晨鸣他们就在旁边等着。今天比赛的队伍不多，时间也还算宽裕，打的也不是 BO1 了，而是 BO3（三局两胜制）。

等换完鼠标键盘,第一轮的比赛正式开始。

网咖有直播比赛的大屏幕,一些路人和等待参赛的选手就在旁边观看着,战队的人也很注意地看比赛,毕竟赢的队伍说不定就是他们以后的对手。

现在播放的这局比赛十分激烈,音效在嘈杂的网吧里也很清晰,但 TD 战队的人都很沉默,看着这场比赛一点交流都没有。

过了十来分钟,原子终于忍不住了,问大家:"AD 还来吗?"

BUG 摇了摇自己的手机:"电话没人接,短信不回,企鹅号也不回。"

原子语带嘲讽:"死了吗这是。"

他的话没有得到回应,气氛很是沉默。

两个半小时,第一轮的所有队伍都打完了比赛,管理来候赛区通知下一轮比赛马上开始,让大家做准备。

战队里的几个人互相看了看,原子说道:"我去喊可可。"

Boom 接过原子的键盘包:"键盘鼠标我帮你弄,你去吧。"

钟晨鸣也带了鼠标键盘,他这几天习惯了战队的鼠标键盘,这还是比赛,如果临时换了,对发挥影响很大,周新今天一直没出现,他就做好了上场的准备。

换好了鼠标键盘,钟晨鸣看着大门的方向,Boom 跟可可走进来,可可冷着脸,看着钟晨鸣直接道:"你上。"

钟晨鸣问:"AD 联系上了吗?"

可可脸色更难看了:"联系上了,说在来的路上,我让他不用来了。"

原子呵呵一笑:"原来没死啊。"

BUG 没管这些,直接喊了 Boom:"你看看你的鼠标键盘行不行,赶紧调下天赋符文(给英雄加不同属性的一个系统,不同的英雄需要不同的属性,所以要带相应的符文),马上开始了。"

短暂的准备时间之后,主办方帮他们建了房间,让两边的人分别进来,人齐立刻开始比赛。

由于双方都是第一次交手,平时也没什么交集,大家都做的常规 B/P,BAN 了版本强势的几个英雄,拿的也是版本英雄。

第一局结束得很快。对面应该是玩票性质的队伍,估计就是几个打得好的开黑的,没有一点战术跟套路,打得就跟 RANK(排位赛)一样。

TD战队的几个人也算是特意训练过配合的,虽然比赛之前没多久才换了ADC,又让野辅换了位置,但主要的人还是那几个,打起来也还算顺手。

在确定钟晨鸣担任替补ADC之后,周新没来的时候,钟晨鸣也会上国服或者可可的小号跟BUG双排,他俩也不是完全没配合,还算是有一点点的默契度,所以第一局很顺利。

第二局的时候,对面搞了一些很奇怪的阵容出来,上单妖姬、打野酒桶、中单小炮、ADC女警、辅助辛德拉。

"他们这是在搞什么?"原子奇道,"不想玩了吗?"

"这是NGG的阵容。"钟晨鸣看着这个阵容,忍不住笑了起来,"这个阵容他们也学,不知道在想什么。"

另外几个人一脸问号地看着钟晨鸣。

短暂的游戏加载画面之后,钟晨鸣道:"NGG乱搞的阵容,其实还是能打出优势来,主要是在线上要把对面打炸,敢这么拿,对面很自信。"

"什么怪套路?"Boom说,"真的不是乱玩?"

"不是。"已经跟对面交过手,钟晨鸣对自己战队的队员还是十分自信的,"你们直接线上打炸就是,不用想太多。"

他这句话,就等于线上自由发挥的意思。

说着,钟晨鸣就拿着线上本该弱势的老鼠,把对面"女警+辛德拉"的组合给打炸了。

BUG拿着个奶妈跟在钟晨鸣身后,什么都还没做,对面想过来杀钟晨鸣,结果死的是他们自己。

BUG:所以我有什么用?

由于钟晨鸣线上太过激进,BUG到现在都还是一个半吊子辅助。这几天钟晨鸣跟BUG双排,两人下路配合奇差,最后找出了一个可以让两个人都舒坦的辅助:星妈。

反正星妈就是一个移动奶妈,就跟在钟晨鸣身后放放技能就好了,也不用担心跟不跟得上的问题,所以比赛的时候两人看起来配合得还不错。

至于到底配合得如何,那就只有下路的两个人自己知道。

对面想法是有的,无奈实力差距太大,还是输了比赛。看得出来对面几个是比赛着玩的,输了比赛还笑呵呵地跟他们说话,然后还拍拍他们肩膀说"打得不错,继续努力",搞得一群人很是莫名其妙。

这一轮比赛打完,白天获胜的队伍晚上还要再打一轮,然后剩下四支队伍去参加全市比赛。

钟晨鸣他们打了个2:0,结束得早,先去吃饭。

饭桌上,可可交代了一下周新的事情。

原来今天周新起来,洗脸刷牙刚准备出门,接到了老师的电话,说他期末可能过不了,让他去办公室一趟。

周新是个"学渣",平时上课睡觉晚上打游戏,期末的时候临时抱下佛脚,这次因为期末的时候还在准备比赛,他的心思也没在复习上,一想到复习就想往战队跑,期末根本就没怎么看书。

这下听到要挂了,周新赶紧跟老师求情。老师让他去办公室把之前差的作业补上,可以给他加点平时分,再加上他的卷面成绩,应该勉勉强强过了。

周新一听简直想给他老师跪下,大喊"谢老师不挂之恩"。

然后他就去老师那儿补作业,补作业的时候还不敢玩手机,就这样没接电话,让他们白等了这么久。

这些是周新后来在群里面解释的,他在群里都快喊了一万个对不起,然而没人理他,可可转手就把他踢出了群,让他自己好好学习去。

他们突然间又没有了ADC。

饭桌上,BUG一脸冷漠:"牛。"

原子则摇了摇头:"啧。"

Boom气得站了起来:"这个人有毒吧?提前跟大家解释一句不行吗?这是比赛,我——"

"坐下。"可可冷静地吐出两个字。

Boom还是很气愤,却乖乖坐下了。

几个人当中,豆汁看着钟晨鸣,欲言又止。

钟晨鸣道:"先打完网吧联赛吧,ADC的事情以后再说。"

晚上的对手实力比之前的都强,跟他们打得有来有回,最后2:1结束了战斗,TD还是赢了,获得了晋级的机会。主办方又给了一天休息时间,第二天去参加市里的比赛。

市里的比赛就跟他们的区域联赛差别很大，一共有十六支队伍，从四个片区过来，直接开始淘汰赛。

这个比赛，也就同网吧的关注度高一点，主办方都是怎么方便怎么来，反正不需要主持也不需要直播，就是给网吧造势宣传一下，吸引点玩 LOL 的人。

休息日，钟晨鸣又是早早起来开直播，打了两局。

客厅里突然响起了开门声，Boom 穿着一身老土睡衣从卧室里走出来，拿着电话，去阳台，一边走一边还点了根烟。

早上不怎么排得进去，钟晨鸣这个时候在排队，正好就听到了门外 Boom 的声音。

"是的，中午十二点的火车，他肯定这个时候出发，可能打车。对，就那段路堵他。没事，放假了，这个时候学校里面能有几个人？"

钟晨鸣好不容易排进去了，立刻点了拒绝，跟直播间的观众说了下有事，下直播去了 Boom 的卧室。

Boom 跟原子一间房，原子还没起，睡得人事不知，钟晨鸣在床头柜找了找，找到了卧室门的钥匙。

等 Boom 打完电话，钟晨鸣已经重新坐回了座位，看着 Boom 慢悠悠地从阳台走进来，问他："你刚做了什么？"

Boom 笑了笑："给他一点教训，给阿姨说我不回来吃饭了。"说着就往卧室走。

钟晨鸣敲了敲桌子："你觉得这样值得？"

Boom 回头看他，一脸莫名其妙："咋了？"

"看他不顺眼，打了就打了，值得是个什么东西？" Boom 看了钟晨鸣一眼，仿佛觉得这个人有问题一样，直接进了卧室，关上门换衣服。

钟晨鸣走过去，掏出钥匙来，将门给反锁了。

听到钥匙动静，Boom 立刻觉得不妙，跑过来拍门，但已经晚了。

"开门！" Boom 在里面大吼，"钟晨鸣你给我开门！"

"你冷静冷静。"钟晨鸣在门外面说，"打架是要禁赛的你知不知道？"

房间里的原子也被吵醒了，从他俩的吵架中听出了来龙去脉，将 Boom

拽了回去，靠着门对钟晨鸣道："别开门，我来处理。"

同住一个屋，原子跟 Boom 的关系也挺好，原子说他会处理，钟晨鸣就没有再管，在外面听着。

里面传来了吵架声，钟晨鸣听得心惊肉跳，Boom 又来拍了一次门，突然又有什么东西摔下来的声音，钟晨鸣在外面拍了拍门，问道："没事吧？"

"没事。"过了一会儿，原子的声音在里面响起，"开门吧。"

钟晨鸣开了门，原子先出来，揉了揉自己手腕，跟钟晨鸣道："没事了，我去洗脸，有多的早饭吗？"

"自己去买。"钟晨鸣看向原子身后，Boom 脸上青了一块，脸色不太好，两人刚估计打了一架，原子赢了。

Boom 没看钟晨鸣，直接往床上一躺："我补个觉，别吵我。"

这样子看起来是不准备出门了。

其他的钟晨鸣也没问，事情解决了，钟晨鸣又回去直播。

原子洗完脸刷完牙出来，边开电脑边跟钟晨鸣说："卢锡安五十胜完成，下一个英雄？"

钟晨鸣问他："你想玩什么？"

"飞机吧。"原子道，"飞机挺好玩的。"

"你先打两局，下午 solo 练对线细节。"钟晨鸣说道。

"行。"原子开了游戏，开始练飞机。

这几天他一直在练英雄，先是跟钟晨鸣 solo，钟晨鸣觉得可以了，就让他去打排位拿五十胜，中间如果有什么疑问可以问钟晨鸣，他进步还是挺大的，至少现在不止吸血鬼拿得出手了。

等钟晨鸣结束了上午的直播，Boom 也补完觉从卧室出来，他没看钟晨鸣，估计也想通了，去给钟晨鸣盛了碗饭，算是和解。

下午谁都没提这个事儿，大家继续训练准备明天的比赛。

由于没有对练的训练队，几个人常规训练结束后，下午又打了几把组排，就算是配合训练了。钟晨鸣虽然不常跟他们打，但看了他们这么多次比赛，现在又熟悉了他们每个人的打法，还是能配合起来的。

吃完晚饭，钟晨鸣跟 BUG 又双排了一会儿，强行约定了一些提高配合度的细节。BUG 在旁边听着，打得有些拖拖拉拉的，好像有点不知道自己应该做什么。

晚上十一点,可可赶大家去休息,为明天的比赛养精蓄锐。

市级淘汰赛,十六支战队打BO3,十六进八的队伍还算好打,八进四的时候,他们突然遇到了强敌。

第一把,Boom直接被打炸了,豆汁的野区勉强能稳住,钟晨鸣下路也还能发育,原子却有点稳不住了。

"能稳住吗?"钟晨鸣在下路补兵,看着全队0∶3的"人头比",这局怕是不妙了。

"不能,豆汁快来中路,别管他上路了!"原子吼着。

豆汁原本就没想着帮上,直接去了中路,BUG也过去中路帮原子,但对面也是有想法的,下路的辅助跟打野也过去了,中路3对3,他们没打赢,被一换二,血亏。

从这一局开始,劣势不断扩大,完全没有了赢的机会,很快就输掉了比赛。

"好好打吧。"第二把开局,原子先道,"别浪了,选个稳一点的阵容。"

豆汁动了动嘴角,他本来想说他们上局也没浪,还是输了,想了想还是没说。

几个人线上的压力很大,钟晨鸣跟BUG配合也不行,打起来畏首畏尾,对面已经不是用运营可以战胜的实力了。

差距不大,可以用战术弥补,但差距太大,什么战术都救不起来。

第二局选了个稳扎稳打的阵容,但拖到后期还是打不过,打了一把十分疲惫的局,输了之后大家都不太想说话。

这把输了,他们被淘汰了。

他们还等着奖金改善生活,没想到到这里就为止。

可可过来安抚了几句,主办方也过来安慰了两句,还带了个人过来,说是刚才跟他们打的那个队的领队,说是看他们打得不错,过来看看。

钟晨鸣提醒了一下可可,可可立马明白过来,跟领队聊起了天。

对面领队十分自来熟,跟可可吹牛了十分钟,还互换了联系方式。等战队的其他人都收拾好键盘鼠标了,看到大家一副要离开的样子,领队这才结束了刚刚起了个头的话题，放几人离开。

车上，气氛十分低迷，原子靠在公交车窗边，问出了大家都想问的问题："我们去哪儿找个 AD？"

刚开始，大家都有让钟晨鸣转 AD 的想法，但这次比赛打完，这个念头都消失了。

钟晨鸣的中单他们都知道，很强，强到可怕，但钟晨鸣的 ADC……其实在他们看来也不差，但跟他的中单比起来，就不是一个层次的。

简单来说，中单 carry 全场，ADC 混全场。

车里面安静了一会儿，他们这趟车也没几个人，他们不说话，车里面就没人说话，气氛变得更压抑了。

"没事。"可可勉强打起精神来安慰大家，"AD 可以再找，这次我找点靠谱的 AD，别急，LDL 海选还早。"

"大家回去加油训练。"钟晨鸣道，"这次是运气不好，不会每次都这么倒霉。"

他们确实是运气不好，可可后来收到的消息，跟他们打的那个战队后面几场碾压着过去，直接第一晋级，实力确实强，但他们如果不是在八进四就碰到了这个队，后面还是有得打，或许还能第二晋级。

"对，加油训练。"可可挤出个笑来，"别我找到个靠谱的 AD，你们又给吓跑了。"

几个人稀稀拉拉地应了下，可可的笑容也绷不住了，气氛又沉寂下来。

到了基地，几个人连游戏都不想打了，要么看起电视剧，要么回去倒头就睡。

只有钟晨鸣一个人，打开电脑，打起了排位。

他先是玩了两把 ADC，体会到自己如果要转 ADC 位还要长期训练之后，又主选了中单位置。

这下真的要给战队找个 ADC 了。

又打了两把游戏，钟晨鸣准备去睡觉，豆汁从房间走出来，开始打游戏。

豆汁一回来就把自己关在房间里面，钟晨鸣都以为他已经睡着了，但现在看来，估计是自己去想事情去了，现在想通了就出来训练。

钟晨鸣给豆汁倒了杯水，豆汁看了钟晨鸣一眼，小声说了谢谢，钟晨鸣让他加油，之后才去睡觉。

第二天，大家的精神状态看起来都好了许多，几个人打排位送了两局，继续单排找 AD 的日常。

第三章
韩服第一

三天过去了，AD还没找到，MW又一次传来败绩，这次输在了一个末流战队身上。贴吧又是一阵腥风血雨，MW的直播间更是不能看，连钟晨鸣这里也受到了波及。

钟晨鸣已经排队三十分钟，依旧没有排进去，他现在王者700点，排一把更难了。

排不进去，他就面无表情地看弹幕吵架，然后打开MW的比赛视频看了起来。

MW的问题比他去现场看的时候更加严重，ADC田螺要么不上要么就上去送，这下大家的矛头也都对准了ADC。

而五神好像是找到了正确的游戏方式——正确的如何不被喷的游戏方式，开始选稳如防御塔的中单，打法也变得稳健，很少主动。

这是粉丝的看法，而在钟晨鸣看来，他总觉得五神在消极比赛。

但他又不是五神，五神到底怎么想的他也不清楚，不敢妄下评论，也只能说MW的状态成谜。

钟晨鸣还没排进去，Master的消息过来了：【别排了，来跟我双排。】

钟晨鸣看了一眼时间，早上八点半。他打字过去：【你也是起得越来越早了。】

Master这次说了实话：【睡不着，醒了。】

钟晨鸣还没说什么，Master很快又发了条消息过来：【反正也排不进去，跟我去打钻五。】

钟晨鸣把安慰的话删了，就打了两个字：【好吧。】

开了语音，Master 的声音听起来还很正常，但游戏状态就有点不对劲了。

总的来说，今天早上的 Master 打得异常暴躁，看到人就去干，要么是他死，要么是对面死，看得出来他就是为了发泄。

看 Master 这个状态，钟晨鸣觉得自己应该安慰一下，但是 Master 好像又不需要安慰的样子，那就只好陪他乱玩了。

打了两把，Master 直接道："没意思。"

这个段位他跟钟晨鸣联合起来就是一场屠杀，确实挺没意思的。

钟晨鸣刚想说自己有个段位高的号，就听到 Master 又道："继续。"

钟晨鸣："……"

Master 跟他一直打到中午，越玩越高兴，最后连 VN 打野都拿出来了，最可怕的是，队友看到 VN 打野还没有秒。

VN 这个英雄，全名"暗夜猎手"薇恩，是一个定位为 ADC 的英雄，手短后期输出高，操作难度也高，玩得好可以秀别人一脸。

由于其可玩度的原因，这个英雄跟亚索一样被称为"孤儿英雄"，玩得好的打得对面怀疑人生，玩得差的打得自己队友怀疑人生，连 ADC 拿出来有时候都要被人喷一顿，别说打野位置了。

钟晨鸣觉得既然队友都如此信任 Master 了，那他也要强行带赢这把，选了个发条强行带起了节奏，带着 2∶8 的 Master 走向了胜利。

打完 Master 还说着："我觉得 VN 打野是可以的。"

钟晨鸣："是是是，2∶8 的打野你好。"

"不不不。"Master 说道，"我是说这个打野可以开发一下，你看我刚才的操作，开大滚过去直接把 ADC 定墙，这个操作我就问你厉害不厉害。"

钟晨鸣面无表情，语气没有丝毫波动："厉害。"

嗯，这是他刚才那一局里面，唯一拿得出手的一次操作了。为了不打击这个人的积极性，钟晨鸣还是给出了自己违心的夸赞。

"我怎么觉得你说得一点都不真心。"Master 说着，下一局又选了 VN。

还好，这次队友没给他秀自己 VN 打野的机会，直接就秒了。这局秒了 Master 也没再打，说吃饭去，钟晨鸣也下了直播，引得直播间的观众一片失望。

至于失望的是什么，他们也说不清楚是想看这两个人双排呢，还是想看 Master 玩 VN 打野。

这次钟晨鸣的操作又被人录下来了，不过不是上的精彩操作集锦，而是上的"主播瞎玩什么呢"集锦。

这次集锦的主角是 Master，配角才是他，先是 Master 强行选 VN 打野送人头，再是他强行 carry 秀操作拯救世界。

钟晨鸣不关注这些，他连微博都没有，制作者发视频的时候也@不了他，他只是突然就发现看自己直播的人多了起来，也只当是自己的实力征服了观众。

从 Master 最近的反应来看，钟晨鸣发现 MW 队内似乎出现了矛盾，如果只是战术上的问题，Master 不该这么烦恼才对，想着 Master 对他还挺好的，他也就陪 Master 乱玩了，反正乱玩也挺好玩的。

跟 Master 打了几天，可可还是没有找到新 AD，眼看着报名截止时间在即，不仅是可可，连钟晨鸣都感到了一阵焦虑感。

这天跟 Master 双排，Master 继续他的 VN 打野，他已经打出心得来了，偶尔还能 carry 一把，就是风格十分激进，一个短手 ADC 都被他打成了刺客，开着大招就上去送，哦不对，是上去"杀"人。

这个风格倒是让钟晨鸣想到了一个人，之前打那个小网吧赛的时候，他们的 ADC 好像也是这个风格——"我不管，我就要上"，刚得八匹马都拉不回来。

钟晨鸣觉得这个打法十分有问题，打 ADC 就应该稳才对，但偏偏有人这么打，还能 carry，冲上去一顿秀操作，自己没"死"，对面"死"光了。

反正赢了，也没人会说什么。

直播完，钟晨鸣跟可可联系了一下，问可可：【ADC 找到了吗？】

可可很快回答：【还没。】

钟晨鸣建议道：【你觉得小凯怎么样。】

【小凯？】可可过了两分钟才回了下一条。

【他是个学生吧，而且没有接触过这方面，看起来也不太有兴趣。】

【他对游戏的热情很高。】钟晨鸣又道，【我觉得可以试试。】

可可：【那行，我去联系。】

之前可可跟他们留了联系方式，此刻很快联系上了小凯。小凯还在学校，说是暑假准备打工，但工作并没有找到。可可就问他要不要试试来战队打工。

小凯：【管饭吗？】

可可：【管，多少都行。】

小凯：【我马上过来。】

可可把对话截图给钟晨鸣看：【这个人都不问问工资的吗？】

钟晨鸣打字过去：【我们有工资的吗？】

可可：【我刚什么都没说。】

小凯过来的时候正好是午饭时间。为了证明自己确实管饭，可可特别去外面的饭店逛了一趟，提了几个大菜回来，让阿姨装盘，看起来是顿十分丰盛的午餐。

小凯看起来挺瘦的，但是饭量巨大，一个人顶战队里两个人的食量，看得大家都目瞪口呆，煮饭阿姨都在旁边嘀咕着这孩子怕是给饿大的吧。

吃完饭，他们才开始正式商量关于战队的事——吃饭的时候小凯并没有空说话。

钟晨鸣跟他讲了现在是试训，如果他可以才能留下，如果不行，那他们还是会继续找 AD。

小凯点了点头表示明白。

可可还有些担心，之前她跟小凯打过，知道小凯平时游戏打得不多，甚至没有好好打过排位，还是问了句："你现在什么段位了？"

"钻三吧。"小凯好像有些记不得了，想了想又加了一句，"应该是钻三。"

"哪个区？"其他人听到这个回答都淡定了。如果是之前还会质疑一下段位会不会太低了，但是现在他们确实找不到 ADC，也没办法。

"电一。"小凯说道。

"电一？"BUG 跟小凯比较熟，此刻奇怪地问，"你电一的号不是定位赛都没打吗？"

小凯白净的脸上微微一红，他没有提前女友的事，就说："我觉得这个游戏还是挺有意思的，后来就打了下排位，发现电一的排位还是挺好打的。"

"挺好打的？"BUG看着小凯，觉得这个人怕是在开玩笑，拿出手机看了看小凯的战绩，突然愣了一下，这个人，80%胜率打到钻三？

怪不得也就一个月左右，中间还夹杂着一个期末考试，能从定位赛打到钻三，怕是跳段了不少。

BUG把战绩说了一下，原子点头："我觉得可行。"

Boom则是看着小凯："学生？"

小凯点了点头。

战队的气氛突然就变了，小凯一脸茫然，不知道为什么突然就从大家很期待他的加入，变成了排斥。

"海选的时候他还在放假。"可可道。

"那之后？"Boom问。

"我问过了，他们12号开学，晋级赛11号打完。"可可说，"刚好。"

"晋级赛之后？"

"晋级赛之后的比赛要等到明年四月。"钟晨鸣补充。

Boom还有些疑虑，将小凯喊去阳台，说："我们谈谈。"

可可有点怕小凯被他给吓走了，想阻止，钟晨鸣说道："没事，让他们去说。"

阳台门被Boom关上了，他们两人交谈的声音也不大，可可担忧地看着外面，原子有些好奇，BUG倒是很相信小凯的模样，十分淡定。

过了十分钟，两个人终于从阳台回来，Boom点头道："可以。"

后来可可问小凯两人说了什么，小凯表情看起来非常茫然，说道："他问我抽烟吗，我说不抽，他自己点了一根烟抽完，说欢迎我加入。"

可可奇道："就这样？"

小凯点了点头："就这样。"

小凯第一天来训练，大家十分好奇这个单排80%胜率上钻三的ADC，都不训练了全部凑到电脑前看他打游戏。

BUG作为辅助跟小凯双排，如果不是他一向高冷，怕是要被看得浑身不自在让他们快滚。

他们还是打的国服，BUG选了个保险的保护型辅助，就看着自家这个不太爱说话也不跟他沟通的AD一阵乱杀。真的是乱杀，冲进去不是他"死"

就是对面"死",偏偏"死"的还都是对面。

不过有几次BUG没注意,小凯直接冲上去了,"死"了之后才跟BUG说了一句:"你刚才给我个盾就好了。"

BUG:"……"

小凯又道:"我可以'杀'完。"

BUG:"你上之前能不能跟我说一声?"

小凯沉默了一会儿,点头说:"好。"

然后下一局,他上的时候又没有跟BUG沟通,被捶爆在人群当中。

豆汁在旁边看着,突然道:"我来辅助一把。"

BUG不解。

豆汁也是个很少说话的人,甚至很少提出要求,此刻突然这么说,BUG内心十分蒙,直接把位置让了出来。

"打韩服吧。"豆汁提议。

"我没号。"小凯道。

"我给你。"可可说。

两个人上了韩服,可可的号钻三,豆汁的号大师,打的段位并不低,可可也就提了一下:"没问题吧?段位有点高。"

小凯一开始没回答,见大家都在看他,这才抬头疑惑道:"怎么了吗?"

其他人:"没事……你安心打游戏。"

小凯对这个分段适应良好,完全没有被压,不过也没有压对面,而是在好好补兵,豆汁也没说什么,两个人从头到尾都没有一句交流,线上看起来却并没有问题。

线上稳健,到了打团的时候,豆汁对小凯的保护做到了极限,多次闪现跟上小凯的技能,闪现帮小凯挡技能,到了这个时候,两个人还是没有交流。

在豆汁的保护下,小凯这一局的战绩十分好看,可以算作是他carry。几个人在旁边看着都很惊奇,没想到他第一次打这个分段,表现得都如此好。

"可造之材。"这是原子给出的评价。

Boom没说什么,自己开始训练了。

豆汁把辅助位让回给了BUG。BUG看完这局游戏,也理解到了什么,跟小凯双排突然就换了打法。

不就是死保一个人嘛，这个他还是会的，毕竟他之前跟钟晨鸣打的时候，就是做的这个事情。

有了新 AD，TD 的训练也踏上了正轨。

之前他们在网吧赛认识的战队也跟他们联系了，两个队合计了一下，准备长期一起打训练赛，另外那个战队的领队还给他们介绍了另外几个战队的人，可以一起打训练赛。

至于为什么称呼是那个战队，因为他们都是临时凑的人，根本没给战队取名字。

这几天既然早上钟晨鸣大号排不到人，也就跟 Master 双排了。Master 惯例早起，跟钟晨鸣乱玩解压——乱玩都能被强行带躺赢，确实是很解压了。

到了下午钟晨鸣会抽空玩大号，这样上分比较缓慢，但总的来说分数还是有涨。

跟钟晨鸣这边相比，Master 那边简直是水深火热。

MW 连跪（连续输掉游戏对局）了。

无论他怎么打，怎么 carry，都不能赢，很无奈。

有次直播结束，Master 说出了自己的心声："我觉得这么打，季后赛都进不去。"

钟晨鸣刚想安慰一下，Master 直接挂了语音，连企鹅号都退了。

钟晨鸣只好给他留言：【不是你的"锅"，心态放好点。】

到了下午，Master 给他回了个表情，没再说什么。

那个时候钟晨鸣看着自己的排位点数，想了想，决定去联系战队。

王者 1287 点，韩服第二。

现在是夏季赛末期，等夏季赛打完，还没到转会期，各大战队就会物色新的队员。

钟晨鸣一边看着 LPL 战队现在的成绩，一边点开了排位，这一把赢了，他就是第一。

排得很慢，钟晨鸣将现在战队的现状都了解了一遍，这才排了进去。虽然赢了就是第一，但钟晨鸣并没有特意去选什么英雄，他心态很好，输了大不了多打几把,也不碍事,就是多花点时间而已。

这一把选完英雄,钟晨鸣看了一下对面的ID,发现有个熟人,Kiel。

这次他排到了Kiel大号。

Kiel大号看起来有段时间没打了,掉到了十几名,现在估计是要上分,想重新打回第一。

这把有点难打,钟晨鸣这么想着,快速分析了敌我阵容。

钟晨鸣这把玩的卡特,Kiel卡萨丁,对线Kiel肯定是单杀不了的,那就只有游走了。卡特这个英雄,如果拿不到人头,前期建立不了优势,后期可以说毫无作用。

钟晨鸣想是这样想的,但是真正到了游戏的时候,稳健?队友根本不知道稳健是什么,那玩意儿有打架重要?

韩服高端局是一个十分奇怪的分段,如果不是分数摆在那儿,还屡屡有神仙打架的操作,很容易让人觉得是国服的"青铜白银"局,因为从头到尾,都在打架,从开局打到结束,反正我不管我就是要刚,不带停的。

王者的人意识是有了,但是操作也上去了,根本不知道稳健为何物,只要有十分之一的机会能杀,想都不想,直接就上,往往韩服王者局就跟大乱斗一样。

钟晨鸣其实很想稳健的,但是打野不停来中路搞事。这个打野或许是Kiel迷弟,看对面中单是Kiel就要抓崩中路,看得钟晨鸣都为Kiel心疼。

看到自己家的打野来搞事,对面的打野自然也不甘示弱,立刻加入了搞事行列。打野都加入了,双方辅助也难耐寂寞,全都往中路跑。辅助来了,那么上单也就不远了,上单来了,ADC没事也可以来中路玩玩了。

这个来了那个来,钟晨鸣根本不用去游走,直接在中路打大乱斗。

说起来王者局是乱打架,但其实也有运营,他们并不是没有意识所以打架,正是因为有了意识,支援到位,所以经常打起来。

就比如这一局的打野,因为知道Kiel很强,所以屡次往中路跑想抓崩Kiel,这样他们好赢一点。

辅助来中路,是因为猜到对面打野会反蹲,所以过来帮忙,而上单则是打起来之后传送过来支援,至于ADC,完全就是团战打完之后过来推塔的。

就在这样的运营之下，钟晨鸣这边渐渐走向劣势，团战 ADC 被秒，直接爆炸，有人心态崩得点了投降。

钟晨鸣打字安慰队友：【can win, I carry.】

ADC 打字：【Kiel, no.】

这两个词打得不明不白的，但钟晨鸣还是看懂了，这是说对面是 Kiel，都如此劣势了，赢不了的意思。

【believe me.】

打下这几个字，钟晨鸣没跟他多废话，说了多也没用，毕竟听不听是别人的事。

刚才打完，Kiel 他们拿了大龙，已经气势汹汹地逼向高地，他们的人刚刚复活，看起来高地塔都没法守。

但没人放弃防守，就算 ADC 不想玩了，他还是继续出来打，对面抗塔强拆高地，他们人不齐，守不了就直接让了，对面又想推第二路。

第二路也不是不能让，保险一点的打法是撑过对面的大龙 BUFF 再打。

但他们这边的打野是个有血性的，看着对面推高地推得眼睛都红了，闪现上去强行开团。

由于对面兵线不好，Kiel 那边在抗塔强拆，此刻上单因为扛了太多塔，以及吃了钟晨鸣这把技能 poke（利用远程技能消耗敌方的行为）的伤害，已经半血，正在往回退。

一看到打野上来，对面上单估计是觉得大优势，你还敢上？立刻扛着塔反打。

钟晨鸣的其他队友也不是吃素的，打野上了，他们立刻跟上，不管能不能打赢，到了这个时候，如果卖了打野他们必输，如果打赢了，他们还有一战之力。

其他队友一上，钟晨鸣的卡特却绕了远路，绕到了对面后面。

这个时候强拆高地塔，必定是会在野区做好眼的，特别是钟晨鸣还是卡特的情况。

所以钟晨鸣的绕后，其实对面是看见了的，辅助璐璐还特地往钟晨鸣这边走了一下，防止他进场秒掉 ADC。

一头红发的卡特身上掉下来一支匕首，她往前走了一步，敌方璐璐也往这边靠，手中的法杖指着卡特，大有你再上前一步试试的感觉。

钟晨鸣的队友已经冲进了 Kiel 他们的阵型，Kiel 作为一个中单，还是个卡萨丁，这个时候已经找机会切进了后排，直逼钟晨鸣方的 ADC。

刺客与刺客的较量。

就看谁切后排更快。

璐璐身上的皮克斯已经射出星星一样的光，而对面 ADC 也后退了一步，专心预防着卡特。

卡特匕首丢出，璐璐立刻法杖一挥，将过来的卡特变羊，对面打野是个盲僧，也一脚天音波踢了过来。

不过零点几秒的反应时间，卡特身上浮起一圈银色的微光，这是使用水银饰带的特效，变成萌萌哒小羊的动画效果都还没出来，就被水银饰带"秒解"。

解除了变羊效果的红发卡特身影立刻在原地消失，反身一个瞬步移到了自己事先丢了匕首的地方，盲僧的技能落空，璐璐的闪耀长枪也射了个空，更是离开了 ADC 的射程范围。

之前璐璐还预判了一下，因为看到卡特有水银，猜的是卡特会瞬步过来开大，齐齐靠向 ADC，谁知道卡特根本没过去。

钟晨鸣心里计算着技能，盲僧刚才交了大招，为了保护 ADC 踢走了打野，璐璐的大招还在，所以他现在要做的就是预防璐璐的大招打断他的大招。

卡特红发飞扬，凌厉的身影再次从原地消失，落到了 ADC 面前，璐璐立刻给了 ADC 大招，ADC 身形急剧膨胀。

点点金色的光落在了 ADC 身旁，卡特已经不见了，这次她闪现到了辅助身边，大招开出！

猩红如血雨的匕首从卡特手中飞出，卡特的装备很好，此刻没有了保命技能，也没有出防御装备的璐璐当即被秒杀。

钟晨鸣看的从来不是 ADC，而是这个可以保护 ADC，还能让 ADC 伤害变得爆炸的辅助。

ADC 也没有闲着，一直在输出，只是卡特的伤害出来得太快，他不但没有打掉卡特半血，还被卡特的大招刮残了。

此刻卡特杀了璐璐，由于被动技能的存在，所有技能 CD 减少 15 秒。

卡特的技能，除了大招，冷却时间都没有 15 秒，所以这个减少 15 秒，其实就是除了大招之外其他技能刷新。

这就是卡特是低分段杀手的原因，她有着极其恐怖的收割能力。

技能一刷新，卡特一刻未停，ADC 之前就被大招扫到，血线下了一半，卡特立刻就瞬步移到 ADC 身后，丢匕首捡匕首一气呵成，ADC 血线立刻见底。

原本对面上单中单被卡特的队友牵制住，而且还带走了卡特这边的辅助和打野，此刻看到卡特切进来，立刻准备回头保护队友。

上单血线很残，他想兵行险招，用控制技能控住卡特，然而卡特一个金身，同时她自己也不能行动。

金身的时间是两秒，不可以提前取消，Kiel 的卡萨丁已经来到了卡特身前，只等金身结束就送上自己的技能结束卡特的生命。

这个分段，就算前期不顺，装备不行，每个人却也不是没有用的，钟晨鸣的队友还剩一个 ADC 和一个上单，对面上单跟中单残血跑了，他们肯定立刻追过去，对面上单血线太残，ADC 直接平 A 带走，上单也扑向了卡萨丁。

卡萨丁的大招"虚空行走"，满级之后 CD 只有 2 秒，两级大招也是 4 秒 CD，从名字上就可以看出来是一个位移技能。看到上单过来，卡萨丁立刻放大离开原地，躲开技能，回头一个范围技能"能量脉冲"扫向卡特金身所在的位置。

——他计算好了时间，就是这个时候金身时间结束！

卡特身上的金光退去，她跟卡萨丁都是残血，两人都是切完后排出来，此刻距离正好都是对方的技能可以打到的位置。

没有任何凝视，也没有任何迟疑，在能量脉冲扫出来的一刹那，卡特也动了，匕首与红发一同飞起，带着杀意袭向卡萨丁。

卡萨丁飘在地面上，身周黑气涌动，手中的短刃已经变为红色，这是给匕首充能，从而让匕首下一击伤害增加。

这是一次伤害的对拼，匕首与黑色的魔法齐齐飞出，最后尘埃落定，卡特以 50 血活了下来，死的是卡萨丁。

对面盲僧见势不妙直接逃跑，作为一个位移技能够多的打野，他跑得还是很快的，但看到 50 血的卡特，他突然觉得自己可以杀，又回头了！

LOL 三大错觉：我能反杀，草里没人，他没闪现。

盲僧一回头，他直接就凉了。

钟晨鸣没出手，但是他有队友！

卡特灵活走位躲了盲僧技能，在盲僧被打残血的时候，立刻回身，一套技能带走盲僧，四杀！

这一局钟晨鸣没有在直播，最近他都变成了娱乐主播——带 Master 躺赢，看 Master 玩各种奇怪的英雄，观众们还是看得很欢乐的。

也不是他不想打排位，现在就算是在晚上高峰段排，他也要排个十分钟才能进去，更别说是早上人最少的时候了。

Master 要是没来，他还是在直播排队，或者直播打国服小号带水友，国服没满级的小号，带水友匹配练级。

这一局他是晚上高峰时间段排的，由于大家都在训练，他也不好意思开直播，但他没开，却不代表没人看见他的操作。

在直播网站，有些主播自己不打游戏，也不唱歌，就 OB 别人，然后做解说，被他 OB 的肯定是十分有牌面的职业选手或者是人气很高的路人，这一次，就有三个主播同时在 OB 这局游戏，两个 OB 的是 Kiel，一个 OB 的是钟晨鸣。

由于钟晨鸣一口气打到了韩服第二，胜率还不低，又是国人，突然人气就来了。虽然他是个主播，按理说只需要看他直播就好，但最近他打大号的时候都没直播，搞得一些想看技术流，或者想看他打韩服的粉丝很是怨念。

OB 房间的主播自然是闻风而动，谁人气高就 OB 谁，所以也有了主播 OB 钟晨鸣。

这一局打完，几个 OB 直播间无不在刷"666""蒂花之秀""神仙打架"，看到最后 Kiel 与钟晨鸣的对拼，又有人感叹国产中单崛起了，夹杂着还有人在刷"手速这么快怕是母胎单身""心疼 Kiel"。

其中一个 OB 的主播也在说这个事："刚刚你们看清楚了发生了什么

吗？好吧，我也没看清，来来来，回放一下。"

钟晨鸣操作的时间很短，如果放在低端局，估计队友跟对面都没反应过来就死了，但是王者局大家都还是能反应过来，也做出了一些应对，不过这个应对没把钟晨鸣弄死就是了。

所以直播间很多人都没看清刚才发生了什么事，就好像是卡特冲进去，哗啦啦转了两圈，对面就死完了，所以OB的主播又用慢动作回放了一遍——其实这个主播刚才也没看清楚到底发生了什么事。

看了一遍慢速回放，主播又一个技能一个技能讲解了一遍，就这样还有人大喊没看懂，不得不又回放了一遍，观众这才放过了他。

接着有人在弹幕上讨论了起来：

【这个卡特是哪个战队的？】

【是个主播，路人。】

【这么强怎么不去打职业？】

【打职业能有直播赚钱？】

【哇，他去MW就好了，代替废物五不是正好。】

【MW需要换的是ADC。】

主播那里说的什么跟钟晨鸣都没关系，他还得认真继续这局游戏。

对面团灭，钟晨鸣跟队友立刻动了起来，带兵线推塔，之前对面兵线压到了他们塔下，杀完人推对面基地时间不够，他们就将兵线带了出去，正好小龙刷新了，是条火龙，上单跟ADC又赶紧去把龙打了，兵线让卡特带。

钟晨鸣拿了四杀，其中卡萨丁还是个终结，有500赏金，又一个人吃了一大堆兵线，装备直接起飞，连Kiel跟他相比都差了一件大装备，等级也落后了一级。

清理好了兵线，辅助复活，将野区的视野整理一遍，全局劣势也打回来了不少，重新开始抢资源控视野抓人。

时间越往后拖，对Kiel一方越不利，Kiel一方是前期阵容，而他们的阵容虽然不能说是后期阵容，但肯定后期比Kiel一方强。

这是钟晨鸣一早就看出来的局面，所以他才会说能赢，至于他到底能不能carry，这点自信他还是有的。

Kiel 很明显也知道这点，或者说这局的人都知道这点，就看心态炸不炸了。

对面开始了强攻，想要在最短的时间内推掉他们的基地，钟晨鸣没切进去，就跟队友一起在高地上守了一会儿，一来他没找到机会，二来他水银闪现都还没好。

闪现还好说，没有水银他切进去就是一个"死"字。

他们守下来，对面顾忌着他这个装备贼好的卡特，也不敢强推，消耗了一轮没找到机会，倒是把自己消耗残了，直接回家补充状态。

这一拖，就拖到了下一条大龙刷新，对面想打大龙，他们肯定也不会放，两边都在大龙处胶着。

如果是比赛，控个大龙视野可能都要磨五分钟，但是路人局就不同了，谁都没那个工夫磨叽，直接冲上去就是干。

只是这个冲上去就死干也是粗中带细，看上去是蛮横地往前冲，但是每个人都有细节操作，比如走位，或者说是预判。

这次钟晨鸣在后面观望了一下，找了个对面都在疲于应对他队友的时机切了进去，他装备碾压，对面虽然有反应，但是在碾压的装备面前也毫无用处，ADC 跟辅助这两个脆皮被摸到就死了，卡萨丁倒是能多活一会儿，但是他一个人并不能拯救世界。

更让 OB 他的人惊叹的是，盲僧看他进场，一脚把他踢了出去，这个人在空中直接水银解了击飞，回头一套技能带走对面 ADC，一顿操作简直让人眼花缭乱。

一轮大龙团，钟晨鸣三杀，对面瞎子残血逃走，钟晨鸣他们打了大龙，推平对面高地。

从游戏里退出来，回到了主页，钟晨鸣点开看了看排名。

他第一，把 Gin 压到了韩服第二，而 Kiel 已经掉出了韩服前十。

韩服第一，这是他许久没有到过的高度。

钟晨鸣盯着排名看了有半分钟，随后关掉了客户端，继续去看战队的资料。

这之前，钟晨鸣打上王者没多久，其实就有战队通过直播平台询问过他的意向,问他愿不愿意去他们战队打职业。

那时候钟晨鸣没答应,他想试试看自己能不能打上韩服第一。在寻找战队的时候,他如果有"韩服第一"这个名头,那就好说话了很多,可以更好地跟战队谈条件。

何况他也想先证明一下自己,韩服第一并不是一个虚名,这就是对一个中单实力的最好嘉奖。

现在他打上去了,自然就要着手找找战队。

关于战队这两年的概况他还没看完,原子突然叫他:"钟哥,你打完了吗,我觉得我的岩雀有点问题,来 solo?"

"行。"钟晨鸣又打开了客户端,"我用什么?"

"都行……辛德拉吧,让我练习一下抗压。"

Boom 在旁边道:"你跟他 solo 的时候什么时候没抗压了?"

原子嘿嘿傻笑两声:"这不是争取不抗压嘛,钟哥我拉你。"

八月酷热难耐,基地里开着空调也让人心情浮躁,此时距离 LDL 海选不过十多天,原子跟钟晨鸣 solo 了两局之后,迫不及待地跑去打排位证明自己。

在钟晨鸣的指导下,原子也有了很大的进步,从韩服钻二打到了韩服钻一,虽然上大师还遥遥无期,原子对自己这个进步也很满意了。

很快原子打完,高兴得不行,跟钟晨鸣邀功:"钟哥,哇,我刚才把对面吊起来打,学你的,大招风走位,关门拆塔,对面一点办法都没有,在国服估计要喷死我,笑死我了。"

钟晨鸣点了根烟,刷着 NGG 战队官网,点点头:"加油。"

原子又问:"钟哥,我这个岩雀可以'毕业'了吗?"

"多少胜了?"钟晨鸣这才看了原子一眼。

"三……三十几局吧?"原子不很确定道。

钟晨鸣笑着问:"那你觉得'毕业'了?"

"我继续。"原子没再多说,立刻开了游戏,过了一会儿又开始问钟晨鸣,"钟哥,我怎么打不赢亚索,你来看看这个亚索,是他的问题还是我的问题?"

"他是你师父,自然打不赢。"钟晨鸣说了个冷笑话,在游戏设定中,岩雀的师父就是亚索。

说着钟晨鸣就过去看了看,临场指导原子。

BUG 在旁边听着,突然道:"干脆你直接喊教练师父吧,也差不多了。"

原子的中单都是在钟晨鸣的指导下练起来的,确实是跟师父没两样了,还是单传弟子,毕竟钟晨鸣就教了这一个人。

Boom 也在旁边起哄:"喊师父吧,你早该喊了。"

原子在钟晨鸣指导下单杀了对面亚索,此刻正在高兴,立刻就道:"行行行,师父师父,师父你看我岩雀玩得如何?"

"还行吧。"钟晨鸣说着,又回到了自己座位。他看了一会儿 NGG 主页,笑着关了网页。

NGG 并不需要他了。

其他战队……

好的战队,他去打不了首发;差的战队,他并没有信心能把战队带起来,除非是有上进心的战队,队员都是真的想打职业,那样就算是末流战队,他也愿意去。

就怕的是,现在很多战队的队员早就没有了梦想,打职业就为了赚钱,有的战队更是自甘末流,完全没有上进心。

看了一圈,钟晨鸣只觉得头疼。他离开 LOL 职业圈子太久,也搞不懂现在的局势,看来得找人问问。

他现在认识的打职业的,好像也就 Master 了。

Master 现在正好在线,但现在问不太好,毕竟他不知道 Master 那边是什么情况,如果有教练队友什么的在旁边看着,他问这个问题就很尴尬了,Master 也不好回答。

想了想,钟晨鸣决定明天早上再问,反正 Master 跟他都起得早。

到了第二天早上,钟晨鸣没等来 Master,却看到自己直播间的人数直线上升。

韩服第一换了人,还是个国人,这怎么能不让各大 LOL 相关的编辑兴奋,不管是公众号,还是官方 APP,纷纷发文说了这件事,还介绍了一下钟晨鸣,说他是一个神秘主播。

因为钟晨鸣直播的时候没开过摄像头,而且直播时间十分固定,每天早上八点就开直播,作息也成谜,这在打游戏的人里面非常奇怪。

甚至还有公众号用他的作息时间写了一篇文,提醒大家要规律作息,健康养生才能打上王者,看得其他人纷纷吐槽小编看问题的角度清奇,真乃神人。

这些文章的名字也取得很夸张,什么"暴打 Kiel 的国服路人""将 Gin 拉下神座的中单""韩服第一换人?Gin 王座不在?",反正是怎么夸张怎么来,怎么吸引人眼球怎么来,不管题目上说得对不对,先把人吸引进来了再说。

钟晨鸣跟 Kiel 对战的那把卡特也登顶了视频榜,各种细节看得人眼花缭乱,有人说国服中单后继有人,又有人说这种走位怕不是开挂,甚至有人觉得手速不科学。

还有人在贴吧开了专帖讨论,猜测这个新出头的主播"18"会不会去打职业,打职业又会去哪个战队。

在回帖里面,呼声最高的自然是 MW,因为 Master 一直在跟 18 双排,而且配合得很不错。这两个人关系还莫名其妙的好,Master 每次乱玩 18 都会强行带他赢。

又有人吐槽说 18 就是蹭 Master 热度而已,如果 Master 不带着 18 直播,18 的人气哪里会有这么高?

当即又有人喷了回去:我韩服第一需要蹭 Master 的热度?怕是 Master 打不动想乱玩所以让抱 18 大腿吧,你让 Master 先打个韩服第一再来说话。

除了在这件事上吵得不可开交,另外一个阵营就"18 会不会打职业"这点,也展开了一场"和谐友好"的讨论。

有人讲直播多赚钱,18 怎么会去打职业,又有人讲这么强的中单不去打职业可惜了。

这倒是没有前面的一个话题吵得凶,大家都表示能不能打职业都能理解,只有几个激进的人说不打职业就天天去 18 直播间喷。

更多的人则是担忧,18 会不会只是昙花一现。

这个上午,钟晨鸣没有等到 Master 上线,却等来了他打上韩服第一之后第一个联系他的战队。

一个名为"夏天的风"的企鹅号通过直播群找到了他，先是做了自我介绍：【你好，我是LTG的经理，希望和你谈谈。】

钟晨鸣刚下直播，打下了两个字：【你好。】

夏天的风开门见山：【你有没有打职业的想法，我看了你几天直播，你很强。】

钟晨鸣言简意赅：【有。】

夏天的风好像突然嗅到了一股高冷的气息，但是游戏打得好的，基本都有点毛病，夏天的风表示十分理解，继续跟他沟通：【如果有想法可以来我们基地看看，这个赛季的战绩你可以看看，你过来我们可以试训一局，如果可以的话，再说以后的事。】

钟晨鸣问：【你们不是才换了中单？】

之前他去现场看LPL，跟MW对战的就是LTG战队，他们刚请了个实力挺强的韩援中单，辅助也换了个高分路人辅助，这个战队现在联系他，估计是想他去青训。

青训他不会去的，如果他要去青训，他还打什么韩服第一。

夏天的风回答得十分官方：【我们不会错过任何一个有潜力的选手，而且我们是用实力说话。】

钟晨鸣问道：【也就是说我表现得比首发中单好，我就可以上场？】

夏天的风：【是的。】

钟晨鸣想了想，LTG这个战队在他看来，其实是个很有想法的战队，他们虽然之前的战绩不理想，但看得出一直在想办法提升。

一些大战队想要做最快的提升，大概就是去买选手，但是已经打出实力的选手身价肯定不菲，没有实力的选手，也没人会要，除非有人能有耐心去发掘一块璞玉，可惜如果是买明星选手，那肯定是没发掘璞玉的耐心的。

LTG可能是比较穷，一直没有买过特别出名的明星选手，连这次的韩援都是买的别的战队的替补，价格应该不是很高，但打出的效果还是很理想，而且LTG也一直在发掘新人，甚至大胆地让一个从来没有过比赛经验的辅助首发。

钟晨鸣有点看好这支战队，如果真的如夏天的风说的那样，以实力说话，他觉得还是可以去试试。

不过这只是他在圈子外的看法,这个战队具体如何,他还是要问问Master。于是,他也没把话说死:【我问问朋友再说。说实话,我不太了解职业战队。】

跟夏天的风讲了几句,钟晨鸣给Master留了言,就去吃饭了。

夏天实在太热,为了开空调,战队众人商量决定,缩减饮食开支,少吃点肉,节约饭钱去付电费。

对于这个决定,唯一不满意的大概就是小凯了,实际上他从第二天开始,就觉得自己被坑了。

他来的那一天,全是大菜,色香味俱全,结果第二天,只有两三个肉菜,到了现在,竟然一天只有一个肉菜。

但是呢,在开空调与吃肉中,小凯还是不情不愿地选择了开空调。

钟晨鸣倒是无所谓,反正能吃饱就行。今天他一边吃饭,一边还在想着LTG的事情,结果想着想着,桌上的肉全没了。

钟晨鸣觉得自己就是吃了口饭,抬头就看不到肉了,当即看着碗有点蒙。

小凯看了看自己碗里的肉,又看了看钟晨鸣碗里的白饭,想了想,不情不愿地夹了一块肉给钟晨鸣。

钟晨鸣:"……"

"不能再多了。"小凯立刻护住了自己的碗。

钟晨鸣看着碗里的肉,开始思考一个更加严肃的问题。他直播工资还没发,就算有战队邀请他,他也并没有钱过去上海。

这就很尴尬了。

先等工资吧,也只有这样了,正好这几天可以多接触几支战队,现在他顶着"韩服第一"的名号,还是有资格选择战队的,不需要被战队选择。

这样想着,钟晨鸣吃完饭准备上号打把保分,王者段位得一天打一把防掉分。

打开韩服客户端,钟晨鸣熟练地输入了账号密码,按下回车——一个对话框跳了出来,与此同时,钟晨鸣眼皮一跳,心中出现了一个不好的预感。

已经不是第一次了,他早就应该接受才对。

钟晨鸣摸出烟来，故作淡定地点了根烟，就是点烟的手指有点抖。

Boom 侧头正好看到他这个样子，莫名其妙问："你怎么了？"

钟晨鸣吐出个烟圈，语气风平浪静："号被封了而已，小事。"

"没事你去找可可，她可以给你弄到号，你再打回来就是。"Boom 安慰道。他并不知道钟晨鸣什么段位了，只隐约觉得应该是个大师王者。

这在他们战队其实是一件很奇怪的事，就是大家都默认钟晨鸣很强，但是没人关心他到底打到哪个段位了，毕竟钟晨鸣跟他们是有时差的人，而且平时钟晨鸣也不会主动说自己的段位。

钟晨鸣抖了下烟灰，点点头："说得对。"

说着，钟晨鸣在企鹅号上给 Master 发了一条消息过去：【兄弟，我号被封了。】

Master 过了半个小时才给他回过来：【刚吃饭去了，上午没起得来，恭喜恭喜。】

钟晨鸣：【恭喜？】

Master 很明白韩服的套路：【你韩服第一了吧？】

钟晨鸣：【对。】

Master：【韩服第一被封号不是很正常的事吗，你打上去之前不知道？】

钟晨鸣一想，还真是。

韩服真的不知道是什么毛病，最爱封号，特别是韩服第一的号。钟晨鸣这个号也是买的，或许是被检测出来了，LOL 官方是禁止买卖账号的，这下直接就给封了。

反正韩服第一，找得到个毛病就要被封，韩服官方可能是封号封上瘾了。

Master 还关心了一下：【战队找到了吗？】

钟晨鸣终于想起了他找 Master 是为了什么：【还没。LTG 这个战队怎么样？】

Master 回答得很快：【菜鸟战队。】

钟晨鸣：【我记得你们上上周还被吊起来打。】

Master：【那是之前，你没看昨天的比赛？】

钟晨鸣还真没看，他注意着自己去打韩服第一去了，比赛倒是还没看。

此时点开官网看了看，钟晨鸣发现 MW 这一周的战绩还不错，一场

2∶0，一场2∶1。】

钟晨鸣：【你们状态回来了？】

Master：【算是吧。前两天田螺被拉出去谈话两个小时，回来就跟变了个人一样，看不懂的猛。】

钟晨鸣点开比赛视频看了起来，Master那边又弹过来消息：【所以明天早上双排吗？我给你账号，送你个韩服钻五的号，不要钱。】

钟晨鸣：【……】

钟晨鸣：【我怎么觉得我被封号了你这么开心？】

Master：【有吗？没有啊，我很为你心痛。来来来，账号密码发你，明天早上双排。】

钟晨鸣跟Master闲扯了一会儿，又有人找到了他，这次是可可。

可可一来就问：【你准备走了？去哪个战队？】

钟晨鸣没有立刻回答，他抽着烟，想了想，才回过去：【等打完海选赛吧。】

LDL海选赛就要开始了，他这个时候走，实在是说不过去。

可可回过来：【嗯。那BNO的邀请我给你回绝了。】

钟晨鸣：【？】

可可：【开个玩笑。刚BNO的负责人找我了，问你现在什么情况，有没有战队。】

可可在钟晨鸣的直播群里面是个管理，对面找不到钟晨鸣找管理是很正常的事情。

可可又道：【你要不要上你微博看看，估计私信都炸了。】

钟晨鸣开了个微博，用来通知开播或者请假，平时也没发过什么私人信息，此刻打开微博一看，也就一晚上，消息果然爆炸了。

其实他之前就有很多私信，也有战队找他，但他一心想打上韩服第一，都没回，此刻一点开私信看得是眼花缭乱，除了一些粉丝的恭喜消息，还有广告，甚至还有问他接不接代练，以及有没有兴趣换个直播平台的。

私信还没看完，他的企鹅号又嘀嘀嘀地响了起来，是超管在联系他，问他续约的想法，说工资可以翻很多倍，只要他能续约一年，工资还可以更多。

不仅是超管,又有主播群里面的其他主播来恭喜他,然后问一些乱七八糟的问题,战队意向,或者直播意向,还有个人气很高的主播问他要不要双排,说帮他带带人气。

钟晨鸣根本回不过来,上午都还没事,找他的人没几个,他随便说说就好,没想到一到下午消息爆炸。

钟晨鸣抽了口烟,退了企鹅号。

他需要静静。

随后他爬上微博,发了张韩服登录界面的截图,配了四个字:【号被封了。】

发完他立刻就关了微博,上了之前Master给他的韩服小号,看到Master在线,刚点开Master的对话框,Master的消息就发了过来:【企鹅号怎么退了?】

钟晨鸣:【消息炸了,懒得看。你觉得BNO怎么样?】

【还行吧,我都不熟,哦,他们基地的饭好吃。】Master说着,拉了钟晨鸣游戏,【来来来,我帮你冷静冷静。】

钟晨鸣点了接受。

Master那边又发过来消息:【你号被封了其实挺麻烦的,这边青训都是用分数说话。】

这点钟晨鸣也明白,很多人打上第一都只是昙花一现,如果能一直保持在前十段位上,那么竞争力又高了许多。

中单这个位置跟打野下路都有点不一样,RANK分数过得去,打比赛一般不会太差,毕竟是单人线,对配合的要求也低了一些,线上说得过去听指挥就行,所以段位其实很加分。

号被封了,除非他又打个号上去,这样才会让人觉得他打上去不是因为运气好。

钟晨鸣打字道:【我知道。】

Master又道:【反正你这个实力,去哪个战队都是抢着要,别担心啊。】

两个人谈话间已经排了进去,Master看了半天,选了螳螂,钟晨鸣临时注册了一个小企鹅号跟Master开语音。

Master 的声音从那边传过来："你要是觉得麻烦,我给你推荐战队。不对,好像我把你推荐去其他战队不太好,我让别人推荐你过去算了。"

"惩戒。"

"啊?"

"我说你没带惩戒。"

"哦哦哦。"Master 赶紧在最后一秒把自己的召唤师技能换成了惩戒,又切换回了唠叨模式,"之前你说了什么战队?BNO 对吧,这个战队……怎么说,他们成绩不错的,中单表现得也挺好,怎么会来找你,是让你去打替补吗?还是青训,或者是让你去他们那里雪藏起来,不让你去其他队给他们带来麻烦?"

钟晨鸣听得发笑:"你想太多了吧。"

"我跟你讲这真的不是我想太多了。"Master 道,"去年那个韩服第一上单你知道吧,贼强,结果被 LA 买过去了。你知道 LA 怎么说?说不适合版本,所以不让人上场了。这什么鬼理由,那可是把 LCK 赛区都吊起来打的上单,看得我都想笑。"

LA 是韩国的一支战队,他们的中单是 Kiel,这赛季成绩很不错,看起来有一冲 LCK 夏季赛冠军的希望。钟晨鸣倒是没听说过还有这个事情,此刻就跟听八卦一样听着 Master 说。

说完 LA 的事情,Master 又语重心长道:"所以你要想清楚去哪个战队,最好是中单实力比较弱,而且队里面没什么地位那种。"

说着 Master 又压低了声音,跟钟晨鸣讲起了八卦:"你知道 DSK 为什么越来越'捞'(游戏技术不好)吗?他们队伍的问题很严重,老选手不让新选手上场,管理层一方面照顾着老选手的面子,一方面还希望老选手给他们赚钱,也压着新人。新人没有历练机会怎么起得来,我记得以前有个特别厉害的辅助就是这样,放在他们战队,一直没有上场机会,上场的那几次表现得都很好,放着放着就越来越'捞',DSK 那边也不放人,可惜可惜。"

钟晨鸣耳机里突然传来了空气的声音:"你今天话怎么这么多?"

Master 立刻干咳了一声,收起了话题,一本正经地说:"所以你要好好考虑一下战队,我觉得我们战队挺不错的,真的,现在挺不错的。"

钟晨鸣看他最近这个状态，就知道MW应该是发生了一些事情，让战队整体开始回春，Master连英雄都不练了，估计心情是真的好了起来。

"或者去NGG吧。"Master停顿了片刻，又道，"你愿意去NGG青训吗？这个我倒是可以找到人。"

钟晨鸣声音放低了一点："专心打游戏吧，以后再说，这边我暂时还走不了。"

这次钟晨鸣选了璐璐中单。虽然璐璐早已告别了中单位置，但现在香炉崛起，如果打四保一的话，璐璐还是有出场机会的，出个香炉保下路ADC。

璐璐是个打起来软绵绵的中单，如果说劫是凌厉的刺客，卡特是张扬的御姐，那璐璐就是一个可爱的小妹妹，连技能都是可爱以及保护别人的。

这正好可以让他冷静一下，他现在不太想玩刺客类英雄。

Master的声音从耳机里传过来："我来中路了，别走神。"

"嗯。"钟晨鸣看着自己漏掉的兵，突然一阵心痛，这都是钱啊，他刚才在想什么，为什么能漏掉这么多兵！

"给我盾给我盾给我盾。"Master在那边喊着，"我要'死'了，哦，我'死'了。"

钟晨鸣："我盾打伤害了。"

"帮我报仇。"

"他'死'了。"钟晨鸣将对面变成一只可爱的小羊，一点一点地用平A把对面点"死"。

Master看着他的操作，突然觉得有点不对，这个攻速太快了一点："等等，你出了什么装备？"

"黄叉啊，有什么不对吗？"

"AD璐璐？"Master突然明白过来，"很久没见过了，走走走，搞事，我跟你讲，以前我用璐璐打过野，AD璐璐，贼强，还去入侵对面野区。"

钟晨鸣："AD璐璐打野？"

Master继续道："对啊，然后我就被对面反杀了，我始终想不通，我为什么会被反杀，然后我就去玩了下反杀我的那个英雄。"

钟晨鸣好奇："什么英雄？"

Master 说出两个字:"盲僧。"

钟晨鸣笑了:"所以盲僧就成了你的本命?"

Master 听到他笑了,自己也笑了:"对啊,我那时候就是觉得好玩,也没想本命英雄什么的,后来玩着玩着,莫名其妙就用盲僧打上王者了。"

钟晨鸣抓住了关键词:"莫名其妙?"

"那个时候没什么概念的,就是打着玩。"Master 说,"也没想过会打职业,后来有人说我都打上王者了,怎么不去打职业,我就去了。"

"然后呢?"

"一开始我想去 NGG,我那个时候不是喜欢晨光嘛,"Master 一边讲着自己的经历,一边行云流水地杀了对面打野,接着说,"就特别想去,我想给晨光打野。我去 NGG 试训了几天,直接就被刷了,刷我的理由让我很服气,他们说我英雄池太浅,因为我就会盲僧一个英雄。"

钟晨鸣笑着听 Master 讲了他刚开始打职业的一些经历,没想到平时不苟言笑的 Master 讲起过去来也能这么有趣。

Master 被 NGG 刷下来之后,回去苦练其他打野,一心想进 NGG。他在打野上还是挺有天赋的,不多时就给他练了好几个打野出来,甚至在游戏理解上也更上了一层。

结果他还是没去成 NGG,当时 MW 向他抛出了橄榄枝。他抱着试试的想法去了,其实心里想的是如果他能过 MW 的试训,那他去 NGG 肯定没问题,结果他过了 MW 的试训之后,NGG 的又没过。

这次的理由就不是英雄池太浅了,而是:"你不是 MW 新来的那个小朋友吗?你过来玩的?"

Master 当时就尿了,不敢说自己是想来 NGG,怕得罪人,立刻说自己过来想看看自己偶像,就是看看晨光,工作人员立刻让他一边玩去,说没空。

这次 Master 连 NGG 的门都没进,就让他走了。

既然 NGG 那边都认识他,说他是 MW 的人了,Master 也不太好继续去 NGG,就留在了 MW,当时他是这么想的,不能做队友,那做对手把晨光抓爆也行,后来他是真的在排位里面把晨光给抓爆了。

后面 Master 没继续说,转而在麦里面喊道:"这局可以,你这个反应,第一的反应。"

钟晨鸣正好闪现给自己大招把对面中单弹飞起来，这样就留住了想跑的中单，都是基本操作了，Master 却要强行吹。本来 Master 后面的事钟晨鸣都知道了，就是晨光退役了，搞得他快伤感的时候，突然来了这么一出，钟晨鸣也是哭笑不得。

"野神什么时候也给我表演表演职业选手的反应？"钟晨鸣也跟他开玩笑。

"18 大神太高看我了。"Master 笑着，"我是菜鸟，来来来，菜鸟打野帮你拿蓝。"

拿完蓝，Master 又道："走，下路，我带你拿人头，你快出本杀人书。"

召唤师峡谷里面，就看到一个张牙舞爪的紫色螳螂，身后跟着一个拿着法杖的短腿小女孩。在小女孩的保护下，螳螂去对面野区如入无人之境，两人走到哪儿，对面就"死"在哪儿。

一局打完，Master 突然笑了笑，语气很轻："我去打训练赛了。其实 LTG 还不错，就是韩援也不便宜，可能不是很好说话，BNO 那边……如果你去的话，应该是轮换上场，都可以的。"

说着，Master 挂掉了语音。

钟晨鸣在电脑面前发了会儿呆，Boom 突然喊他："钟哥，你来看下 B/P，我怎么感觉这把 B/P 有问题。"

钟晨鸣如梦初醒，看向 Boom："训练赛开始了？你们怎么不叫我？"

"看你心情不好，我们就说先开一局。"原子笑眯眯看着钟晨鸣，"打完一局游戏了，师父你是不是心情好点了？"

"还行。"钟晨鸣抹了把脸，把椅子拉到 Boom 后面，一看 B/P，立刻进入状态，"你们被对面阴了，怎么他们让你们拿什么，你们就拿什么？"

钟晨鸣口中所说的这个"他们让你们拿什么，你们就拿什么"，不是说对面跟他们语音，说让他们选什么，而是对面故意不选也不 BAN 那个英雄，放给他们选。

他们选的每一个英雄都在对面算计当中，选的时候好像是觉得顺理成章、理所当然，就应该选这个，选完了才会觉得好像哪里不对。

很多人都说，一局比赛在 B/P 时候就开始了，B/P 完了，胜负就出来了，也是这个道理,从 B/P 开始就是层层算计,算计得好,几乎就等于游戏的胜利。

"啥?"原子有点没听明白,一脸蒙,"这都是我们擅长且强势的英雄,怎么会有问题?"

"你们谁开团?"钟晨鸣问了一个问题。

原子愣了一下,这才反应过来有什么不对。

Boom 是一早就察觉了,此刻虚心求问:"那这局怎么打?"

"打拉扯,别跟他们正面团。"钟晨鸣说,"你们正面团不好打,打131 或者 41,永远要保持兵线在外面。他们要团,除非有 100% 把握,你们别跟他们团,守塔就是。Boom 你去带,或者原子你去也行,两个人带也是可以的。"

Boom 点了点头,表示明白了,原子也应了声:"懂!"

游戏加载完毕,钟晨鸣没在他们后面继续看,而是自己上了国服号,去 OB 他们,这样可以看全局,而不是着重于哪一个人,还可以看对面的动向。

不过 OB 有三分钟延迟,所以也不会出现 OB 的人提醒自己人对面干吗去了这种情况。

钟晨鸣戴上耳机。他没有跟队员交流,而是一边看这局训练赛,一边用小本子记下来每个人的失误点,或者是没做好的地方,时间、位置都会记录在本子上,等打完训练赛再跟他们一个一个问题讲。

最近有训练赛打,钟晨鸣的工作也多了起来。这也是最近他上分上得慢的原因,不过这是他现在的工作,他还是做得很乐意的。

其实他做了教练之后,也发现了很多自己之前没有注意到的细节,站的位置不同,看到的东西也不同。钟晨鸣在教练这个位置,对 B/P 陷阱和视野控制都有了新的认识,也算是他最近的收获。

等一局训练赛打完,他们并没有急着开第二局,Boom 跟原子还在讨论着上一局的问题。

上一局他们输了。一开始他们的牵扯做得很好,让对面很烦躁,一直打不起来团,Boom 跟原子都专注于单带(一个人清理兵线),小凯安心发育,豆汁跟 BUG 为他们的单带做好视野,防止他们被抓,也是防止对面开团。

但是到了三十分钟的时候，对面想强推高地塔，Boom 本来在上路单带，眼看着就要带掉对面高地了，突然沉不住气，回城了！

这个时候他们沟通就出现了失误，Boom 觉得可以打赢，原子跟其他人都不想打，只想守住塔，Boom 一回来，阵型全乱，团战没打赢，直接输了游戏。

"不是我单带的问题。"Boom 说话的声音很大，"那一轮明明可以打，你们为什么不打，我都切到他们 ADC 了，你们跟上伤害能赢。"

"麻烦你看看我们都在哪儿好吗！"Boom 声音大，原子声音就比他更大，"你不回城我们守得住，你把他们高地带掉我们就血赚，天天都想着打架打架打架，你脑子里到底是在想些什么？"

"刚那轮打赢了就可以直接去打大龙，到时候推高地不行吗？打完大龙多赚？"Boom 说话都带上了火气，此刻转头找帮手，一眼就看到看着他们吵架的小凯，立刻问，"小凯，你觉得刚才是不是能打？"

小凯想了想，迟疑着想要点头，BUG 立刻拉住了他，他这一个点头怕是要吵到天荒地老，直接问："下一局你们还打不打？"

因为三分钟的延迟，钟晨鸣这个时候才 OB 完上一局，没摘耳机前还以为他们在讨论，一摘耳机就听到他们在吵架，拿本子拍了拍桌子："安静。"

他声音不大，训练室却立刻安静了下来，Boom 也不说话了，原子也看着他。

钟晨鸣拿起本子来，一条一条地讲："原子三分钟的时候走位问题被抓，那个时候正常开局对面打野刷完三狼或者野怪，正好在中路，你为什么会在那个时间压线？"

原子还想跟 Boom 吵两句，钟晨鸣一讲，原子立刻就变乖了，自己看着战绩不敢说话。

"Boom 你直接传送回线，是不是没有报对面的传送时间？"

Boom 也乖乖坐下，没再敢说话。

"小凯你太激进了，收敛点，全部仇恨都吸引到了下路。"

小凯看着屏幕，也不知道听没听。

"BUG 你视野还需要加强，打完训练赛来找我。"

BUG有气无力:"好。"

"豆汁……"

豆汁忐忑看着他,钟晨鸣点了点头:"表现得还可以,可能是我打野不行,我还需要提高。"

众人不解。

看不出问题来就是你的问题了?

钟晨鸣将本子一合,直接道:"下一局。"

钟晨鸣一说,几个人跟对面沟通:【我们教练骂完人了,可以开了。】

对面:【等等,我们教练还没骂完。】

TD的几人:【辛苦了。】

训练赛打了一下午,到了晚上又是常规单排训练,他们单排,钟晨鸣就休息一下,自己去打单排。

单排打到晚上十点,钟晨鸣才十分头痛地打开了企鹅号。

企鹅号消息已经炸掉了,不过好在都是白天的消息,晚上倒是没几个人找。

钟晨鸣一个个回过去:【不好意思白天停电了,我没手机。】

又拣着几个重要的回了,不重要的敷衍两句,回着回着,钟晨鸣就看到了懒宝宝的消息。

他跟懒宝宝还是有联系的,懒宝宝也没回家,还在学校,说是留在学校学车,但他看懒宝宝天天都在打游戏,而且又跑去打代练了。

偶尔钟晨鸣会跟小凯出去找懒宝宝吃饭改善伙食,不过由于大家都穷,所以说是改善伙食,也就是在吃麻辣烫的时候多点两片肉。

懒宝宝喊钟晨鸣出来吃饭,说他请客,庆祝钟晨鸣打上韩服第一。

钟晨鸣回了消息:【现在?】

懒宝宝回得很快:【大兄弟你下午干啥去了?咋不上线,如果不是知道你们打训练赛,我还以为你出啥事儿了。】

钟晨鸣:【……】

懒宝宝:【来啊,正好我饿了。】

钟晨鸣:【我喊小凯?】

懒宝宝倒是十分大方：【喊喊喊，我们去吃烧烤。】

钟晨鸣又回了几条消息，看到重要的都回完了，当即喊上小凯出去透气。

对于吃，小凯总是很积极，立刻就答应了，跟着钟晨鸣出门。

懒宝宝作为一个学生，请客吃的烧烤肯定不是什么好地方，就是路边的三无烧烤摊，但是味道很不错，属于物美价廉吃完就拉肚子那一类型。

烧烤端上来，三个人已经聊了一轮天。

他们的聊天一般都是小凯听着，钟晨鸣偶尔说两句，懒宝宝一个人"统治"全场，游戏里游戏外他都能给指点个遍，但是说完了，要真让他干点啥，立刻就怂了。

今天懒宝宝就讲了一些学车时候的事，讲讲他们教练怎么喷人的，说自己平时都不怎么骂人，听到自己教练骂人，简直是惊为天人，当即想拜师。

"平时都不怎么骂人？"钟晨鸣立刻就抓到了他这句话中的槽点。

小凯也盯着他。

"怎么了吗？"懒宝宝看着两人，一脸坦坦荡荡，"你要去听了我们教练骂人，就知道我平时都是在认真讲道理，真的，你们学过车吗？学过车，就知道我说的都是真的。"

钟晨鸣笑着："好像是挺可怕。"

小凯则是道："我有驾照，没被骂过。"

"那是你运气好。"懒宝宝还想说什么，低头一看，烧烤也快见了底，没有再讲驾校的事情，而是看着钟晨鸣，声音都低了两度，"兄弟，你是不是快走了，这顿是送行饭？"

钟晨鸣微微笑道："我怎么觉得你快哭了。"

懒宝宝摇了摇头，这次没跟钟晨鸣开玩笑："我就是觉得以后都不能拉你吹牛了，难受。"

小凯在旁边补充："你每次想吹牛喊的都是我，你没喊过钟晨鸣。"

懒宝宝立刻道："气氛，气氛你懂不懂！"

小凯也看向钟晨鸣："你真的要走了吗？"

钟晨鸣看着这两个人眼巴巴地看着他，莫名其妙就生出了点愧疚感，他其实也没想好这个时候要不要离开，只能说道："我号被封了。"

懒宝宝又不干了："号被封了就没战队要你了吗？你快点去打职业啊，

这样我就可以跟人吹牛，我兄弟是职业选手，特别牛。"

钟晨鸣十分无语："你到底是想我走啊，还是不想我走？"

"为了你的前途，想。"懒宝宝难得正经，"真的没有战队要你了吗？"

小凯烧烤也没吃了，就看着钟晨鸣。

"也不是。"钟晨鸣如实回答，"我总觉得就这样走了不太好，现在也还早，转会期都还有几个月，等这边的比赛结束我再走。"

小凯看起来松了一口气，懒宝宝则是说道："兄弟你什么时候发工资？发完工资请我们吃完饭再走啊！"

夏日夜晚的空气里蒸腾着孜然的香味，炭火与气温一样火热，此时距离 LDL 海选没有几天，同样，LPL 的夏季赛也快过去。

晚上钟晨鸣回到基地，跟联系他的几个战队说了自己现在有事情要处理，要九月才能去训练，有的战队接受了，有的战队态度变得冷淡，钟晨鸣也没管，他想趁这段时间，把第二个韩服账号打上王者，不然到时候他没高分段账号可能会被为难。

八月份到了尾巴，LPL 夏季赛结束，MW 在最后几个星期状态回暖，势头很猛，ADC 小将田螺跟吃了兴奋剂一样，一改往日猥琐的风格，转而抓住一切输出的机会，让 MW 从阴霾中走了出来，甚至还有了一定的人气。

钟晨鸣看完了最后一把 MW 的比赛，他们刚好卡着积分进的季后赛，打完之后大家都是笑着的，看得出来心态很好，他们是真的相信自己能赢这一局，可以打进季后赛。

第四章
我们的友情就如此脆弱吗

8月22日季后赛开始，Master出现的频率也少了很多。

季后赛的赛程安排是非常满的，几乎是隔一天就要打一场BO5（五局三胜制），比赛强度非常大，为了保持队员的竞技状态，平时除了比赛就是休息和训练，根本没有私人时间。

Master也不拉着钟晨鸣双排了，专心打自己的大号，保持日常训练，其他时候都在休息放松。

钟晨鸣也在准备比赛，LPL夏季赛季后赛22日开始，LDL的海选赛则是25日开始。

LDL，全称"英雄联盟发展联赛"，冠军可以晋级至LPL，是小战队踏上LPL职业联赛的第一步。

TD几个人早就开了小会，明确了这次参加LDL的目标，就是打出最好的成绩，争取拿冠军。

他们每个人都知道冠军十分遥远，不仅要击败各个像他们一样的小战队，还要将各大战队的青训队踩在脚下，才有获得冠军的资格。

道阻且长，他们却依旧想要走下去。

一开始的海选赛比较轻松，但每天其实要打很多场比赛，三天内决出三十二支队伍的冠亚军，也只有冠亚军有资格参加接下来的大区晋级赛。

钟晨鸣他们所在的这个城市正好有一个赛点，就是有点远，路上就要一个小时，不过比起其他的需要住宾馆的队伍还是好了很多。

这几天每天打了不知道多少局比赛，钟晨鸣连直播都没开，每天跟可可一起调整队员状态，以及制定战术。

由于比赛的随机性很大，他们也不知道跟他们一起的队伍会是什么风格，会拿出什么战术，只能盲猜，根据对面选的英雄来作出判断。

所以钟晨鸣跟队员们商讨的战术也是以不变应万变，弄了几个万金油阵容出来，又针对版本设计了几个可以压制一些强势英雄的阵容。

这些事情做完，其他的就只能看队员们的临场发挥，以及运气了。

在海选赛，运气也很关键。可以说，运气也是实力的一种。

或许是他们打网吧联赛的时候霉运都用光了，这次竟然畅通无阻地一路打到了决赛，这才遇到了每天跟他们打训练赛的那支队伍。

那支队伍给自己取了个队名叫作"瞎嗨战队"，英文缩写就是"XH"。他们的打法也十分好玩，就是打架——我不管我就要打架，我现在就是要捶爆你，什么运营，什么英雄阵容克制，不存在的，活下来的人才有资格谈运营——可以说是很符合队名了。

当然两支战队一起对练了这么久，就算一开始真的没有运营，现在也打出来了，特别是在TD这边的教练是钟晨鸣的情况下。

瞎嗨战队也从他们这里挖掘了一些套路，只不过是适合他们的套路，比如什么二级四人包下就是要杀，三级我就换线越上路塔跟你打架。

这些套路使得瞎嗨战队实力突然就提升了一个档次，一开始他们是只有战队队员的个人实力，乱打都能赢的战队，现在有了适合自己的套路，一下就有了质的飞跃，变成了一个十分看得过去的强队。

TD战队的选手个人实力就比瞎嗨的个人实力差了点，或许不是差了点，可能还差了很多。

刚开始他们打训练赛的时候，TD这边简直就是被吊起来打，后来钟晨鸣跟队员们摸索了一些套路来，偶尔能打回来两把，有段时间因为TD走大赛运营路线，把瞎嗨战队那边打得十分憋屈。

大赛运营路线就是团战发生很少，注重发育与资源争夺，还有视野控制，打得小心谨慎，很少发生死亡，极少打起架来，就算打起架来也以死不了为第一目标。

这就让注重打架的瞎嗨战队十分憋屈——我们想跟你们打架，你们却跟我们玩运营——他们头都大了，而且被运营牵扯着，经常会输得莫名其妙，这也是瞎嗨战队那边经常被教练骂的原因——你们输了还不知道是怎么输

-080-

的？你们简直是我带过最差的一届！

后来嘛，等瞎嗨战队也玩起了套路，就是TD战队再次被吊打了。

不过两队的路线就此奠定，TD走牵扯运营路线，瞎嗨走激进打架风格。

两个战队现在可以说是兄弟战队，兄弟战队在决赛上遇到，那当然是该怎么打就怎么打了，反正肯定是不会放水的。

毕竟冠军有三千块的奖金！而亚军只有两千块。

在海选赛的第三天深夜，打了一天比赛极其疲劳的两支队伍凑到了一起，开始了海选赛决赛。

钟晨鸣站在队员身后，手里拿着个小本子，这是他记录的最近瞎嗨战队的风格打法，看着豆汁："你确定？"

豆汁点了点头："我拿盲僧。"

作为一个打野，豆汁的风格一点都不激进，属于视野入侵控图型打野，眼石是他的必出装备，平时喜欢用的也是草食性打野英雄，比如猪妹这种，以发育控制为主。

盲僧就是百分百的肉食性打野了，要前期带节奏才行，后期根本没啥用，他是真没想到豆汁会主动提出用这个。

既然豆汁看起来十分自信，钟晨鸣也就允许他用了，并且针对他的盲僧，选了个前期阵容。

等选手们选完英雄，教练就不能在场上指挥了，钟晨鸣就站在旁边跟瞎嗨的教练聊天。由于两个战队经常打训练赛，他们两个教练平时虽然没什么交流，但是对对方的风格却是摸了个门儿清。

瞎嗨战队的教练是个胖子，不管是体型跟脸型都圆圆的，看起来十分和气，跟他激进的风格成了反比。

胖子教练靠在旁边喝水，估计是刚才跟队员们说太多口干了，喝完水才跟钟晨鸣说道："你们今天怎么选了这么一个阵容？"

"出其不意？"钟晨鸣笑了笑，"其实我也不知道，队员们想玩，估计是觉得打不赢不如乱玩两把？"

胖子教练却没信钟晨鸣的鬼话，做教练的，每次都是说一套做一套，这点他还是十分清楚的。看着比赛，他突然想到什么，说道："这是你们专门为我们准备的阵容？"

"你想多了,真的就是他们想玩。"钟晨鸣依旧笑着。其实他们也训练过前期阵容,毕竟想要打职业的话,还是不管什么阵容都能打好一点,也不容易被针对,就是大家在打前期阵容时表现得都不太好,所以平时打得最多的还是稳定运营的中后期阵容。

如果完全没有这方面的训练,钟晨鸣也不会允许豆汁拿出来的。

这把比赛已经开始,前期豆汁的盲僧还真的带起了优势,一人游爆上中下三路,小凯作为一个激进型 ADC,一旦有了一点优势,那就是不得了要起飞了,逮着对面打,什么都不管,上线就是干。

瞎嗨战队的人也很清楚小凯的风格,训练赛的时候很多次针对小凯,不仅是因为小凯的 ADC 强,更在于小凯实在是太好针对了,这种激进型 ADC,基本是一抓一个准。

这次他们也针对下路在打,豆汁找完其他路的机会就去守着下路,几乎次次对面来下都会被豆汁蹲到,加之这次中路的原子莫名其妙地 carry 起来,瞎嗨战队的人竟然在前期就崩了,下路直接被打爆,救都救不起来。

胖子教练在旁边吐槽:"你这是没有针对性地准备?"

"跟你们打前期这能算是针对吗?"钟晨鸣点了根烟,眯眼笑着,"跟你们玩运营才是针对。"

"行吧。"胖子教练又狂喝了几口水,跟钟晨鸣一起过去指导下一把的 B/P。

"还用老套路?"原子开始问。他其实很疲惫,上一把勉强 carry 了一把,现在精神一松懈,靠在椅子上只觉得眼睛都睁不开,只想休息。

"打起精神。"钟晨鸣拍了他一下,"打完回去睡,我觉得老套路不行,打完一把他们肯定就会注意这点,刚才他们教练在下面,好像是看出了怎么针对,不过常规套路也打不过他们,你们想玩什么?"

BUG 问:"你这个意思是,因为我们怎么打都打不过,所以让我们随便玩?"

"差不多。"钟晨鸣对于 BUG 点题的话十分淡定,"你们可以再试一把前期阵容,不过我觉得你们会被捶得很惨。"

"打前期。"豆汁说,"后期赢不了。"

一番讨论，最后他们又拿出了前期阵容，瞎嗨的人根本就没针对他们的前期阵容，他们拿前期，瞎嗨依旧拿打架阵容，好像一点影响都没有。

但是这次豆汁就被限制得很惨了，对面二级就入侵他们野区，打了豆汁的BUFF豆汁的野怪，直接接管了豆汁的野区。

野区被接管，约等于这个游戏就被接管了，对面的打法比起上一把也更凶了，就是要把路路都打崩，原子跟Boom都感到很吃力。

小凯虽然线上打得很强势，但其他对线能力并不强。在团战上，小凯做得好很多，这次对面专门针对下路跟野区，五级就把他们下塔强拆了，搞得小凯十分难受，连兵都很难补，装备就起不来，装备起不来，打团作用就变小。

同一种套路不能对同一个战队用两次，也就是这个道理，或许一开始可以把对面战队打个措手不及，但是一局之后，他们有时间反思，还有教练在下面看着，可以直接用很针对性的套路出来，下一局就会变得十分艰难。

TD这一局果不其然输了，第三局他们又拿出了自己熟悉的阵容来，这次跟瞎嗨的人打了个有来有回，不过因为个人实力的差距，还是输了。

打完之后，两个战队的人决定一起去吃小龙虾，队员们一听小龙虾，什么疲惫感，什么瞌睡全都没了，连输了比赛的丧气都还没出来，就被欢呼声替代了。

鬼知道TD的队员们是有多想吃肉。

一个城市海选赛冠军，一个亚军，两队同时晋级。

没有了晋级压力，两队打得都跟友谊赛一样，这也是钟晨鸣B/P的时候会这么放松的原因，队员们也是很放松的，反正他们的实力弱于瞎嗨，赢了血赚，输了正常。

等奖金发下来，TD战队的人看着两千块钱，全都是一阵感动，他们终于可以加个餐了！

这几天伙食改善，又晋级成功，战队里面气氛活跃，豆汁都知道怎么笑了，BUG脾气也变好了，甚至还有闲心去跟瞎嗨战队的人来个联谊。

说是联谊，其实就是一起出去吃个饭吹个牛，然后去KTV唱个歌。

两个战队的人在海选赛之前都训练了很久，几乎没有什么休息时间，此刻海选赛拿到好名次之后，跑出去玩放松放松也是很正常的事情。

两个战队的队员都是"死宅",此时要出门还特意注意了一下个人形象,说起个人形象,其实也不过是穿件新点的 T 恤,把拖鞋换成运动鞋。

等 TD 战队的人收拾完了,嚷嚷着说出门,原子一回头,却发现钟晨鸣还坐在电脑面前。

"师父,你不去?"原子看着钟晨鸣依旧裤衩拖鞋睡衣的样子,就问了一句。

"你们去吧。"钟晨鸣看着电脑,"我看个比赛,就不去了。"

教练去不去其实都没什么关系,本来就是自发的活动。原子疑惑地看了一眼钟晨鸣的电脑,也没多说什么,几个人跟钟晨鸣打完招呼,就出去了。

钟晨鸣正在看的比赛是全球总决赛选拔赛,MW 对阵 UNG,胜者再打一局可以获得去全球总决赛的资格,成为三号种子选手,败者淘汰。

MW 跟 UNG 已经打完了一局,UNG 胜,现在第二局刚刚开始。

第二局,MW 的人拿了常规阵容,上单大树、打野猪妹、中单加里奥、ADC 小炮、辅助璐璐。

这可以算得上是这个版本最强的阵容,UNG 在 B/P 上看起来松懈了一下,立刻被 MW 的人抓到机会,拿到了这么一套看起来几乎无解的阵容。

反观 UNG,他们的阵容看起来也还可以,上单纳尔、打野挖掘机、中单瑞兹、ADC 大嘴、辅助宝石,有开团有控制有持续输出,AP 伤害跟 AD 伤害都很足。就连被强开,也还有宝石的大招,全体无敌,反打一手。

加里奥是个支援控制型英雄,瑞兹也是,两个人都有类似于传送的技能,不过加里奥是自己跳过来并且捶飞落点的人,而瑞兹是可以带着队友一起传送。

看起来阵容其实是差不多的,但是打起来,才发现差了不是一点半点。

对线期,MW 上单打不过纳尔,这是英雄压制,十分正常,但是作为一个玩肉的上单,抗压能力是肯定要有的,这点 MW 的上单做得很不错,塔下补刀也很舒服。

既然大树都被压到塔下了,UNG 的打野挖掘机肯定就要想着越塔,直接抗塔强行击杀大树。

Master 岂是吃干饭的人,这种局势他看都不用看就知道对面打野要去

-084-

上路。这不仅是对英雄与游戏的理解问题,还因为 UNG 跟他们也是老对手了,夏季赛春季赛不知道交手过多少次,大家都这么熟悉了,你的动向我自然是清楚的。

俗话说,最了解你的人是你的对手,在 LOL 比赛里,也是如此。

猜到了挖掘机会去上路,Master 却没有往上路走,大树是个只要有一点肉打团就会有用的英雄,所以他这把的目的肯定不是去保大树,而是去帮他们下路建立优势。

加里奥并不是一个输出型的中单,相反,中单加里奥都是半肉出装,或者有的干脆就全肉出装,他要做的不是像常规中单那样去打伤害,而是做好支援保护以及控制,算是辅助型中单,并且是辅助型中单的佼佼者。

正好现在是香炉强势的版本,香炉强势也就意味着 ADC 强势,选加里奥需要 ADC 站得出来,打得出伤害,不然加里奥保护做得再好也没用。

这个阵容,就算以前对面放给 MW 的人拿,他们也是不敢拿的,因为他们的 ADC 田螺站不出来,打不出应该能打的伤害来,所有的输出任务都落在了五神头上。

以前还有 Master 跟五神一起打伤害,但自从草食性打野崛起,Master 转为打控制之后,输出重担都落到了五神头上。

但好在,现在田螺摆正了心态,知道了自己到底应该做什么,这才让 MW 的众人敢拿加里奥。

既然都选出了保 ADC 输出的阵容,Master 自然是要往下走的,挖掘机去上,Master 则头也不回地去了下路。

这个时候还没人到达六级,瑞兹没有大招去做支援,加里奥也没有,下路越塔是不好打的,但是对面压线了。

这是一早就制定好的计划,Master 让下路控线,也就是不让兵线推到对面塔下,而是保持着在自己塔下。这样对面想要补兵,就得走到他们塔下来补,离开自己的塔越远,风险就越高,打野就越好抓,Master 要的就是这个机会。

由于自己家打野去了上路,UNG 的人其实有意识地觉得下路有危险,需要小心,但是兵又不能不补,一开始为了抢二推线,现在兵线控不回来了,他们也只得抱着侥幸心理硬着头皮上去补兵。

打游戏侥幸是最要不得的，他们补两个兵就往后退一步，补两个兵就往后退一步，但就是这样，还是没能幸免被 Master 抓死。

Master 看准了大嘴补兵的时候再过去，大嘴看到 Master 出来，立刻就交了闪现往自己家走，宝石顶在前面，手中水晶锤挥出，一道炫光亮起。

骑着野猪的妹子突然在原地消失，炫光砸了个空，闪现躲过炫光，猪妹胯下的野猪已经冲到了大嘴脸上，一个冰锤挥击而出，砸到大嘴脸上。

田螺的小炮高高跃起，一个火箭跳跃跟上输出，空气的璐璐也给了小炮一个皮克斯盾，而后附着在小炮身上的皮克斯射出闪光长枪，减速大嘴。

没了闪现，大嘴还是个没有位移的 ADC，现在是插翅难逃。

在大嘴被群殴致死的时候，MW 上路传来捷报，大树在塔下跟挖掘机和纳尔周旋，合理利用好了技能跟闪现，成功脱身，还差点换掉了挖掘机。

越塔失败，挖掘机灰溜溜地走了，大树慢悠悠地走到安全位置，按下了回城键，补充一个红宝石，又立刻传送回塔！

没丢兵线又没死人，他们的下路还抓死了 ADC，简直不能再美好。

这轮打完，MW 建立起了小优势，Master 在语音里面问上单："你上路怎么样，他们再越一次塔能不能扛住？"

"我有大招了，他们不会这么搞我吧。"上单回答。

Master："对面瑞兹六级了，而且下路被我搞得很难受，可能要换线。"

五神则是道："没事，我也六级了，到时候直接飞上路，你安心抓下。"

Master："好。"

有了队友的保证，Master 再次去下，这次对面并不想给他们机会，都来过一次了，第二次对面就有了防备，何况大家都到了六级，此刻谁还没有大招咋的。

瑞兹立刻开大招赶往下路，既然瑞兹都走了，五神的加里奥没人管，自然是来下路支援，对面打野没有冒头，但现在都还没出现，那支援也晚了！

Master 抓住这个机会，直接开了大嘴，大嘴闪现还没好，加里奥后手进场，接上了 Master 的控制，直接将大嘴捶飞起来，加上小炮的伤害，宝石的大招都还没落下来，直接被秒。

钟晨鸣原本看到他们这个阵容还紧张了一下，此刻已经可以淡定地喝茶了。

只要MW的人不犯蠢，这把就是稳了。

等大嘴被秒了，宝石的大招才刚刚落下，星光保护罩里只保护了他一个人，而开着大招的瑞兹控着Master的猪妹打了两套伤害，才把猪妹打掉半血，此刻ADC没了，他们二打四肯定打不过，直接跑了。

这个时候，上路传来了击杀信息，UNG的打野或许是跟上路有仇，一定要弄死上路的大树，再一次越塔，这次大树没了闪现，就算有大招也会被抓死。

钟晨鸣喝完茶将杯子放回桌上，大树的死并不能帮助UNG获得太大的优势，毕竟现在是下路的时代。

小团打完，Master选择了打小龙，而对面选择了打峡谷先锋。

小龙是直接给团队BUFF加成，而峡谷先锋是召唤出一个大型甲壳虫来帮助推塔。

UNG拿到了峡谷先锋，MW拿到了小龙，是条土龙，能增加对野怪以及对防御塔的伤害。

拿到峡谷先锋的UNG没急着将峡谷先锋放出来，而是选择了继续打运营。

帮助下路取得了优势，Master的重心也从下路转移到了上路。

大树被抓又被压刀，上塔都掉了，过得十分凄惨，虽然说大树打团不需要什么装备，放个大招就好，但是也不能崩得太过厉害。

为了缓解大树的劣势，团队里面商量了一下，直接换线，现在峡谷先锋跟小龙都没了，对于下路的针对也不会太惨，就让大树去下路，ADC跟辅助去上，推对面上塔。

为了推塔，Master依旧往上路走，给上路做视野，保护ADC，对面没有嗅到换线的气息，或者说他们知道了换线，但为了推下塔，所以没有跟MW同时换线。

对面纳尔看ADC跟辅助在推上，还想守一下，而MW下路的大树看到ADC逼近过来，又从空气做好的眼位上看到打野挖掘机也过来了，立刻放弃下塔，直接撤退。

他撤退十分果断，而跟他相比，纳尔就十分凄惨了，纳尔被打出了闪现，直接跑了，上塔也只有拱手让出，因为没人来帮他，UNG的人想的就是上塔换 MW 下塔，纳尔是仗着自身前期发育好，托大了，而大树是前期就很惨了，所以更加小心谨慎。

下塔拆了，UNG 的打野挖掘机立刻放出了峡谷先锋想要推 MW 下二塔，MW 的人立刻作出决断，换塔！

UNG 有峡谷先锋帮忙推塔，而 MW 拿的是一条土龙，拆起塔来的速度并不慢，两边换塔换得势均力敌，拆掉二塔都选择了回家，没人敢继续拆高地塔。

这一轮之后，双方的优劣势还不明显，而钟晨鸣已经去给自己做晚饭了。

今天因为大家都出去吃了，所以阿姨也没来做饭，钟晨鸣作为一个穷苦人民，没有点外卖的习惯，就只好自己动手丰衣足食了。

冰箱里还有些剩菜，阿姨平时煮饭也不是煮得刚刚好，最近因为有奖金了，还改善了一下伙食，剩菜就变得多了起来。

钟晨鸣下了个面条，将剩菜热了一下，倒在面条上，又煎了个鸡蛋。

他做饭的时候还开着外放听着电脑里面解说的声音，从解说的话来听，MW 在中路直接强开了瑞兹，打赢了，推掉了对面中塔。

而后的团战当中，小炮输出无敌，根本没人保护得住大嘴，而且大嘴因为前期被抓得太厉害，伤害还不够，MW 团战无敌，几乎每次团战都是 UNG 溃败。

等钟晨鸣端着面条，重新坐回到座位上，屏幕上 MW 刚好在推 UNG 的基地水晶，随后胜利画面亮起，MW 胜！

钟晨鸣就着中场广告吃完了面条，再次抬头，到了新一局的 B/P 界面。

这次 UNG 吸取教训，将加里奥 BAN 了，抢了猪妹，自己拿了一套四保一阵容出来，还拿到了被称为后期是"妈妈的怀抱"的辅助英雄，风女。

反观 MW 这边的阵容，就有些不尽如人意了。

MW 这局的点控有点不足，控制都是可以躲的。

既然 UNG 用的是四保一阵容，那么只要切了对面 ADC，他们就没输出了。

Master 拿了狮子狗。狮子狗是一个刺客型打野，曾经有过抓哭女主播的"光辉"经历，可见这个英雄的抓人能力，在低分段，有一个会玩的狮子狗，对面每次打团都能减少一名 C 位。

Master 想得很好，但真正打起团来，却发现并不是这么一回事。

一开始他是把对面 ADC 抓死了，但随即 ADC 就摸出了一个兰顿——防御装备出来，摸完兰顿不算，又摸了个守护天使——复活装备出来。

再加上风女和队友的保护，到了后期，就算是 ADC 把这两件装备卖了，Master 也抓不死对面。

其实他们拿出这个阵容，是想在前期就结束比赛的，但无可奈何的是，UNG 守住了，并没有在他们的攻势下溃败，甚至 Master 都没有把他们下路抓崩。

因为对面吸取经验，这一局就死保下路，我学你们上一局，我们就保下路。

最后 MW 基地被推平，导播还给了 Master 一个特写镜头，因为这一局他最 carry。

屏幕上的 Master 并没有什么表情，看起来十分镇定，也没有跟队友交谈，低头看着屏幕，像是在思考着什么事。

现在是 1∶2，并不是没得打，钟晨鸣看到 Master 这个样子，有些放心，比赛的时候，有时候并不怕对手有多强，更怕的是自己人心态崩了，那就是真的没法打了。

钟晨鸣还没将心放回肚子里，第四局比赛开始了。

又到了 B/P 环节。这时候 UNG 好像又把脑子忘记在了台下，用脚在 B/P，再次放给了 MW 加里奥加小炮四保一的阵容。

拿到这个阵容的时候，视频里的五神都笑了，Master 还是一本正经看不出什么端倪的表情，不过他突然皱了下眉头。

这时 UNG 锁定了最后一个英雄，瑞兹。

到这个时候，连解说们都在说 UNG 这是用脚在 B/P 吗，都在这个阵容上吃了一次亏，怎么还放这个阵容出来？

钟晨鸣本能地感觉到了不妙，是的，UNG 的人又不是傻子，教练更不是无用之材，不然也不会一路打到选拔赛，这个时候他们放 MW 拿这个阵容，还是他们已经吃过一次亏的阵容，是因为什么？

是因为他们已经做好了迎战准备，知道如何击败这个阵容。

前二十分钟，这局比赛都打得一切如常，跟第二局比赛没有什么差别，只不过 UNG 的下路更加小心了一点，这次也知道控线了，没有让 Master 抓到机会，如果实在是守不住塔了，他们下路选择主动撒退，并不跟他们打，直接放弃下塔。

到了第二十分钟，MW 突然就遇到了麻烦。

四保一阵容，正是打团才能体现出这个阵容的优势来，但是 UNG 不跟他们打团。

你们想打团？兄弟你们看看自己的兵线，你确定要打吗？

你们想守线？兄弟你们确定要去守线吗？我们可是推你们另外一条线了哦。

UNG 的人一直在带兵线，瑞兹带，辅助跟 ADC 带，反正就是不打团。

ADC 跟辅助带线，辅助肯定把整个野区的视野都控制好才会深入带线，而瑞兹带线就没这么麻烦了，自己带上一个眼，在最重要的位置做好眼，一看到人来了，直接开大跑路。

等到了瑞兹出了金身，连做眼这一步都可以省了，有人抓他直接开大金身跑路，MW 这边可以说是拿他毫无办法。

不仅是中路跟下路带线，UNG 的上单还是个杰斯，守塔一炮一拨兵，等着传送好了，他还可以出去带线。

MW 打得真的很难受，完全开不起团来，想要强推中路，杰斯一炮兵线没了，如果等下一拨兵线，那外面的瑞兹都把塔给你拆了一半了。

如果你要去抓人吧，UNG 的人又从另外一条线上拆你的塔，这样拉扯牵制着，让 MW 的人疲于守塔，最后让 UNG 抓到了落单的田螺，直接推平了高地。

钟晨鸣看完这一局，没有半分犹豫，直接摸出了电脑旁边的小本子，将这一场比赛记录在了小本子上，并且写了个备注：牵制打法的经典一战。

TD 战队走的就是这个战术风格，但肯定没有 UNG 做得这么好，这就是职业战队跟草根战队的差别。

几笔记录完之后，他抬头看向屏幕，正好看到了 Master 面无表情地坐在座位上，似乎还没从刚才那一局缓过神来，眉头还微微皱着。

MW 输了。

无缘世界总决赛。

接着 Master 就消失了一天。

钟晨鸣大概能猜到 Master 那边的情况，打完比赛，还输了，肯定整个战队情绪都不好。

输了比赛的当天，很多时候连游戏都不想看到，估计能思考人生一晚上。

第二天钟晨鸣爬起来直播倒是遇到了 Master，Master 的大号正在游戏当中，钟晨鸣看了一眼，突然发现 Master 的段位变成了大师！

钟晨鸣立刻就点进他的战绩看了一眼，Master 玩了一晚上中单，"连跪"一晚上，直接从王者掉到了大师。

因为职业选手经常需要打排位练英雄，所以除了个别十分强的选手之外，或者是想把自己的排名打上去的选手外，其他人的段位普遍不是很高。

Master 之前就是王者，根据他最近练的是什么英雄，会在六七百分附近徘徊，钟晨鸣之前也有注意过 Master 的段位，一般是稳定王者的，这样一下就掉到了大师 300 点，心态估计是崩得很惨了。

钟晨鸣没有急着点排位，跟观众商量了一下，说等 Master 出来。观众大部分都十分乐意，少部分不乐意的，钟晨鸣也懒得管。

看到钟晨鸣要等 Master 出来，观众们的弹幕也刷得很欢乐。

【终于等到 Master 了！】

【主播替我们安慰一下 Master，昨天的表情看着好心疼。】

【帮我告诉一下 Master，不是他的"锅"，我们等他来年再来。】

【Master 昨天打了一晚上游戏，主播你快劝他去睡觉吧，身体要紧。】

虽然有这些关心的评论，但也有一些不和谐的评论冒了出来。

【Master 还有脸直播？输了比赛不知道去训练？】

【垃圾，打什么职业，还连跪一晚上，这样的人怎么还待在 LOL。】

钟晨鸣直播开这么久了，房管也多了起来，有了靠谱的小姐姐和小哥哥帮他管理，这些带节奏的弹幕活不过一分钟，立刻就被清了个干净。

"谢谢房管，辛苦了。"钟晨鸣道了谢，打开 LCK 的比赛看了起来，这几乎成了钟晨鸣的日常看比赛环节。

他直播等排队的时候,不仅会看LCK赛区的比赛,其他赛区的也会看,有时候甚至找出外卡赛区的来看,他的粉丝都惊奇于这个人怎么能找到这么多比赛。

这次钟晨鸣看的是LCK赛区的夏季赛季后赛,一边看一边还给观众解说,其实他是想自己安静看比赛做笔记的,但是有时候排队排太久,他什么也不说有点冷落观众,就开始做起了解说工作,反正国外比赛的解说粉丝们也听不懂,他来就正好。

钟晨鸣开着小窗口在看比赛,解说到高潮处,Master名字下面的黄色突然变成了绿色,他一局打完,出来了。

钟晨鸣解说的声音戛然而止,立刻点了邀请。

观众一脸蒙:

【主播挖掘机要干什么?】

【这比赛我看过,主播全都猜对了,之前先看过一遍的吧。】

【不要在解说中插播LOL!】

【我反对!】

【轮得到你来反对?】

不管观众怎么发,钟晨鸣反正是不讲了,他点了暂停,就等着Master接受他的邀请。

Master的状态变了一下,钟晨鸣打韩服经验丰富,一眼就看出了他这是正在队列中,直接把钟晨鸣的游戏请求给忽略了。

这个人是在干吗,才能连他的游戏邀请都看不到?

钟晨鸣产生了怀疑,准备上企鹅号准备单戳一下Master。他刚上企鹅号,Master就从队列中变了回来,消息也发了过来:【抱歉没注意。】

说着,还弹过来一个游戏请求。

钟晨鸣接受了游戏请求,Master的语音请求同时弹了过来,钟晨鸣也点了接受。

一开麦,Master疲惫的声音从那边传过来:"我状态很差,你carry。"

"行,我carry。"钟晨鸣听着他这么疲惫的声音,关心了下,"你这是一直没睡?"

"睡醒了，昨天回基地我就睡了，晚上醒了才开始玩。"Master 的声音听起来没什么力气，跟生病了一样。

"你状态听起来很不好啊。"钟晨鸣道，"我说真的，你要不要去睡一觉？"

"没事。"Master 说着，"不想睡，睡不着，玩一会儿再去睡。"

钟晨鸣也没有再劝，Master 现在就是输了比赛心情不好，打打游戏发泄一下也是好的。

"我想打中单。"等排进去了，Master 立刻道。

钟晨鸣想起了 Master 那一连串的红色战绩，他玩了一晚上中单。其实钟晨鸣觉得，Master 要是玩打野，就是闭着眼睛玩也不会跪一晚上，能一页红，只能是玩他不熟悉的位置了。

更让钟晨鸣五味杂陈的是，Master 晚上玩得最多的就是发条，这个人好像是要转中打发条了一样，即使战绩一直不好，也一直在玩，反正就是不想换。

"那我去打野。"钟晨鸣主动跟 Master 交换了位置，"你随便玩，我来中路帮你抓。"

"嗯。"Master 的声音低低的，带着点鼻音，可能是熬夜了有点感冒。

钟晨鸣没有瞎玩打野，他选了 EZ。

这个版本 EZ 突然就被加强了，但实在不适合出现在 ADC 位置上，于是就有人突发奇想，用这个原本定位是 ADC 的英雄去打野。

没想到这样突然而来的想法还挺有效，EZ 突然就成了一个强势打野，比赛中开始有人使用，路人局表现也很良好。

传统打野钟晨鸣玩得不是很好，这个 EZ 打野他还是能玩的，毕竟 EZ 有一段时间出现在中路，他也练过，知道这个英雄怎么玩，很多细节不用重新琢磨。

开局之前，钟晨鸣就做好了 Master 的发条坑得惨不忍睹的心理准备，毕竟他以前就跟 Master 的发条对过线，把 Master 的发条单杀得兵都补不了，但真正到了游戏里面，他还是被 Master 的发条震惊了。

Master 的发条，比之前跟他对线的时候，更菜了！

以前的 Master 还会想着刷钱，注意一下对线时候的走位，这一把的 Master 简直就是百分百走位接技能，移动吸铁石，人家的技能不打他他都要走上去硬挨一下。

当然，钟晨鸣也不会说什么，他只能……多去一下中路。

打野心情不好他还能怎么办，还不是只能惯着。

这个多去一下中路，一不小心就变成了钟晨鸣的打野住在中路了，没办法，中路实在是太好抓了。

——发条总是处在垂死的边缘，对面总想杀这个要死不活的发条，只要对面想杀人，就很好抓人了，只需要在旁边等着对面交技能杀发条的时候就是。

钟晨鸣在中路蹲了十分钟，收了四个人头，三个是对面中单的，一个是对面打野的——对面打野来 GANK 被他蹲到了。

当然，Master 也死了两次，有两次都是 Master 被单杀了他上去收的残血人头。

这时钟晨鸣看了一下战绩，他们这边一共五个人头，四个都是他拿的。

看着这个局面，人头全在他身上，钟晨鸣突然就有了一种不好的预感，这又是要他拯救世界的节奏，如此想着，钟晨鸣回头就去摸了一本杀人书。

EZ 是一个技能有 AP 加成的英雄，是可以出杀人书的，以前有杀人剑的时候，还能杀人书杀人剑一起出，后来杀人剑被删除了，也就只能出杀人书过过瘾了。

出完杀人书，钟晨鸣又去中路蹲着。这次对面学聪明了，中单也怂了起来，不再十分激进地要杀 Master，而是企图跟 Master 和平发育。

这简直是想太多，Master 怎么会跟他和平发育，Master 肯定会直接往他技能上撞，强行接技能让他想杀。

这样接技能，对面中单不仅是看着心痒，连手都痒了起来，他感觉要用尽全身的力气才能让自己不去杀这个发条，还要不停地告诫自己"EZ 肯定就在旁边，EZ 肯定就在旁边"，这样才算是勉勉强强控制住了自己的双手。

但是大家都知道这个中单发条是个傻的，太好"杀"了，打野也盯着中路这块肉，这次打野就不是一个人来中路的了，想都不用想他都知道 EZ 肯定在中路，所以这次来中路抓发条，他还带上了小伙伴，就是下路的辅助。

钟晨鸣看到对面中单上了,立刻用E技能"奥术跃迁"跳出去,朝中单的脸上扔技能,结果一跳出来,对面突然冒出两个人来,形成了三打二的局面,钟晨鸣下意识就觉得要糟。

突然一个绿色的镰刀从草丛里斜飞出来,钩到了对面中单,接着镰刀一动,一个绿色如鬼魂的身影顺着镰刀而来,在他身后还牵着一个灯笼,灯笼上带了个人,正是他们的ADC。

钟晨鸣其实看到下路过来了,但觉得太远了,赶不上,没想到锤石就给他表演了一把怎么用灯笼极限支援。

锤石利用镰刀把自己拉扯到了中单位置,手上的锁链一甩,镰刀立刻将中单反向刮回来,乘着灯笼而来的ADC立刻打出伤害,钟晨鸣也接上伤害,先杀中单!

中单一死,对面立刻溃败,辅助想走却走不了,打野直接卖掉辅助,自己走了。

辅助跟ADC支援完中路,又赶往下路继续发育。钟晨鸣特意看了这个锤石一眼,他觉得这个锤石玩得挺不错的,细节方面做得很好,就注意了一下。

看了几眼,钟晨鸣果断跟着锤石去了下路。

他觉得去下路肯定有人头,对面辅助死了,打野残血,只有ADC在下路收兵,他不下去锤石跟ADC可以越塔,他去的话,可以去蹭个人头混两层杀人书,自然还是要去的。

果然不出钟晨鸣所料,这个锤石去了下路直接开干,钟晨鸣勉强用位移技能跟上伤害,将对面ADC弄死在塔下,杀完人锤石还有闲心打字:

【good!】

钟晨鸣也不知道他到底说的是ADC"good"还是他"good",索性就不理了,转而去关注中路,在麦里面问Master:"你中路就补兵,有没有压力。"

"有。"Master说得十分坦荡,"要支援。"

钟晨鸣:"行……"

钟晨鸣点了下TAB键,一眼就看到他这么抓中路,Master还被压了五十刀,完全都不知道怎么在打。

还好他们这把下路是会玩的,不然钟晨鸣一个人用打野 EZ 可能还真带不动,辅助带着 ADC 全场游走,走哪儿杀哪儿,钟晨鸣跟着捡捡人头,强行游爆对面。

最后推对面门牙塔的时候,辅助锤石开始打字:【hao you wei, 18, wo dai ni ying.】

钟晨鸣没理,观众却沸腾了,弹幕爆炸。

【这谁?】

【这个人还认识主播?】

【我带你赢 666。】

【Master 大腿位置即将不保。】

【哇,主播和 Master 才是真朋友好吗? Master 菜成这样都还带他玩。】

以前钟晨鸣跟 Master 双排的时候,还有很多人刷他蹭 Master 热度,自从他打上韩服第一之后,这些刷蹭热度的齐齐失踪了,今天更是风向突然一改,变成了 Master 抱他大腿。

钟晨鸣没看弹幕,看了他也不会理,就跟他没理这个辅助一样。

倒是游戏里面,锤石又开始打字: 【bie gen Master wan, gen wo wan, CJ jungle.】

这下直播间又一次爆炸。

【这个人谁啊,这种语气?】

【有毒吧,他敢说 Master 菜?有本事先打个韩服王者出来啊。】

【前面的,他好像还真是王者。】

【这个人是不是不想活了。】

【我的刀呢?】

钟晨鸣依旧没理,他正在跟 Master 说话:"你下局还玩发条吗?"

Master:"玩!"

钟晨鸣:"我怎么觉得你突然就变得高兴起来了。"

Master:"就是突然觉得发条还挺好玩的。"

钟晨鸣好奇道:"你不是因为发条好玩才玩了一晚上的发条?"

Master 说得十分理所当然:"我是在寻找我玩游戏的初心,平静情绪,现在平静下来了,突然就发现了发条很好玩。"

推完了水晶，等游戏出来，钟晨鸣看弹幕才看到观众说锤石骂人，他跟 Master 说话去了，根本没看，就问了下观众："骂什么了？"

观众立刻告状：【跟你要好友位，还骂你菜鸟打野！】

另外有人说：【我怎么觉得他在骂 Master？】

又有人接道：【我也觉得那句话说的是"马斯大"（Master）。】

正好大早上的排位很难排进去，钟晨鸣趁着这个空闲时间，在一串好友请求里面找出刚才那个辅助，通过了。

辅助立刻发了个笑脸过来：【O(∩_∩)O~】

钟晨鸣：【？】

辅助：【你好啊，可以帮我要个 Master 的电话号码吗？】

钟晨鸣：【。】

他反手就把这个好友删了。

本来是想看看这个人为什么要骂 Master，结果一通过好友请求竟然是发过来这个，他还能说些什么？既然对面的人脑子不太正常，为了保持自己正常的脑子，他还是删好友吧。

弹幕飘过了一串"666"，还有一串"打扰了"，钟晨鸣看得好笑，低低笑了两声，弹幕又变了风格：

【主播你什么时候开摄像头？】

【一人血书求主播开摄像头。】

【主播是不是太丑了见不得人所以不敢开摄像头？】

钟晨鸣一向都对自己不想回答的弹幕视而不见，这次他也没有回答，直接跟 Master 聊天："我觉得你拿不到发条。"

Master 道："我拿到了怎么办？"

钟晨鸣："我等会儿 BAN 发条，你可以死心了。"

Master："还是不是兄弟了？"

钟晨鸣十分淡定："你不玩发条我们就是。"

Master："我们的友情就如此脆弱吗？"

"不玩发条好好做人，"钟晨鸣点了根烟，"我们的友情还会很坚固。"

听到打火机的声音，Master 立刻转移了攻击目标："你不抽烟我就不玩发条。"

钟晨鸣立刻道:"我没抽。"

Master:"我信了才有鬼。"

两个人一顿乱吹,等排进去了,钟晨鸣没有BAN发条,Master笑着问:"说好的BAN发条?"

"给你留点面子。"钟晨鸣说着,"主要是你这个发条看得我怀疑人生,我估计得三个月不碰发条这个英雄,我从来没想过,发条还能玩成这样。"

"你现在能想到了。"Master无所畏惧。

这次钟晨鸣选了小鱼人,既然EZ带不动,他就玩点自己拿手的英雄吧,小鱼人就是一个。这几天他将小鱼人练出来了,很多时候都能一打二或者三,所以就拿了出来。

这次队友没有上次的厉害,但钟晨鸣的小鱼人够厉害就行,打野小鱼人直接教对面做人,强行带Master躺赢。

两个人一直打到了中午,钟晨鸣说去吃饭,Master的声音都有点哑,他在那边道:"你去吧。"

等钟晨鸣吃完饭回来,看到Master还在玩,就问了问:【你不吃饭吗?】

两个人没有语音,钟晨鸣是打字问的,Master打字回来:【没胃口,我再玩会儿。】

下午人多了起来,Master一直在玩,几乎没有停过。钟晨鸣下午要盯队员们的训练,晋级赛没有几天了,他不能就这样放着队员不管,就没跟Master双排,这下下午上的那点分直接又被Master给打了下去。

盯训练赛之余,钟晨鸣看了眼Master的战绩,他一开始觉得Master的心情好像是好点了,现在看来,Master只是在跟他玩的时候强打起精神来跟他开玩笑而已。

钟晨鸣拿着笔在本子上潦潦草草画了几笔,转头看向原子:"手机借我一下。"

原子也没问,直接把手机解锁递给了钟晨鸣。

钟晨鸣在屏幕上点了点,又问原子:"支付宝密码多少,还是你自己输?"

原子看了一眼:"点外卖?你也会点外卖?!"

钟晨鸣在原子眼中是个很神奇的人，这个人揣着一千块钱奖金来到他们这里，两个月过去了，身上竟然还有两三百块，关键这个人还抽烟，在原子眼里十分不可思议，这烟钱都不够吧，也不知道是怎么过的。所以对于钟晨鸣点外卖这种事情，原子实打实地被震惊到了。

"我给你现金。"钟晨鸣很明显会错了意。

"行、行吧。"原子输了密码，偷偷看了眼外卖的地址，是个上海的地址，可能是给朋友点的，他也没想太多，谁还没有几个网友不是。

点完外卖，钟晨鸣就继续盯原子训练去了。原子跟钟晨鸣学了很久，现在中单已经有了大师水平，想继续上分却有点难度，钟晨鸣在给他做针对性训练，他完全没注意到自己企鹅号跟游戏窗口都炸了。

等训练完，钟晨鸣一看自己的电脑，发现十几条消息弹了出来，还有一连串问号。

Master：【你点的外卖？】

Master：【你怎么知道我们基地的地址？】

Master：【？？？】

Master：【人呢？？？】

Master：【你干吗去了？？？】

Master：【你支付宝多少，我给你钱。】

钟晨鸣又看向游戏窗口，礼物提醒弹了出来，他一点开，不仅是一个礼物，他收到了一个全套"星之守护者"皮肤！

钟晨鸣："……"

虽然说韩服皮肤便宜，但这些皮肤也比他的外卖多了不知道多少钱了吧。

点开游戏对话框，Master 在对话框里面说道：【好像送错了，我怎么有种送这个号其实是送给我自己的感觉，你上你国服小号看看。】

钟晨鸣上了国服，说是小号，其实这个小号已经被他玩成大号了，"长得帅"那个号因为太久没玩早就掉回了钻一，这个号因为前段时间直播天天在打，大有冲国服第一的趋势。

一点开游戏，这个号上又是一个全套的"星之守护者"皮肤。

钟晨鸣："……"

-099-

想了想，他给 Master 打字过去：【基地地址能查到，你送这么多皮肤干吗？我有些英雄又不玩。】

Master 很快就回了过来：【还真的是你啊，看着好看就送给你了，来来来，玩两把，你打中单，来韩服。】

钟晨鸣上了韩服，跟 Master 双排，应 Master 要求，玩了几把星之守护者皮肤的中单，Master 终于肯跑去打野了。

Master 那边的声音越来越哑，钟晨鸣有些听不过去了，问道："你们放假了吗？"

Master 的声音低低的："放了，没进决赛，肯定放假。"

钟晨鸣诚心建议："你要不要回家休息两天？"

"不想回去。"Master 打了个哈欠，"你还打吗？"

"你打我就打。"钟晨鸣想了想，"要不跟队友出去玩玩？"

"没想法。"Master 沉默了一会儿，突然道，"我去你那里玩吧，我还没去过，还是个旅游城市，反正挺近。"

他俩日常吹牛的时候涉及了地域的事，Master 也就知道钟晨鸣在哪儿。

"也行。"钟晨鸣给他做旅游规划，"这边就那几个景点，你应该都听说过，酒店订市中心的就方便，其他也没什么要注意的。"

"你在哪儿？"Master 问。

钟晨鸣："嗯？"

"我过来找你玩。"Master 说。

钟晨鸣实话实说："我这边在准备 LDL，可能没空陪你玩。"

"没事。"Master 除了一开始说过来玩的时候语气兴奋一点，现在又变成了很疲惫的声音，"我可以过来帮你们训练，也不是很想出去玩，太热了。"

钟晨鸣："那你过来干什么的？"

Master 十分坦然："过来玩的啊。"

钟晨鸣突然就不知道怎么接话，只得点头："随便你吧。"

"我买了明天上午十点的票，十一点到。"Master 买票的手速估计跟他打游戏的速度有得一拼，几句话之间就买好了，"你地址给我。"

钟晨鸣想着 Master 出来散心也是好事，直接道："我过来接你，火车

-100-

东站？"

"嗯，东站。"

约定完，Master又去打游戏。

钟晨鸣第二天起来直播，去看了看Master战绩，看到Master玩到半夜三点才没玩了。

输了比赛，Master打了一天两夜的游戏，他是真的很想赢，很想去全球总决赛，可惜今年失之交臂。

钟晨鸣不知道为何突然就想叹气，他能理解Master，之前晨光比Master还要疯狂，整夜整夜地睡不着，不停地陷在自责里，甚至一度不想打职业了。

但不管怎样，都还是要继续下去，他不能放弃。

直播了一个半小时，钟晨鸣跟观众打了声招呼，去火车站接Master。

东站客流量很大，这个点到的旅客也不少，钟晨鸣借了BUG的手机，跟Master交换了手机号码。此刻手机上显示着他发给Master的消息，但是Master并没有回他。

钟晨鸣甚至都怀疑Master是不是昨天晚上玩太晚，一觉躺在床上睡过去并没有赶上火车，又想着万一Master赶上了只是没看到他的消息，还是在火车站等着。

Master之前说的是十一点到，钟晨鸣等到了十一点半，终于等到了Master的消息。

Master：【不好意思睡过站了，我现在去买票坐回来。】

钟晨鸣："……"

好在Master还真买到了票，钟晨鸣又等了半个小时，终于在十二点的时候等到了Master从火车站出来。

Master长得高高大大的，大概是因为熬夜，双眼没什么神采，像是站着就要睡着的样子。

此刻他两手空空，身上就是大T恤加裤衩，脚下还踩着拖鞋，头发也乱糟糟的，看起来就像是刚从床上爬起来脸都没洗就跑去赶火车，在火车站站了一会儿，看到钟晨鸣向他走过来，盯着看了两秒，突然笑了。

钟晨鸣走过去，喊了他一声："冯野。"

Master向钟晨鸣挥挥手,神色虽然疲惫,双眼却弯成了好看的弧度:"18。"

他说得很笃定,根本就没有疑惑眼前这个人到底是不是18,因为他见过。

钟晨鸣其实跟Master一样的装束,只是他穿的是一双帆布鞋。

两个多月过去了,钟晨鸣的形象也发生了翻天覆地的变化,黑头发长了出来,他去剪了几次,以前染的黄色彻底看不见了。又因为这段时间一直在室内,没怎么出去见太阳,他皮肤都白了很多,看起来整个人温柔了不少,之前那些乱七八糟的饰品也被他丢了,现在整个一大男孩形象。

其实一开始Master在赛场见到钟晨鸣的时候,还有些怀疑到底是不是这个人,因为看起来不太像,但此刻再次看到他,就觉得是这个人,就是他没错了。

钟晨鸣看着Master也笑了,不过是很无奈的笑,问Master:"酒店订了吗?"

Master依旧很坦荡:"没,等会儿去看你附近哪里有酒店。"

钟晨鸣无奈:"你这么随便的吗?"

Master道:"其实你不用管我,我就随便玩玩。"

如果不是Master昨天那种可怕的状态,他也不会出来接,此刻见Master这么随便,就道:"先去吃饭吧。"

"行,你带路。"Master一副全部交给钟晨鸣,他肯定不会多说一句话的样子。

钟晨鸣带着Master往外走,走了几步突然想起来,他好像也是这个城市的"游客"?

他一开始待在网吧,后来待在战队训练室,天天除了游戏就是游戏,完全没有出去过好嘛!

还好,他跟BUG借了手机。

钟晨鸣赶紧上网查了查攻略小吃,脚下立刻就转了个直角弯:"走这边。"

Master看了眼路标:"不坐地铁吗?"

钟晨鸣看着手机上的路线:"坐公交方便点。"

Master看着他:"你在看地图?"

钟晨鸣脸不红心不跳："不经常来，搜一下路线。"

Master突然左右看了看，快走两步到钟晨鸣身后："我怎么觉得有人在看你？"

"谁？妹子吗？"钟晨鸣跟他开了个玩笑。

Master说道："看左边。"

钟晨鸣侧头看了一下，看到几个穿着跟以前的自己有得一拼的人在看他，心中突然就有了一种不妙的预感。

见钟晨鸣看过来，那几个人原本蹲在地上交谈，此刻突然就停止了交谈，站了起来。

Master："你认识他们吗？"

钟晨鸣加快了脚步："不认识。"

Master："但是他们好像认识你。"

钟晨鸣："快走。"

Master不解。

钟晨鸣一把拉住了Master就往前飞奔，Master一脸莫名其妙："不认识你跑什么？"

跑什么？当然是躲避麻烦了！

那几个人一看就不是好惹的，钟晨鸣并不想跟他们沾上关系，他心里一直很不安，此刻看到这几个人，这种不安更是达到了顶点。

Master一边跑一边还向后看了一眼："他们追过来了。"

钟晨鸣低喊："别回头了，快跑！"

Master："我觉得有什么事可以坐下来和和气气地商量，没必要逃避，其实有时候跑……"

他们前面也出现了几个穿着乱七八糟的人，Master剩下的几个字顿了一下才说出来："……是没有用的。"

钟晨鸣停了下来，大口喘着气。

站他们前面的是一个胖子，此刻看着钟晨鸣，笑道："在火车站蹲点没想到还蹲到条小鱼，真意外啊，我还以为你死了，没想到还活着？"

另外一个人道："差点都认不出来了，这是重新投胎去了？"

第五章
疯子的微笑

钟晨鸣手心出了汗，他上次从脚手架上摔下来，大致记忆还有，但有的事情是实在是不记得了，不知道还有些什么麻烦没解决。

Master 却神色悠闲，左右看了看，突然抬起手招了下："警察叔叔！"

火车站里执勤的协警可不少，虽然他们现在在火车站外围了，还是有协警在巡逻。

协警往这边看过来。

带头的胖子冲钟晨鸣笑了笑，胖手臂伸过来，似乎想一把揽过钟晨鸣的肩，钟晨鸣立刻后退一步，Master 却一步上前，站在钟晨鸣前面，居高临下道："你想干什么？"

Master 长得人高马大，比那胖子高了半个头，就算顶着几百年没睡够的眼神，也挺吓唬人的，胖子从气势上就输了一截。

胖子脸色一变，像是要骂人，结果一看协警过来了，立刻改了口："兄弟我们好久没见了，聚聚呗。"

这时候协警过来，看看那胖子又看看 Master 跟钟晨鸣，怎么看 Master 跟钟晨鸣怎么像是被混混拦住的老实人，不过听到胖子的称呼，又觉得自己可能是多管闲事，就问了一句："什么事？"

他问的是 Master。

Master 还没开口，胖子立刻道："我们认识，正好碰到了，找他叙叙旧。"

协警不确定地看着他们："真认识？"

Master 老神在在，十分淡定："不认识，莫名其妙找麻烦的。"

协警用商量的语气说着："你们别在这里搞事啊，有什么事好好谈，我在这里看着,给你们做个证人,你们谈吧。"

胖子道:"我们就叙叙旧,没啥事,这个兄弟我……不对兄弟我好像真的还认识你,你长得好像那个谁……"

钟晨鸣站在后面沉默着,他脑速飞快地想着到底是什么事,此刻听到胖子的话,立刻打断道:"谢谢警察同志,我认识他们,没事我们就说两句话。"

胖子看钟晨鸣如此识趣,立刻眉开眼笑。他脸上堆满了肉,此刻笑起来更是眼睛都看不见了,说道:"来来来,我们去吃个饭,好好聊两句。"

钟晨鸣转头看Master:"我给你地址,你先过去?"

Master看了那几人几眼,当即道:"我跟你一起去。"

胖子带着他们一路出了火车站,路上对钟晨鸣进行了一顿冷嘲热讽,不过考虑到有其他人在,他也没有说得太过分。钟晨鸣却从胖子说的话中听出了点情况来,他也总算是想起来自己到底忘了什么事。

可能最近这段时间过得太安逸,不是胖子恰好遇到他,他都快不记得自己还欠了人钱,只是欠了多少不记得了。

几个人找了家小饭馆,钟晨鸣给每人散了根烟,除了那个胖子嫌弃地看了一眼钟晨鸣的烟,其他人都接了。

刚刚坐下,几个混混中的一个小弟突然拍了下大腿,恍然大悟:"我知道你是谁了,你不是'马斯大'嘛!"

钟晨鸣:"……"

Master倒是没什么想法,他还点了点头:"是我,有事?"

小混混立刻看向胖子:"哥,真是马斯大!"

钟晨鸣立刻将话题接了过去:"说吧,我欠了多少?"

胖子没理他,瞪了一眼那个小弟:"一个决赛都进不了的打野,有什么好惊喜的,告诉他,他欠了多少?"

那个小弟摸出手机来看了看。

钟晨鸣有些紧张,连Master都被带得紧张起来。

"一共……"

钟晨鸣在心里飞快盘算着自己现在有多少钱,要怎样才能还得上。

"……十一万六千三。"小混混道,"算上利息就是这么多。"

钟晨鸣突然就松了一口气。

胖子看他突然缓和的表情,疑惑道:"咋的啦,你还得上了?"

钟晨鸣笑了笑,有种劫后余生的感觉。他一开始还以为有几百万,没想到就十几万:"没事没事,我能看看我的借条吗?"

胖子觉得这人事儿真多,不耐烦道:"看什么借条,你自己借的钱你自己不知道吗?"

钟晨鸣笑笑道:"我看看,心里踏实点。"

胖子盯着他看了两眼。

旁边一个背着包的精神男人在包里找了找,拿出了钟晨鸣签字画押的借条,后面还有身份证的复印件。

胖子又拿出手机,找出一段视频来,是钟晨鸣之前借钱的时候录的,视频里说清楚了找谁借的钱、借多久、利息多少、逾期怎么办。

视频里面确实是钟晨鸣的脸,不过那时候的钟晨鸣皮肤黝黑,脸上还有淤青,头发染成了黄色,耳朵上挂着大大小小的耳环耳钉,脖子上也是一些乱七八糟的饰品。

Master看着视频,又看看钟晨鸣现在的样子,皱了下眉头:"你们这样都把他认出来了?"

视频中的人跟现在的人真是天差地别,里面的是一乡土"杀马特",现在的是一个温和小男生,看起来完全都不像是同一个人。

"如果不是他看到我们就跑,我们还不敢认。"胖子实话实说,"这两个月简直是整容一般的变化。"

说完,他旁边的小弟还问了一句:"你是不是真的借钱去整容了?"

"没。"钟晨鸣笑着道,"我就是突然想通了,你说这样混着多没意思,还是要找点正经事干。我问下能分期吗,我现在没这么多钱。"

"可以可以。"胖子十分乐意,反正分期就是利滚利,钟晨鸣需要付的更多,他上面的人拿到的更多,他就赚得更多,自然是很乐意的。

"利息怎么算的?"Master突然就问了一句。

胖子乐呵着伸出一只手来:"五分利。"

虽然之前就有了准备,但这下Master跟钟晨鸣都清楚了,这是借了个高利贷。

"我先还一万六千三吧。"钟晨鸣道,"怎么还?而且怎么证明我还了?重新写欠条录视频?"

钟晨鸣从来没有接触过高利贷这种东西,所以一开始听说欠钱了心都提了起来,现在也不太信任这些人,就怕自己还了钱他们又赖账说没还。

"放心。"胖子道,"我们是有信誉的借贷公司,不搞那些虚的,还了就是还了,没还就是没还,我们也怕以后没人跟我们借钱对吧。"

说是这样说,胖子还是拿出了一连串的书面协议来,看得钟晨鸣都惊了下,没想到借高利贷的也能弄出这么多弯弯绕绕来。

一顿饭的工夫,胖子他们吃完了饭,钟晨鸣也搞定了怎么还钱,说跟胖子去取钱,拍视频还现金。其实是可以网银转账的,这样还有转账记录可以说明,但是钟晨鸣没手机,并没有开通网银。

胖子觉得十分惊奇,看这个人就跟看原始人一样。Master也知道钟晨鸣的情况,此刻也不怎么惊讶,但还是问了句:"你工资还没发?"

"发了。"钟晨鸣如实道,"前几天发的,只发了一个月的,还有礼物钱也发了,不过我也没用钱的地方,就没去取。"

直播平台会押一个月的工资,第一个月是拿不到工资的,所以钟晨鸣才一直很穷,前几天发了钱,但是他一直待在基地里,吃穿住都不缺,也没人联系他,好像也没什么地方需要用手机的,也没买手机,就这样过着。今天出来接Master,他才发现没手机不方便,准备给Master找个住处再去买手机来着,没想到就遇到了这个事情。

"我给你还了吧,利息太高,你欠他们不如欠我,你工资卡给我就行。"Master跟他商量着。

钟晨鸣感觉心窝有点暖,还是摇了摇头:"谢了,我自己还没事。"

Master干脆道:"我收你利息,这样行不行?"

钟晨鸣愣了一下,Master接着道:"放心,比他们利息少一点,别磨磨叽叽的。"说着Master直接看向胖子,"给个二维码,我直接转钱。"

看到Master如此爽快,胖子也高兴,他就是个职业讨债的,收一笔钱就算一笔业绩,本来他们天天在火车站蹲点就是为了预防欠款人逃跑的,没想到蹲到了个消失的欠款人,还收回了钱。胖子立刻就给出了二维码。

Master干脆利落地付完了钱,钟晨鸣也没说什么,反正钱他肯定是要还给Master的,他算是欠Master一个人情。

还了钱Master就跟钟晨鸣准备离开,都走到小饭馆门口了,里面的那个小弟突然追了出来,喊Master:"马斯大,你能给我签个名吗?"

Master看了小弟一眼,还挺顺眼的,点了点头:"签哪儿?"

小弟从胖子那里借了一支笔跑出来,此刻往自己衬衫上一指,Master给他签了,还写了个"排位连胜",小弟这才高高兴兴地走了。

钟晨鸣没说话,等Master签完了名,直接就往银行方向走。

Master跟过去,钟晨鸣问他:"你可以的,我们才第一次见面,你就给我还钱,就不怕我跟他们一伙的?"

Master很淡定:"我相信你。"

钟晨鸣:"傻子……"

Master看着他:"傻子帮你还的钱。"

钟晨鸣:"……金主?"

Master这才满意了,又看到钟晨鸣走到银行门口准备进去,问钟晨鸣:"你要用钱吗?"

钟晨鸣道:"取钱还你。"

Master说道:"不是说好工资卡给我?"

钟晨鸣想了想,自己好像也用不到什么钱,于是把工资卡摸了出来。他今天以防万一,带着工资卡出门,没想到出一趟门这卡就不是他自己的了。

Master看了眼卡,说道:"放心,多的钱我会还给你。"

钟晨鸣奇怪道:"你怎么会觉得里面有多的钱?"

"你三个月工资……"Master突然想到,"连十万都没有?你签约签的多少?"

"一万啊。"钟晨鸣实话实说。

Master看着钟晨鸣,盯了有十秒钟,最后把钟晨鸣说他的两个字还了回去:"傻子。"

钟晨鸣:"……"

Master道:"我就说你怎么连十一万都还不出来,原来你是个傻的。"

钟晨鸣："……"

是的，他还真的无法反驳这个事情，他的人气，一万块钱一个月，直播网站真是捡到了宝。

互相骂完，银行也不用去了，钟晨鸣就带着Master上了公交车，准备去给Master找个酒店。

现在人也不多，车上还有座位，两个人并排坐着，公交车刚刚起步，Master突然头靠在了窗户上。

钟晨鸣一脸莫名其妙，刚想说什么，Master疲惫的声音传来："我睡一会儿。"

钟晨鸣转头一看，这个人靠在窗户上直接睡着了。

Master其实长得还不错，高鼻梁薄嘴唇，虽然常年打游戏，皮肤却还挺好，算得上是一个帅哥，在电竞圈这个滤镜厚如啤酒瓶底的地方，颜值已经算是出众的了，所以女粉丝也不少，钟晨鸣去上海看比赛的时候，从头到尾就听到女粉尖叫。

只是此刻的Master眼睛底下是重重的黑眼圈，嘴唇干裂，眉头还微皱着，看起来疲惫至极。

去TD战队得有一个小时，钟晨鸣就让Master睡了一个小时。

到站，钟晨鸣把Master喊醒了。

刚才坐过站，又遇到了要高利贷的，脑子好不容易清醒了一点，现在突然被叫醒，Master就跟个脑子忘在梦里面的人一样，钟晨鸣喊他干吗他就干吗，走路困得眼睛都快闭上，给他一个支点，他估计得睡到世界末日。

看他困成这样子，钟晨鸣也没急着说给他找个酒店。

想到Master过来连酒店都没订，钟晨鸣越发怀疑Master平时看着挺正常的，其实什么都没做好准备就跑过来了，还莫名其妙给他还了一笔钱，他们俩根本就是才认识两个月的网友关系。

这个人是真的一点防备心都没有吗？钟晨鸣心里这样怀疑着，甚至想着要不要试试把他卖了看看……

乱七八糟想了一通，钟晨鸣把人带回了TD。

在车上，钟晨鸣就在TD的群里面发了个消息：【我带朋友过来休息一会儿。】

群里面没人回他,一堆人都在忙着训练,哪有空看群。

过了半个小时,原子才说了一句话:【你竟然也有朋友这种东西?】

这下群里面才热闹起来,纷纷复制原子的话,连小凯都来了一句:【你竟然也有"朋友"这种东西?】

钟晨鸣也不知道跟这些人说些什么,发了个表情就没理了。

等钟晨鸣把 Master 这个"问题儿童"从公交站一路带回了战队,坐在门对面的原子立刻露出了故作惊讶的表情:"原来你还真有朋友?"

BUG 也好奇地看过来:"竟然不是懒宝宝吗?"

到了一个新地方,Master 勉强把他那副找不着东南西北的样子收了一收,跟他们打了个招呼:"大家好,我是冯野,18 的朋友,来自上海,我过来找他玩几天。"

钟晨鸣在旁边笑了起来:"你这是幼儿园式的自我介绍方式吗?"

原子惊奇道:"冯野? Master?"

职业选手的名字并不是一个秘密,平时个人资料里面就会写,队里面的人更多的是叫真名,喊 ID 的不多,当然,喊外号的情况更常见。

BUG 跟 Boom 也都看了过来,连原本在专心打游戏的豆汁都抬头看了一眼,原子突然惊讶了一声:"还真是 Master,这竟然是你朋友?"

"真的是吗?"Boom 道,"我还以为你们开玩笑,Master 跑这里来干什么?"

"我过来找 18 玩的。"Master 看了一圈训练室,问钟晨鸣,"哪台电脑是你的?"

钟晨鸣指了角落那台,Master 走过去,说着:"我玩玩。"

豆汁突然问了一句:"18 是谁?"

"18 是我们这里的人?"原子也好奇起来。

18 这个人最近在网上很火,各种极限操作视频都有 18 的身影,还有各种吹捧的文章,说这个人多厉害多厉害。原子比较关注新闻这些,看到 18 的消息他也有点进去看过,不过没有特别关心,也就属于看看的地步。

他知道 18 是个主播,而且打到了韩服第一,不知道会去哪个战队,为人也很神秘,基本没透露什么个人信息,更是没开过摄像头。

不过原子也不怎么喜欢看直播,或者他们整个战队的人都不看直播,他们平时都是自己打训练赛，然后看比赛的视频，毕竟比赛是比赛，RANK是RANK，完全就是两码事，要进步还是要看比赛视频。

而且就算他们看直播，18跟他们的生活作息也是完全错开的，他们每次打开电脑的时候18都下播了，连巧合都巧合不到一块去。

此时原子听到18这个名字很是惊讶，豆汁不怎么关注这些，他更是连18的名字都没听过。

Master疑惑道："他就是18啊，你们不知道？"

几个人看向钟晨鸣，脸上的表情比Master突然跑到他们这里来都还惊讶。原子跟Boom还有BUG齐齐骂了句脏话，豆汁十分疑惑地去搜了搜18是谁。

"等等等等，等我打完这一局。"原子突然低头看屏幕，他跟Master还有钟晨鸣说话的时间差点就被单杀了。

Boom也反应过来，赶紧低头打游戏。

而豆汁因为段位比较高，排队的时间也比较久，他这一局还没排进去，最有闲的就是他，等百度完，他基本没什么情绪波动的眼睛里突然出现了怀疑人生的神色，低声道："为什么我这个都不知道？"

BUG也觉得很惊奇："我也是才知道我们教练这么厉害好吗，我还说他每天早上起来直播赚不到几个钱，没想到竟然这么厉害。教练，你这个人是不是有点问题？"

"他没问题，是你们有问题。"练习着补兵的小凯突然道，"我知道他是18。"

这下换其他人不说话了，好像还真是他们的问题，平时都是钟晨鸣关注他们的训练情况，他们还真没关心过钟晨鸣什么段位，只知道他很厉害也很穷。

他们这边说了半天，钟晨鸣也没插话，他懒得跟他们讲，本来自己直播也不算是一件大事，而且跟他们确实没什么关系。这点关注度，钟晨鸣还真没觉得有什么特别的，倒是他们的反应让他有点不知道说什么好，干脆就没说。

这个时候Master已经开了钟晨鸣的电脑，他看了一眼鼠标键盘，还点了点头："外设不错。"

钟晨鸣看了眼时间，Master 坐过站耽搁了一下，又遇到要高利贷的，更是耽搁了许久，他们回来都下午两三点了，钟晨鸣也没管 Master，让他自己玩，自己要去盯训练赛。

前天 TD 战队的才跟瞎嗨战队的一起出去玩了，此刻打个训练赛也很欢乐，一进房间，两边的人就开始胡扯起来。整个训练室的气氛被带动起来，变得很欢乐，原子跟 Boom 聊着天，连豆汁都时不时说两句话。

到了 B/P 的时候，战队的人更是经历了一场激烈的讨论，在主要针对瞎嗨的上路还是下路的问题上争执了很久。

等吵完了，钟晨鸣收起本子转头一看，发现 Master 靠在电竞椅上睡着了，头歪向了一边，嘴巴微张，睡得人事不知。

而钟晨鸣的电脑上播放着比赛视频，正好就是 MW 打 UNG 的第一场。

钟晨鸣关了视频，推推 Master 的肩膀："醒了，屋里去睡。"

Master 人高马大的，睡在电竞椅上也不舒服，他们训练的时候吵得不行，再说空调房里这样一睡肯定感冒，钟晨鸣直接就把他叫了起来。

Master 刚刚睡着，被叫醒后迷迷糊糊地看着钟晨鸣。

钟晨鸣道："床上去睡。"

Master 点点头，跟着钟晨鸣进了屋。钟晨鸣指了自己的床，盯着 Master 爬上去。

钟晨鸣睡上铺，Master 爬到一半，好像回了点神，问钟晨鸣："你盯着我做什么？"

钟晨鸣："我怕你爬一半摔下来。"

Master 有点不高兴："你才是。"

钟晨鸣："你睡醒再跟我说。"

Master："我现在很清醒。"

BUG 坐在离他们最近的位置，将这两人的对话一字不漏地听在了耳朵里，此刻不耐烦道："你们两个都是笨蛋。"

钟晨鸣："……"

Master："……"

Master 低头看钟晨鸣："他是谁？"

钟晨鸣道:"我们战队的辅助BUG。"

"哦。"Master点点头,爬上去睡着了。

钟晨鸣看着Master再次施展秒睡神技,十分莫名其妙,所以他问BUG是为了什么?

训练赛打了一下午,Master也睡了一下午。其间可可听说Master来了想来见识见识,得知Master在睡觉,也没打扰,说晚上再来。

Master是被晚饭的香气给熏醒的,他中午根本没怎么吃饭,熬夜完也没什么吃饭的胃口,此时睡饱了,立刻就感受到了饿意。

从床上坐起来,Master发了五分钟呆,才分清楚现在的情况,爬起床去了客厅训练室。

钟晨鸣看他起来了,直接喊他过来吃饭。

Master点了点头,过去坐下。

今天阿姨听说有朋友要来,特地多做了一些饭菜,Master跟他们吃完了饭,喊住了钟晨鸣:"你跟我出去一下。"

钟晨鸣跟他出去,问道:"去找酒店?"

Master看到了钟晨鸣这里的住宿条件,知道多住一个人也麻烦,点点头:"嗯。"

钟晨鸣没手机,就让Master用手机搜一下附近的酒店。Master拿出手机来,还没按亮,突然抬起头来,问钟晨鸣:"我是不是借你钱了?"

钟晨鸣愣了下,点头:"是,你还真是困得脑子不清醒所以借钱给我了?"

"不是,我知道自己做了什么,就是有点不真实,跟你确认一下。"Master突然傻兮兮地笑了,"没想到我还真拿了你的工资卡,你密码多少,我用你的卡去刷酒店。"

"你高兴什么?"钟晨鸣道,"我那里面一共才一万多块钱,是我欠你的钱的十分之一。"

"没事没事。"Master看起来一点都不在乎这点,"反正以后就多了。"

钟晨鸣忍不住乐了:"我以前怎么没发现你跟傻瓜一样?"

"请叫我金主谢谢。"Master道,"谁是傻瓜?你工资卡还在傻瓜手里。"

钟晨鸣懒得跟他扯,总觉得跟这个人说话自己的智商都要被拉低。让

Master找了酒店，钟晨鸣带Master去登记，Master又跟钟晨鸣回了TD战队。

可可这个时候也来了，正在询问战队最近的训练情况，此刻看到Master，跟Master打了招呼："冯野。"

Master盯着可可看了两眼，眉头微微一皱："可可？"

"好久不见。"可可笑了笑。

Master看了看训练室："这个战队是你的？"

可可点了点头，说道："出去喝杯茶吧。"

Master跟可可出去了。

原子立刻露出了八卦的眼神："可可跟Master也认识？"

"应该认识吧。"钟晨鸣说得模棱两可，没跟原子说太多，自己坐在电脑前，点了根烟，打开排位。

他一开始就觉得可可很眼熟，还问过可可打没打过职业，可可没承认，但他想了起来，可可打过职业，不过是女队。

或许是游戏天赋的原因，LOL里面的职业选手全是男选手，偶尔有一两个女选手，也是十分少见的。

但喜欢LOL的女生也不少，女玩家更是一抓一大把，很多妹子打得不比男的差，想要打职业的也有。

于是LOL女队就有了苗头，许多战队陆陆续续开始组建女队。

但现在说起女队来，更像是一场笑话。

在这个竞技游戏的女队招聘要求里面，明明白白写着一条：形象气质上佳。

被招聘进来的女选手们，一开始接触到的不是如何将游戏打得更好，而是如何被包装成一个美女选手，这成了女队一个重要的卖点。

可可当初就是MW女队的一员，她是女队的辅助，在女队里面，成绩算是很好的一批，家里也挺有钱，来女队一开始是为了打比赛，进来之后才发现完全不是一回事。

可可在女队里面待了不短的时间，因为家庭原因，队里面的人对她都还算客气。钟晨鸣那时候不怎么关注女队的事，也听过可可的名字，是个游戏打得很好的"白富美"，这是当时大家对可可的普遍评价。

可可是想打出一番成绩的，但女队更多的是表演赛。LOL只有全球总决赛，并没有女子决赛一说，渐渐地，女队关注度越来越少，不少女队都解散了。

NGG从一开始就没有搞过女队,钟晨鸣并不清楚女队的情况,但是从现在可可提都不提的情况来看,当时肯定算不得多好,或许还发生过一些不好说的矛盾。

离开了MW女队的可可找到了新的道路,她不能上职业赛场,她就让她的朋友上职业赛场。因为打得不错,长得漂亮,家里还有钱,可可也认识了不少高段位的人,后来聚集这些朋友,变成了现在的TD战队。

能在另外一条路上,向着自己的梦想而去,也不失为一件幸运的事。

游戏排进去了,钟晨鸣也收回了思绪,专心于游戏里面。打完一局游戏,他一边点开第二局,一边思考着跟直播平台续约的事。

原本他是想打完三个月的直播就去战队,但现在欠了钱,直播就得继续做下去了,他之前几乎没怎么担心过钱的事,连变成一个穷光蛋之后都能靠着打游戏有吃有喝,现在却不得不为了钱这个东西发愁起来。

直播平台之前开出的续约条件还是挺诱人的,一个月就能让他还上欠款。钟晨鸣想了很久,打开企鹅号找到超管,犹豫再三,还是没能打下续约的话。

超管的意思是要他再续约一年,一年不行再怎么也是半年,签三个月这种事是死也不会再同意。但是签半年,他怎么去战队,有直播合约在身,战队肯定也要考虑这一点,而且每天都要训练,训练有些内容是不能直播的,他不知道还能不能播够时间。

如果能早点找到战队,他有工资的话,倒是可以慢慢还,就是战队工资跟直播的工资完全没有可比性就是了。

还得太慢他也蛮不好意思的,毕竟是欠着Master的钱。

他这边想着,游戏又排了进去,他一边走神一边选英雄,左下角突然跳出来几行字。

menma:【哟,小18,又排到一起了。】

menma:【来个好友位啊,这次别删了,我不要Master的电话号码了就是,你的给我也行。】

钟晨鸣这次看到了,不过他还是当没看到。

装瞎这种事，不管是以前还是现在，他都练得炉火纯青，不然在这个喷子遍地的电竞圈里面还真不好混。

钟晨鸣没有理对方，对方也没有多说，这个人这样说话更像是在开玩笑，钟晨鸣对这样的玩笑并没有兴趣。

这次 menma 选了娜美，也是个软辅助，不过比风女的进攻性强一点，线上很强，能奶能打还带控制跟减速，不过控制不太稳定，所以一般而言还是用来打线上，而不是去游走。

但是在 menma 手里，这个英雄好像变了个样子。

虽然说是个线上英雄，不太适合游走，GANK 没有锤石、牛头这样强，但 menma 还是一有空就往中路跑。

三级的时候，钟晨鸣正在跟对面对线。他拿的是辛德拉，用的就是 Master 送他的那套皮肤，他也觉得这皮肤挺好看的，辛德拉的法球都变成了圆滚滚的可爱小恶魔形象，消失的时候还会做一个萌萌的表情，看得人心情好，他这两天没事就玩玩这个皮肤。

三级他打了对面一套技能，用技能晕倒对面，然后抓起一个小兵扔过去，这一套正好打出雷霆来，算是辛德拉的一套标准消耗。

就在他刚刚晕倒对面时，就看到一个水泡泡从一旁落下来，直接砸在对面中单卢锡安头上，卢锡安被这泡泡裹了起来。

"大海在呼唤我。"

轻柔的女声响起，手里拿着法杖，有着美少女的容貌，双腿却是鱼尾的娜美慢悠悠晃过来，手中水波纹样的法杖轻轻一抬，一道水波从法杖顶上弹出来，又弹射到辛德拉的身上。

在水波弹到对面身上时，对面血量掉了一截，弹到辛德拉身上时，辛德拉身上微微亮起一道绿光，原本对拼消耗的一点血量立刻被回满。

这是娜美的 W 技能"冲击之潮"，可以在友方英雄与敌方英雄之间弹击三次，弹到敌方英雄身上就是伤害技能，弹到己方英雄身上就是治疗技能。

前期娜美的 W 伤害很高，特别是带 AP 符文的娜美，这次一套技能打在对面身上，加上之前泡泡的伤害，不可谓不高。钟晨鸣看到对面奥巴马被"泡"住，立刻给了一个点燃，然后接上平A，他技能刚才都交掉了，现在只剩平A。

如果他计算没错的话，伤害还不足以杀死卢锡安，应该还差一到两个平A的伤害。

人鱼娜美依旧轻轻挥着法杖，小小的水流从她的法杖上弹射到对面身上，钟晨鸣刚升到三级，她作为一个跑过来支援的小辅助，其实只有两级，只有两个技能，接下来的伤害只能用平A打。

不过娜美的E技能是个对平A有加成的技能，就算她三级了，也还是只能用平A。

随着那一股小小的水流落到卢锡安身上，钟晨鸣突然就看到卢锡安身上一道惊雷劈过，卢锡安就这样死在了泡泡里面。

这个娜美点的什么天赋？！

钟晨鸣点了下TAB，发现娜美竟然是点的雷霆，怪不得能这么快跑来中路支援。

在LOL进游戏前可以点天赋，就是一张技能页，不过都是被动技能，点了之后这些技能可以带到游戏里面，娜美的话，作为一个能奶的英雄，在这个香炉的时代，一般都会点"风语者的祝福"，这个天赋可以让娜美奶的人防御增加，也就是变得更硬一点。

而雷霆就是伤害性的，是在对一个人造成三次伤害之后，对吃了三次伤害的人追加一个伤害，一般都是中单或者爆发型英雄点来补充伤害的。

这个人娜美点雷霆，完全就是把自己当成输出来玩，但是娜美又不是一个出伤害装备的英雄，就算出伤害装备，她的伤害也不高，前期如果用雷霆打不出优势来，后期这个天赋基本没什么用。

这个人，才两级就抛弃了ADC来中路，这样玩，对自己很自信啊。

杀完卢锡安，娜美又慢悠悠地往下路走。

她的ADC是个女警，原本"女警+娜美"是十分强势的下路组合，前期她们确实也推线推到了对面塔下，但娜美这一走，女警瞬间不敢补兵了，直接往后退。

ADC少了辅助，就跟少了一只手一样不方便，如果对面也是个断手ADC还好说，但对面是个健全ADC，她就不得不退。

等娜美回去，女警这才往前走了一步，补兵。

但是这个时候他们原本建立的优势已经没有了，对面都升到了三级，女警还只有两级，娜美吃了个人头升到三了，这样就显得女警十分柔弱可怜。

娜美来中路杀了人，钟晨鸣推着兵线，将视角快速拉到了下路，想要看看这个辅助到底是怎么玩的。

其实这个辅助跟豆汁之前的辅助很像，进攻性很强，就是豆汁是个死脑筋死都不玩软辅助，这个人之前的锤石玩得不错，没想到软辅助玩得也可以，而且还把软辅助当成了游走型辅助来玩，很有想法。

娜美去了下路，仗着自己也三级，技能 CD 好了，直接追着对面打。

对面是洛跟小炮，洛一个小短手，小炮前期也是个小短手，洛想开娜美，但是被娜美轻松走位躲过，继续追着打。

娜美在下路前期很强，W 技能给自己，接上 E 技能然后 A 三下，对面半血没了，自己还会回血，加上这个娜美带的雷霆和伤害符文，伤害更是高得吓人。女警看娜美上路，自己肯定也不会闲着，瞬间就把下路接管了过来，变成了他们优势。

也不是所有人都能用娜美这样强行打出优势来的，毕竟前期伤害差距不大，谁多平 A 一下就可能导致整个战局改变，所谓生死只在一瞬之间。

钟晨鸣对下路研究得不多，他就觉得这个娜美走位挺精准的，洛的技能一个都没打中她，反而是自己被消耗成了残血。

虽然对下路理解不算很深，但钟晨鸣也能看出来，下路完全是娜美的主导，女警就是在后面补兵以及偶尔来补充一下伤害的，就算是个手残都能在下路打出优势来。

这个人跟豆汁之前的风格很像，但他比豆汁强了不止一点，不管是操作还是细节，都完全碾压豆汁。

因为风格太过于相似，钟晨鸣一瞬间就做了个对比，对比完兵也补完了，兵线推到对面塔下，他往后退了一段距离，点下回城。

推完兵线回城补充状态，然后回来继续对线压制对面。

第二次出来，钟晨鸣在兵线上还没待多久，娜美又来了。

这次来的还不止娜美一个人，娜美还带了一个打野过来。

娜美从下路过来，打野从对面野区绕过来，全都看向了中路的卢锡安。

没跟 Master 双排还有这个待遇，钟晨鸣也是十分受宠若惊，假意在中路卖了个破绽，等卢锡安交出位移，他立刻一套技能控住卢锡安，打野跟辅助立刻就从黑暗的野区里面一起出来，接上控制，带走卢锡安。

抓完人，娜美又慢悠悠地晃去下路，这次跟着娜美去下路的还有打野，他们打野也是个会玩的人，知道这种局势下应该如何运营，钟晨鸣用技能清了兵线，升到六级，也跟着去了下路。

是的，他也知道这种情况下该怎么运营。

既然娜美在中路打出了优势，跟着打野都去了下路，他自然也是要去下路了。

正好六级，他的强势期，可以一套秒人，此时不去更待何时。

娜美这样游走，对面就算是弱势组合，也是能压女警兵线的，此刻看到中路不见，娜美又抓完了人，他们还是有嗅觉，立刻后退。

这给了女警喘息时间，女警抓紧时间推兵线，娜美跟打野并没有从河道过，直接走的对面野区，从一开始，他们想的就是越塔强杀。

他们刚好绕到对面野区的三角草丛处，娜美一个侦察守卫插进去，草丛里出现了一个酒桶，这是对面的打野。

对面的嗅觉都还不错，酒桶猜到他们会来下路，直接在三角草丛蹲着，女警没过来，在补兵，他们是打 3V3，对面还有个防御塔，越塔肯定是不行的，钟晨鸣用技能消耗了一下酒桶，开始后撤。

娜美却上了，给自己一个 E 技能加强自己接下来的三次平 A，然后开始平 A 酒桶。

对面 ADC 跟辅助一看这不行啊，在我们野区打我们的人，头简直是铁，洛直接一个"盛大登场"跳向娜美。

娜美尾巴轻轻一甩，留下几点金色粉末，从原地消失，又在洛的身旁出现，刚好就躲过了洛技能所能打到的范围。

在洛的落点处，一个圆圈浮现，娜美手中的法杖冒出一个泡泡来，洛的大招已经用了出来，中途也不能取消，直接就落在了泡泡上，被泡泡禁锢住。

钟晨鸣反应十分快，他刚退后了两步，看到娜美回头，立刻停止了后退，采取观望态度，此刻见娜美控到了洛，一个大招就砸向洛。

五六个黑色小恶魔圆球一齐涌到洛身体里，又溅落在地上，洛立刻残血。随后辛德拉手臂一扬，一道黑红色气场从她手中挥出来，落在地上的小恶魔圆球被这道气场齐齐一震，全都退出一段距离，被这些退后的小恶魔砸到的敌方英雄齐齐被晕眩。

对面 ADC 跟打野正好过来，小恶魔圆球又很多，全都没躲过这个晕眩。

先放大再用 E 技能推球群晕，这个只是辛德拉的基本操作，但因为其控制性很高，而且使用这个还需要天时地利人和，用出来的效果一般也不错，于是有了一个称呼，叫作"天女散花"。

钟晨鸣一招天女散花直接控了对面下路三人，打野十分上道地接上了伤害，击杀残血辅助洛，ADC 小炮跟打野酒桶见情况不对，连塔都不要了，直接就溜了，等女警把兵线推过来，他们两个只会变成塔下亡魂。

他们一走，钟晨鸣原地按下了回城，这次一个人头一个助攻，还补了几拨兵，身上的钱挺多的，回家更新装备，再回来继续杀穿他的中路。

之前他不敢说自己能杀穿中路，毕竟对面到底是什么水平他也不知道，但是现在野辅帮他建立起了这么大的优势，他再不杀穿中路就说不过去了。

等他更换完装备来到线上，还没展现出装备优势来，娜美又来了中路。

这次娜美六级了，是带着大招来的。

钟晨鸣时时刻刻都在注意着小地图，娜美来他自然是知道的，但是娜美走的这线路，他就有点看不懂了。

对面中单在下路河道做了眼，钟晨鸣没有提醒娜美，但娜美完全绕过了这些眼位，绕了一圈，从视野盲区来到了中路。

之前的那次 GANK 也是，被抓了一次的卢锡安其实有防 GANK 的意识，特地在下路草丛做了眼，但就是没有看到娜美过来。

钟晨鸣这个时候并没有时间思考娜美绕视野的问题，娜美都来 GANK 了，他自然要先手，只是这次，他的控制空了。

对面卢锡安被杀了两次，打起了十二分精神来注意钟晨鸣的动向，此刻就一个位移躲过了他的控制。

现在这种他们在对线的情况下，如果不是对面卢锡安作死想要杀辛德拉，天女散花这招是打不出来的，因为卢锡安根本就不会进辛德拉的大招范围，所以还是得先远程控到才能打伤害。

辛德拉技能一空，卢锡安也没有急着上前，他给抓尿了，如果是之前，控制空了他肯定是闪现上来打一套的，现在不敢了，他就怕哪里又冒出来个打野或者辅助。

躲完技能他就继续补兵，然而他不上，辅助还是来了。

"让海洋卷走他们！"

伴随着这个声音，一道巨大的波涛突然升起，直接冲向中路的卢锡安。卢锡安没有了位移技能，闪现也交过了，根本没办法躲过这个隔墙而来的波浪。

这个波浪刚刚将卢锡安冲起来，就在距离卢锡安没多远的地方消失了，娜美是算好了距离放的这个大招。

这个大招过去，卢锡安被减速，娜美却迟迟没有出现，钟晨鸣打了一套伤害，上了点燃，看了一眼娜美——娜美的大招距离很远，这道波浪可以冲过半个屏幕，所以娜美在极限距离放完大招之后，人其实并没有来到这里，她还要走很长一段路。

等钟晨鸣一套伤害都打完了，娜美终于出现，给了钟晨鸣一个W技能。

水流冲击到钟晨鸣身上，又弹向了只剩血皮的卢锡安，卢锡安被水流刮死，娜美拿到人头。

钟晨鸣：【……】

menma：【……】

menma：【ni na bu dao ta ren tou.】

确实，刚才他伤害不够，技能也用完了，如果不是娜美补充的这个伤害，对面卢锡安就跑了，说起来还是他之前空了两个技能的"锅"。

但是这并不妨碍他打几个点来表达一下自己的感受，娜美一开始来中路GANK，人头也是娜美的，这几次，他就拿到一个人头，反而是娜美身上两个人头，到底谁是辅助？

娜美又开始打字：【18 lai xia, w mei r, nan shou.】

这个人来中路抓完了人，放完了大招，这才知道自己没大招，下路打不赢了很难受，钟晨鸣也不好意思不去，毕竟人家来中路帮他建立了优势。

钟晨鸣不知道为何，感觉有点怪怪的。如果是以前，就算辅助不说，他也会跟着辅助去下路,帮下路建立优势的,但是这个人这么一说,他去下路支援怎么就这么奇怪呢?

经过这几次,钟晨鸣也搞懂了这个辅助的基本玩法,就是死抓中路,中路抓出优势就喊中路去帮下路,反正中路有优势了也有空,然后再捎着打野一起来,打野跟着他走有肉吃,自然也乐意。

跟豆汁不同,豆汁是主动去找节奏,而这个人是从头到尾都把节奏握在自己手里。

但是这样打很容易崩,如果前期他去帮中路,没能帮中路建立优势,那这把开局就很难,中路没有建立起优势,辅助一走 ADC 也会被压,被压 ADC 起不来就没用,后期打团就难打,所以这种玩法,还是需要自信。

辅助把节奏带了起来,对面中下都被辅助玩崩了,这把游戏结束得十分迅速,二十分钟就推到了对面高地。

这个时候辅助又开始打字。

menma:【hao you wei.】

menma:【hao you wei.】

menma:【hao you wei.】

这句话被他连发三遍,最后又补充了一句:【xiong di, wo shi ni fen si.】

钟晨鸣没再理他,他觉得自己只要给个回应,这个人能用拼音跟他说到游戏结束,不能打汉字话都这么多,这个人怕是有问题吧。

等游戏打完,钟晨鸣想了想,又找到这个人的名字,把他加了回来。

辅助玩得确实好,玩得好的人可以有特殊待遇。

——如果换个人,他在游戏里面早就把人屏蔽了,太烦了影响发挥。

钟晨鸣点开看了一下这个人的战绩,很好看,一连串的辅助外加一连串的胜利,他大概是个强迫症,连玩几把都是头像绿色的辅助,从锤石玩到娜美,又从娜美玩到扇子妈,配上绿色的胜利字样,也算是养眼了。

看到钟晨鸣把他加回来,这个名为"menma"的辅助立刻打字过来:【嘿嘿嘿,谢谢兄弟。】

在游戏外可以打汉字了,这个人就跟解禁了一样,又一连串汉字发了过来:【兄弟双排啊,Master 怎么没跟你打,他昨天连跪成那个样子,怕

-122-

不是伤心得游戏都卸载了。】

钟晨鸣正想打字让他说人话，那边又发过来消息：【听说他离开基地出去玩了？这个人真是幸福，输了比赛想出去玩就出去玩，羡慕得不行。】

从这几句话里面，钟晨鸣听出来点什么。

Master 明明才到他这里，之前也没有发微博什么的说要出去玩，知道 Master 没在基地的就应该只有 MW 的内部人员才对，又联想到这个人的话痨程度，他心中有了个猜测。

钟晨鸣打字问道：【空气？】

对面立刻不干了：【兄弟，空气这么菜我怎么可能是他？】

钟晨鸣：【……】

钟晨鸣：【你平时也这么说话的吗？】

menma：【对啊，怎么了吗？】

钟晨鸣：【你没被人打死，还能平安活到现在真是不容易啊。】

menma：【谢谢夸奖谢谢夸奖，所以双排吗？】

说着，menma 弹过来了一个组队邀请。

钟晨鸣直接接受了，虽然这个人嘴巴欠了点，但实力还是有的。

游戏一开，menma 又一次给钟晨鸣展现了什么叫作住在中路的辅助，这次 menma 延续了他的绿色传统，用了扇子妈。

扇子妈是个前期很强势的辅助，因为她一级就有大招，大招是强化自己一个技能，伤害还挺高。

用前期强势的英雄在下路打出优势，他立刻转中，帮中路建立优势，然后又联合中路跟打野跑去下路。

这真是一个百用不厌的套路，这次他也这么玩，又把对面玩得二十分钟掉高地塔，二十五分钟被推平。

在这样的节奏下，钟晨鸣觉得自己就是躺赢的那一个，给这个人一群猪队友都能赢。

又下一把，menma 这次开局就打下了一句话：【这次我不来中路了，你好自为之，么么哒。】

……么么哒。

钟晨鸣觉得这个人问题很大。

这次钟晨鸣玩的卡萨丁，对面是妖姬，而他们的 ADC 是 VN，menma 用的娜美。

menma 的娜美钟晨鸣之前就见识了一把，知道玩得很不错，所以保护一个 VN 是没问题的。

对面下路是大嘴加风女组合，不管怎么说，反正线上 VN 打谁都打不赢，肯定被对面压着打，钟晨鸣也理解 menma 说的不来中路，他也没办法来中路。

之前的几把 menma 能把对面给抓崩了，是因为他们都是用的前期强势英雄，可以在前期打出优势来，给他创造游走机会，但这次用的弱势英雄，他根本走不开，就算是走开去做个眼，他都怕 VN 被单杀或者被对面打残了，不管是哪一种，他们下路都会变得很难受。

钟晨鸣按下 TAB 看了眼，menma 的娜美这次没有再带雷霆打伤害，而是老老实实地带了风语者的祝福，看起来像要好好保护 VN。

游戏开始三分钟，钟晨鸣看了一眼下路，发现他们下路已经被压着打。

VN 这个英雄，前期就是这么难受，如果不是对这个英雄有自己独特的理解，可以用大家所认为的弱势打赢强势，那还是不要玩比较好。

当然，虐菜局除外。

钟晨鸣这个号的分段也不低了，队友也不是傻子，就算是这个分段的 VN，也是要被压着打的。

等钟晨鸣到了六级，他主动去了下路。

对面一直压线，他肯定要去支援。这并不是因为 menma 前两把来帮了他，所以他就要帮回去，是因为去帮下路才能赢。

VN 是个后期英雄，前期线上确实弱得不行，但是后期打团作用很大，她平 A 是算百分比伤害，装备起来，切前排如同切豆腐，不管出多少肉，在她面前都是纸糊的。

钟晨鸣自然也是看懂了这点，这才跑去了下路。

但是他也实在是高估了这个分段的 VN 选手，或者说他就高估了这一个 VN，这个 VN 实打实地符别人给 VN 的称号——"孤儿英雄"。

钟晨鸣去下，人都上了，menma 也跟上了，甚至都把对面 ADC 控住了，VN 还在后面磨磨叽叽地补了两个兵才过来，结果她过来控制时间都结束了，对面 ADC 能动了，A 了塔两下，她又不敢打了，开始后撤。

这个操作看得钟晨鸣眼睛疼，严重怀疑 ADC 是代打上来的。

下路 GANK，钟晨鸣被打残，对面 ADC 残血逃走，什么好处都没捞到。

钟晨鸣下意识地看了 menma 一眼，这个人这么喜欢说话，他还以为会直接开喷，没想到 menma 这次十分淡定，一个字没打，连个标记都不打几下表示自己的不满，脾气非常好地把 VN 的血奶了起来，还跟老母亲一样帮着 VN 推兵线，又在下路做眼跟着 VN 回家。

看到呵护 ADC 如同呵护小孩子一样的 menma，钟晨鸣都觉得这个人是不是换人了，而且还不游走了，钟晨鸣都看得莫名其妙。

menma 不游走了，钟晨鸣却游走起来了。

卡萨丁本来就是一个能短时间内多次位移的英雄，支援能力没得说，既然 menma 不能帮忙建立优势了，这次他就自己来建立优势。

但是下路他肯定是不去了，VN 不会玩，根本捞不到好处，去了也没用，除非叫上打野，否则去一次亏一次。

这次钟晨鸣将重心放在了上路以及对面野区，他们家上路是个鳄鱼，属于半肉伤害型上单，如果能帮起来，作用很大，甚至可以 carry 一整场比赛。

对面妖姬也是一个可以短时间内多次位移的英雄，但是没有卡萨丁的位移这么多，钟晨鸣游走的时候也会注意一下妖姬。对面妖姬说不上很会玩，线上没被他单杀过，但是游走支援却总是比他慢了一步。

钟晨鸣选择去野区跟打野反对面红，等红都打完了，他们妖姬才过来，手中的锁链被躲掉，或许是觉得杀不掉人，她又立刻跑了。

如果不是对面妖姬玩成这样，钟晨鸣本来觉得这把赢不了，毕竟他们 ADC 不会玩，少了个 C 位，在团战中的劣势是致命的。

C 位是主打伤害的位置，ADC 跟 APC，一共中路下路两个 C 位，有一个不会玩，约等于他们这边要将一把团战的输出对半砍。

这个游戏，有时候玩的就是谁的队友更菜。

钟晨鸣反完对面红，又跟着打野一起绕道去了对面上路。

对面上单是个石头人，俗称"混分巨兽"，是一个不需要什么操作团战放个大招就行的英雄，就算崩了也能有作用，钟晨鸣来上路并不是要把这个混分巨兽打成残废,而是要帮自己队友起来。

之前他选择去下路而不是来上路,有一层原因就是抓崩了混分巨兽他也能有作用,而抓崩了对面ADC,就可以让对面打团少一个输出,不过他去了下路之后发现VN太菜,也就只有来上路了。

上路鳄鱼没让他失望,看到有人来抓,快速将兵线推进塔,给他们越塔强杀创造了机会。

兵线进塔,塔就会打小兵,这个时候他们再去塔里面杀人,打到人了,塔才会转移仇恨打他们,可以少被塔打几下,而兵线没有进塔的话,他们一到塔的攻击范围,塔就会直接打他们,所以如果不是大优势,还是要等兵线进塔才能越塔杀人。

这次石头人看到这么多人来抓他,在塔下虚假走了两下,突然一个大招砸向自己家的方向——石头人的大招"势不可挡",冲击目标区域,将目标区域内的敌人抛向空中并且造成伤害。

石头人这个大招谁都没砸中,他就是用来逃跑的。

石头人有位移,钟晨鸣的卡萨丁也是有位移的,虚空中的行者卡萨丁立刻一个R位移跟上,手中短刃一挥,一道扇形紫黑波浪划过,石头人被减速。

而就在卡萨丁位移落地的同时,从旁边的墙里面冒出一只妖姬来,妖姬魔影迷踪的落点几乎挨着卡萨丁,手中锁链一抖指向近在咫尺的卡萨丁!

卡萨丁脚下落下几点金色尘埃,身影突然从原地消失,落到了石头人身旁,就在极其短的时间里,他反应过来,躲掉了妖姬的锁链!

妖姬锁链落空,这次因为要救自己队友,不死心地想要复制锁链再来一次,但是钟晨鸣的队友已经跟上来了,看着已经快到身边的鳄鱼,妖姬咬咬牙,还是再次用"魔影迷踪"回到了墙的另一边,一边往回走,一边看着自己的队友被围殴而"死"。

她实在是没办法,不如回去补俩兵自己好好发育发育。

石头人虽然是个坦克,前期没有装备的时候还是挺脆的,被打野中单上单三个人围殴,坚持不了几秒就倒下来,钟晨鸣"杀"完人,又回去了中路。

这次他在野区碰到对面打野,对面打野的状态并不好,却还想着"杀"

钟晨鸣,钟晨鸣直接就过去教他做人——跟自家上野两兄弟把打野也给办了。

人头他还让给了鳄鱼。

鳄鱼这一次两个人头,一下就从"饥肠辘辘"的小鳄鱼变成了"身强体壮"的成年鳄鱼,这个英雄只要会玩,拿到优势就能把对面吊起来打,钟晨鸣感觉自己不用再担心上路了。

他需要担心的是打团的时候,他一个人的输出能不能把对面弄"死"。

没怎么考虑,他回家直接摸出了一个杀人书。

拯救世界的任务,就落在这个杀人书头上了。

出完杀人书,钟晨鸣变得小心翼翼,杀人书就是个吸引仇恨的玩意儿,一出这个,所有人都会盯着他打,毕竟不死就可以一直叠书,死了书的层数才会下降。

menma 好像也意识到了这点,小团战的时候,他连 ADC 都不管了,每次团战就盯着钟晨鸣的卡萨丁。

其实作为一个位移很多,切后排用处很大的英雄,menma 实在是不太好保护他,但有几次,menma 闪现都要给他奶,堪堪把他从死亡线上拉了回来,保住了他的杀人书……还顺带抢了个人头。

menma 的娜美在这方面也是毒性深重,天天都用 W 技能抢人头,关键他的 W 技能一开始并不是想抢人头,他真的就只是想给残血的队友奶一口,结果就弹到敌方身上去了,敌方正好残血,好了,人头就是她的了。

就很气人。

在 menma 的保护下,钟晨鸣的杀人书终于叠到了二十五层,揣着一身伤害炸裂的装备,在一次团战中,钟晨鸣用极限操作切掉了对面 ADC,对面直接投了。

一把打完,钟晨鸣正想跟 menma 说不玩了,menma 却突然发了个消息过来。

menma:【你果然很强。】

menma:【来 LTG 吗?】

第六章
LOL大区晋级赛

钟晨鸣点了根烟,过了两秒才回复:【我能分多少钱?】

menma:【?】

钟晨鸣打字:【你没提成吗?】

menma还是没有反应过来:【什么东西?】

钟晨鸣决定说明白一点:【你老板喊你来挖人,不给你钱?】

【不是。】menma终于明白了他的意思,赶紧打字,【我就是看你玩得好还没战队,听说你在找战队,来我们战队多好,不过你这么说,我去问问我们老板有没有钱。】

钟晨鸣:【你听谁说的我在找战队?】

钟晨鸣奇怪了,他找战队的事情就找Master参考过,怎么这个人也知道了?

menma回得很快:【凯爷跟我讲的,说你好像很烦恼这个事情。】

那么问题来了。

钟晨鸣:【凯爷是谁?】

menma还没回过来,钟晨鸣突然就想到了一个人,他转头往ADC座位的地方看了一眼,喊道:"凯爷。"

小凯转过头看了钟晨鸣一眼,那表情很明显——有事快说,不要打扰我打游戏。

原来"凯爷"还真是小凯,没想到平时沉默寡言默默carry的小凯,竟然也有一颗大佬的心。

钟晨鸣问他:"menma是谁?"

小凯摇头:"不知道。"

钟晨鸣跟 menma 打字:【我们家凯爷说不认识你。】

【你跟他说疯子。】menma 回过来,他之前还打了一句话,说是钟晨鸣战队的 ADC,证明这个"凯爷"确实就是小凯没错了。

钟晨鸣又问了小凯,这次小凯点头:"我碰到的路人,辅助很强,有时候跟他双排。"

这样一说,钟晨鸣就明白了过来。小凯自己打排位碰到的辅助,应该是配合起来挺舒服,打完一把就加了好友,然后一起双排,一来二去就熟悉了起来。

而且 menma 不应该叫 menma 才对,应该叫他"疯子",他国服的 ID 叫作"疯子的微笑",是现在 LTG 的辅助,这赛季比赛钟晨鸣全程跟下来的,对 LTG 辅助疯子的印象十分深刻。

这个人虽然是个新人辅助,一来就上了 LPL 职业联赛,没有经过青训期,本来应该对比赛有一段时间的不适应才对,但是他一来就表现得很好,很多地方处理得让钟晨鸣都惊叹还能有这种操作,大概算是一个天赋型选手。

没跟疯子说两句,Master 回来了。Master 跟可可出去叙了下旧,谈了下 MW 的现状,可可虽然离开了 MW,但她认识的很多人都在那里,自己也待了不少时间,还是有归属感的,对于 MW 的未来还是有些担忧,这次没有进世界总决赛也很难过。

Master 一回来就往钟晨鸣这边走,还从厨房拖了把椅子过来,一副要坐在钟晨鸣旁边看他玩游戏的样子。

钟晨鸣看 Master 过来,觉得他回来得正好,直接就给他看电脑:"这个人跟你很熟吗?"

Master 看了一眼,摇了摇头:"这是谁?不认识。"

钟晨鸣道:"疯子的微笑,LTG 的辅助。"

Master 道:"不熟。"

钟晨鸣就好奇了:"他怎么知道你走了?"

如果不是特别熟的战队之间,打完比赛之后就是各回各家,谁都不会去管别人的日常生活,没想到疯子对 Master 的行程竟然把握得这么清楚。

小凯这个时候插了一句话:"我说的。"

在旁边听了全程的原子说话了:"我总觉得我们这里住了一个叛徒。"

BUG 表示赞同:"我就说最近怎么不想跟我双排了。"

"孩子大了,要'嫁'出去了,唉。"Boom 假意叹了口气。

可可一拍门框:"还有几天就晋级赛了,你们还玩?Master 在这里,还不快好好利用起来!"

几个人干咳几声,纷纷做出认认真真打游戏的样子。

Master 作为一个局外人一点都没受影响,问钟晨鸣:"比赛什么时候?"

钟晨鸣:"八号。"

"那确实没几天了。"Master 道。

钟晨鸣看了他一眼:"你不准备回去休息了?"

时间都快晚上十点了,钟晨鸣准备去洗洗睡了,怎么 Master 跟可可出去逛完还回来了,不是应该回酒店?

Master 道:"可可让我过来帮你们看看,算是物尽其用?"

钟晨鸣把电脑让给他:"要不你看他们比赛的情况,我去洗澡。"

洗完澡出来,钟晨鸣发现 Master 果然在看 TD 战队人员的训练情况,并且还仔仔细细地读着钟晨鸣的教练笔记本。

看到钟晨鸣擦着头发出来,Master 的表情有些奇怪。

钟晨鸣走过去,问他:"我这个本子有什么问题吗?"

"没,没有。"Master 没说什么,过了一会儿他又问,"你以前接触过教练吗?打过职业?"

钟晨鸣摇了摇头:"没有,怎么了?"

"你这个记录方式……没事。"Master 摇了摇头,觉得自己想多了,大概是这样记录比较方便,所以他们教练也是这样记录的。

Master 不问,钟晨鸣也没多说,问的话他还得找借口敷衍过去,不问是最好。

钟晨鸣擦着头发走到 Master 原本的位置坐下,他头发没干,以前的话还会打两把游戏或者做点别的事情,等头发干了再睡,但现在 Master 占了他的电脑,他就只有坐在旁边看大家训练了。

Master 毫无自己占了别人位置的自觉,看着钟晨鸣的笔记若有所思。

过了两分钟,他问钟晨鸣:"我用你的电脑玩把游戏?"

钟晨鸣点头:"你用。"

这个时候他已经把椅子拖到了原子身后,看原子练中单。

原子的中单也是与日俱进,钟晨鸣觉得原子再练练,应该能有 LPL 末流中单的水准了。

原子操作是有的,就是对游戏的理解有点问题,只要把对游戏的理解调整过来就能有很大的提升,就怕的是没有操作,那是怎么都没办法了。

可可在旁边盯了会儿训练,看大家都在认真排位,时间也晚了,她先走了。为了不打扰他们训练,可可来的时候很少打招呼,走的时候也不会特意说一声。

但大家还是注意到了,可可一走,原子立刻松了一口气,跟钟晨鸣吐槽:"可可最近火气好大。"

"大概是因为 MW 输了吧。"Boom 接话的时候还看了一眼 Master。

BUG 也道:"可可还是很在意 MW 的成绩。"

钟晨鸣看他们聊了起来,友情提醒原子:"你要被单杀了,别走神。"

还有两个没有参加他们讨论的人员,一个是豆汁,一个是小凯,小凯一声不吭地在游戏里杀超神,而豆汁已经小心翼翼看向了 Master。

豆汁一把游戏打完了,此刻又有 Master 这个明星打野选手在,好像有问题想问,但又畏首畏尾地不敢问。

Master 正在打游戏,他这一把可谓是打得惨不忍睹,钟晨鸣的鼠标键盘他用着不习惯,这种感觉就跟手脚都不是自己的了一样,一些精细操作根本就做不到。

他还是用的大号,这一把他就像是混进了王者段位的"青铜白银"选手。

豆汁在旁边看了一会儿,更不敢开口了,倒是 Master 趁着"死亡"的时候,主动转头问豆汁:"你想说什么?"

豆汁被吓了一跳,过了两秒才道:"我想问……你是怎么把打野玩得这么凶的?"

从辅助转型成为打野,豆汁一向有强迫症,每把必出眼石,对面的视野一定要在他的掌控当中,不然就跟自己什么都没做一样难受。

这样就让他成了一个控图型打野,而不是一个凶猛的肉食性打野,而

-131-

Master 则是杀人 GANK 型打野中的佼佼者，玩打野的几乎都知道 Master 肉食性打野的凶残。

"这还不简单，见到人就上。" Master 随意说了两句，看着豆汁，有些不确定道，"你是战队里面的打野？"

豆汁点了点头："对，我是打野。"

Master 翻了翻钟晨鸣的笔记，直白地问豆汁："你想学什么？"

豆汁道："有什么……可以几天内速成的肉食性打野教程吗？"

虽然大家都觉得可可暴躁的原因是 MW，豆汁却不这么想，他觉得可可是在担心几天后的晋级赛。

海选赛的时候他们就是第二名出线，同赛区的瞎嗨战队把他们压着打，遇上瞎嗨，他们基本没有胜利的可能。

连同赛区的瞎嗨都打不过，如果到了晋级赛，他们又能拿到什么成绩？

不仅是可可在担心，豆汁同样也在担心，也包括钟晨鸣。

只是钟晨鸣的担心从来不会说出来，他只是平时打游戏的时候多注意一些战术，甚至去试验一些奇葩英雄在排位中的发挥，想给 TD 战队的队员们多想些战术，最好是从来没有人用过的，拿出来就会让对面惊讶不知道怎么应对的战术。

豆汁这么一问，Master 想了想，本想摇头，但他突然想到什么，又点了点头，十分正经道："有。"

豆汁突然期待起来。

Master 点点桌子："你过来，帮我打完这一把，我再告诉你。"

豆汁有些摸不着头脑，还是走过来，然后被 Master 按在了椅子上，道："你玩吧，我看看你的水平。"

有了 Master 这句话，豆汁立马进入状态。这次 Master 玩的螳螂，螳螂是绝对的肉食性打野英雄，豆汁并不擅长，但他还是硬着头皮玩了下去。

虽然不擅长，但螳螂的基本玩法豆汁还是知道。

转型打野以来，豆汁每个打野英雄都有研究一下，对于适合自己的他就多加练习，对于自己玩不好的，他就抱着多加了解的态度，争取做到自己玩不好，但是知道怎么应对这个英雄。

豆汁过来，Master 的螳螂已经在泉水里站了有一会儿了，此刻豆汁看了看螳螂身上的钱和装备，立刻买了个大红药。

Master 看到豆汁这个选择，露出了感兴趣的表情，却没有说话。

大红药是一个消耗性物品，吃了之后三分钟内提升伤害跟吸血，用处就跟兴奋剂差不多，不过由于有持续时间的问题，一般都是装备出满了的大后期才出这个装备。

这一把才到中期，还远没有到出大红药的时候，不知道豆汁这个时候买个大红药是为了什么。

买完大红药，豆汁直接出了门，往下路走去。

这把因为 Master 玩得太差，对下路提供不了帮助，倒是对面打野一直在帮下路，他们下路十分劣势，下塔已经被拆掉了，ADC 跟辅助只能畏畏缩缩地补兵。

对面的下路两人组也很自信，直接压线，就赌这边的打野来抓也能杀掉打野，或者是安全撤离。

豆汁这个大红药打野到了下路，二话不说，直接上去硬刚。

对面下路也是有实力的，他们这边下路崩太惨，根本不能给他提供太多的帮助，后续输出也跟不上，Master 看得都想揭眼睛，豆汁这样去下路，就是去送的。

果然不出 Master 所料，豆汁想要抓人，对面 ADC 顶着不到一百的血量逃跑，他被辅助杀了。

接过来第一局就打成这样，豆汁手都有点抖，看起来有些慌乱。

Master 在旁边道："想法很好，伤害没计算好，如果刚才 ADC 只有一个人你就把他杀了。"

豆汁低声说："我螳螂没玩过几次。"

Master 表示理解："等多玩几次你就知道伤害怎么计算的了，加油。"

这次"死"回家，豆汁没有再乱买装备，而是先问了一下 Master，等 Master 同意了，他才买，然后跟 Master 一边交流一边打。

用 Master 的脑子以及豆汁的操作，这一把竟然渐渐打回来一点，豆汁刚有点开心，结果队友一个失误被抓，他们直接就被推平。

豆汁表现得很是抱歉："我尽力了。"

Master 没再多说什么，只道："可以，还行。"

说着他就拿起了钟晨鸣的小本本,开始跟豆汁讲:"其实练一个英雄要不了多久,快一天慢练不会,你想练什么?"

这边 Master 已经开始跟豆汁讲课,另外一边,原子的一把游戏已经结束,钟晨鸣被 BUG 喊过去:"教练,你看这个眼位怎么样?我觉得可行。"

钟晨鸣过去看了看,BUG 在打印出来的召唤师峡谷地图上标出了几个眼位。

"前期这么做眼可以的吧,我看了几场比赛,这个眼位很刁钻了,一般人排不到。"

"一般人前期也不会排眼。"钟晨鸣指出了他这句话中的常识性错误,"现在谁出门带扫描?"

扫描就是可以把隐形的侦察守卫扫出来的饰品,饰品是出门送的,出门的时候就两个饰品可以选择,一个是侦察守卫,也就是俗称的假眼,一个就是扫描。

BUG 一想好像也对,但他还不放弃:"我看比赛他们就是这么做的眼,是我的问题还是打比赛的那些人理解有问题?"

"都没问题。"钟晨鸣道,"眼位很好,继续研究,现在这些不仅是研究,比赛的时候你要记得用。"

BUG 转型辅助之后,钟晨鸣天天都说他眼位有问题,他也天天去研究比赛时候的眼位,但是光研究有什么用,实战的时候全都忘记了,所以钟晨鸣只能好好叮嘱他要活学活用,别学了打游戏就忘记了。

"我打两把游戏给你讲新眼位心得。"BUG 也慢慢在提升,想着一边实战一边消化这些东西。

钟晨鸣点了点头,另外一边原子跟 Boom 又开始商量起了一些细节配合来。

窗外是初秋还没降下去的高温,楼下有小吃摊摆了出来,这个时候正好人声鼎沸。

一直埋头训练的小凯突然抬起了头,望向自己的队友,嘴角不经意地露出一抹笑意来。

大家都在为了同一个目标奋斗的感觉,真的很好。

一天的训练结束，Master 也准备回酒店，钟晨鸣则是去睡觉，其他人作为夜猫子，肯定是还要继续玩的，或者说他们到了这个时候，才刚刚好兴奋起来，觉得自己有用不完的精神，简直可以打到明天早上。

临走时 Master 跟钟晨鸣商量："你要不要跟我去住酒店？"

钟晨鸣正在小本本上记笔记，闻言抬头看了一眼 Master："做什么？"

Master 道："这里的环境……"

钟晨鸣："挺好的。"

Boom 在旁边听着，立刻装模作样，假装严肃："你们两个什么关系，老实交代！"

原子也在旁边瞎起哄："野神带上我呗，我也想去改善一下生活环境。"

Master 淡定表示："没钱，我就能带上 18 一个人。"

"你带原子过去。"钟晨鸣估计脑回路跟他们有点不一样，"我住这边方便点，明天还要直播。"

原子立刻又拒绝了："我也要训练，算了算了。"

大家就起哄了几句，本来也没多想什么，倒是 Master 走到门口又站住了，还看了看钟晨鸣。

钟晨鸣终于理解到了 Master 的意思，站起来："我送送你。"

他们这个地方是老居民楼，没电梯，钟晨鸣就跟 Master 慢慢走下去，楼道狭窄，钟晨鸣走前面，Master 跟在后面，钟晨鸣一转头，就看到 Master 在后面盯着他看。

钟晨鸣回头，Master 也问出了自己想问的问题："你真的叫钟晨鸣？"

之前他在要高利贷那里就看到了钟晨鸣的名字，那时候脑子有点不清楚，一时没反应过来，还以为自己看花了，刚才又跟可可确认了一遍，还真的是这个名字。

钟晨鸣点了点头，也没说话。

Master 安静了几秒，笑了笑："没想到是同一个名字。"

钟晨鸣搬出了一早就想好的说辞："因为跟晨光名字相同，我看他玩得这么好，我也想试试能不能玩到晨光这么好，所以才洗心革面认真打游戏。"

"这个理由也是可以的。"Master 道，"没想到玩游戏还能拯救失足

-135-

人员。"

"谁失足了？"钟晨鸣被他逗得笑了起来，"你才失足少年吧，天天想些什么东西？"

"我觉得我好像也实现了梦想。"Master跟他说，"你看我跟你打中野，你中我野，你也叫钟晨鸣，这不就是约等于我跟晨光在打游戏嘛，反正你跟晨光差不多强。"

钟晨鸣盯着Master看了一会儿，发现这个人竟然是认真的。他笑着摇头："你傻吧。"

"我是认真的，你要不要来MW？"Master道。

钟晨鸣问他："我去了五神怎么办？"

Master忍不住吐槽："你一来就想抢首发的位置，这么自信的吗？"

钟晨鸣点头："是的，就是这么自信。"

说到战队，钟晨鸣跟Master说了实话："其实我觉得LTG不错，那边的人我接触了，还不错。"

"所以你准备等这次LDL打完就去LTG？"Master问。

"去试训看看。"钟晨鸣在小区门口停住了，"他们的队员给我的感觉很上进，而且实力不差，这次季后赛他们都打进了，经验上去，应该可以。"

"他们中单是个韩援，你不能首发。"Master提醒他。

钟晨鸣："如果我能把韩援压着打？"

Master发现他确实可以把那个韩援压着打，而且LTG这赛季的表现确实也不错，整个战队也都很有朝气，从队员到管理层都有想法，确实是值得去的。

如果在之前，Master还要以这个战队的人太菜来劝钟晨鸣，但是这次错失了全球总决赛资格的他，并没有底气再说这个话。

第二天大家还是照常训练，只不过今天他们训练室来了一个客人，懒宝宝来了。

钟晨鸣想到懒宝宝是Master的粉丝，今天早上爬起来直播的时候，就给懒宝宝说了一下Master过来了。

懒宝宝听着十分震惊，过了半晌才给他回了一句：【他也好意思出来

玩？输完比赛不好好待在基地训练玩个屁玩！训练去啊！】

钟晨鸣：【你现在过来还能要个签名。】

懒宝宝：【虽然输了比赛，但必要的放松还是需要的，这段时间好好调整心态放松放松，为下赛季做好准备，我还是支持他的，希望他下赛季能打回来，所以他现在在你们战队？】

钟晨鸣：【过来的时候记得带两碗皮蛋瘦肉粥两屉小笼包。】

懒宝宝：【行，大佬你要吃什么馅？】

就这样，懒宝宝提着两袋小笼包加两碗粥来了战队，然后发现战队里面只有钟晨鸣一个人。

懒宝宝当即不干了，嚷嚷着："你这个人心真黑，早饭都要骗？"

钟晨鸣正在打游戏，之前懒宝宝说要过来他就没关大门，懒宝宝是自己推门进来的，此刻也没回头，跟懒宝宝说："这么早，除了你这种学车的起得来，也就只有我了。"

懒宝宝一个暑假都没拿到驾照，此刻约了开学前最后一次考试，正在做最后冲刺，看他这个样子，估计也是刚从训练地请假回来。

懒宝宝一想也是，拆开早饭在钟晨鸣旁边吃了起来，吃着吃着又问："Master什么时候来？"

"估计要睡到中午。"钟晨鸣回想起了Master昨天那个状态，又不确定地补充了一句，"可能中午都还不行，下午才起得来。"

这个时候钟晨鸣还在直播，懒宝宝又坐在钟晨鸣旁边，他们的对话是一字不落地从直播间里传了出去，直播间立刻就炸了。

【Master现在有没有好受些了？】

【什么？我Master去找主播了？】

【输了比赛还不知道训练？】

【Master是过去散心的吧，看他战绩，他输了比赛是真的难受。】

【主播好好对Master啊，安慰安慰他。】

老粉都知道钟晨鸣打游戏的时候不看弹幕，等钟晨鸣从游戏里面出来，才问出了自己最关心的问题。

【主播，Master有没有好点？我看他前几天战绩看得都心疼。】

这些都是小姐姐粉，小哥哥粉的反应一些是"输了比赛还不好好训练"，另外也有很多说"好好准备明年比赛"吧,相比起来小姐姐的关怀还是要细致很多。

　　钟晨鸣说了一下Master的现状,说Master情绪已经调整过来了,打游戏也不乱玩了,这次过来也是为了调节情绪的,大家别想太多。

　　游戏输了心态爆炸是常有的事,何况还是全球总决赛资格选拔赛,很多人都表示理解,弹幕很是和谐友好。

　　当然,不理解又在直播间带节奏的直接就被封了。

　　跟粉丝交流完没多久,Master就过来了,这次他过来还带着鼠标跟键盘。

　　懒宝宝看到Master过来,整个人都不好了,愣了半天,才十分不好意思地跟Master打招呼:"野神,那个……我是你的粉丝,可以……可以给我签个名吗?"

　　懒宝宝一边说话,还一边挠着后脑勺,看得钟晨鸣都震惊了,这真的是懒宝宝,不是换了个人?

　　Master对粉丝一向很友好,给懒宝宝签了名,这才大方地占据了豆汁的位置,把自己的鼠标键盘插了上去。

　　钟晨鸣记得Master昨天来是空着手来的,那这个鼠标键盘……

　　Master及时解答了他的疑惑:"我今天早上回去拿的,果然还是自己的鼠标键盘用起来比较顺手。来,双排。"

　　钟晨鸣等他上了游戏,跟他双排。

　　懒宝宝则跟个乖宝宝一样在旁边坐着,一个字都不说,乖得就跟他不存在一样。

　　等下午队员们都起床了,Master又把位置让了出来。

　　懒宝宝也没待太久,表达完自己的崇拜之情,要了好友位之后,他就继续奔赴他的训练场练车。

　　下午TD的队员又要打训练赛,这次Master在旁边看着,就看出来了豆汁的问题。

　　之前钟晨鸣觉得豆汁的问题不大,因为该他做的都做到了,不该他做的他偶尔也能做到,这次Master给出的问题就是,不该他做的,他也要做到。

　　Master也看出来了这个队伍豆汁的实力最强,所以Master让他站出来,需要的是他去carry大家,而不是做打野辅助,保护大家让大家来carry他。

豆汁听明白了这个问题，接下来的几局表现就好了很多，进攻性突然就起来了，有几次都打得对面措手不及。

一天的训练赛下来，每个人或多或少都有些收获，钟晨鸣跟大家做了总结，Master 在旁边听着，玩着手机。等钟晨鸣说得差不多了，大家期待地看向 Master，Master 接道："你们教练说得很好，我没有想说的。"

几人："……"

钟晨鸣："吃饭去吧。"

就在紧张的训练当中，打晋级赛的日子终于来了。

这次还是在市内打，本来说是大区晋级赛，但他们地理优势，晋级赛也在本地比赛，还是之前那个网吧，熟悉的环境，让他们也放松了许多。

大区晋级赛的时候钟晨鸣去了，Master 由于算个公众人物，不方便去，就留在基地打游戏。

出发前，可可给大家做战前动员，说这次的目标是能晋级就行，别的没有太多要求，大家加油。

可可看上去很焦虑，她似乎对这次晋级赛能赢不太抱希望，就在昨天的训练赛中，他们还是打不赢瞎嗨，这或许也成了可可焦虑的来源。

这次的赛程比较简单，十六支战队里面，前五晋级，比赛强度也没有之前大，一共三天，他们等候比赛的时候还能看看其他战队的比赛，为自己对上的时候做准备。

这几天钟晨鸣没有开直播，他比队员们更忙，队员们只需要做基础训练，他却要制定战术，以及做好对手的功课。

好在这件事情不用钟晨鸣一个人做，自从 BUG 打辅助之后，他就开始思考起了更多东西，渐渐成了团队大脑，这个时候他也能帮钟晨鸣分担一些压力，提出一些战术设想来。

而战队的其他人也会看对手比赛，做出针对性评估，然后提出一些自己位置上的考虑，就这样一起商量着，战队也没有立刻就被淘汰，反而还越战越勇，一直打到了最后一天。

这次他们遇到的战队都不是弱队，在他们之前来看，几乎是不可战胜的，但是现在他们打来，却莫名其妙的简单，搞得几个人都有些不安，到底是这个游戏太简单了，还是他们运气好？

最后一天比赛开始之前，BUG就提出了这个问题。

钟晨鸣笑着看他："你觉得是什么问题？"

BUG皱着眉："我不太懂，我只觉得他们的运营都做得奇差无比，根本就没有运营。"

原子也道："对面中单跟个傻子一样，贼好'杀'。"

这次一半的比赛，原子都把对面中单给单杀了。

Boom："我没什么感觉，照常打，打着打着就赢了，你们别看我。"

豆汁："他们好像不知道怎么控制野区？"

小凯嘴里塞着包子，抬头一脸茫然："啊？"

于是几个人的视线都从小凯身上收了回来，可可还是皱着眉头，语速飞快："原子你段位都提升了两个段了，打对面觉得简单很正常，豆汁你这几天是Master教的，BUG你以为每个人都跟你一样这么研究辅助吗？你们天天被瞎嗨虐，觉得很难，就没想到其他人其实差瞎嗨一大截，而且我们两个队都在进步。"

钟晨鸣看着她："现在稳稳地能晋级了，你怎么还是这么紧张？"

可可："我不知道。"

BUG道："是因为下午打瞎嗨吧。"

可可叹了口气："大概是吧。"

这是他们赛场上第三次遇到瞎嗨战队了，前两次都死在瞎嗨手中，这第三次，他们还会栽在同一个战队手里吗？

到了下午，战队人都到齐了，LDL大区晋级赛决赛开始。

TD的队员都坐在电脑前，做着最后的设备调试，配置着自己需要的天赋符文。

钟晨鸣在观赛区坐了下来，盯着大屏幕，一个人突然坐在了他旁边，他侧头一看，是戴着鸭舌帽和口罩的Master。

钟晨鸣没想到Master还有偶像包袱，看到这身打扮就想发笑，现在比赛还没开始，他抬手就把Master的帽子给摘了下来。

"你干吗！"Master看起来有些紧张，伸手想抢帽子。

钟晨鸣反手将帽子扣自己头上，将 Master 拉过来用胳膊夹住他，对着 Master 的头就是一顿乱揉。

Master 在钟晨鸣怀里挣扎："别乱弄。"

钟晨鸣看着发型被他揉乱，这才心满意足地放开他："你这个打扮是要干吗？你以为你是明星吗？"

Master 整理着自己被钟晨鸣揉得乱七八糟的头发。他头发不短，是造型师给他弄的韩式"小鲜肉"发型，这样一揉，更是跟鸟窝有的一比，钟晨鸣看他这个样子，怕是有个镜子他还要对着整理半天。

Master 压低声音鬼鬼祟祟道："我出现在这里不太好，又没有战队活动，别人这种比赛都是被邀请过来的，就我自己来，说出去要被经理找麻烦。"

感觉自己大概是理顺了头发，Master 又想去拿钟晨鸣头上的帽子。钟晨鸣直接取下来压到了 Master 头上，跟他说："不戴帽子也认不出来。"

Master 不确定："真的？"

钟晨鸣说："你问可可。"

可可直接从包里面摸出来一面小镜子递给 Master，Master 取下帽子一看，刚戴了帽子，又被钟晨鸣乱揉了一通，这下发型可是糟糕无比，什么韩式小鲜肉发型，他这个发型就是龙珠发型，还是幼儿园小朋友画的那个版本。

Master 也放弃拯救形象了，好像也反应过来戴帽子跟口罩在这里确实有点奇怪，又把帽子扣在了钟晨鸣头上，自己靠椅子上看比赛。

反正这个发型他自己都认不出自己来，别人肯定也认不出来。

这时观赛区有音乐响了起来，比赛即将开始。钟晨鸣上去做 B/P，比赛的规定是 B/P 环节教练可以参与，等进入了召唤师地图，教练就得下场了。

这次 B/P，TD 的众人选择了常规阵容，按照他们打法来说的常规阵容，也就是拖后期打发育跟运营。

现在原子的操作跟意识都起来了，常规阵容下一般不会崩，之前跟瞎嗨打训练赛的时候，这样的阵容有时候也能赢。

等 B/P 完毕，钟晨鸣下场，又坐回 Master 旁边看比赛。

他们这个直播不是实时比赛直播，有三分钟延迟，Master 就在下面玩手机，钟晨鸣坐下的时候看了一眼 Master 的手机，发现他在玩手游，还玩得专心致志、津津有味。

-141-

钟晨鸣问他:"好玩吗?"

Master抬头看他,点点头:"好玩。"

说着,钟晨鸣就看到Master往游戏里面充了钱,然后去抽卡,抽了一堆没用的卡出来——钟晨鸣从卡的等级上判断出这些卡应该没什么用,他虽然没玩过,但还是听说过的。

Master却没有一点失望的样子,又往游戏里充了钱,然后又抽出一堆垃圾卡。钟晨鸣在旁边看着,问他:"你手这么黑,怎么想着玩这个游戏,不是浪费钱?"

Master这次头也没抬:"我用的是你的钱。"

钟晨鸣:"……"

Master:"我刚刚跟可可商量换了你银行卡的绑定手机,现在绑的是我的手机。"

钟晨鸣:"……"

可可就这么把他卖了?

钟晨鸣转头去看可可,可可指指屏幕:"看比赛。"

随着选英雄的音乐响起,用作过场动画的游戏CG戛然而止,游戏画面跳了出来,画面上,TD的人BAN了EZ。

Master收起手机,也不抽卡了,抬头看起比赛。

这几天的训练赛他也有参与,看到BAN了EZ,也觉得合情合理,瞎嗨的那个打野EZ用得挺好的。

然后双方各自BAN了对面强势的英雄,瞎嗨BAN了原子的吸血鬼,相互致敬完,各自拿了各自擅长的阵容。

Master低声问钟晨鸣:"你们这是一来就用压箱底阵容?"

这两个阵容是他这几天训练赛看出来的,双方各自特别强的阵容,虽然说一些英雄被BAN了,但还是有替代品可以玩。

钟晨鸣道:"反正大家都知根知底的,只能拼全力打了。"

英雄选择完,不一会儿比赛正式开始。TD前期没打出什么优势,但勉强稳住,豆汁的打野这次做得很好,没有给到对面反野入侵的机会,对队友们的照顾也是无微不至,基本让对面很难抓到人。

这次他们加强了眼位训练,也就是对视野的控制,训练的效果也是很明显的,还有 Master 提供的一些思路,TD 战队已经可以做到在视野上让对面很难受。

Master 跟钟晨鸣邀功:"我这次特训怎么样?"

钟晨鸣看着屏幕,下意识点头:"还行……这把有点难。"

虽然他们稳住了,但也仅仅是不崩盘而已,劣势拉得有点大,小凯被压了三十几刀,小龙也没保住。

Master 也看得出来这点,但能不崩已经是很大的进步了,有很多次他们用这套阵容打瞎嗨,前期就崩掉了,完全没得打。

到了十五分钟,TD 开始溃败,前期没有优势,他们阵容的强势期也还没到,装备差距在那里,团战没法打。

这个时候如果还能稳住,那就有得打,然而 TD 的人并没有稳住。

瞎嗨知道现在是他们的强势期,肯定要在这个时候打出优势来,直接开始抱团强推。

TD 的阵容是四保一,中单选了个发条,虽然发条清兵线能力强大,但因为前期差距过大,原子想过去守兵线直接被秒,中塔直接就丢了,他们推完中塔整理了一下状态,又开始转下路。

下路一塔的血线已经岌岌可危,瞎嗨推下,TD 的人根本就没有还手之力,只能眼睁睁地看着下塔被推掉。

"瞎嗨他们好像换了打法。"可可在旁边说道,她的眉头越皱越深。

钟晨鸣也道:"之前他们都是'杀人'为主,现在他们也开始研究运营了。"

Master 说:"跟你们打久了被迫练出来的吧?"

确实,之前跟他们打,瞎嗨的人输得最多的情况就是只顾着"杀人"忘记了运营,让 TD 这边后期 C 位安心发育起来,然后后期无敌。

跟瞎嗨打久了 TD 的人也懂得了如何前期避战保发育,在前期十分激进的进攻下也能活下来,保住自己的发育。

他们两支队伍都是在相互的训练赛中进步,相互学习,取长补短,这样使得这两支风格完全不同的队伍也学会了另一种打法,使得队伍的打法都多变起来,更不容易被针对。

看到下路一塔破碎的动画效果,可可担忧地问:"能赢吗?"

钟晨鸣看着屏幕:"如果能打回来,原子或者小凯他们谁能站出来,还有得打。"

而 Master 已经摸出了手机来玩,这种程度的比赛,其实对于他来说是有点无聊的,没有什么可看性,这一把游戏在他这里已经结束了,如果最后没有结束,那就真的是瞎嗨的人太蠢了。

钟晨鸣话音未落,就在一塔倒掉的动画效果还没消失的时候,豆汁突然开团了。

对面将 BAN 位留给了 C 位,没有 BAN 豆汁的猪妹,这把豆汁如愿以偿地拿到猪妹,也是让他可以更好地掌控视野的关键,看到对面推完塔想走,阵型出现空隙,豆汁直接闪现一个大招扔到对面中单脸上。

对面中单用的辛德拉,是个无位移法师英雄,这个大招对直过来,辛德拉下意识走位想躲,但豆汁这个大招是个封走位大招,她如果想躲,那就只能往豆汁所在的方向走,如果往前,肯定躲不过这个大招。

辛德拉在这个选择下犹豫了一秒,就这一秒的时间,猪妹大招撞到辛德拉身上,辛德拉被冻成一坨冰锥。原子的发条立刻将球套在了猪妹身上,猪妹一声嘶吼,径直撞向辛德拉,发条大招拉出,磁力波拉扯着辛德拉,小凯也闪现跟上伤害,辛德拉直接被秒。

机会!

Boom 使用传送绕后而来,一棵伟岸的树精出现在瞎嗨众人身后,巨树的老根化作在泥土里跳跃的巨龙,一排巨大的根茎从泥土里游向瞎嗨的众人,碰到即被根茎缠绕住,根茎接着人体生根发芽,让他们不得动弹。

辛德拉被秒,对面没有可以一套秒人的,小凯立刻就开启了大杀特杀模式,杀进人群如入无人之境,虽然装备还是有差距,但是对面打团刚开始就减员一人,他们的经济差距还没大到少一人也能打的地步,这一局团战,瞎嗨节节败退,最后只能能跑就跑,不能跑争取换一个再死。

一局团战打完,TD 跟对面打出了一换三的数据,在他们即将全部崩盘、节奏被对面接管的时候,好歹是打回来一点,续了命。

如果这局团战输了,他们真的是可以直接投降,没得打了。

续命让可可也松了一口气,Master 都从手机里抬头看向屏幕,看到团战最后，Master 给出评价："不愧是我教出来的打野。"

钟晨鸣在旁边笑了："你才教了几天，怎么就成你教的了？"

"一日为师，终生为师。"Master 说得一本正经。

他们在下面看着，还没高兴完，赛场上又出事了。

这次打完，瞎嗨的人知道如果再被 TD 打回来一次，这把除非 TD 后期再犯很大的失误，让他们抓死一个中单或者 ADC，否则救都救不回来，立刻采取了应对措施。

瞎嗨战队选择了大龙逼团。

这个时间段，由于他们的装备优势，还是他们的强势期，如果好好打，找到开团机会，跟 TD 打团战，只要没有大失误，他们肯定能打赢，赢了就可以继续扩大优势。

但是刚刚团战，原子发条的装备已经起来了，猪妹的开团能力刚刚才让他们吃了个大亏，TD 的外塔全都被推掉，这个时候强拆塔肯定不现实，所以他们选择了利用大龙搞事。

打完大龙之后，有了大龙 BUFF，可以加强小兵的能力，他们就很好继续推塔，说不定高地都能拿，TD 不得不来守大龙，守大龙，就很容易爆发团战。

TD 的人这个时间不想接团，因为打不赢，除非跟刚才那一次一样，让瞎嗨的一个 C 位一点伤害都打不出来直接死掉，这样才有打赢的可能，但这次瞎嗨做足了准备，肯定是不会再让他们轻易抓到破绽的。

对面在大龙搞事情，TD 的人就很难受，不得不过去牵扯。

不能让对面打大龙，也不能跟对面打团，这两个事情稍有失误，就可能导致这盘比赛直接输掉。

瞎嗨的人也是看准了这一点，早早在大龙区做好了布置，就等 TD 的人过来自投罗网。

不出瞎嗨战队所料，TD 的人果然来了，瞎嗨战队的上单已经在泉水里面站了十分钟，等的就是 TD 的人过来。

TD 一冒头，瞎嗨上单立刻传送绕后，那是他们之前放的一个角度刁钻的传送眼位，TD 一看传送想走，却已经来不及了。

瞎嗨的辅助闪现强开，辛德拉随即又接上控制，TD 的人无路可走，被迫接团，小凯的闪现都没好，想跑跑不了，想找个好的输出位置也找不到，屏幕一瞬间就黑了下去，只得双手离开键盘，看着队友跟他一样一个个死去。

这把没了。

TD 的人都知道输了，坐在观赛区的钟晨鸣他们也看得出来，如果说之前还有赢的机会，这次之后，除非去把瞎嗨全队的电源拔了，否则完全没有赢的可能。

打完团战，瞎嗨团灭 TD，状态尚可的瞎嗨又强行去打了大龙，然后回家更新装备补充状态，出门直接指向 TD 高地。

到了这里，不远处正在比赛的几个人突然摘下了耳机，交谈起来，这说明他们已经打完了，而屏幕上的比赛因为延迟三分钟的原因，还在继续着。

从瞎嗨的人脸上的笑容以及 TD 这边低沉的气氛来看，比赛结果到底是怎样，已经不言而喻。

钟晨鸣走过去安慰队友，Master 继续拿出手机来玩手游，对比赛结果不怎么上心的模样，可可也拿出了手机，解锁又关掉，其实没有人找她，她就是紧张，想做点什么。

一把打完，钟晨鸣没跟队员说什么，没有去总结上一把失败的教训，也没有给他们制定新的战术，这并不是 LPL，有足够的时间让他们总结经验之后再开始下一把比赛，他们一把比赛的中场休息时间不到五分钟，钟晨鸣只能帮他们调整一下心态，然后开始第二把比赛。

B/P 很快开始，钟晨鸣已经拿出了他的小本本，翻着上面的笔记，说着这次的 B/P 注意事项："用之前那套阵容吧。"

豆汁愣了一下，瞬间明白过来他说的是什么，低声问："可以用吗？"

BUG 就比较有自信了："应该能行。"

豆汁看着自己的电脑屏幕，视线停留在盲僧身上。

原子说："我给你选了。"

说着，"咔哒"一声点下鼠标，锁定了盲僧。

豆汁握着鼠标的手指收紧，好像很紧张。

钟晨鸣走到他身后，拍拍他的肩膀："这几天是 Master 教的你，他的瞎子多强你就应该有多强。"

-146-

听到这话，豆汁难得地笑了起来，只是因为他很少笑，此刻调动起面部肌肉来也显得有些僵硬，笑得凄凄惨惨的："我跟 Master……"

原子跟他开玩笑："你跟 Master 之间就差了一个 BUG，给我拿个吸血鬼啊，他们没 BAN，快拿给我。"

钟晨鸣却道："前期阵容，你拿岩雀。"

"行行行。"原子立刻改口，"给我拿个岩雀吧。"

"小凯……"

小凯主动道："小炮还在，对面抢了老鼠。"

"那就小炮。"钟晨鸣没有多说什么，小炮其实算个后期英雄，但在小凯手里，前期并不是不能打。

这个时候还没到锁定英雄的时候，小凯静了一会儿，突然改口："我可以玩金克斯吗？"

"玩什么金克斯。"BUG 道，"金克斯现在能上场吗？"

钟晨鸣考虑了一下，看到 BUG 拿的风女，点点头："你拿。"

"不是吧？"BUG 立刻不干了，"他拿金克斯我们怎么打？"

Boom 的声音传来："别吵，相信你的 ADC。"

BUG 立刻不说话了，Boom 在队伍中是个老大哥一般的人物，平常不说话，一说话就让人不敢说话。

阵容就此选定，他们上单凯南，中单岩雀，打野瞎子，ADC 金克斯，辅助风女，打的就是前期快攻，利用岩雀大招关门拆塔的套路。

选完英雄，钟晨鸣走到观赛区，Master 问他："拿的什么阵容？前两天商量的那套？"

钟晨鸣点了点头，把手中的小本本扔给 Master，靠在沙发上："试一试，或许能行。"

Master 接过他的小本本，也往沙发上一靠："那赢了，我先睡一会儿。"

Master 话刚刚说完没多久，屏幕上放出了比赛转播来，钟晨鸣转头看他，就发现 Master 的呼吸已经平稳了，这个人的被动技能估计就是秒睡了。

此时比赛开始，前期豆汁的瞎子竭尽全力搞事，只要抓到机会，原子的岩雀直接大招过去，铺出一道高耸绵长的土墙来，将瞎嗨的人关在那一边，

-147-

给小凯机会拆塔。

小凯在下路也打得很强势,瞎嗨的人本来实力比他们强,下路小凯跟BUG是稳定抗压发育的,结果这次让瞎嗨的人出乎意料的是,小凯拿个金克斯竟然把他们轰得毫无还手之力!

金克斯也是一个手长的ADC,她还有两种形态,一种是轻机枪,可以提高攻速,就是射程比较短,一种是火箭发射器,提高自己的射程,并且平A变成范围伤害。

金克斯火箭炮形态的射程是比老鼠不开大招的射程远的,也就是说,只要小凯卡好射程,就能用火箭炮去打老鼠,而老鼠打不到他。

这就让老鼠很难受了,老鼠本来就是一个线上弱势的英雄,这样一打,它补兵都不好补,它的辅助还是一个短手洛,这让他们直接被压在了自己塔下打。

既然下路被压在了塔下,豆汁决定直接去下路打开突破口。

原子有了六级,也赶往下路,用大招隔离了瞎嗨前来支援的人,然后关门杀ADC,杀完就拆塔。

金克斯轻机枪形态的拆塔能力极其恐怖,一次就打掉了对面下塔半血,只要再来一次,对面下塔就保不住了。

或者说,不用再来一次,对面下塔已经保不住了。

这一次是金克斯拿到的人头,直接起飞,之前小凯的金克斯是把老鼠压在自家塔下打,现在小凯的金克斯是把老鼠压在刚好能吃到经验的地方打。

老鼠不敢守塔,前面没打出优势来,他们现在还没到六级,没到六级洛的开团能力就不强,老鼠也没办法打出爆炸伤害,他只能勉强塔下补刀,补不到的就算了。

上一把是瞎嗨下路压TD下路三十刀,这把就反了过来,是TD下路压瞎嗨下路三十刀,不……还不止三十刀。

瞎嗨的下路勉强守住兵线,金克斯就将多余的精力用在了拆塔上,很快就推掉了下塔,瞎嗨的打野并没有去下路,在他看来,下路都崩得这么厉害了,根本没有去的必要,不如直接让对面把下塔推了,让老鼠自己去发育,然后和洛游走起来。

在瞎嗨的团队语音频道里，打野也问了下下路什么情况，老鼠十分生气地说："这个金克斯是什么东西，为什么他拿个金克斯能玩成这样？现在金克斯上不了场吧！"

这更加打消了打野去下路的想法，有些人，对于英雄的理解跟他们不一样，就是能把上不了场的英雄玩成强势英雄，甚至把实力强于他的人压着打，这是别人的优势，他去说不定还会送人头，毕竟现在装备差距也拉开了。

瞎嗨的打野没去下路，豆汁同样没去下路，他作为一个盲僧，自然是要前期带节奏，下路已经起飞了，他就根本没有去的必要，现在他需要做的是为其他路创造优势。

下路压线太前，原子跟豆汁都为下路做了视野，这让下路也稍微可以安心一点，如果对面打野去了，也能及时知道。

但让他们有些惊讶的是，对面打野一次都没去过下路，就跟放弃了下路一样。

豆汁心里虽然有点奇怪，但他也知道现在不是想这些的时候，他需要把节奏掌握在自己的手里，抓下路已经是抓住了节奏的开始，接下来他就要延续下去。

Master 对豆汁做了几天肉食性打野的特训，豆汁也初步开窍，摸到了肉食性打野的门道，这个时候，就是他实践从 Master 那里学来的经验的时候。

豆汁下路打开优势，直接转了中路，Master 告诉他玩肉食性打野很重要的一点，就是你要知道对面的打野在哪里，而且知道自己能不能打得赢。

这个能不能打得赢不只是自己能不能杀掉对面打野，还有自己的队友过来支援，能不能 2V2 也打得赢。

豆汁看原子的压线程度，又根据经验判断了对面野区的刷新状况，猜到了对面打野在打中路旁边的 F6，打完 F6 就应该会来中路抓原子。

如果是以前，豆汁肯定会在旁边蹲着，等对面打野出来抓人，他再出去打 2V2，但现在不同了，他觉得自己打得赢对面，直接去了对面野区。

F6 处，EZ 正在刷小怪，完全没注意到对面盲僧已经绕后而来。

一个天音波突然从草丛而来，EZ 反应不及，直接被打中，豆汁却没有交出二段天音波，而是直接将 EZ 踢到中路，摔在原子岩雀的面前。

在踢这脚之前，他跟原子沟通了一下，EZ 还没落地，岩雀的撒石阵已经铺在了地上，EZ 直接落到撒石阵里面，从土里又有一块岩石突然出现，将 EZ 顶得飞起。

这一套技能打出来，EZ 还没死，顶着一个血皮想跑，从天上刚刚落地，立刻用自己的位移技能跳出撒石阵范围，突然斜里飞出了一个盲僧，一脚踢来。

EZ 双手离开了键盘。

盲僧的 Q 技能第一段是标记一个目标，第二段是位移到那个目标身上，两段都会造成伤害，刚才豆汁的盲僧只用了第一段，没有用第二段，就是等着这个时候一脚把 EZ 踢死。

瞎嗨的打野看着灰白的屏幕，吐出一口气，告诉他的队友："老铁们，我大概是崩了。"

接下来豆汁就用事实证明，他不是"大概是崩了"，他是真的崩了。

EZ 打野本来就是一个带节奏很强的英雄，他在野区被抓，节奏直接就被对面接管，后面就打得有些难了，特别是在对面盲僧特别会算计的情况下，更是难上加难。

豆汁的打野本来控图能力就特别强，这次杀了 EZ 有了钱出装备，知道自己在野区碰到 EZ，就是 EZ 死，所以他去了对面野区。

Master 告诉他，肉食性打野的真正玩法，不是抓爆三路，而是把对面打野玩死，我的野区是我的野区，你的野区，还是我的野区。

对面打野崩了，整体节奏也就崩了。

豆汁已经能做到算计对面打野的去向，剩下的，就是多玩玩肉食性打野熟悉熟悉技能跟伤害，别再出现丝血让对面逃走自己被反杀这种情况。

刚才猜到了 EZ 的动向，豆汁对对面野区分布以及刷新情况又思考了一遍，直接去了上路。

EZ 上半部分的野区都被刷完了，只有下半部分野区的野怪有刷新，如果 EZ 想刷野，肯定是去下方，如果 EZ 想抓人，肯定来中上。

下半部分野区的视野已经被他们所控制，EZ 就算想抓，也抓不到下路，而且小龙是一条风龙，前期并不是很重要，可以让。

小凯跟 BUG 也闻风而动，跟 Boom 换了线，直接去上路，让 Boom 来下路带线发育。

这次他们故技重施，再次包上，岩雀关门杀人拆塔。

小凯的装备起来了，这次拆塔就更迅速了，没有分成两次拆，而是开着轻机枪"哒哒哒"一次拆掉，随后他们又转向了中路。

中路就不那么好关门拆塔了，但没关系，他们装备碾压，直接强拆。

这个组合，大概是要被称为"拆迁大队"。

他们中路拆塔，Boom 并没有过来，Boom 还在带线，他出的 AD 装备，只要对面去中路守，他就带线拆塔，对面过来抓他，作为一个有加速技能的凯南，他溜得比谁都快。

这一把他们利用牵扯战术，以及快速拆塔阵容，差点把瞎嗨的人心态给打崩了，加之小凯这个让他们看不懂的金克斯，瞎嗨完全没有还手之力，很快就输掉了这把比赛。

这次的比赛并不给他们喘息时间，很快又到了第三把，这一把，就成了决胜局。

瞎嗨那边不敢托大，BAN 了小凯的金克斯，又 BAN 了原子的吸血鬼跟岩雀，对两个 C 位给予了十足的尊重，然后抢了豆汁的猪妹。

经过讨论，他们已经找到了应对盲僧的办法，所以放盲僧给豆汁拿。

钟晨鸣知道上一把其实是小凯的金克斯立功了，这一把没有金克斯，豆汁的盲僧是现学的，只会一个套路，这次不敢拿，只有看队员们自己的发挥了。

"你们想玩什么阵容？"钟晨鸣直接问他们。

"常规阵容吧。"原子说，"我现在自信心爆棚，我觉得我可以打爆对面那个中单。"

BUG 吐槽道："你还记得你被他吊打过多少次吗？"

原子立刻反驳："我以前打不过他，不代表我以后也打不过他，今天我就要把他吊起来打。"

"大兄弟，你膨胀了。"Boom 说着，但还是问了句，"你准备用什么把对面吊起来打？"

原子笑了："发条啊，韩服第一真传发条！"

BUG再次吐槽："你师父不是玩刺客的吗？"

钟晨鸣确实玩刺客玩得比较多，而且操作秀得人眼花缭乱。原子也道："虽然我师父刺客比较强，但是他传统法师玩得一样好，就算是第二梯队的英雄，也足够我吊打对面了。"

"别吹了别吹了。"钟晨鸣听得发笑，偏偏这个时候笑还不太好，只得绷着脸，"再吹我都没脸出去见人了，你先把对面吊打了再说行不行？"

"可以啊，到时候师父你记得给我奖励啊，就直播的时候带我上镜一下就行。"原子还没打就想着要奖励了。

钟晨鸣道："你先把对面吊打了再说。"

这次他们选的还真是常规阵容，不是刻意拖后期阵容，是前后期都有得一打的阵容。

原子拿了发条，信心满满，开局就体现出了攻势来，一个后期英雄愣是被他打出了压制效果。

观赛席上，瞎嗨的胖子教练走了过来，一开始是往钟晨鸣这边走的，结果看到钟晨鸣旁边坐了个不认识的戴着口罩的人，就不由得多看了几眼，突然觉得这个人给他的感觉怎么这么眼熟。

正在他准备开口问的时候，钟晨鸣突然拍了下他的肩膀，问他："你干吗？"

胖子教练身上的肥肉被钟晨鸣拍得一颤一颤，他被吓了个激灵，立刻转头看钟晨鸣，这才松了一口气，抱怨道："你过来也说一声啊。"

看到胖子教练转头，Master赶紧拉了拉自己的口罩，将头埋得低了些。

钟晨鸣则是哭笑不得："我一直坐在这里，倒是你过来干什么？"

"哦。"胖子教练终于想起来正事，把戴口罩的小哥抛在了脑后，"我想问问你们上一把那个金克斯怎么回事，带的什么符文啊，伤害怎么这么高的？怕是用的假的金克斯吧。"

这个钟晨鸣倒是知道，而且告诉胖子教练也没什么："全攻速符文，精华蓝色符文都是攻速。"

符文是进游戏之前调整的，用于加强英雄的属性。

"这不科学吧？"胖子教练一脸的不相信，"带全攻速伤害能这么高的?"

钟晨鸣道:"人的问题,不是符文的问题。"

"可以可以。"胖子教练一拍大腿,"厉害!"说着,他就往 Master 那边看了一眼,"这个小哥是谁?"

"我朋友,过来看比赛的。"钟晨鸣说着,看了 Master 这个造型一眼,补了一句,"感冒了。"

Master 象征性地咳嗽两声,压低声音说:"不好意思。"

"哦哦,没事。"胖子教练笑着,"我还以为碰到熟人了,看错了看错了。"

现在的 Master 也是走到哪里都是熟人,反正看 LOL 比赛的都认识他,他也不尴尬,说了两句话就算是打了招呼,继续抬头去看比赛。

他刚刚睡了一会儿,上一把比赛结束的时候醒了,此刻正好看最后一把比赛。

三分钟的延迟时间很快过去,比赛开场音乐响起。

"欢迎来到召唤师峡谷。"

这次 TD 的阵容真的十分常规,原子拿发条,小凯拿老鼠。

可可在下面看着干着急:"这阵容会不会拿得太后期了?"

"不算后期吧。"钟晨鸣说着,"兰博跟皇子前期伤害也很好。"

胖子教练则是吐槽:"你们这次打的是关门放火?"

最后一把了,现在教练聊天也不会出现什么战术泄露的问题,这也是胖子教练现在才过来的原因。钟晨鸣听他这么讲,笑道:"可以这么说?"

"上一把关门拆塔,这一把关门放火,可以可以,你们怎么天天想些怪战术?"胖子教练说着,上一把关门拆塔说的是岩雀利用大招改变地形,建立起一堵墙来,将瞎嗨的人队形拆开,让对面不好守塔,然后 TD 这边就狂拆塔。

这一把,关门放火指的是皇子的大招,皇子的大招也是改变地形,不过跟岩雀不同的是,岩雀的大招是建起一堵墙,皇子的大招是建起一圈墙,直接将人困在这一圈墙里面。加上兰博的大招,将一块土地变为火海,站在上面的人就会受到伤害,这就是关上门来烤人。

Master 在旁边听着,说了一句:"都是常规套路。"

胖子教练侧头看了 Master 一眼,Master 却没再说下去了,他假装抬头看比赛,这个胖子教练可能觉得他有点眼熟,要是多说两句话,可能就不只是觉得有点眼熟这么简单了,还是少说话为妙。

可可也道:"关门放火不是最关键的,他们想打带球跑。"

原子想拿发条绝对不是觉得自己发条可以打崩对面这么简单,而是因为这把皇子在外面。

皇子可以位移接近敌人,而发条只要把球给皇子,就可以借用皇子把球带进对面人群,然后拉出大招,杀掉对面后排。

当然,前提是皇子能接近后排的情况下。

这个配合,如果打得好,对面爆炸,两人的伤害即使是在中前期,也足以秒掉脆皮 C 位。

这个就是最基本的配置了,胖子教练自然也知道,不过正因为太常见,太过于基本了,他反而没提,毕竟这个组合又不是绝对强无敌,只需要注意一下皇子的进场,不让皇子开到他们 C 位就是了。

说话之间,比赛已经开始了对线期,原子的发条展现出来莫名其妙的压制力。

瞎嗨那边的中单选的是个卡牌,看得出他自己对这个英雄很有自信,作为一个全图支援流英雄,他并没有想着跟发条打线上,从一开始想的就是中路刷兵,然后飞全图支援,带起节奏来。

这也是瞎嗨的基本打法,他们打的是前期节奏,中野联动,选个节奏中单前期只要把节奏带起来,在他们眼里基本就是赢了。

但是原子没有给卡牌这个机会,他在线上压得卡牌根本不敢离开中路。

这个压制,并不是说他用技能把卡牌打得多惨,只是在兵线上面的胜利。

发条是个清兵能力特别强的英雄,卡牌的清兵能力虽然不差,但也弱于发条,发条可以利用刷兵优势,直接将卡牌压在塔下,让卡牌疲于补兵,无法离开中路。

他要是敢离开中路,发条会直接推塔,兵线这么压,他走个两三次中塔直接就没了。

原子估计是为了一雪前耻,发泄自己第一把玩发条被打得很惨的憋屈,能压就压,一点都不给对面喘息机会。

胖子教练在下面看着，发出疑问来："我怎么感觉你们这个中路发条跟第一把的发条不是同一个人玩的？"

第一把的发条也就跟他们中单五五开，怎么这把就压着打了？

"他把脚从键盘上拿了下去。"钟晨鸣看着比赛，心不在焉地开了个玩笑，"把手放了上来。"

"可以的，前期就打得这么强势，不怕被GANK？"

Master在旁边瓮声瓮气地说了一句："2V2你们打不赢。"

对面没有BAN豆汁的英雄，直接就抢了猪妹，防止给豆汁机会，没想到豆汁就拿出了皇子来。

在他们之前的对练中，豆汁很少拿出皇子，少数的几场皇子表现也非常不好，简直是给他们赢的机会，其实在他们看到豆汁拿皇子的时候，都以为这把已经赢了。

当然，他们还是高兴得太早了。

原子这么压线，发条又是一个没有位移的英雄，瞎嗨的打野肯定会去照顾中路，去抓原子。

猪妹前期的GANK能力还是有的，直接就绕到发条后方，想要控住发条。发条不慌不忙，连闪现都没交，开始往瞎嗨的野区走去。

猪妹从另一边的河道过来，此时发条往瞎嗨的野区走，确实是距离猪妹最远的一条逃跑路线，虽然是往对面跑，但能跑掉的话自然就不讲究这些。

猪妹也没有多想，跟了上去，突然，从他们野区里挑出一柄长枪来，一个身穿金色铠甲的伟岸身影借着长枪直接突到猪妹身上，长枪穿刺而过，挑飞猪妹。

卡牌这时候上来，一个黄牌定住皇子，手中三张牌飞出，划出三条直线，直飞向前。

这是卡牌的Q技能，Q技能还挺远的，原子却很细节，即使在这样一条小道上，也走位躲过了卡牌的Q，发条带着金属光泽的手臂一指，空中悬浮着的魔偶之球附着到皇子身上，给了皇子一个护盾，随后一道道的电磁波纹出现在皇子脚下，猪妹受到伤害，又被减速。

前期打2V2，对面控制强一点，但是TD这边伤害可不低。

发条的前期伤害其实不高，但是皇子的伤害高，此刻带着一个红

BUFF，还是刚刚从对面野区偷的新鲜的红BUFF，有了伤害加成，皇子长枪一挑，又拿着长枪拍两下，直接就把对面猪妹拍下半血。发条又接上伤害，之前猪妹过来时，发条把球放在路上，猪妹过来他就动了一下球，打掉了猪皮，此刻没有猪皮保护，这样一套眼看着就要死了。

"可以可以。"胖子教练说着，"我们这个打野不太会玩草食性打野，还这样刚，打完我要跟他说说这个问题。"

钟晨鸣笑了笑，没接话，这其实也是他给对面下的一个B/P陷阱，你们打野不会玩猪妹，我们都不BAN猪妹，放猪妹出来，猪妹是我们这边的强势英雄，你拿，还是不拿？

瞎嗨选择了拿，因为豆汁拿了一个在他们看来也玩得不好的英雄，"德玛西亚皇子"嘉文四世。

但是这个皇子突然间就变得厉害了起来，跟之前的皇子判若两人，这点十分出乎瞎嗨的意料。

胖子教练说："你们什么时候练的新英雄？"

金克斯也好，皇子也好，盲僧也是，他们明明天天都在打训练赛，为什么他不知道TD这边的人还玩得好这几个英雄。

自己瞎琢磨了一会儿，胖子教练突然觉得不是滋味，语气不太好："你们这不厚道啊，我们每次都用自己的压箱底阵容跟你们打，你们还藏着掖着的？"

"这几天才练的。"可可道，"你可以去查查我们战队人的韩服战绩。"

"有不厚道吗？"可可想打圆场，钟晨鸣却笑道，"你们的运营训练赛的时候也没有这么打吧？"

确实瞎嗨的人打训练赛基本都是快攻打法，什么大龙处运营一下，基本打不出来这种打法。

胖子教练笑了笑："哪有，这是队员们的临场发挥。"

"我们打野这两天疯狂练英雄，ADC的金克斯倒没有练，不过这是他的本命英雄，只是版本不适合，你不知道而已，这次阵容合适，他就拿了。"钟晨鸣还是跟胖子教练做了一番解释。

原子的事情他倒是不用说了，因为原子的进步大家都看在眼里，这个人真的是在不停的训练下，提高得十分迅速，还有钟晨鸣的特训，短短两三个月就从只会玩吸血鬼的钻二中单变成了大师中单，英雄杯变成了英雄池，当然，离英雄海还是有一定的距离。

发条猪妹被杀，皇子残血闪现跑了，杀了猪妹就是血赚，原子可以继续安心地压制卡牌。

这样压线，对面辅助都看不下去了，看着自己下路的兵线，想要去中路帮忙。

压线压成这样，不去中路GANK都对不起这个没有位移的发条。

豆汁作为一个游走辅助出身的打野，自然十分有辅助游走的意识，对面瞎嗨的辅助一动，豆汁就知道他想干什么，立刻给原子打了信号。

原子在麦里面交流了一下，BUG也做出行动来，他没有去中路帮忙，而是配合小凯压制对面ADC。

至于原子，他直接走到塔下点下了回城。

要回家补充一下装备，反正兵线这么压，他上线回来，也不会亏兵线。

至于卡牌会不会去下路支援？

卡牌还是先把自己塔下的兵收完再说吧。

中下的视野TD这边一向做得很好，毕竟他们是打后期的，ADC的发育很重要，前期做中下视野就是为了保证ADC的发育，防止被GANK。

这就成了观察对面辅助动向的视野，小凯跟BUG更是卡着辅助离开又回来的时间差强行把对面ADC的闪现打出来，看到辅助回来了，卡牌也往下路走了一步，直接就退了回来，不给对面任何机会。

胖子教练的手已经不自觉地捏了起来，他感觉这把估计是黄了，亏他自己一开始还自信满满地过来，想秀优越感，结果就被接连打脸，连夸自家小孩的话都没能说出来。

原子拿到了优势，人头还是他的，回家出了小件装备，美滋滋，立刻回线刷了起来。

发条一旦刷起来，对面中单只要不能单杀她，那就没有对面中单什么事了。

卡牌作为一个刷线支援型英雄，单杀能力实在是不强，特别是在这样双方精神都高度集中的比赛上面，装备比他好的发条也不会给他这个机会。

不仅不能创造单杀，卡牌在线上还十分难受，现在的发条，技能刮到他一下就疼得想打人，让他不得不更加小心起来。

中路被原子压住了，其他几路就有了发挥空间，而不用担心被突然而来的卡牌GANK。

豆汁在这一把中更是将他的打野特点发挥到了极致。

他一向是控制对面野区类型的打野，除了上一把Master手把手教的盲僧，完全是Master的风格，这一把的皇子Master也给他做过特训，豆汁却在这个英雄中加入了他自己的理解。

豆汁以最快的速度做出了眼石，去对面野区做视野。

一开始对面打野的动向确实是可以猜的，因为打野路线也就那么几个，不会有打野闲得没事站在野区不动，所以对面打野要么是去GANK，要么就是去刷野，野区还有哪几个野怪在，经常打野的人也能猜出个一二。

但是随着比赛的进行，可能性多了起来，对面打野的动向就不是很好猜了，毕竟这个时候打野还有可能在泉水里发呆——"死"多了不知道做什么了。

所以对于对面野区的控制，还是要用视野，出了眼石可以一次性插三个眼，还有血量加成，很划算。

出完眼石，豆汁直接去了对面野区，开始横行霸道。没办法，猪妹前期被他抓死了一次，在野区遇到他打不过他，而最好支援野区的卡牌又被原子限制住，其他两路想来支援是长路漫漫，猪妹陷入了孤立无援的状态。

胖子教练看得眉头深皱，说道："你们这个打野进步还挺快的啊。"

"状态好。"钟晨鸣道。没有谁能一步登天，今天豆汁的状态确实很好，没有出现很"谜"的情况，不过这在豆汁身上也很少发生，只是豆汁将自己的特点展现出来了，并且结合了Master这几天教他的东西，有了质的提升。

以前的豆汁也不弱，这次Master可以说是来给豆汁点破了迷津，给他指引出了一个前进的方向，一旦突破，实力肯定会有很大提升。

豆汁快速地控制了对面野区，Boom在上路能稳住，瞎嗨的上单也很强，Boom是完全打不过的，但发育还行，结果瞎嗨的野区崩了，野区一崩，上单就要变得小心翼翼起来，随时防止被抓。

这也给了Boom喘息的机会，让他在上路不至于太难受，下路的小凯还有BUG，跟瞎嗨的下路就是五五开的局面了，还是强行打出来的五五开，因为前期他们抓住机会打出了对面ADC的闪现，不然到底是个什么局面，还不好说。

"对面还能赢。"Master看着这个局面，靠在钟晨鸣耳边说道，"能找回节奏就能赢，这次他们的阵容偏后期，拖下去就还可以打。"

胖子教练听到这句话，看着这个像是刚从床上捞起来的年轻人，摇了摇头："他们稳不住，不行，这把没了。"

自己的教练肯定最清楚自家的队员，为什么他们选择打前期进攻，因为他们后期根本稳不住，后期对于他们来说就意味着完蛋。

他这几个队员实力虽然有，但是年轻气盛，都觉得自己厉害得不行，不知道稳健为何物，更不懂发育是个什么东西，就想杀人。

而打后期，要求的就是犯错率低，因为到了后期，一个小失误就可能葬送掉整场比赛。

这也是他选择跟实力不如他们的TD打训练赛的原因，TD是一个以运营见长的队伍，正是他们所缺的，也如他想的那样，被TD的人后期翻盘几次，这几个人终于学乖了，知道了好好运营，但真正地打后期，他们还是不行。

他们下面讨论着比赛的事情，赛场上的博弈仍在继续。

这一把就像是第一把的镜面版，第一把是瞎嗨的人握住了节奏，将TD的人压着打，这把就是TD的人把节奏抓在手里，把瞎嗨的人压着打。

所谓用你所擅长的方式把你打崩，大概就是这样。

瞎嗨并不是没有找到打回来的机会，但每每找回来一点，他们又会把这点优势拱手送出去，一来二去，瞎嗨的人心态就崩了。

本来就是一些年纪不大的青少年，被他们看来实力不如他们的人压着打，还找不到突破的方法，心态极其容易不稳定，最先崩的，就是他们中单。

卡牌的操作开始出现失误，虽然都是一些小失误，但在团战里面无疑是致命的，接着ADC跟卡牌吵了起来，队内的气氛一时间降到了冰点。

每一次卡牌的失误，都给TD创造了机会，TD的人没有错过这些机会，利用优势推进，瞎嗨被打得溃不成军，完全没有了气势，甚至不知道怎么再去打开局面。

三十二分钟，瞎嗨的基地被推平，TD 的五个人站在水晶前面，屏幕上是"胜利"两个字。

他们真的赢了。

两边的比赛区都沉默了片刻，不同的是 TD 的人两秒之后立刻高兴地喊了起来。

原子的声音最高："赢了！"

Boom 也跟着喊道："终于赢了！"

过了两分钟，原子键盘鼠标都不收，跑到钟晨鸣面前问道："师父你看我发条，帅不帅，是不是跟你玩得差不多了？"

Master 十分不爽地看着这个人，差不多？你怕是眼睛瞎了吧？

钟晨鸣点了点头："很强了这把发条，你可以继续练习。"

Master 靠在沙发上盯着原子，希望这个人看到他的眼神能有点自知之明，结果原子根本不看他，跟钟晨鸣说了两句话，又去跟可可庆祝起来。

Master 抓了抓头发，认命地拿出手机来玩，又开始充钱抽卡，依旧是无事发生。

TD 的人在庆祝，Master 却不想动，这个比赛赢了就赢了，输了才是丢他 Master 的面子，他并不觉得有什么好庆祝的。

等队员们高兴过了，钟晨鸣走到瞎嗨的胖子教练旁边，递给了胖子教练一根烟，胖子教练看了他一眼，接了过来。

两个人都抽了起来，钟晨鸣道："你们运营真的还要加强。"

胖子教练也点了点头："我知道，回去收拾他们一下。"

瞎嗨的人垂头丧气的，胖子教练直接就在网吧开训："问题一早就跟你们说了，你们不听，现在知道厉害了？"

他们也是太顺了，临时组建的队伍，打了两次比赛都是冠军，不膨胀是不可能的。

等训完了人，胖子教练又来跟钟晨鸣叹气，钟晨鸣安慰他："其实现在发现问题是好事，就怕发现不了问题。"

胖子教练也明白这个道理，说道："我知道，就是有点可惜，你们加油吧。"

"你们要走了？"可可往这边看了一眼，立刻喊住了他们，"等会儿一起去吃火锅啊。"

　　这个时候主办方又来了,说要拍照,前几的几个战队都要合影,两个战队的人这下走不了了,都被抓去拍照。

　　第一的队伍最先拍照,钟晨鸣没去,让可可去替代了他的位置,自己跑到了 Master 这里,轻轻踹了 Master 一脚:"走吧,出去玩。"

　　Master 这才放下手机抬起了头。

第七章
他回来了

"你不去拍照?"Master 问。

"跟你出去玩吧。"钟晨鸣道,"你不是过来玩的吗?"

这个时候 Master 好像才想起来,他是过来找钟晨鸣玩的,不是来帮钟晨鸣训练的,立刻来了点精神:"去哪儿玩?"

"先去吃饭。"现在差不多到了吃饭的时间,钟晨鸣想了想,"这边有家烤鱼不错。"

Master 站起来,为了自己的形象,还是把钟晨鸣头上的帽子拿了过来,问他:"打车?"

钟晨鸣道:"手机给我。"

Master 摸出手机来一边解锁一边问:"干吗?"

钟晨鸣:"我查查路线。"

Master 将手机丢给了钟晨鸣,钟晨鸣翻了半天手机,Master 探头过去看:"你找个路线要找这么久?"

"重名了,我看看是哪家。"钟晨鸣看着手机上那两家名字差不多的烤鱼店,对比了许久,拍板道,"应该是评价比较高的这家,走吧。"说着就用 Master 的手机叫了个车。

Master:"你没手机的吗……哦,你还真没有,你先去买手机。"

钟晨鸣道:"我不用。"

Master:"你没手机我怎么找你。"

"那行吧,给钱。"钟晨鸣说得十分坦荡、理所当然,好像 Master 应该给钱一样。

Master 震惊了一下，随后一想，钟晨鸣的工资卡都在他里，他不给钱钟晨鸣也买不了。

"行，这附近哪里有手机店？" Master 说着，怎么想怎么觉得哪里不对，这应该是他的钱才对啊，为什么他觉得他给钟晨鸣买手机这件事突然就理所当然起来？

这附近就有卖手机的地方，钟晨鸣的意思是买个能联系的手机就行了，毕竟他穷，Master 却挑挑拣拣半天，这个不好那个不好，最后买了个挺贵的手机，跟 Master 现在用的是同款。

至于钟晨鸣的想法？又不是他付钱，Master 说什么那自然就是什么。

付完钱，Master 带着钟晨鸣出来，无意间看了一眼墙上的手机壳，立刻就走不动道了。

钟晨鸣在后面催他："走啊，再不走晚饭吃不了了。"

他们要去的那家生意挺好，这个点去都要排队，再晚点，估计直接不用吃了。

"等等。" Master 跑去拿了个手机壳，转身就要去结账。

钟晨鸣一看是他那款手机的手机壳，顿时觉得这个人疯了："你要在手机店买手机壳，你确定？"

手机店的手机壳价格是外面手机壳价格的十几倍好吗？

Master 一拿拿了两个，这个竟然还是《英雄联盟》版本的手机壳。很快，Master 就结完账回来，递给钟晨鸣一个卡牌的，自己用了个男枪的。

钟晨鸣："您真有钱……"

Master："喜欢就买了，你快套上去，别浪费钱。"

钟晨鸣将卡牌的套上去了，这个手机壳还挺好看的，有一种复古的感觉，看起来很有质感。Master 也看了看，点头道："还不错，走吧，吃烤鱼。"

等上了车，钟晨鸣看看自己的手机，又看看 Master 的手机，问道："为什么给我拿卡牌，我不玩卡牌。"

男枪 Master 倒是玩，之前还有一段时间把把都用男枪 carry，卡牌钟晨鸣倒是玩得很少。

Master 道："好看。"

其实《英雄联盟》的背景故事里面，男枪跟卡牌是一对相爱相杀的好兄弟，所以 Master 觉得他拿男枪，钟晨鸣就应该拿卡牌才对，这样显得他俩关系好。

至于为什么要显得他俩关系好，他并没有去深层次思考这个问题。

钟晨鸣拿着手机看了一会儿，手机挺好看也挺好用的，只不过这里面只有一个电话号码，就是 Master 的。

钟晨鸣抓了抓头发，总觉得他俩的关系有点奇怪，不过哪里奇怪他也说不出来，只能理解为 Master 这个傻狍子对人好的方式太奇怪。

司机师傅问了他们地点，又听着他们聊天，车开到一半，突然问："你们不是要去这个地方吧，是不是说错了？"

"是这个烤鱼，很出名的啊，师傅你不知道？"钟晨鸣奇怪道。

司机师傅道："不是这家，是城北那家，你们搞错了吧。"

钟晨鸣闻言翻了翻评论，果然在得分比较高的那家下面看到了说这家是山寨版的评论，当即有些不好意思道："我还以为是这家，看评分挺高。"

"假的。"司机道，"去城北？"

"去城北吧。"钟晨鸣说。

这个时候 Master 奇怪了："你不是本地人？"

钟晨鸣的身份证上写的还真是本地人，他只能道："我是本地人，你也不知道你家那边最出名的东西吧，除了外地的，本地人不会在乎这些东西。"

Master 想了想，突然觉得也是这个道理，也就没有在这个问题上深究。

然而到了地方，钟晨鸣发现自己比 Master 都还像一个外地人。

Master 在路上就搞清楚了这家的招牌菜，点菜的模样跟天天吃一样，钟晨鸣只需要坐在桌边等着吃就行。

等 Master 点完菜，钟晨鸣感叹道："多亏带着你来吃饭。"

Master："我真的很怀疑你这个本地人是怎么过的。"

钟晨鸣立刻岔开话题："晚上去干吗？"

"不知道。"Master 把口罩摘下来，露出了他还算英俊的脸，看着钟晨鸣，"听你的，你说带我玩。"

钟晨鸣其实是个没有娱乐生活的人，他的世界里除了游戏就是游戏，因为游戏已经成了他的职业，所以这都不能算是娱乐了。

Master 说要他带着玩，钟晨鸣一边吃饭一边想了许久，决定用大多数年轻人的夜间娱乐方式："去酒吧？"

Master 无所谓："行。"

钟晨鸣跟他开了个玩笑："带野神泡妹子去。"

Master 不置可否："去了再说吧。"

结果两个人去了酒吧，Master 从头到尾都在打游戏，头就跟埋在手机里一样，对其他人看都不看一眼。

而钟晨鸣有了新手机，此刻也觉得不能浪费时间，打开比赛视频，补一补其他赛区的比赛。

两个人在酒吧相对而坐，台上是驻唱歌手在抱着吉他唱歌，台下一人一个手机，互不打扰，竟然还挺和谐的。

在酒吧玩了两个小时手机，钟晨鸣终于发现了这个问题："所以我们是来酒吧干吗的？"

Master 道："跟你来的。"

"所以接下来去做什么？"Master 看起来有些疲惫，连在酒吧这种光线下都能看出精神不好，钟晨鸣干脆建议，"要不送你回去睡觉？"

一听到"睡觉"，Master 就打了个哈欠，然后道："不想睡。"

钟晨鸣又道："那你要干吗，总不可能去网吧连坐吧？"

Master："也可以，你打游戏，我看你打游戏。"

钟晨鸣："……"

最后两个人还是没去网吧，钟晨鸣玩了一会儿手机，突然想起最近上了一部还不错的电影，翻了翻场次，发现这附近就有个电影院，就问 Master："去看电影吗？"

Master 看着手机，点点头："好啊。"

钟晨鸣这下是明白过来了，这个人不愿意就是说"随你"，愿意就会直接点头，这么别扭的吗？

在手机上到了支付那一步，钟晨鸣才想起来他虽然有手机，还开了支付宝，但支付宝里面的钱不是他的，于是问了一句："野神你请我看电影？"

Master 好像想说什么，不过话到了嘴边又改了口："可以。"

-165-

今天一晚上，吃饭喝水的钱全是他付的，还包括了钟晨鸣的手机，Master算了算，好像加上他充游戏的钱，钟晨鸣那点工资都要被他给刷完了，这个生意怎么想怎么亏，不行，以后得让钟晨鸣也出点血，嗯，等他有钱以后。

钟晨鸣还不知道对面这个人在算计着以后怎么诓他钱，买好了电影票就叫车去电影院。结果这部片虽然是个大制作，却是部烂片，Master直接就在电影院睡着了。

大屏幕上，主角说着极其无聊的念白，钟晨鸣打了个哈欠，转头看Master，发现他靠在椅背上，睡得正香。钟晨鸣盯着Master那张挺好看的脸看了一会儿，伸手把Master的帽子摘了，一头乱糟糟的头发立刻蹦了出来，钟晨鸣又给Master戴上，玩了一会儿Master也没醒，钟晨鸣却笑起来，他拿出手机，关掉闪光灯和声音，把Master睡觉的样子给拍了下来。

等电影散场，彩蛋都放完了，钟晨鸣翻了翻手机里Master的黑历史，觉得够了，这才把Master叫醒："回去睡。"

Master盯着钟晨鸣发了两秒呆，回过神来，点点头："回去吧。"

现在都过了十二点，钟晨鸣也挺困，跟Master走了一段，到了战队小区外面，一人去酒店，一人回战队。

为了第二天不会没地方玩，钟晨鸣一边上楼一边还咨询了一下可可。

可可先是惊讶了一下钟晨鸣竟然是手机在线，钟晨鸣只说自己工资到了，买了一部手机，也没提欠钱的事，他不想这件事被太多人知道。

作为一个本地人，可可也不知道能去哪里玩，就那么几个景点，她根本没去过，想了半天，给钟晨鸣推荐了一个游乐场还有一座本地特别出名的寺庙，还说自己今天比赛之前去烧了香，果然赢了，很灵！

钟晨鸣是不信这些的，但那座千年古刹，他也听说过，算是本地的标志性景点，应该是值得去的。

第二天一大早，钟晨鸣打着哈欠从床上爬起来，去洗漱然后准备直播，结果刚迈出卧室门，手机就响了，是Master的电话。

钟晨鸣接了起来。

Master道："开门。"

"嗯？"钟晨鸣没反应过来。

Master 道:"我在门外。"

钟晨鸣打开门,看到 Master 站在门外,特地收拾了一下自己的形象——洗头了,还整理了一下发型,就是看起来依旧十分疲惫。

"你昨天没睡觉的吗?"钟晨鸣让他进来,自己去洗漱,随口问了句。

"嗯。"Master 低低应了声。

钟晨鸣都走到厕所门口了,回头看他。

Master 立刻改口:"睡了,就是白天睡多了,晚上没睡多久。"

"你回去继续睡,"钟晨鸣道,"我上午要直播。"

Master 有点不乐意:"不是出去玩?"

钟晨鸣笑了笑:"不直播哪来钱给你用。"

Master 一想也有道理,又道:"你直播吧,我等你。"

钟晨鸣已经回身拿起了牙刷,边刷牙边说:"来双排啊。"

Master 没说话,过了一会儿钟晨鸣开直播,喊 Master。

Master 举起手机:"等我打完这一把。"

钟晨鸣也没强求,他直播 Master 就在旁边玩手机,开播没多久,突然有人问 Master 在哪儿。

侧头看了一眼旁边的专心打手游的 Master,钟晨鸣道:"Master 在我旁边,在玩手机。"

钟晨鸣觉得这个也没什么好瞒的,等会儿 Master 说一句话就暴露了,不如直接告诉观众:"他在玩手游,我估计他要转行去打手游了。"

弹幕上热闹起来:

【Master 竟然没喊你双排吗?】

【让 Master 别沉迷手游了,让他开直播!】

【主播能不能开摄像头让我们看看 Master。】

【一人血书求主播开摄像头。】

【两人血书。】

【我愿用室友一生单身换主播一个摄像头。】

钟晨鸣看着弹幕,笑着读给 Master:"有人愿意用自己一生单身换你跟我双排,你来不来?"

Master 说:"我用手机在看你直播。"说完,他又补充了一句,"没关弹幕。"

观众听到 Master 说话,虽然声音比较小,弹幕上又炸了。

【哇,真的在旁边的吗?】

【主播是不是穷到只有一台电脑,所以不跟 Master 双排的。】

【我之前听说主播没钱买手机,现在感觉是真的。】

【主播,我的手已经放到了取关上,摄像头跟双排,你选一样。】

Master 看着弹幕,吐槽钟晨鸣:"你还真没钱买摄像头。"

这句话观众也听到了,立刻又有弹幕刷起来。

【让 Master 出钱给你买个摄像头啊。】

【主播直播了这么久工资不够买摄像头?我不信。】

【呵呵,韩服第一会没钱买摄像头?】

Master 又道:"他的钱都捐了,没钱,捐给我了。"

弹幕直接刷出了覆盖整个屏幕的问号,随后更炸了。

【怪不得 Master 在你这里,可以可以 666。】

【我 18 兆党头顶青天!】

【众筹给主播买摄像头,我出五毛!】

【跪求开摄像头啊啊啊!】

同时弹幕上还刷过了一千块的礼物。

钟晨鸣说了感谢,看着弹幕去问 Master:"18 兆是什么东西?"

Master 想了想,解释道:"估计他一个月也就 18 兆流量,你不是打游戏吗,看什么弹幕。"

钟晨鸣:"看观众们高兴嘛,就多聊一会儿,这个时候也排不进去。"

Master 开电脑,摸键盘出来:"来双排吧。"

钟晨鸣:"嗯?"

Master:"我中单发条。"

钟晨鸣:"那算了我单排去了。"

两个人直播了一上午,Master 强行玩了两把中单,弹幕刷了一片"举报",后来他好像也觉得没意思,不打了,继续躺在一旁玩手机,一边玩手机还一边跟钟晨鸣聊天,也不管钟晨鸣打游戏会不会分心。

在 Master 的骚扰下,钟晨鸣总算结束了一天的直播,跟过来做饭的阿

-168-

姨打了声招呼，就跟 Master 出去了。

两人先去了可可推荐的本地菜馆，然后准备去寺庙。

寺庙距离不远，还在市区里，不过是在山上，或许是因为保护得好，山上郁郁葱葱的全是树，他们坐公交车上山，公交车开进树林之后，突然间就从城市到了静谧的山林。

一路上都很安静，工作日进山的人不多。大概是因为另外一座古寺比较出名，这座古寺来的人就少了，更多的是本地人，可可特地给他们推荐的这个，说这里环境比较好。

随着公交车往山里越开越深，道路两旁出现了茶园跟荷塘，路边还有一些独栋的房屋，外面挂着牌子，是餐厅。

虽然有了人烟，环境却越发幽静了起来，又开了不远，公交车停了下来，到站了。

两人下了车，钟晨鸣看着手机地图："怎么就下车了？这里好像距离古寺还有很远。"

"走过去吧。"Master 说着，示意钟晨鸣去看旁边的指示牌。

距离他们不远就是一个拱桥，拱桥上有指示牌，钟晨鸣走过去，发现跟着拱桥对面的小路一直走就是古寺，距离还有一公里多。

"走吧。"钟晨鸣道，"这里环境还挺好的。"

小路铺着青石板，拱桥上也有着岁月的痕迹。这条路一旁挨着山林，树荫盖过来，遮天蔽日，就算是阳光正烈的午后，也很是清凉，另一旁是潺潺流水的小溪，溪水清澈见底，可以看到水底的鹅卵石，还有鱼虾游弋其中，这个时候路上也没人，十分幽静。

钟晨鸣已经走到了拱桥那头，见 Master 并没有动，就喊他一句："有点远，你不想去就不去了，我们去对面的餐厅坐坐。"

Master 跟上来，随口解释："没有，我在看地图。"

小路越走越幽静，路旁的树荫底下偶尔还能看见一两朵红色的大花，临近溪水一旁的护栏上满是青苔，依稀可以看出上面有莲台浮云雕纹。

两人一边走一边随意聊着天，这种环境下真的很容易就放松下来，Master 连一直以来的疲惫感都减轻了点，整个人看起来轻松了不少。

走了一段，他们从林荫小道走上了大路，一辆观光车从他们面前开了过去，然后消失在大路的另外一头。

钟晨鸣："好像是有车过来的？"

Master："我们走错路了。"

钟晨鸣："好像是……要等观光车吗？"

Master："算了，走吧。"

前面出现了卖香烛的地方，两人猜测应该是快到了，结果又走了十分钟，才看见古寺的大门。

有佛乐隐约响起，伴随着鸟鸣，再没有其他的声音。

等到了大门前，钟晨鸣看见一旁的墙上写着"千年古刹"四个大字，底下还有一块碑文，书写了古寺的历史。钟晨鸣好奇地过去看了看，Master好像不感兴趣，就站在旁边等着。

"还真是有一千多年的历史了。"钟晨鸣看了一会儿，跟Master道，"走吧，进去看看。"

Master点了点头，也没说话，跟着钟晨鸣往里走。刚才他们在路上没看到人，还开玩笑说是不是一座特别荒的寺庙，都没有人来，现在到了寺庙里面，才发现人还是有的，只不过不多。

寺庙依山而建，他们从最底层慢慢向上走，入门处有水池石雕莲台，还有香炉，香是免费的，此刻有两三个游人正在点香，钟晨鸣跟Master也跟着去领了香。

根据另外游客的说法，他们拜了四方，这才进去了寺庙大殿。

大殿里立着佛像金身，排列放着几十个蒲团，应该是僧人打坐修习的地方，钟晨鸣跟Master不信佛，就围着佛像转了一圈，大殿四周是一百零八罗汉，他们看半天一个也不认识，最后从另外一边门出去了。

出去后上面一层又是一个放着佛像的大殿，两人又转了一圈，这次的佛像跟下面那一层的不同，他俩还是不认识，又从后门出去，上面还有一层。

这一层关着门，上面写着"大雄宝殿"四个大字，这个他俩总算知道了，如来佛的地方，不过进不去，再上面也没地方了，两人就准备往回走。

"所以我们来干吗的？"Master不由得问道。他们俩就这样走了一圈，好像什么都没做。

"那去拜拜？"钟晨鸣提议。

Master点点头，两人就往下面的一个殿走去，拜了拜他俩根本不认识的菩萨。

"是不是要许个愿？"钟晨鸣问道。

Master道："你想许什么愿？"

钟晨鸣想了想："早点还上钱吧。"

"欠我又没什么。"Master道。

钟晨鸣看Master好像有点不高兴，虽然Master没有说什么，表情也没什么变化，但他莫名其妙就觉得Master有点不高兴，好像他这句话让Master觉得他们两个人关系不好了。他笑了笑："不是那个意思，就是因为欠你的才要早点还，你看出门总用你的钱，我也觉得不好意思。"

Master看着钟晨鸣，好像想说什么，但是看了半天，只憋出来一句："说出来就不灵了，所以你这句话不灵。"

看他这个样子，钟晨鸣莫名觉得好笑："那我换个愿望，这次不说了，不过我好像也没有其他愿望了。"

钟晨鸣想了半天，也只许了一个父母安康。他不信佛，也知道真正想要的东西需要自己去争取，许愿都是虚无的东西，只有自己努力才行。

许完愿，钟晨鸣对着佛像拜了三拜，而Master就在旁边看钟晨鸣许愿，等钟晨鸣许完愿睁开眼睛，看到Master还在旁边看着佛像，问他："你许愿了吗？"

Master眼睛都不眨一下："许了。"

钟晨鸣随口一问："许什么了？"

Master说得十分正经："天下太平。"

钟晨鸣笑了："这什么鬼愿望，你也不怕佛祖接不下，还有你不是说说出来就不灵了？"

Master道："本来就不灵，走吧。"

"接下来去做什么？"钟晨鸣问他。

Master看了看外面的风景，说："坐一会儿吧，这里环境挺好的。"

这座古寺的环境确实挺好，即使是一座千年古寺，旁边也没有什么楼宇街道，只有这么一座寺庙坐落于山林树木之中。寺中雅乐阵阵，虽然有

-171-

游客，却没有喧哗之声，寺内寺外树木苍翠，建筑也是充满古意，偶有僧人走动，带着历史的厚重感，站在这里，就像是穿越回了千年之前。

他们俩出了佛殿，在侧廊找了个地方坐下来。Master 跟没骨头一样，坐下就直接瘫在了椅子上，钟晨鸣知道 Master 累，自己拿出手机来看，刚刚他手机振动了一会儿，是战队的群在抖动，钟晨鸣一点开，就看到大家都在讨论接下来比赛的事。

今年的 LDL 打完了，还有半年才会接着打，这半年的时间，他们肯定要去打点其他的比赛赚钱。

下个月真有场比赛，是某个电商牌子组织的，奖金还不少，大家都在兴致勃勃地说这个事情。

钟晨鸣看了一会儿，问 Master："下个月的那个……"

话说到一半，钟晨鸣就发现 Master 已经睡着了，他手里还拿着手机，不知道在看些什么。钟晨鸣帮他把手机收起来，免得手一滑掉到地上。

Master 睡觉，钟晨鸣就在群里面跟小伙伴们聊着比赛的事，也说了一下瞎嗨战队。可可说他们回去就发愤图强，一顿苦练，如果再打训练赛，TD 的人估计要被一顿狂打。

这两天他们放假，比赛赢了嘛，总得休息一下，接下来一个星期都是自由活动时间，爱干吗干吗。Boom 跟原子都回家了，BUG 说出去玩，小凯回了学校，就豆汁一个人还待在战队里。豆汁不是本地人，回去挺远，他也就没有回家，选择了自己一个人继续打排位训练。

而瞎嗨战队那边就不一样了，估计是觉得输了的人没有假期，他们被教练鞭策着继续训练，还找过可可打训练赛，得知可可这边放假了，又去找别的人。

可可这么一说，大家又说要捶爆瞎嗨，赢了一次就肯定不会让他们赢回去，一下子士气高涨，好像假期已经结束，他们把瞎嗨的人按在地上摩擦。

聊了一会儿，群里面没多久就安静下来，钟晨鸣又翻出视频来看。

这里没有 Wi-Fi，不过他早有准备，下载了几个视频。

等他看了两把，身侧的 Master 突然动了动，Master 好像有些迷茫，过了两秒才反应过来，坐起来甩了下头："我怎么睡着了？"

"回去？"钟晨鸣收起手机问他。

Master抓了抓头发，又摸摸衣兜，钟晨鸣把他手机递了过去。

Master按亮手机看看，又伸手抓了抓胳膊，他胳膊上起了几个红疙瘩。

这里环境是挺好的，所以蚊虫也挺多的，Master睡个觉，直接被咬了好几个疙瘩，不仅胳膊上有，连腿上脖子上都有。

Master又拿起手机照了照，发现脸上没有，不影响形象，这才松了一口气。

"蚊子怎么不咬你？"Master看着钟晨鸣一点事都没有的样子。

"大概是体质不同？"这个钟晨鸣也不知道，他坐在这儿清风雅乐，感觉挺爽的，完全没有感受到蚊子的照顾。

"好痒。"Master又抓了几下手臂，红疙瘩立刻涨大了一圈。

钟晨鸣看着他这样，说道："别抓了，再抓得流血，我去看看有没有花露水。"

还有蚊子在追着Master咬，他一边打着蚊子一边说："你刚一路走过来看到一个超市了吗？"

钟晨鸣一想，还真没有，又想起这里蚊虫这么多，僧侣们应该有，就道："我去问问，你等等。"

过了几分钟，钟晨鸣拿着一罐青草膏回来了，Master让他拿着罐子，自己双手齐上，把脖子胳膊腿全都刷了一遍，这才满意。

钟晨鸣看Master这个样子，在旁边笑得不行。

Master抬头问他："你笑什么？"

钟晨鸣道："野神也能有这副样子，挺少见的。"

Master看了他两眼，懒得跟他讲话，接过青草膏："你找哪个师父拿的，还记得吗？"

进来时，他就注意到每个师父都穿得一样，他有点怀疑钟晨鸣还认不认识。

"师父让我放门口就行。走吧，再待一会儿你就得被蚊子'淹'了，我们下山去城里玩。"钟晨鸣往下走，看到Master毛腿上亮晶晶的一片，忍不住又开始笑。

Master一脸冷漠，决定先不跟这个人说话，维持一下他高冷的人设。

回去市里的时候时间还早，两人找了个咖啡厅坐着，讨论晚上吃什么。

由于Master是外地人，钟晨鸣看起来是本地人其实还是外地人，对于本地的特色美食两人都是一脸迷茫。经过这两天钟晨鸣各种不知道的熏陶，Master也明白这个人就是个假的本地人，干脆就两人一起找吃的。

反正也挺闲，两个人就在咖啡厅，根据网上评价，把本市值得一去的店都列了出来，准备这几天挨个吃过去。

罗列完，钟晨鸣问Master："晚上去吃哪一家？"

Master看了一眼："就评价最高的这个。"

钟晨鸣看了一眼够他两个月花销的人均消费，沉默了一下："有点贵吧。"

"我请你。"Master道。

钟晨鸣其实想说就是因为你出钱所以不吃这么贵的，但是对着Master那张"老子就是有钱，我就是想吃这个"的脸，突然就说不下去了。

如果在以前他肯定不会觉得这个贵，现在还是穷惹的祸，钟晨鸣十分无奈，只能想着以后多给Master买点东西什么的，改口道："听你的听你的，金主大爷。"

Master这下满意了，高兴地带着钟晨鸣去了那家又远又偏又贵的餐厅。

这家餐厅的装潢也是十分高档，钟晨鸣全身上下加起来不超过一百块，身上的衬衫还是某宝9.9元包邮，就这么走进来，他没有丝毫不自在，硬是把这件9.9元的衬衫穿出了99元的效果，999元的效果还是穿不出来的。

两人相貌都挺周正，Master也没有戴帽子、口罩，点菜的服务员还多看了两眼，完全没有在意钟晨鸣的穿着，或者说，这种自信的气场让人忽略了他穿的什么。

吃完四位数的饭，Master十分不嫌麻烦地跟着钟晨鸣回了市里，然后两人又去看了场电影——实在是没事做了，出来旅游，两人还是不想网吧两连坐的。

Master又一次在电影院睡着，他其实一路上就特别困，特别是坐车的时候，钟晨鸣在车上跟他说话，他的反应都会慢半拍，有时候说着说着就睡着了，没有丝毫预兆。

钟晨鸣这次没有把 Master 的丑照拍下来，他现在已经习惯了随时随地秒睡的 Master，Master 睡着了他就一个人独占爆米花跟可乐。

等看完电影，钟晨鸣把 Master 喊醒，让他回酒店去睡。

Master 回酒店，钟晨鸣回战队，第二天 Master 还是七八点钟就出现在了战队门口，在旁边守着钟晨鸣直播，不过他看起来依旧很疲惫，甚至比昨天更疲惫了。

钟晨鸣还没开播，看他这个样子，不由得问了一句："你晚上做什么去了，不睡觉的吗？"

Master 立刻道："睡了，就没睡多久。"

"这个没睡多久是多久？"

Master 停顿了两秒才回答："四五个小时吧？"

钟晨鸣用脚趾想他这个时间肯定有说多，也没多讲什么，一边开电脑一边指着自己那个房间："你进去睡觉。"

"睡醒了。"Master 顶着两个巨大的黑眼圈。

"那再去睡个回笼觉。"钟晨鸣又道。

Master 看起来十分镇定，眼神清明地看着钟晨鸣："睡不着。"

"那就去躺着。"钟晨鸣轻轻踹了他一脚，"别打扰我直播。"

Master 不乐意："我不说话。"

钟晨鸣觉得自己要用点激烈的方法了："你在我旁边就是打扰我直播行不行？"

Master："……"

钟晨鸣："滚去躺着。"

在钟晨鸣的"威逼"下，Master 终于同意了去床上躺着。钟晨鸣一看 Master 这个状态就是通宵没睡，也不知道 Master 晚上在干些什么，白天还硬拉着他出去玩。

年轻人，就是不懂得珍惜身体。

Master 去床上躺着了，钟晨鸣也开了直播，他一边开游戏一边摸烟，摸到一半又想起他刚才评价 Master 的话，默默将烟盒放了回去。

排了十来分钟，等待选英雄的时候，钟晨鸣烟瘾又犯了，他摸出烟来，思考了半晌，看了看自己的房间门，发现 Master 没有关门。

钟晨鸣锁定了自己的英雄,拿着烟盒犹豫了一下,决定去把Master的门关了再回来抽烟,结果走到门口,一抬头就看到Master根本没睡,正在玩手机。

"让你睡觉你听不懂?"钟晨鸣看着床上的那个人,黑圆圈都要变成眼袋了,还在玩手机。

Master侧头看了钟晨鸣一眼,将手机放下了。钟晨鸣突然就从Master的脸上看到一些难过,他发现Master的状态十分眼熟,就像是晨光之前退役的时候,也是这样。

"你在想些什么啊。"钟晨鸣两步跨上梯子,拿走了Master的手机。

Master想要抢回来,没钟晨鸣手快,他疲惫得连动作都迟钝了。

钟晨鸣一看手机,直接就乐了——这个人竟然在刷贴吧,还专挑骂他的帖子看,真要是睡得着才怪。

"你在看这些?"钟晨鸣不知道该怎么说Master,看Master一瞬间灰暗下去的表情,无奈道,"你还有明年,又不是耻辱退役,用得着这样吗?"

Master沉默了两秒,说道:"我就想看看我到底是哪里还不够。"

钟晨鸣道:"这不是你一个人的问题,你要做的不是在这里消沉,而是想着明年怎么办。"

钟晨鸣不会说是他队友的问题,虽然在他看来确实是这样,但这样说,就是在挑起他们战队的矛盾,这对于一个战队来说是绝对不允许的,战队内部的和谐也是很重要的一件事情。

"我知道……但是我一闭上眼睛,就会想,如果我那局抢到了龙,或者我放弃下路去保中路,或者直接去他们野区,是不是就能赢。"Master闭了下眼睛,极其疲惫的双眼里突然有了泪意,"我真的很想去世界赛。"

这种心情钟晨鸣无比理解,不仅是输了游戏,是突然自己的追求都没有了方向,之前一年的努力就败在了这里,这就是电子竞技残酷的地方,成王败寇就是如此。

钟晨鸣站在梯子上,有些不熟练地伸手拍拍Master的肩:"别想了,明年都不是这个版本了,想了也没意思,你不如考虑一下接下来的去向,你合约到期了吗?"

"到了。"Master道,"我想续约。"

"那就续约吧。"这也在情理之中，钟晨鸣想了想，先把Master的贴吧给卸载了，又用他手机搜了一个解说视频，递给他，"你睡不着可以看这个，包治失眠，还可以学东西。"

Master接过来看了看，发现是一个很基础的解说视频，他没看懂："这个视频太基础了吧？"

"所以你才会睡着——我游戏还开着，你自己看，我去直播了。"

钟晨鸣匆匆从Master那里出来，还带上了门，坐下来一看游戏画面，松了一口气，还好，刚刚出兵，没什么影响。

他一边点着中路地图，又以十分快的速度跑去开了客厅的落地窗，这才坐回座位上，点了一根烟，又切出去看了一眼弹幕，他才想起来，刚刚去喊Master睡觉，好像忘记关麦了。

弹幕上已经是一片风平浪静，钟晨鸣只能想着，隔了这么远，麦克风收音也没那么好，大家应该没有听到他跟Master说的话才对，他们说话也不大声，就算是坐在客厅也应该听得不是很清楚才对，这样强行欺骗了自己，钟晨鸣开始对线。

往常打游戏的时候，钟晨鸣还会做一些解说，今天他一句话都不说，打完一把，弹幕就刷了起来。

【主播今天怎么不说话，是被Master传染了吗？】

【我怀疑今天是Master在直播，不然为什么不说话？】

【主播不说话又不开摄像头，换人了都不知道。】

【申请众筹给主播开摄像头。】

【主播求你说句话。】

【我怀疑今天18忘记开麦了。】

【哪里忘记了，前面的你是忘记了刚刚我们听到什么？】

【我是不是错过了什么？】

钟晨鸣看着这些弹幕，无语了三秒，然后淡定地调出对话框打字解释：

【Master在睡觉，我先不说话了，怕吵醒他。】

弹幕立刻爆炸：

【主播这么宠Master的吗？】

-177-

【跪求看 Master 睡觉的样子。】

【同求！主播求拍照！】

【想想都可爱死了啊我的 Master。】

钟晨鸣打字：【以后看，让他安静睡觉，这几天他都挺累的。】

弹幕：

【？？？】

【是我理解的那个累吗？】

【主播照顾着点 Master 啊，别让他这么累。】

【打扰了。】

钟晨鸣看着这些弹幕，笑了笑，也没说什么。

钟晨鸣排着队，看来又要排个十分钟才能进去，就去卧室看了看 Master。

Master 侧身躺在床上，还保持着手握手机的姿势，不过手机已经掉在了床上，睡着了。

钟晨鸣将 Master 的手机拿起来，手机屏幕上的视频还在播放着，解说软绵绵的声音已经在做着总结，钟晨鸣关了视频，将手机拿下来放到了床边的柜子上。

他看了一眼熟睡的 Master，心想这个催眠解说的功力果然不是假的。

Master 的确是很困了，这一觉直接睡到了晚上，钟晨鸣也没叫醒他，自己播了一天，之前晋级赛的时候他没直播，现在要把欠的时间补回来。

等天都黑了，Master 终于醒了，看了眼时间，他立刻从床上爬起来，揉着乱糟糟的头发去客厅，问钟晨鸣："你怎么不喊我起来，不是说好中午去吃风满楼的吗？"

"风满楼"是他们之前商量的餐厅，钟晨鸣一边玩着游戏，一边回他："明天去一样的，又不会长腿跑了，你饿不饿？"

由于之前说了不会说话，他也没开麦，钟晨鸣这些话观众没听到，大家都还是安静地看钟晨鸣打游戏。

他们放假，煮饭阿姨也放假了，所以现在战队没有人做饭，豆汁每天都在点外卖，钟晨鸣这两天都跟着 Master 出去，也没烦恼过吃饭的问题。

今天中午 Master 没起来，钟晨鸣就让豆汁多点了一份外卖，Master 这个点醒了，他们这里是一点吃的都没有。

"出去吃吧。"Master 去厕所洗脸，他这几天都在 TD 战队待熟悉了，现在在战队跟在自己家一样，一边走他还一边问豆汁，"打野你来不来？"

"啊？"豆汁听到有人喊他，从屏幕里抬起头来，看着 Master，看起来有些不好意思，诚惶诚恐，"我、我可以去吗？"

"野神说让你去你就去。"钟晨鸣虽然没有回头看他们什么情况，听声音也知道豆汁又尿了，直接道，"放心不会要你请客。"

"好吧……"豆汁道，"那我打完这一把。"

钟晨鸣正好也要打完这一把，而 Master 需要去整理一下他的个人形象，毕竟他一头毛也不短，还有刘海，不整理一下出门，就算脸再好看，那也是十分影响形象的。

等 Master 整理完了，钟晨鸣这把还没打完，豆汁倒是打完去洗头了，这位"死宅"想要出门，也需要整理一下个人形象。

钟晨鸣属于起床就整理好了的那种，他打完就可以走，也没急，Master 就在旁边继续抽着他的卡。

看 Master 神清气爽抽卡的样子，好像是没问题了，钟晨鸣松了一口气，打游戏间隙看了一眼他抽的卡，又是一个有用的都没有，就问他："你这样玩，不觉得浪费钱吗？而且这个游戏很无聊。"

"确实很无聊。"Master 道，"但是减压，随便抽抽就很减压。"

钟晨鸣实在是无法理解 Master 这种把钱扔水里的减压方式，就他打这把游戏的时间，他就看到 Master 抽了两顿饭的钱，看得他心惊肉跳。

三个人出去吃饭，去的是豆汁推荐的一家楼下的小饭馆，价格便宜味道好，Master 路上还念着他的"风满楼"，钟晨鸣打电话过去问了，预约满了，Master 也只好跟着吃小饭馆。

吃饭的时候，几个人聊的也是游戏跟战队，他们除了这个也没其他好聊的，说着说着，Master 跟钟晨鸣两个人突然就把话题转移到了豆汁身上，问了问豆汁最近打得如何。

钟晨鸣这两天出去玩了，也没注意豆汁的个人训练情况，此刻正好就了解一下。

豆汁本来觉得自己就是个蹭饭的，听他们讲就好，他也习惯了平时不

-179-

说话，突然大家都看他，还有点不习惯，蒙了一会儿才回答："昨天打到了大师 200 点，今天又掉到了 100 点。"

"那不错了。"Master 道，"多少 LPL 的选手都打不到你这个分数。"

豆汁听到这个话更加不好意思了，连忙摇头："没有没有，我跟他们还差得很远。"

"你这个分数，去青训都抢着要。"Master 说着，"别这么紧张，你打得挺好的，这么尿干吗？"

钟晨鸣道："别管他，他习惯了，多打打就能放开了，实力有的，就差点锐气。"

Master 夹了块肉，想了想："其实也不一定要锐气，他这个打法还挺好的，运营型打野，团队核心，如果玩得好，弱队打强队不是问题。"

"真的吗？"豆汁感觉他们说的就像不是他一样，他只是觉得自己在做自己应该做的事，没想过运营什么的。

"骗你干什么。"Master 道，"也不是食肉型打野就吃香，想赢还是得靠脑子，不是靠杀人，我记得几年前的 UKW，强得可怕，运营无解，一点机会都不给对手，不过也是可惜了。"

"NGG 现在的运营就很强。"钟晨鸣接道，"不过他们不仅是运营强了，每个位置都很强，这让他们的运营容易被人忽视。"

"NGG 是个例。"Master 摇了摇头，"他们指挥是 Miracle。"

Miracle，老牌辅助，现在也算是 LOL 的传奇人物之一，在 NGG 打了五六年，打过世界赛打过保级赛，属于经验型选手，比赛中有自己的独特想法，经常能有出其不意的指挥跟套路，对比赛的理解大多数职业选手都无法企及。

钟晨鸣回想了一下，Miracle 在他印象里，还是一副青涩模样，Miracle 在晨光后面进入的 NGG，一直把晨光当前辈看待，比赛中也会更多地问他意见。那个时候他们战队就有意将 Miracle 培养成战队指挥，晨光离队的时候 Miracle 刚刚能撑起局面，没想到现在已经成了老牌辅助。

想到这里，钟晨鸣笑了笑，没有谈太多，从最近的比赛来看，Miracle 确实强，也没有什么好说的。

"你可以学学 Miracle 的运营。"钟晨鸣换了个方面说，"虽然他是个辅助,但大局观谁都可以学,你想要走运营型打野的路,可以研究一下Miracle。"

豆汁听他们说了这么多,点点头说道:"我以前玩辅助,研究过Miracle,确实学到很多,我回去再研究一下。"

在打游戏上面,豆汁一向很刻苦,他虽然不喜欢说话,但做的功课是最多的,平时练习也是最认真的,他像是把自己所有的热情都投入到了这个游戏里面一般,常常是钟晨鸣还没提,他自己就去做了。

这种研究各个位置打法的事,在豆汁这里已经算是很平常了,他不像一些选手自己打得舒服就行,他是把游戏当成一个课题一般在认真研究。

钟晨鸣觉得这个人可能会在游戏方面大有所成,连 Master 都很乐意教他,刻苦努力的学生谁都喜欢。

吃个饭,钟晨鸣就跟 Master 商量好了豆汁的训练计划,大家都放假,豆汁却被安排了加训,他一点怨言都没有,甚至还主动提出可以训练更多,只要能提高就行。

接下来几天,Master 跟钟晨鸣出去玩,豆汁就在基地训练,他俩没出去玩,豆汁还是在基地训练,他好像不知道累为何物,也没有丝毫玩的心思。

Master 还是不乐意打游戏,每天都在旁边玩无聊坑钱的手游看钟晨鸣直播,两个人都培养出默契来了,等钟晨鸣直播完就出去吃饭。

多亏了催眠主播的视频,Master 晚上终于能睡着了,钟晨鸣看他状态慢慢好转,心里也有些高兴,走出来了就好。

这天 Master 跟钟晨鸣去了本地的一个人文景点,此时正好是下午,夕阳慢慢沉进地平线,金色的光辉铺满视野。他俩在湖边慢悠悠走着,阳光散落成碎片,跳跃在湖水之中,温柔的波光荡漾开来。

Master 看着金色湖面上的游船,一只白鹤从湖面上飞过,他忽然道:"其实之前我都想退役了。"

钟晨鸣转头看 Master,Master 又道:"现在突然有了点期待,不管你是我队友,还是对手,我都想跟你在赛场上相遇。"

钟晨鸣笑了笑。

Master 问他:"你什么时候走?"

钟晨鸣听得好笑："你怎么说得跟告别一样。"

Master立刻绷不住了，跟他强调："我这是在宣战，宣战懂吗！"

钟晨鸣笑道："你哪次排到我不是被吊着捶，死蹲我中路都没把我蹲成残废，有必要宣战吗？"

Master一时语塞，这话太有道理，他竟无言以对。

"所以你最好还是期待一下，别在赛场上碰到我。"钟晨鸣道，"免得你下次心态又崩了。"

Master道："我总感觉你这个话是在侮辱我打的这么多年的职业。"

钟晨鸣笑了："等碰到了你就知道这不是侮辱了。"

两人又胡扯了一会儿，等夕阳全部沉下去，暮色渐渐包围过来，两个人在湖边的饭店吃了晚饭，又看了会儿夜景，这才一起回去。

车上，Master又睡着了，钟晨鸣打开手机，跟LTG的经理"夏天的风"联系了一下。

之前他跟夏天的风谈过，那边也说，如果他去，试训下来合适，就不用去青训，而是直接去主队，跟韩援看成绩，谁状态好谁首发。

后来因为TD这边打LDL的原因，钟晨鸣没有立刻答应过去，跟夏天的风沟通了一下，说自己现在有事走不开，约好了九月十二日之后再谈。

前几天夏天的风就找了他，算着时间主动找过来，也算是十分有诚意，他也说了这几天就过来。

夏天的风一直在关注钟晨鸣，也知道Master在钟晨鸣这里，为此还跟钟晨鸣开玩笑说，还以为钟晨鸣要去MW，紧张了好多天，现在可以放心了，还说跟Master玩得开心，过几天过来也一样。

这个经理的脾气倒是很好，钟晨鸣还没去就哄着，搞得钟晨鸣自己还蛮不好意思的，今天找他也不是催他快点去，而是跟他商量来战队以后试训的事，说现在主队放假了，试训会先把他放在青训。

LTG今年也没有进世界赛，不过比起他们以前的成绩来说好了很多，进步也挺大，从钟晨鸣这几天的观察来看，管理团队都是干正事的，是一支生机勃勃的队伍，这也是钟晨鸣会决定去LTG的原因。

没有进世界赛主队成员肯定就放假了，但青训是不会放假的，青训要打的比赛跟主队打的比赛不同，主队会有几个月的时间没有比赛打，但青训下半年却接二连三都是比赛。

这个道理钟晨鸣也知道,过去先去青训试训一下也是很正常的事,就跟经理讲了一下直播合约的问题,他直播合约还有两天就到期了,播完了就过来。

钟晨鸣这个两天,就真的是两天,战队的人放假完回来了,钟晨鸣也在做着最后一天的直播。

他依旧是早上七八点就开了直播,Master给他的这个号段位也挺高了,早上不太能排进去,他就一边玩着锻炼手速的小游戏一边排队。

过了一会儿Master敲门进来,他这几天睡得着了,起得也就越来越晚,现在都九点左右才能来战队晃荡。

今天Master是提着键盘包过来的,直接在钟晨鸣旁边坐下:"来,双排。"

钟晨鸣正在专心打游戏,对面中单挺强的,根本没有理Master。

Master也不气,就在旁边看钟晨鸣打,光看还不够,他还要吐槽:

"你怎么出时光,打AD英雄不是要先出中娅吗?"

"这个打野好菜,等下一把我来带你飞。"

"你这个什么瓜皮操作,就差一滴血,你回头干什么——"

钟晨鸣忍无可忍:"闭嘴。"

Master安静了两分钟,看着团战,又道:"我觉得你缺个跟得上你节奏的打野。"

钟晨鸣:"……"

Master:"快点投了,这个打野影响你游戏体验。"

一轮团战,对方团灭,钟晨鸣转头看Master:"你都几天没打游戏了,到底是谁带谁飞?"

Master完全视脸皮这种东西为无物,立刻道:"求大腿带我上王者。"

"你让我打完这一把行不行。"钟晨鸣道。

"我在等你打完。"Master说得十分无辜。

钟晨鸣:"你能不能不说话,快点去抽你的卡。"

"没钱了。"Master很是坦然,"花光了。"

这几天出门Master都是刷的钟晨鸣那张卡,充游戏也是那张卡,这下终于给刷光了,他似乎才想起了自己的正事是打LOL,跑来找钟晨鸣双排了。

钟晨鸣:"这么快的?"

说完钟晨鸣自己一想,还真是这么快的,想想他还有点心痛,自己第一笔工资,有一两万,就这么十来天就没了。

不过看Master现在这个状态,都知道主动找他打游戏了,看起来是完全没事了,状态能调整过来也是好事,他懒得说Master,反正他也能赚钱,他这点工资,在Master那里没什么可以看的。

在Master的"指导"声中,钟晨鸣终于打完了这一把游戏,游戏界面弹出来"胜利"的字样。钟晨鸣吐槽Master:"如果不是你在旁边讲话,提前十分钟就把这局结束了。"

Master不背锅:"是你太菜。"

两人有一句没一句地说着,钟晨鸣瞄了眼弹幕,弹幕上的大家都表示Master的高冷形象完全崩了,甚至怀疑这是一个假的Master。

看着脑洞大开的弹幕,钟晨鸣觉得好玩,给Master读了两条弹幕:"主播不会是找了个假的Master来骗人气吧,会不会只是声音跟Master像,其实Master根本就没来,所以主播死也不开摄像头。"

Master听着,建议道:"反正你也是最后一天直播,不如就开个摄像头当作粉丝福利?"

弹幕立刻炸了,观众们可从来没有听说过最后一天直播这种事,钟晨鸣之前也没有提过,他们也才是刚刚知道,很多人都在问怎么回事。

"我确实没有摄像头。"摄像头也不是钟晨鸣想开就能开的,没有摄像头怎么办?

"我给你连手机。"Master道。

钟晨鸣觉得麻烦:"算了吧。"

"你看弹幕。"

弹幕上大家都在说Master干得漂亮,让钟晨鸣赶紧开摄像头,钟晨鸣还有些不好意思:"我没什么好看的,就是大众脸,真没什么好看的。"

Master已经找到数据线给钟晨鸣接上,又问钟晨鸣:"你知道怎么开摄像头吗?"

钟晨鸣接过手机:"知道,我来吧。"

钟晨鸣一边弄着摄像头,一边还想着自己今天还好没穿 9.9 元包邮的那件衬衫,穿的是 19.9 元包邮的 T 恤,看起来也不会太过于寒酸。

直播画面暂停了一会儿,突然就跳了一个巨大的摄像头画面出来,钟晨鸣调整了一下画面的大小,缩到右下角不会遮挡界面的地方。

第一次开摄像头,弹幕直接刷了满屏。

【主播这么清秀的吗?】

【想看 Master。】

【打扰了。】

【主播不丑啊,为什么不开摄像头?】

【18 你哪个大学的?】

【为什么不播了,我每天早上就靠你的直播活着。】

【开摄像头就是下播之日,我宁愿主播你永远不开摄像头。】

【呵呵,我听朋友说了,18 的待遇还不如三线主播,是我我也不播了。】

【主播的签约费很低?】

【还有那个不能说的主播,之前不就在直播的时候说 18 装相吗?】

【可能是被人搞了。】

弹幕上刷得最多的还是问他为什么不再直播的事,钟晨鸣看越刷越离谱,就先简单回答了一下:"没什么瓜葛,就是合约到期了而已,我也暂时不想直播了,想去做点其他的事。"

Master 拉了钟晨鸣双排,钟晨鸣也没有多说,就道:"我打完今天的直播时间再跟你们说吧,我先打游戏。"

现在快到中午,排队也好排了一些,Master 跟钟晨鸣也没多久就排了进去。选英雄的时候,钟晨鸣看着弹幕,弹幕上很多带节奏评他颜值的,想了想,他把手机摄像头换了个方向,对准了 Master。

钟晨鸣在对话框里面打字:【给你们看看 Master,你们估计没看过他不修边幅的样子。】

他没把这句话发出去,就在对话框里面给大家看,过了十秒,他就把这句话删了。

这时候 Master 的声音从旁边传过来:"我开着你的直播间的,而且我今天洗头了,没洗头的是你。"

弹幕上立刻是一片嘲笑，说钟晨鸣没想到 Master 会窥屏吧，钟晨鸣自己也觉得好笑，Master 又道："你把摄像头转回去。"

钟晨鸣道："你比我帅，大家都想看你。"

Master 不干了："你知道你这个角度多丑吗？你照相是从下往上照的？"

钟晨鸣虚心求教："照相还有这个理论？"

弹幕纷纷刷：【直男，直男。】

Master 将钟晨鸣的手机提起来，给他看各个角度下自己的长相。钟晨鸣发现确实摄像头放高一点，屏幕中的那个人好看一点，但是问题来了，他用的是手机，放在桌子上，后面找个东西撑着就可以把摄像头对着他，要放高点，那就真的是无能为力了。

钟晨鸣四处看了看，确实没地方可放，又将手机放了回去："算了，丑就丑点吧，反正我也不靠颜值吃饭。"

忽略了摄像头的问题，钟晨鸣继续跟 Master 双排，Master 几天没游戏，第一把打得非常"谜"。

这一把 Master 还拿了一个自己的拿手英雄盲僧，结果第一次来中路抓，对面交了闪现必死的情况下，Master 一个贴脸技能，技能歪了，关键对面还没有走位。

空气突然就安静了两秒，Master 强行解释："手感不好。"

他还说得义正词严，让人觉得这是一个十分合理的理由，不能怪他。

第二次 Master 来中路，被对面打野蹲到，送了人头。

钟晨鸣："……你别来中路了。"

Master 回答得很快："不行。"

第三次，Master 终于手感上来了，来中路一顿流畅无比的操作，R 闪（连招）一脚将对面中单从塔下踢出来，又接上 Q 技能，加上钟晨鸣补充的伤害，秒杀。

弹幕上刷过一拨"666"，钟晨鸣正想夸两句，就看到 Master 的盲僧被小兵卡了个走位，没从塔里面走出来，被塔给打死了，刚才一段 Q 技能就把对面中单给踢死了，所以也没有二段 Q 技能位移出来，他就这样死在了塔下。

钟晨鸣夸奖的话立刻就变成了嘲讽："你的 W 被你吃了吗？"

"你不过来，距离不够，没眼了。"Master 解释着。

钟晨鸣："……你不知道喊我？"

钟晨鸣也没想到 Master 会被小兵卡住，正常情况下他直接就走出来了，怎么也不会死在塔下。

Master 沉默两秒："忘记了。"

钟晨鸣："……"

这一把游戏打得是险象环生，Master 一会儿一个可以上精彩集锦的亮眼操作，一会儿又一个可以上失误集锦的垃圾操作，看得钟晨鸣都不想吐槽了。

好在最后 Master 终于熟悉了手感，可以玩了，最后一次团战将对面全都送回了老家，算是险胜。

这一把观众们都看得心惊肉跳的，吐槽了 Master，又开始问钟晨鸣不直播的事。

钟晨鸣又跟 Master 打了两把，Master 的手感慢慢找回来了，打得不那么"谜"了。钟晨鸣看了看时间，也到了他下播的时候，这次他没有下播，而是开着弹幕，跟观众聊天。

看到粉丝观众都在问，钟晨鸣也说了一下自己的打算。

"不做直播了也不是永远都不直播了，以后应该会再开播，这次是合约到了……没有什么被主播欺压的事儿，你们别乱说，是准备去打职业了，到底去哪个战队定下来会说，现在还没确定，确定了会在微博通知，大家可以关注我的微博。也不是直播网站的问题，你们到底在想什么，不一定去 MW，看情况吧，Master 会不会伤心？Master——"

视频画面一转，Master 的样子出现在了屏幕里，Master 示意钟晨鸣把摄像头举高一点，然后一本正经道："不伤心，我等着在赛场上抓爆他。"

弹幕立刻刷了起来：

【相爱相杀？】

【十分有趣。】

【因爱生恨？】

【爱恨交织？】

钟晨鸣对这些在他看来莫名其妙的弹幕视而不见，又跟观众做了道别，这才下播。

下播之后他找 Master 批了点资金，给直播群里面的管理一人发了个红包。

这个时候可可也过来了战队，她知道钟晨鸣要走了，过来吃顿饭。

可可让阿姨做了几个硬菜，几个人就在饭厅围成一桌，一如钟晨鸣来时那样。

跟来的时候不同的是，那个时候气氛沉默而尴尬，现在大家一边吃饭一边还聊着未来，不过小凯没有来，他蹲在实验室做实验，没空过来，口头跟钟晨鸣道了别。

可可本来想问要不要喝酒，被钟晨鸣跟 Master 都谢绝了，因为下午还要去战队，一身酒气去肯定不好。可可也没强求，带了两大瓶果汁上来，算是以果汁代酒了。

战队的人对于钟晨鸣的感情，更多的是感谢，他的到来确实让他们战队进步了一大截，甚至个人实力这种不好提升的东西，他都硬生生给他们提升了一些，在运营与游戏理解方面，更是让战队的几个人受益颇多。何况最后还把 Master 拉过来了，他们能打赢瞎嗨战队，Master 最后对豆汁的特训可谓是功不可没。

几个人谈了一些战队过去的事，这几天的比赛也嘻嘻哈哈地讲了讲，饭吃了一半，原子才提到了钟晨鸣未来的去向："师父，你就打算去 LTG 了吗？"

钟晨鸣这次去哪个战队他们也知道，看原子这么问，钟晨鸣点了点头："过去试训。"

原子作为一个钟晨鸣吹，对 LTG 很是不满意："就没有其他的选择？"

"LTG 也不错吧。"Boom 说，"他们这赛季打得挺好的。"

"这赛季是还可以，但是跟我师父的差距太大了啊。"原子道。

钟晨鸣听着，忍不住笑了："我也不是什么特别厉害的人，这次就是去试训的，现在不是我去不去的问题，是别人会不会要我的问题。"

可可看了一眼 Master，心里的话没说出来。她也认识五神，其实她心里是希望钟晨鸣去 MW，但又不想钟晨鸣替代五神，干脆就没说话。

"不会啊。"原子立刻道,"你去 NGG 都没问题,人家都要捧着你,你为什么要去 LTG 啊,浪费浪费。"

豆汁原本在默默吃着饭,现在也接了一句:"我也觉得 LTG 不适合。"

他最近人开朗了一点,如果是以前他一句话都不敢说,现在因为要离开的是钟晨鸣,他平时跟钟晨鸣的交流也挺多的,这才敢开口。

钟晨鸣越听越觉得好笑,他只是 RANK 出色,比赛的表现谁都不知道,并不是各大战队抢着要的人。

其实 NGG 也向他抛出来过橄榄枝,不过是让他去青训,现在 NGG 的首发阵容十分稳定,也不会换中单,到时候在青训里面表现好一点,大概 NGG 会直接把他卖了。

NGG 的运营模式钟晨鸣还是很清楚的,他去青训,被卖的可能性十分大,到时候去哪个战队,还要看 NGG 老板的意思,那还不如现在就自己选战队。

"我觉得 LTG 以后会很强。"钟晨鸣这么一说,大家也没有反驳,他们都已经习惯了钟晨鸣说的游戏方面的东西都是对的,反驳很大的几率都会被打脸。

Boom 又岔开了话题,聊了几句其他的。

眼看着一顿饭就要吃完了,气氛突然就有点伤感,大家都沉默了下来。

Master 突然道:"以后上海见。"

可可也笑了起来,拿起水杯跟钟晨鸣碰了个杯:"上海见。"

"什么上海见。"BUG 道,"是 LPL 见。"

"对对对。"原子也端着果汁跟钟晨鸣碰了个杯,"明年我要在 LPL 上打败你!"

钟晨鸣笑了笑:"加油。"

豆汁也来碰了个杯,他想了想,说道:"我会死抓你中路的。"

"别了吧。"钟晨鸣看一眼 Master,笑道,"这已经有一个要抓崩我的了。"

"别在意那么多。"BUG 道,"以后大家都会想抓崩你,你这点自信还是要有的。"

"我就当是祝福了。"钟晨鸣说着,"你们也别说得这么绝对,万一 LTG 不要我,我还要回来的,说不定以后我还是你们教练,你们要做好被操练哭的准备。"

话是这么说,钟晨鸣自己也知道,就算LTG真的不要他,他也不会回来了,如果不能首发,他还是会先去青训历练,由于他没有经验,首发可能有点困难,去青训却是没有战队会拒绝的,毕竟韩服第一。

跟TD战队的人告别完,钟晨鸣跟Master踏上了去上海的火车,上了车,钟晨鸣才拿出手机,打开消息看了一眼。

他之前调了静音,此刻拿出来一看,消息爆炸。

中午他才说了自己合约到期的消息,下午就有一堆人在问他续约的问题,或者是问他有没有跳槽其他直播网站的意向,连价格都给他开好了,此外还有他之前的超管在找他,希望他继续做直播。

打到了韩服第一,钟晨鸣的人气也不是假的,直播网站也推了一轮,他直播的时候看的人比看Master的人都还多。又因为脾气好,从不骂人不说脏话,打游戏认真,在主播里面口碑也很好,更加受喜欢看技术流主播观众的喜爱。

Master就坐他旁边,此刻看了一眼他手机,上面开出来的直播签约费有七位数,Master问他:"这么多钱你都不心动?你不是很穷吗?"

"我还是想打职业。"钟晨鸣将消息都关了,他也懒得回,以前他还会礼貌性回一下,现在没了利益关系,他干脆就不管了。

"LTG给你开的多少?"

钟晨鸣如实道:"包吃包住,没工资。"

Master皱了下眉:"没工资?那你怎么活?"

"过了试训工资再谈。"钟晨鸣抬头看他,眼里含笑,"怎么活还得看野神能给我多少生活费了。"

"都包吃包住了,你还有哪里需要用钱吗?"Master立刻转了个话题,钟晨鸣的卡都被他刷完了,没钱了。

"烟钱。"钟晨鸣提醒他。

"吸烟有害健康。"Master说,"死得早啊,以后戒烟吧。"

钟晨鸣看着Master笑,Master想了想,还是给钟晨鸣网银转了一千块钱过去,钟晨鸣拿起手机看了看,又给他转回去了。

Master不解。

-190-

钟晨鸣："可可给我发工资了，三千块。"

网银界面上显示着可可的消息，他之前消息太多了，没点开看，所以现在才看到。之前他进战队做教练的时候，说的是没工资，看战队情况再谈工资的事，现在他走了，可可也履行了当初的承诺，战队打出了成绩，给他发了工资。

Master："真抠。"

"你还好意思说别人？"

"你的手机谁买的？"

"算了，不说这个。LTG 离 MW 远吗？"

"不算远吧。"

两个人在火车上瞎聊了一个小时，时间过得很快，铁路两旁的夹竹桃开得艳丽，上海也到了。

两人都没有什么行李，一人提着一个键盘包，Master 是他自己的键盘，而钟晨鸣的这套键盘鼠标是可可送给他的，就是他一直在 TD 用的那套。

出了车站，钟晨鸣先跟着 Master 去买了张公交卡，又一起去地铁站。

他们坐的同一条线，到了分别的站点，钟晨鸣向 Master 挥挥手，迈出车厢，随后地铁开动，载着 Master 开往下一站。

按照地图指引，钟晨鸣背着键盘找到了 LTG 的基地。

看着建筑上 LTG 的图标，钟晨鸣露出一个微笑来。

上海，他回来了。

第八章
一神带四坑

这几天,在玩家社区和贴吧,陆陆续续冒出了几个讨论主播"18"的帖子。

先是有人发了个帖子"18要去打职业?"

1L:【他会去哪个战队有老哥来猜测一下吗?】

2L:【有梦想?】

3L:【去MW吧,他跟马斯大关系不是很好?】

4L:【这什么节奏?人气这么高还去打职业,不想赚钱了?】

5L:【去MW取代废物五,我看好MW明年起飞。】

6L:【先买一股MW。】

7L:【吹个屁,职业都没打过,还好意思说取代废物五?废物五这赛季再废物,也是大赛打过来的,就经验18能比?】

……

10L:【虽然我也觉得废物五这个赛季不行,但是MW的问题在ADC身上,你们是不是都眼瞎?】

11L:【他终于要去打职业了?我就说他肯定是要去打职业的,之前看他直播,还有人问他怎么不用TGP,这些人是不是傻,这种记录方式,又不用TGP,连对面的点燃治疗时间都要记,不就是奔着打职业去的吗?要是安心做主播,下个TGP,自动记录对面的BUFF时间多轻松。】

TGP是LOL的官方辅助插件,可以记录小怪大龙的刷新时间,还会有一些提醒事项,但是比赛当中是不允许使用的,所以职业选手都会有自己的记录方式。

这个帖子最后以喷 MW 的 ADC 跟中单作为结束，很快又有了新的讨论帖。

这次的讨论帖就和谐一点了，集中在讨论 18 这次去打职业，到底是为了什么。

贴吧里面潜伏的各路大神还是挺多的，由于 18 打上韩服第一之后，人气稳定在几十万，偶尔还会上百万，大家纷纷猜测续约金会有多少，如果去职业战队又会给他开出多高的工资。

很快就有人对比了同等人气下的主播，曝出续约费会在百万左右，而 18 这次去打职业，到底是之前就联系好了，从直播平台被挖过去，还是自己突然想去打职业，也是大家猜测的重点。

最后经过一番骂……讨论，大概有了个总结，18 应该是被战队挖过去的，而且工资肯定不低，不然谁也不会放弃几百万的工作跑去做个不挣钱的工作。

而此时，传闻中年薪几百万的钟晨鸣正在 LTG 战队打训练赛。

"夏天的风"就姓夏，大家平时喊他"夏哥"或者"夏天"。夏天暂时把钟晨鸣安排到了青训，用他的话来说，正式队员都放假了，想跟着正式队员试训也没有机会，就先在青训试试。

LTG 虽然穷，但还是养了一大批青训选手。对于战队来说，越是穷就越要养青训，毕竟成形的选手都是需要转会费的，就算是一个三流选手的转会费都不低，至于青训，那是自己家的，一个青训养个几年，也比买个成形的选手来得划算。

不过 LTG 毕竟经验不足，青训培养得太晚了，不然他们也不会去引进韩援以及挖路人王进队。

钟晨鸣这几天了解了一下，发现很多都是才来一两个月的新人，个人水平参差不齐，有韩服王者，也有国服大师，每个人对于打职业的看法也不同，有想打出成绩的，也有就想赚钱的，还有得且过能混就混的。

青训队的气氛让钟晨鸣感觉挺新奇的，晨光以前打职业，白手起家，跟着战队从零开始，那个时候也没有青训，都是几个水平还可以的凑在一起就去打职业了，全凭一腔热血，现在这样的规模化管理模式是他之前都没有经历过的。

一开始夏天让他先熟悉一下队内的环境，给他安排了住处。

战队里面什么东西都有，钟晨鸣是真的提着键盘就可以开始打训练赛，但夏天没有让他一来就打训练赛。

夏天这个人，好像是要让钟晨鸣感受一下LTG的人文关怀，前两天让钟晨鸣适应一下战队生活，打打RANK找找手感，然后又让他旁观了一下训练赛，到了今天，才安排他去打训练赛。

其实钟晨鸣觉得挺麻烦的，只要鼠标键盘是他自己的，他就可以直接上场打比赛，但夏天都这么说了，还很多次关心他在战队里待得习不习惯，有没有不适应的地方，他还是听从了安排，打了几天RANK。

后来说是为了培养队员之间的默契度，夏天又让钟晨鸣跟青训的成员双排了两天，钟晨鸣也都听了，Master给他那个号他已经打上了王者，不能双排了，夏天就给他发了战队的韩服账号。

打了两天之后，钟晨鸣才等到了训练赛的消息，说可以了，让他去打训练赛。

他们的训练赛是队内训练赛，LTG的青训成员足以让他们在队内换着对手打比赛，今天就拉着钟晨鸣临时凑了五个人，对面也是青训的，每个位置找一个人出来，让他们一起打。

青训之间也不是很熟悉，钟晨鸣来了两天，就跟和他住一个屋的几个人说了几句话，此刻喊打训练赛，其实钟晨鸣连队友都认不全，但这并不重要，反正喊人喊位置跟英雄总没错。

训练赛还没开始，坐在钟晨鸣旁边的人就跟他聊上了："你是18？"

说话的人是个眉清目秀的小伙子，年纪看起来不大，身上有些痞气，此刻好奇地看着钟晨鸣。

钟晨鸣点了点头："我打中单。"

"哦，我是打野，叫我阿面就行。"阿面盯着钟晨鸣的键盘，"你这个键盘挺贵的吧。"

这个键盘之前是可可的，钟晨鸣离开的时候可可就送给了他。可可有钱，买的东西也不便宜，不过也不是钟晨鸣见过的最贵的键盘。

之前有一段时间他为了提高自己，在外设上面下了一番功夫，买过特别贵的键盘，后来发现，还是适合自己的才是最好的，键盘这种东西也不是越贵越好，手感对了就行，比如可可这个键盘，他用久了也有了手感，让他换成自己之前用的键盘，他还不习惯。

"还好吧。"钟晨鸣看了一眼自己的键盘鼠标，其实鼠标更贵。

阿面看他的眼神瞬间变了，立刻露出笑意来："18哥有钱人啊。"

"没，别人送的，我也买不起。"钟晨鸣不怎么在意这些，就如实说了。

他配着天赋符文，看到群里面已经开好了房间，也没跟阿面多说，就道："开始了，进房间吧。"

第一把，钟晨鸣打得很谨慎，他没有选劫或者卡特这一类刺客英雄，而是拿了发条，他的压箱底英雄。

倒不是他怕自己训练赛表现得不好，会被对面打爆什么的，只是因为在他这里，有一道坎必须要迈过去。

锁定了发条，钟晨鸣看了看自己的手腕，嘴角微微扬了起来，这是他迈入职业生涯的第一场比赛，虽然是训练赛，他就用这场比赛来对过去做个告别。

"你怎么选发条？"阿面突然问道，"你卡特不是玩得很好吗？把Kiel都吊起来打。"

"保险一点。"钟晨鸣道。

"你发条能不能行啊？"阿面不太相信钟晨鸣的发条。知道钟晨鸣来了他们战队，阿面也去关注了一下钟晨鸣的新闻，毕竟是最近的风云人物，关于他的视频和分析还是挺多的，在分析中，大家都说他是一个玩刺客的中单，刺客英雄玩得出神入化，结果现在是什么鬼？拿了个传统法师发条？这是看不起他们吗？

钟晨鸣完全不知道自己的队友都脑补出了一些什么来，他选完发条就开始点天赋，这时，对面的中单锁定了劫。

"很皮。"钟晨鸣这边的辅助信号说话了，对于他们的中单，辅助也是有所了解的，当即道，"18，你说这个人是不是看不起你。"

信号跟钟晨鸣住一个屋，这几天也有过交流，钟晨鸣听他这么说，笑道："我不好打劫，感觉要被单杀。"

"别啊。"阿面接了过去，"你要是都被单杀了，那我们还能打吗？"

"你们别搞我。"钟晨鸣听得笑了起来,"我是真不好打劫,多来中路帮我一下。"

阿面听是听到了,至于游戏里面怎么打,到底去不去中路,还不是他说了算。

对面的人也知道这边的中路是最近人气很高的 18,拿出劫也是想秀一秀,他知道自己和钟晨鸣对线没有优势,干脆就打出自己的风采就好,而且劫打发条,钟晨鸣又没怎么玩过传统法师,一不小心万一就单杀了呢!他相信自己!

英雄选择结束,读条很快过去,游戏开始!

钟晨鸣站在中路,他的队友在河道一字排开,这次没人指挥,大家都自觉拿出了比赛的战术来,青训队也是经过基础训练的,知道很多东西。

一级,他们这边不想搞事,但是对面好像很想搞事。

对面的辅助是个锤石,是个带钩子的英雄,一级很好搞事,而钟晨鸣这边硬控不多,一级不太好打。

因为是训练赛,不是 B/P 训练,所以默认不 BAN 对面拿手的英雄,大家都拿到了自己想拿的,这一把打起来也格外认真。

大家都知道,韩服第一正在跟他们打训练赛,还是第一次的训练赛,不知道多少管理都在看着,不认真怕是要出事。

看到对面入侵,阿面直接让了,他没有强行去打,既然知道对面一级强势,自然只有避让,阿面绕了一大圈,绕到了对面的 F6 位置,准备从这里开局。

而下路的辅助跟 ADC 给自家的红 BUFF 做了眼,用来观察对面打野的动向。

既然阿面都走了,大家也没有争抢,对面的打野毫不客气地把钟晨鸣这边的红 BUFF 收下了。

而阿面在对面野区打完了 F6,开始去打对面的红 BUFF。

对于阿面来说,大家都是熟悉的人,他们打过的训练赛次数也不少,对面打野什么套路他算是门儿清,他的红被反了,对面的红区肯定早就做好了眼,如果他这个时候去反红,会被眼看到,对面中上都会过来支援,他打这个红就会很危险。

所以他选择先打个F6，等对面的眼消失了再去打红BUFF。就连对面的眼什么时候会消失，他都是算得好好的。

为了防止被反野，钟晨鸣在自家蓝BUFF外面的河道做了眼。他也是算好了时间过去做的眼，防止自己边的蓝BUFF被对面打了，也可以防止对面打野从上路过来GANK。

阿面打完对面的红BUFF就回来了，直接往上路走，既然钟晨鸣在野区给他做好了眼，他就要搞事了，打完对面红，正好就可以去抓对面上路。

对面打野显然也是这样想的，打完钟晨鸣他们的红BUFF，直接就去下路抓一拨。但是套路大家都懂，对面打野的动向还被ADC跟辅助看在眼里，他们根本不往前走，不给对面打野抓下路的机会。

看到下路没机会，对面打野立刻选择了来中路。

而阿面也在等待着机会，上路是很好抓的一条路，因为防御塔与防御塔之间的距离很远，又是一个人单线，就算在塔外面没有抓死，等级稍微高一点，越塔也是可以杀的。

等阿面打完红BUFF，对面上单十分机警地往后退，一点没上头，这都是跟自家队友打出来的经验，阿面看没有机会，又跑去打对面野区的石头人。

这个时候，对面打野已经来到了中路。

发条是个没有位移的英雄，前期抓一拨可以帮助自己方的劫建立优势，如果能把发条的闪现抓出来，那发条几乎就会被从头压到尾，等到了六级，塔都不敢出。一二级的时候，发条打劫还是压着打的，钟晨鸣也选择了压对面劫，但是他的站位靠着上方河道，也就是远离对面打野过来的方向。

对面打野强行过来抓了一拨，钟晨鸣直接就从上路河道走了，对面打野没有深追，距离太远了，隔着一个屏幕发条就跑了，他想追也追不上。既然抓不了，他只有强行路过，跑去打自己的蓝，他觉得反正自己的红已经没有了，干脆就不过去。

辅助信号此刻注意着中路，他是一个辅助，有空观察其他几路的情况，看到钟晨鸣溜得如此之快，他一边对线一边道："可以啊，发条你嗅觉不错。"

钟晨鸣并没有回复，打游戏不是聊天的时候，他并没有时间跟人吹牛，也就笑了笑作为回应。

阿面意义不明地嗤笑一声,他终于蹲到机会抓死了上路,然后去了自己的蓝BUFF处。不知道他是怎样做到的,游戏的预设模型都能被他走出一种大摇大摆十分了不起的模样。

而钟晨鸣,开始跟劫的常规对线。

劫好打发条,主要是劫可以"秀"发条一脸,劫的位移多,爆发高,作为一个AD英雄,平A伤害比发条高了不知道多少。而发条打伤害靠球,只要用位移躲掉球,发条就只能站着让他打。就算在前期,发条只要球离开自身范围,劫也可以直接位移到发条身前,追着发条打。

但是钟晨鸣的发条跟普通的发条还是不一样的,他在前期就获得了主动推线权,让劫疲于跟他互推兵线,而且他的技能十分准,劫稍微想动一下,过来消耗钟晨鸣,通常是技能打不中钟晨鸣不说,还要被反打一套,很伤。

至于直接用位移技能位移到发条面前,追着她A?

想多了吧,根本不给你机会。

很难受。

这是劫在线上的第一想法,为什么他一个劫打发条也会打得如此难受?

既然线上打得难受了,他肯定就要呼叫打野了,反正阿面沉迷抓上路,好像没有来中路的打算,发条还推兵线压线,此刻不抓更待何时!

虽然钟晨鸣早有准备,在这种压线的情况下,对面打野过来他还是交掉了一个闪现才安全逃脱,他跟自家打野阿面沟通了一下:"你来中路,有人头。"

"等会儿。"阿面回答得很快,说完又去了上路,似乎跟上单关系很好的样子,跟上单商量,"等会儿我先上,抗塔杀。"

钟晨鸣回到线上,阿面越塔杀完对面上单,残血了,回家补给状态,钟晨鸣没有闪现,打野没有过来,他只能把兵线放过来。

发条一旦不能在兵线上压劫,就很容易就被劫压着打了。

钟晨鸣稍微好点,对于发条的理解跟别人不一样,而且劫也是他十分熟悉的英雄,对面的劫动一步都知道他想做什么,所以还是没有被压刀。

发条是一个蓝耗十分凶残的英雄,第一次回家,钟晨鸣买了个饭盒,准备做个时光之杖。时光之杖是一个随着时间加血蓝上限的英雄,合成时光之杖的小件"饭盒"还能在升级的时候回血回蓝，是一个很好的赖线装备。

AP 打 AD 其实有更好的装备选择，不过续航能力没有这件装备强，钟晨鸣这个出装方式，是已经算好了自家打野不会把蓝给他，他需要自己出回蓝装备。

果然不出钟晨鸣所料，第二个蓝 BUFF 刷新的时候，阿面趁着钟晨鸣回家，直接把蓝 BUFF 打了，一边打还一边振振有词："现在不打要被抢，下一个给你。"

"没事。"钟晨鸣对于这个事情十分淡定，也没有去管阿面说得有没有道理，直接上线跟劫对线，没有看蓝 BUFF 一眼。

阿面看到对面劫也上线了，身上还有蓝 BUFF，补充了一句："如果你缺蓝，可以去拿对面中路的，嘿嘿。"

钟晨鸣完全不为所动，如果劫不作死，发条很难单杀劫，钟晨鸣想的就是稳在中路刷兵，他打团的用处比劫大，现在是能打出优势就打，不能打出优势就稳住。

对面劫却按捺不住了，一套消耗之后，直接上来想要单杀钟晨鸣。暗影奔袭而至，红色的大红叉画在了发条身上，这是劫向钟晨鸣开启了大招。

钟晨鸣不慌不忙，操控着发条往自家塔下走去，又召回外面的球。

球一回到发条身边，发条身上立刻出现了一个透明的护盾，紧接着发条身边的空气微微扭曲，这是发条的大招！

劫自然清楚发条大招的效果，他立刻按下 W，位移到了之前放好的 W 所在的位置，发条身边的空气一阵抖动，却谁也没大到。见发条大招交过，劫直接闪现想杀发条，发条身上的球微微一动，一圈磁场纹路出现在发条脚下，发条获得加速效果，劫被减速。

为什么这个发条这么烦。

劫真的觉得很难受，他现在爆发不够，不能在发条大招开出来之前就打够伤害，现在交了闪现想补伤害，却被发条轻描淡写地躲过，发条打劫原来这么好打的吗？

他感觉自己以前肯定是玩的假的发条，跟假的劫。

劫的大招虽然没有杀死发条，却也让发条十分难受，发条的血线直接下了半血，劫的血线依旧十分健康，看起来发条很是危险。

-199-

钟晨鸣却没有选择回家。

没有大招的劫,不足为惧!

阿面突然在这时说道:"发条你不拿对面的蓝吗?"

钟晨鸣没有理阿面,在聊天框里记录下了对面劫闪现刷新的时间。过了两秒,钟晨鸣跟劫继续对着线,想了想,还是说了一句:"对面劫没闪现。"

现在他是半血,就算劫没有大招,他在线上也打得很难受,对面打野还一直在"照顾"他,劫开大之后,为了防止被打野绕后塔杀,他选择了清线回家。

对面没闪现的意思就是可以过来抓,主要是说给打野听的,但是阿面似乎觉得上路十分有趣,还是去了上路,光去还不算,他还说了一句:"对面没闪现,我觉得你能单杀他,我就不来中路了。"

对于自家打野的信任,钟晨鸣没有做任何表示,所谓"时光之杖在手,天下我有",反正他刷就是了。

钟晨鸣回家做出了时光之杖,这个装备前期作用不大,法强不是很高,加的生命值也不算很多,不过有个回蓝回血还是不错的效果,出了时光之杖前期基本就不缺蓝了。出时光之杖还有个好处,就是不容易被劫秒杀,他已经做好了跟对面劫对刷到天荒地老的准备。

看到这种场景,钟晨鸣忍不住笑了笑,这倒是跟晨光以前打比赛的场景不谋而合了,不过那个时候晨光是主动抗压,现在他却是被动抗压。

钟晨鸣觉得自己在抗压,对面的劫也觉得自己是在抗压。

对于一个劫来说,线上对发条打不出优势来,那就很难受。劫这个英雄需要在前期取得击杀,从而建立优势。如果线上单杀不了,那就去游走,但他在线上被这个发条管住了,这个发条太能刷,让他有一种离开兵线一步就会漏一拨兵的错觉,而且他没了闪现大招,要更加谨慎才对。

劫注意了一下发条方打野的位置,发现对面打野出现在了上路,这让他松了一口气,正想让自己的打野来中路抓发条,突然一个人影出现在了中路,是发条那边的辅助。

钟晨鸣的耳机里,信号笑着:"来来来,搞他。"

劫刚交了位移技能清兵,信号立刻就从草丛出来,帮钟晨鸣GANK,

打野不来没事啊,这个游戏,又不是只有打野能抓人。

信号来中路杀掉了劫,然后跟钟晨鸣说:"来下路,杀完我继续帮你抓中。"

"好。"钟晨鸣听得乐了起来,打比赛还论有来有回的吗?

抓死了劫,让钟晨鸣好受了很多,人头是他的,装备又可以提升,而劫死了,不能补兵又没有人头金钱,经济跟经验都落后了一截,劫是刺客,而一个装备不好的刺客就是毫无作用。

劫现在已经不好杀发条了,钟晨鸣也可以安心发育。当然,在他安心发育之前,他还要去下路搞点事情,这是跟信号说好了的。

去之前,他先跟信号沟通了一下:"下路能杀?"

信号立刻道:"不能,你别来了。"

钟晨鸣:"……"

信号又说:"对面这两个人,尿得跟什么一样,以前不是这样的啊,这两人有毒吧。"

ADC 提醒:"估计是被打崩了次数太多了,尿了。"

信号:"中单你发育吧,有机会来……救救救命!"

对面打野去下,上单 TP(传送),这是要强打一局。

钟晨鸣立刻往下路走,下路这种情况,如果辅助跟 AD 聪明一点,很可能暂时打不完,还能苟活一阵,也可能坚持不到他走到下路就死了,不过就算这样,对面的状态肯定也不怎么好,他直接去捡人头。

然而走到一半,团战就打完了,他们这边 ADC 跟辅助双双死亡,对面状态都还不错,看起来没有拣人头的机会,钟晨鸣又只得慢慢走回去。

算了,还是赖在中路刷兵吧。

他们下路双死,掉下路一塔,一下子局面就变成了劣势。而上路为了建立优势,传送都用来回线了,阿面又一直照顾上路,上路基本算是通关,对面上单虽然线上难受,在支援上却做得不错,总的来说,还是对面赚一点。

钟晨鸣观察着形势:"有点不好打。"

阿面:"发条兄弟带我们赢。"

信号在泉水里面买着装备:"慢慢打。"

发条本来就是一个后期英雄,现在又来了个纯后期的出装,也就只有慢慢打了，时光之杖这件装备，越到后期越有用。

"稳住吧。"上单这个时候说了句，"等我 carry。"

这把就他的装备最好，阿面一直照顾他上路，这话说得也没错。

钟晨鸣笑了笑："加油，稳住。"

商讨完战术，几个人都稳健起来，布好视野，龟缩发育，但不是你想发育，对面就给你机会发育的。对面都有优势了，自然是要扩大优势，掌握资源。

最先崩的是下路，下路一崩，钟晨鸣的中路也岌岌可危，眼看着要被带崩。

钟晨鸣作为一个有着长期抗压经验的发条，在预计到对面会转战中路的时候，果断后退，让了中路一塔。

上单不干了："你守塔啊！"

钟晨鸣道："守不住，让了。"

上单也不强求，他只是觉得就这样让了太亏了，但中单自己说守不住了，他还是选择相信队友，没有再多说什么，而是说道："那让了，二塔不能让。"

"我尽量守。"钟晨鸣只能这样说，如果队友不来，对面强推二塔，他肯定是守不住的，说完他又加了一句，"他们应该不会继续推了。"

他们这边的打野和下路都消失在了对面视野，对面一看，应该会撤退才对。

钟晨鸣所料不差，对面推完了一塔就选择了撤退，钟晨鸣等他们退了继续收兵。

信号一边往中路走，一边看了一眼数据，扫到钟晨鸣的数据，他迟疑道："发条……你这个……"

零助攻一人头零死亡，两百多刀，这还没到二十分钟，这刀数怎么刷出来的？

阿面："我就从来没见过我 F6 跟三狼的小怪。"

ADC 补充了一句："我估计对面也没见过。"

上单道："之前他来上路 GANK，没杀人，就是脏（偷）了我两拨兵。"

信号愣了一下："可以的，你应该带个惩戒出打野刀。"

钟晨鸣道:"收益不高。"

信号惊讶道:"你还真这样打算过?"

"你听说过'蛋刀发条'吗?"钟晨鸣笑着问他。

蛋刀发条,曾经一个版本出现的打法,也就是中单出打野装备,中路两边的野怪都给发条,让发条刷个够。

发条的精髓是什么,不是线上压人,也不是游走支援,就是一个字"刷",作为一个老发条,钟晨鸣肯定是要把这个字贯彻到底。

这一把,钟晨鸣刷了三十分钟,让完了外塔,到了三十分钟的时候,钟晨鸣终于出山了。

他们前期本来是打不过的,不然也不会一直丢外塔,但突然之间,莫名其妙就打得过了!

他们都是第一次跟18打训练赛,谈不上什么配合,默契度也不够,反正就是看18随随便便放了两个技能,对面就开始"蒙圈",然后后退。

装备成形之后,发条的伤害爆炸,现在对面C位只要让发条大招拉到,就是一套秒杀,对面虽然会规避发条的大招,但是发条就算是打前排,速度也很快,还无限被风筝,他们对这个发条完全没办法。

他们的阵容中,除了劫没人对发条有办法,但是劫现在切不死发条,辅助也会保护发条,突然就变得难打起来。

最后他们在外塔全掉的情况下,一拨团灭翻盘,赢了!

"兄弟别玩发条了,我真的怕了你了。"上单表示这把打得心脏病都要犯了,"你玩个前期英雄行不行?"

"下把再说吧。"钟晨鸣站起来,"我先去抽根烟。"

钟晨鸣打到一半烟瘾就犯了,但他们训练室禁烟,要抽得出去抽。

而另外的一间训练室里,夏天跟战队的几个教练坐在电脑前,看这场训练赛,等一把打完,有人发出了疑问:"这真的是韩服第一?"

"细节做得很好,但没什么亮眼的表现。"又有人道。

他们的主教练泡着茶,淡定道:"我还以为这个人只会玩刺客,没想到玩传统法师也这么稳健,我觉得可以。"

"这个发条……也太中规中矩了一点。"

主教练说:"这种中规中矩的打法,你们不觉得像一个人吗?"

其他人都看向了主教练,主教练开口说道:"感觉他学到了晨光的精髓,看看他其他英雄的表现吧。"

被 LTG 主教练期待着的"晨光"传人钟晨鸣正在门外抽烟,他一手点着烟,一手还摸出手机来看。

打游戏的时候,他手机就跟疯了一样抖个不停,当时他没管,现在还是要看看是不是有什么紧急情况。

刚按亮手机,还没解锁,钟晨鸣就看到 Master 的名字从上到下都是,充满了整个屏幕。

钟晨鸣慢慢点开看,其实 Master 也没说什么,先发了一条消息问他出不出去吃饭,发完没两分钟又问他训练赛打得怎么样,过了片刻又来问他想吃什么,然后是附近饭店的截图,还说了自己的评价,最后挑出两家问钟晨鸣吃哪家。

钟晨鸣挨着一条一条的消息看了,然后回过去:【没空,不吃。】

Master 不知道干什么去了,并没有回他。

想了想,钟晨鸣觉得这几个字好像有点冷冰冰的,他又加了几个字:【训练赛不知道什么时候打完,有空再去吃,晚上来双排吧。】

还没发出去,钟晨鸣看了这句话半天,又把"双排"删了,现在 MW 还在放假,就不拉 Master 双排了,让他休息休息。

看时间也差不多了,钟晨鸣将企鹅号的振动关了,进去继续打训练赛。

短暂的休息时间结束,下一把开始,信号帮钟晨鸣进了房间,此时正好选英雄,信号看他回来,在房间打字:【开始吧。】

钟晨鸣跟信号说了声谢谢,电脑画面跳成了英雄选择画面,双方乱 BAN 了几个英雄。

这次是对面先选中单,钟晨鸣看对面拿了卡牌,自己秒选了一个妖姬。

"对面头很铁啊。"信号道。

阿面却淡定道:"他的卡牌不是带你赢过很多次吗?"

信号一想,好像是这样,但他还是忍不住说:"18 玩刺客的,他玩个卡牌,不是等着被吊起来打?"

几个人都看向了钟晨鸣,钟晨鸣选完英雄就在看手机,Master 还是没有回他。几个队友的讨论他也听到了,此刻放下手机说道:"会玩的卡牌我杀不了,你们这么说,他应该是个会玩的卡牌吧?"

"你选个妖姬打不出优势来?"阿面当即就说道,"那你拿妖姬来干吗?"

"我试试。"钟晨鸣笑了笑,"尽力。"

就在钟晨鸣"尽力"两个字中,地图加载完毕,这一把开始了。

前期钟晨鸣没搞事,跟卡牌安静对线,就是对着对着,卡牌突然就回家了,又突然就交了传送回线。

阿面依旧没来中路,这次不是他来不来的问题,而是对面给不给机会的问题,卡牌根本不过河,打着打着连塔都不出了,他们这边去抓中路,只能越塔杀,前期越塔还是很危险的。

这种情况,打野其实可以帮中路蹲一下,钟晨鸣压卡牌的线,那卡牌方的打野就很容易过来抓,阿面过来蹲着,就有可能蹲到对面的打野。

不过显然,阿面觉得钟晨鸣是不需要帮助的,直接就去了下路,似乎准备从下路打开局面。

对面下路打得很凶,阿面看着这个机会就去了,也没问下信号对面下路有没有技能。

钟晨鸣没有注意下路,他这个时候正在专心地跟卡牌对线,他提前做好了眼,如果打野过来,只要他捏着 W 位移技能魔影迷踪技能就能跑。

卡牌小心翼翼地补着兵,完全不敢抽牌刷兵,他感觉他一抽牌,他就会死在中路。抽牌是卡牌的 W 技能,可以从三张牌中选一张,红牌范围伤害加减速,黄牌定身,蓝牌回蓝。

虽然不敢抽牌,但是他还得上来补兵,不能只用 Q 技能,这样早晚没蓝等死,看着钟晨鸣的动向,卡牌犹犹豫豫往前踏了一步,手中的一张小卡片飞出。

妖姬的身影突然消失,鬼魅一般的女人轻笑着来到卡牌面前,手中的锁链挥出,缠绕上卡牌的身体。

他上前一步的距离,就是钟晨鸣的击杀距离。

极其快速的一套 WEQ(连招),卡牌也迅速做出反应,按下 W 技能开始抽牌,可惜他运气实在是不好,第一张牌不是黄牌,其实就算是黄牌,他也会死，只能说黄牌能让他再苟活两秒。

一套技能加上平A，卡牌被带走，下路这时传来击杀提醒，他们的ADC被杀了！

"什么情况？"钟晨鸣刚刚杀完人，没有注意下路。

"被蹲了。"说话的是上单，他想找机会传送，结果传送读条还没读完，团战就打完了。

"我要打回来。"阿面被对面打野赶回了塔下，他十分不服气，撂下狠话，然后点了回城。

嗯，回家补充一下状态再出来打回来。

这样的打算是很好的，但下次出门就到了BUFF刷新期，他需要先去清一下BUFF。

打到蓝BUFF的时候，阿面似乎终于良心发现了："来，你单杀了卡牌，蓝给你。"

阿面这话也没说名称，钟晨鸣一会儿才反应过来喊的是他。

算计了一下对面打野的位置，钟晨鸣笑了笑："不用，我有蓝。"

阿面直接就把蓝BUFF收了："行行行，你自己拿蓝去。"

钟晨鸣微微笑着，走向了对面野区。

而阿面又一次走向了下路，哪里栽下去的，就要从哪里爬起来！

然而就在钟晨鸣杀掉对面刚拿到蓝的卡牌时，下路又传来了噩耗，这次死的是阿面，他们下路三打二，没打过，阿面还"死"了！

信号不干了："大兄弟，我求求你别来下路了，让我们安心发育行不行。"

"怪我？"阿面当即反问。

钟晨鸣开始往上路走去，杀完了上单，打野跟辅助也吵完了，这下下路也没法打了，下路直接崩掉，只能在塔下苟延残喘，能补几个兵是几个兵。

"等我来下。"钟晨鸣这样说着，点下了回城，到了泉水更新装备，然后传送去了下路。

他们下路被压线，后面草丛又有眼，对面走位靠前，在钟晨鸣看来，这就是一个杀人的好机会。

然而，信号还在下路吐槽着，完全没有跟上来的样子，ADC也在跟信

-206-

号讨论着怎么猥琐发育，钟晨鸣只得喊了一声："我来下路了，跟过来！"

从上一把钟晨鸣就发现了，他们这一边的整体实力低于对面，当然，除了他。

他并不知道教练组的安排，只是按照常规的方式在打。

下路两人后知后觉地跟上来，却错过了最佳跟进时机，钟晨鸣传送下路，强行打残了 ADC，然后往中路走。

其实他刚刚应该提前给下路两人说一声，不然不会让下路跑掉。

如果是以前打，他肯定会喊，他还是打 RANK 太久了，而且跟这些人不熟，没注意。

"你俩在下路谈恋爱吗？"阿面莫名其妙开启了嘲讽模式，"你俩这个下路，韩服第一都带不起来，我来有什么用？"

钟晨鸣看似往中路走，实际上在河道处转了个弯，看对面下路也没反应，判断出对面下路并没有看到他的动向，就慢慢地走进了对面野区。

为了防止下路两个人又不知道在干什么，钟晨鸣还提示了一下："推线。"

对面 ADC 状态太残，走位不敢太靠前，肯定是不敢跟他们下路推兵线的，兵线往对面推过去，对面 ADC 考虑了一下，走回自己塔下，准备回家补充装备再过来，这样虽然会损失一点兵线，但总比被杀的好。

他刚刚在塔下站定，一个黑衣女人的身影如鬼魅般出现，那女人手中的金色锁链缠绕到他身上，一个金色印记从女人手中的法杖弹出，ADC 血量立刻见底，他甚至都没有做出任何反应，就死在了自己塔下。

辅助想保却已经来不及了，眼睁睁看着自己 ADC 死却毫无办法。

杀完人，钟晨鸣毫不犹豫地走向中路，继续去守他中路的线，根本没有回头看一眼在塔下茫然的辅助。

阿面也不说话了，嘀咕了一句："果然是韩服第一，厉害。"

刚刚对面下路没看到钟晨鸣过来，同样地，钟晨鸣也没有看到对面 ADC 在哪里，这完全是靠经验预判，钟晨鸣猜到了 ADC 会在哪里回城，这才将对面一套带走。

说完阿面也没再说话，摸到了对面野区，反了对面野怪，然后又回来去中路GANK。

"你别来。"钟晨鸣看他过来，说了一句。

阿面没说话，场面瞬间静了两秒，钟晨鸣想了想又补了一句："他们视野做得很好，你抓不到。"

"早说嘛。"阿面给自己找了个台阶下，"那我去下路。"

信号又不干了："去刷你的野，求你了。"

最后还是上单接纳了他："来上啊，你帮我抓两次，我有优势就能把他吊起来打。"

事实证明，阿面去再多次，他也没把对面吊起来打，最多就压制对面而已，而且这个小优势在全局来看，并没有太大作用。

下路劣势实在是太大了，就算钟晨鸣抓死了一次对面的ADC，也无济于事，完全救不起来。

这个版本ADC绝对不能废掉，钟晨鸣继续照顾着下路，但不是每次去他都能拿到人头的，而且卡牌作为一个支援型英雄，他一离开中路，出现在哪里，卡牌也可以随后而至。

钟晨鸣在全场忙着救火，他的队友就在全场放火。

一开始上单还有优势，但是打着打着，突然又被对面上单打回来了，而且对面打野也开始照顾上路，多照顾两次，上单的优势又没了，反过来被对面上单吊着打。

阿面去也没什么用，如果被对面打野蹲到，那就是一个双杀。

钟晨鸣不得不又去上路救场，他玩妖姬本来是想前期带起节奏，这样这把打得轻松点，不用像发条这么累，但现在看来，他非但轻松不了，还得杀更多的人，把队友送的也杀回来。

这样下去，要输啊。

妖姬本来就是个前期英雄，后期作用不大，而后期发光发热的ADC根本没起来。

对面好像也知道这点，开始极力防止妖姬GANK，打法变得保守，不给妖姬抓人机会，到了二十分钟，钟晨鸣这边由他所建立的优势慢慢地没了，局面开始倒向对面。

钟晨鸣还想勉强撑住，队友却有了放弃的想法。

信号道:"不打了吧?"

训练赛不是正式比赛,一旦没有了赢的希望,大多数时候大家都会选择下一把。

当然,这个下一把只能是劣势方提出。

"再坚持一下。"阿面还想挣扎挣扎。

于是他们就继续挣扎下去,这个时候打团,钟晨鸣就算稳定秒对面一个人也没用,他们打团还是打不赢。

到了四十分钟,对面都在防着钟晨鸣,什么技能都对着他招呼,钟晨鸣秒人也很困难,他的队友惯性梦游,等对面推掉门牙,信号无奈打出GG,退了。

钟晨鸣点下退出,说道:"我去抽根烟。"

信号拍拍钟晨鸣的肩:"我跟你一起去。"

两个人站在阳台,信号给钟晨鸣递了根烟,钟晨鸣点了火,信号吐出一口烟圈,侧头看向钟晨鸣,正想说什么,却看见他看着手机在笑。

信号盯着钟晨鸣看了一阵,看钟晨鸣笑着发消息,他又吐出一个烟圈,游戏打得好又有女朋友,怎么什么好事都让他占了。

钟晨鸣也没聊什么,Master问他什么时候有空,钟晨鸣算了一下时间,跟Master约了约,Master又表示那个时间可以去吃另外的东西,两个人又商量了一番,终于是约好了饭。

等约好饭,钟晨鸣喊信号:"走吧,进去下一把。"

一说到下一把,信号就觉得没意思,又不得不打,垂头丧气地进去了。

这一把跟之前又不一样,钟晨鸣拿出了瑞兹,然后坐镇中路指挥。

打了两把训练赛,几个人渐渐熟悉起来,这个时候打起来也有了点配合,能交流着打,跟着钟晨鸣指挥,这把竟然稳住了。

打比赛,光有操作肯定是不行的,配合得好,也可以赢个人实力强于自己的队伍。

当初TD跟瞎嗨就差不多,最后TD还是用配合赢了瞎嗨,钟晨鸣这个时候搬出老套路来就行。

信号这个时候就感觉到了,什么叫作"一神带四坑",而他,就是那四个坑中的一坑。

训练赛打得很快,在大家都觉得没有希望赢的时候,这一把也 GG 了。

打了一下午,到了晚上大家都很疲累,吃过饭,还是得继续去打排位。

训练总是不嫌少的,这种强度大家都适应了,如果不是对游戏十分热爱,没人能坚持下来。

钟晨鸣晚上也继续打排位,这次教练安排了他跟阿面双排。

阿面看起来不情不愿,磨磨叽叽地上了游戏,钟晨鸣拉他双排,他还叹了口气:"辛苦你了,兄弟。"

钟晨鸣:"……"

阿面十分有自知之明,他一开始就知道自己不如钟晨鸣,又看到钟晨鸣用着昂贵的外设,还对这些东西不在意甚至不太喜欢的样子,十分不爽,毕竟他可舍不得买这种价钱的外设。

后来打训练赛的时候,他就想"你不是韩服第一吗?韩服第一哪里需要蓝 BUFF 需要人抓,你应该自己单杀对面才对",赌气一般抢了蓝又不去中路。

后来钟晨鸣强行带他们赢,还被他坑输了,他终于觉得有点过意不去,结果晚上教练又让钟晨鸣带他打排位,对,就是钟晨鸣带他,这点他还是很清楚的,搞得他十分不好意思。

钟晨鸣根本不在乎他那点小心思,听到他这么说,只觉得他太客气了,跟他双排的时候钟晨鸣也客气了一点,这就弄得他更加不好意思了。

打完一把,阿面脸色涨得通红,甚至不知道怎么跟钟晨鸣说话,只得闭上嘴。

哪有人打游戏连兵都直接让给打野的?BUFF 说不要了给他发育?这是看不起他还是在照顾他啊!

再继续打游戏,阿面就不说话了,钟晨鸣也没说太多,问了阿面两句,阿面不说他就不再问了,自己打自己的。

钟晨鸣对阿面的要求也不高,别拖后腿就行,关键的节奏点会提醒一下阿面,其他时候懒得说话,两个人竟然十分和平地打了一晚上排位。

晚上十点,钟晨鸣就要去睡觉,阿面也听说过钟晨鸣古怪的作息,见怪不怪,开始自己玩。

玩着玩着，阿面就觉得不爽了，跟钟晨鸣一起打能赢的局，怎么现在就打不赢了呢？

说到底，还是他的队友太菜，也是他太菜。

如果以后能跟 18 成为队友……

阿面摇了摇头，也知道自己想多了。如果他一直是现在这个实力，肯定不能跟 18 成为队友，甚至过两个月都有可能分数不及格被赶回老家。

想着，阿面打开了最近几个著名打野的直播录屏，决定重新开始学习。

这样的训练赛一打就是一个星期，钟晨鸣的队友也不老是那几个人，他们的队伍人员总是换来换去。但钟晨鸣是来试训的，所以这几天他的训练赛名额没人挤下去。

在忙碌的训练赛中，钟晨鸣还是抽出时间跟 Master 吃了个午饭，晚饭因为训练赛的原因，来不及。

他们两个，一个人放假，一个人只需要打够足够时间的 RANK，其他时间随意支配，所以挑的是工作日的中午，人特别少的时候。

Master 高高兴兴地给钟晨鸣推荐特色菜，钟晨鸣就听他讲，等他说完了，钟晨鸣才问了句："谁付钱？"

Master："……"

钟晨鸣看着他。

Master："我付啊，你有钱吗？"

钟晨鸣笑了起来："谢谢老板。"

Master 也懒得跟他废话，直接点菜。

两人一边吃饭一边聊着最近的事，钟晨鸣也说了自己还在打训练赛。

听到训练赛，Master 当即精神一振，问他："训练赛打得怎么样？"

"还行吧。"钟晨鸣感觉自己的表现还算可以，但是教练组如何看就不知道了，这几天也没找他说一下想法什么的，他觉得教练应该还在观察。

"我跟你讲怎么通过试训。"Master 开始跟钟晨鸣讲他当初打训练赛的种种，又说了他是怎么被教练看上的。

钟晨鸣听他讲着，就看着他笑。

这种比较成熟的试训模式，在钟晨鸣看来是有些新奇的，毕竟他以前只见过，没亲身经历过，听 Master 讲着，又跟自己的体会不一样了。

等 Master 讲完，钟晨鸣递给他一杯水。

Master 喝了一大口，吃着火锅，又道："其实我觉得你就去随便打打，要是通不过，那是 LTG 眼瞎，我还会把他们在我心目中的档次拉低一把。"

钟晨鸣笑着："那他们在你心中什么档次？"

Master 摇了摇筷子："三流战队，也就比末流好那么一点，那个韩国人实力还可以，辅助很烦，其他的吊起来打。"

"野神厉害。"钟晨鸣给他倒水，"你们什么时候放完假？"

"十月份吧。"Master 道，"还要准备 nest，不会放太久。"

nest 是全国电子竞技大赛，这个比赛是没有进世界赛的队伍才能参加。

"在哪儿比？"

Master 道："就在上海吧。主办方这么抠，估计是没钱让我们去别的地方，你来看吗？"

钟晨鸣："有空就来。"

就算钟晨鸣现在跟 LTG 签约，nest 他大概也上不了场，磨合时间太短了，而且他应该没有参加正式比赛的资格，估计选手名单早就交了，所以他去也只能当个观众。

两个人聊着天吃完了火锅，Master 准备结账的时候，钟晨鸣冲他笑了笑："走吧，我付了。"

Master："穷？没钱？"

"穷我也请得起你吃饭。"钟晨鸣道，"可可发我的工资还没用，现在战队里也没用的机会，正好用来请你吃饭。"

Master 盯着他的背影看了三秒，慢吞吞地跟了上去。

第九章
被抛下的，以及向前走的

一周的训练赛快结束的时候，TD 的群里突然热闹起来，先是 Boom@了钟晨鸣，问他训练赛打得如何，随后大家都冒了出来，跟钟晨鸣聊起了训练赛的事，也说了一些 TD 的现状。

LDL 的奖金少得可怜，他们准备去打电商赛，这个比赛的奖金还挺多的，正好可以解他们的燃眉之急，而且电商赛的第一名也可以获得 LDL 联赛的资格，算是进入 LPL 的另外一条途径。

说到一半，转了七八个弯，Boom 终于说到了他这次问钟晨鸣现状的真正目的。

Boom：【教练，你进了 LTG，可以帮我们问问 LTG 的青训约不约训练赛？】

这次他们打 LDL 晋级赛的时候也碰到了青训战队，不过青训的实力参差不齐，竟然都被他们斩落在了马下。

当然，能打赢青训，还是钟晨鸣的功劳居多，这个人好像十分熟悉各个战队的青训，知道他们的打法跟实力，给他们制定了针对性的战术，打着打着就赢了。

青训的成员大都不成熟，在赛场上发挥不稳定，极容易出问题，而且因为没有长期固定人员的磨合，他们的配合也算不上好，很多时间都是在各打各的。

钟晨鸣之前就研究过青训队，而且作为老选手，对各个战队都有一定的了解，从发展历程到培养方法，就算没有去亲自考察过，那也亲眼见过，很多青训选手都待过不只一个战队，就算从小选手那里，也能听来一些。

至于训练赛的事情，之前他们一直在跟瞎嗨战队打，那是找不到战队，只能跟他们互练，这次他们打了个赛区晋级赛的第一名，找训练赛的战队应该就轻松了很多。

训练赛毕竟是为正式比赛做准备，还是多约几个战队打比较好，这样可以熟悉不同战队的风格，以后碰到同风格的对手打起来也轻松很多。

再者，跟不同的战队打，人有所不同，或许还能讨论着开发出不同的战术来，这个战术或许对于跟他们打训练赛的战队没啥用，但是用到其他战队身上可能就有神级效果，这也是打训练赛必须保密的原因。

约不约训练赛，这件事还得问LTG的教练，钟晨鸣跟他们说了不一定约得到，因为LTG的青训都是内部打训练赛的，他们好像对战术的革新要求不高，只是在常规培养。

钟晨鸣去问了下青训队的教练，教练果然拒绝了，完全就没有当一回事儿一般回他：【不打，让他们别找捷径。】

钟晨鸣直接把对话截图发在群里，想了想又觉得不合适，撤回改成：【教练拒绝了，LTG青训都是队内训练。】

虽然钟晨鸣已经撤回得很快，还是有人看到了截图，原子当即就炸了：【捷径？他当他们战队是皇宫吗？以为谁都想去他们战队？】

Boom也道：【这个教练有毒吧，我们当初可是把LTG的青训按在地上打，我们找他们打训练赛还有问题了？】

过了半天，可可才冒出来，说了句：【只是一个大区晋级赛。】

这下大家都不说话了。

是啊，以后还有很长的路要走，明年还要打一年的比赛才能进入LPL，真的就只是一个大区晋级赛。

可可又道：【青训跟我们性质不一样，我们是要打出成绩来，他们只需要培养出好的队员。】

钟晨鸣看到这里，打了几个字：【那可不一定。】

有些青训还想培养出一个二队来，如果能让二队也打进LPL，那可就有钱了，这个联赛名额都能上千万，而且又可以吸引一批代言。

现在同个俱乐部虽然不能有两个战队同时在LPL打，但有了成绩，谁还不会改头换面不成？直接卖战队也不是什么新鲜的事儿。

这些钟晨鸣不说，可可也知道，但LTG是没有培养二队的意向的，LTG自己一队都才刚刚有了点起色，二队？还是等一队成长起来再说吧。

跟群里面聊完，钟晨鸣就继续打排位训练，晚上约了Master一起吃烧烤，他要提前完成规定的训练量。

吃烧烤的时候，钟晨鸣就问了一下MW有没有培养二队的倾向，得到了很干脆的回答："不是一直在打嘛，就是那个MN战队。"

"……那是已经卖了的。"钟晨鸣提醒他，MN当初打进了LPL，有了联赛资格，转手就被他们老板卖了，已经算不得MW俱乐部的战队。

"那就没有了。"Master摇了摇头，"培养这个二队就花了不少时间，三队还没起步，估计一时半会儿也没有了培养的欲望。"

"行吧。"Master这样说了，钟晨鸣也没有说太多，至于TD训练赛的事，估计就只有他们自己去想办法了。

吃完烧烤，回去路上，钟晨鸣突然收到了原子的消息。

原子还在跟他说下午的事。

原子：【师父，你在LTG真的过得还不错吗？他们的青训这样打，真的没什么问题？你跟着他们青训打训练赛，难道不会完美融入他们的分段？】

看到原子关心他，钟晨鸣忍不住笑了。Master开车送钟晨鸣回去，见他看着手机笑，有些莫名其妙，问道："你笑什么？"

"我以前的队友。"钟晨鸣说给他听，"哦，不对，是以前战队的人，就是原子，在问我会不会完美融入青训，说起来我觉得我最近真的有点退步了，等明天早点起来多打两把排位锻炼锻炼。"

"来双排。"Master道，"我假期也要结束了，恢复恢复状态，我这两天都没喷LOL。"

"那你在干吗？"现在钟晨鸣的世界里就只有LOL了，下意识就觉得Master待在家里，不打LOL训练，还能干吗。

"玩。"Master说。

"玩什么？"钟晨鸣回着原子消息问他。

Master老实道："玩'吃鸡'。"

"好像最近很火，不过MW那个青训的电脑，我看拖不起。"钟晨鸣回想了一下说道，这也就是说他其实是想陪 Master 开黑的，但条件不允许。

"没事。"Master 打着方向盘，拐了一个弯，"我还是比较喜欢 LOL，只是训练量太大有些受不了，我这几天也没怎么玩'吃鸡'，更多的还是看电影出去玩。"

这个钟晨鸣倒是知道，Master 去哪里玩，遇到什么特别的事儿都会当乐子讲给钟晨鸣听，还给钟晨鸣发过一系列照片，不过这都是前几天的事，钟晨鸣没怎么注意。

钟晨鸣的手机又响了起来，Master 看他回消息，也没再打扰他，专心开着车。

原子的消息又过来了。

原子：【师父，我能问问只是 LTG 的青训这样差吗？还是其他的青训会比较好？】

这个问题钟晨鸣倒是有现成的素材，很快就回答了：【不啊，MW 的青训是 MN，MN 差？】

MN 以前是 MW 的，这个原子也知道：【但 MN 不是二队，算青训？】

钟晨鸣：【你以为二队怎么来的？不就是青训里面打得好的选拔出来的？】

原子：【好像也是，我懂了。】

过了一会儿，原子又发了条消息过来：【那其他青训毕竟好的话，师父你怎么不去其他青训？】

钟晨鸣：【……】

钟晨鸣：【他们说让我去主队。】

原子：【原来如此，我师父就是厉害。】

钟晨鸣：【轻点吹，我打 RANK 还可以，比赛还没经过实践，可能有点不行。】

原子：【别谦虚了师父。对了，现在联赛前三的青训队怎么样啊？】

钟晨鸣：【还行吧，NGG 算是培养青训比较可以的，UNG 今年二队好像表现也不错，差一点就能进 LPL，其他的也就那样。】

原子：【我觉得你可以考虑去这几个的青训啊，肯定比 LTG 强吧。】

钟晨鸣笑了笑，打字过去：【我觉得 LTG 还可以的，你不能因为他们

青训队的教练就产生偏见,这是他们训练模式的问题。】

原子:【可以可以,那我不说了,继续去打排位。】

钟晨鸣:【嗯。】

这一星期钟晨鸣在训练赛里面的表现也越来越好,一开始明显是有点没搞清楚状况,跟青训成员各打各的,现在他跟青训也有了配合,而且也明白了自己队友到底是个什么水平,很少再出现跟队友脱节的情况。

但是他们没有什么战术训练,都是教练给出要求,然后按照自己的想法来打,估计教练这样做也是想看看大家的真实水平。

最后一天训练赛打完,夏天特地把钟晨鸣喊出来,请他吃小龙虾。

小龙虾还没上来,夏天就先开口问了下钟晨鸣在战队里习惯不习惯,不习惯的地方说出来他帮钟晨鸣调整。

钟晨鸣大概知道夏天喊他出来吃小龙虾是为了什么,听到夏天这么问,还有点意外,说道:"没什么不习惯的,挺好。"

夏天表现得十分好说话:"没事你直接说,这边的菜吃不习惯你也可以说,住的地方啊,室友啊什么的,都没关系。"

"真没什么不习惯的。"钟晨鸣看着夏天,感觉这个人绕的弯子真是有点大。

"这样啊。"夏天像是思考了一下,又道,"你也来了十来天了,对我们战队有什么看法?"

钟晨鸣实话实说:"没看法,我都是在跟青训打,没接触过正式队员。"

这句话让夏天的动作顿了一下,随后他笑了起来:"他们还在放假,暂时也不会回来,喝酒不?服务员——"

"不喝,给我倒杯茶就好。"钟晨鸣对酒没瘾,就是烟怎么都戒不掉。

"养生养生。"夏天让服务员给钟晨鸣倒了茶,又问了一下钟晨鸣在战队待得如何,并且再三说有什么不习惯的可以说。

过了一会儿,小龙虾上来了,夏天戴上手套剥了只虾,却没自己吃,而是十分自然地放到了钟晨鸣身前的盘子里。

钟晨鸣抬头看他一眼。

夏天笑道:"你来这么久了也没带你出来吃点好的,今天正好有空,就请你吃个龙虾。"

钟晨鸣没有吃那只小龙虾，利索地把自己手中的剥完，说道："有话就说吧。"

夏天也就没有再拐弯抹角："刚刚也跟你说了，正式队员暂时还没回来。"

看了一眼钟晨鸣的反应，夏天继续说下去："你也不能跟着正式队试训，这样拖着也不是办法，而且你也没有比赛经验，让你直接进正式队有点说不过去，正好有个电商赛，你要不先在电商赛去积累一下经验，反正 LPL 也是明年了。"

钟晨鸣吃着龙虾，点点头，没说话。

夏天接着道："工资还是按照正式队的工资给你算，有奖金，我们俱乐部青训跟正式队的工资是不一样的，这几天你也问了他们吧，青训队的工资不算少了，正式队肯定高一截，不是要你待在青训，只是让你先锻炼锻炼。"

这一番话说得好像很符合情理，钟晨鸣却接了一句没头没脑的话："我没问。"

"什么？"

"没事，我需要考虑一下。"钟晨鸣说道。

"行。"夏天点头，"没事，你慢慢考虑，考虑好了直接过来签合同就是。"

钟晨鸣脱下手套，站起来："我出去抽根烟。"

没等夏天说话，钟晨鸣走出了小龙虾店，一手点烟，一手摸出了手机。

手机屏幕上依旧是 Master 的未读消息，这次是喊钟晨鸣去看电影，说最近大片上映，看起来十分不错，值得一看。

钟晨鸣不自觉地笑了起来，打字说道：【不确定有没有空，有空再跟你说。】

Master 这个时间应该是没啥事，回复得很快：【我看评价挺不错的，正好我离你挺近。】

看到 Master 的回复，钟晨鸣抽了口烟，问：【你现在在基地？】

他没记错的话，Master 的家离这里并不近，基地倒是挺近的。

Master 道：【你要是去看电影我就在基地，你要是不去看，我就在家。】

钟晨鸣笑了：【还能这样的？】

Master：【就是能这样。】

【算了，我在跟夏天吃饭。】钟晨鸣脸上的笑容慢慢隐去，他又抽了口烟，打字说，【我觉得这边可能有点问题。】

Master：【什么问题？】

钟晨鸣没说太多，大致提了两句，话都没说完，Master 就理解了。

Master：【这不是欺骗？】

钟晨鸣还没说什么，Master 下一句话就发了过来：【一开始让你直接去正式队，现在试训可以了，就让你留在青训，LTG，呵呵。】

钟晨鸣：【……】

Master：【你来 MW，你就算在 MW 的青训，这次冬季转会期，绝对一堆人挖你过去，LTG 这么垃圾的一个战队，别待了。】

钟晨鸣抽着烟，看 Master 义愤填膺地为他生气，又笑了起来。

手机上又跳出了一行 Master 的消息：【你人呢？你别被卖了还替他们数钱！】

钟晨鸣慢慢打字回道：【没事，我心里有数。】

Master 回得飞快，这次直接用了语音，言语之中比他这个当事人都还气愤：" 你什么都不懂，能有个什么数？你别住在 LTG 了，来我家。"

钟晨鸣：【不用，我知道他们想干什么。】

他一开始跟 Master 说这个事，就是想找人说一下，毕竟心里也有些不舒服，挺烦的，看到 Master 这样气愤，他那点不舒服好像消失了，莫名其妙就变得舒服起来。

【我可能要去你家住两天。】钟晨鸣将这句话发过去，拿着烟思考一会儿，又开始打字。

Master 的消息回得十分迅速，钟晨鸣字还没打完，他就发过来三条。

【来！】

【拎包入住！】

【我这里什么都有，我妈做的饭你吃不惯可以点外卖，睡到自然醒没人说你，我去给你买拖鞋，多大码的？你用的什么牙膏？双重薄荷的行不行？】

钟晨鸣看了一会儿，又加了一句话才发过去：【看情况，有可能不会过去……你这么激动干什么？】

那边老半天才回过来一句：【你过来我妈肯定不会天天说我，有外人的时候她脾气特别好，你快来让我感受一下母爱的温暖。】

钟晨鸣：【……】

看时间差不多了，钟晨鸣给 Master 留了个"等会儿说"，走进店里，坐回了夏天对面。

夏天也不急，钟晨鸣出去的时候他已经剥了几只虾，都放在了钟晨鸣面前。

作为一名战队经理，他平时表现出来的形象十分温和，与战队成员关系也好，非常关心大家的生活训练情况，力求能给队员们带去春风般的温暖。

当然，这个春风般的温暖，也要你能受得住。

夏天后来没再提这个话题，钟晨鸣也没说，一顿小龙虾几乎是安安静静地吃完的。两人聊了些战队的事，也是有一句没一句，好像是小龙虾太好吃了，他们都分不出嘴巴来聊天。

吃完回到战队，钟晨鸣继续打排位练习，这个时候阿面凑过来问他："你跟夏天出去吃饭了？"

钟晨鸣点了点头："嗯。"

阿面好像有点高兴又有点不高兴，脸上的表情些微复杂。过了一会儿，他又问钟晨鸣："你签约了？以后我们就是队友了？"

听到这句话，钟晨鸣握着鼠标的手一顿，说道："还没，我考虑考虑。"

"签约啊兄弟。"阿面说，"青训工资还是可以看的。"

钟晨鸣没再多说，就看着电脑屏幕："开始了。"

"行行行，我不打扰你。"阿面双脚一蹬地面，将椅子滑回了自己的电脑前，又转头看了一眼钟晨鸣，眼神有点小复杂，看了片刻才开了自己的一把排位。

钟晨鸣也不知道阿面到底在想什么，或者说也没兴趣知道，他还在考虑夏天的事。

他来 LTG 并不是因为夏天的邀请，他来的时候，本来是看好这个队的朝气，觉得他们来年可以有所提升，准确地说，他是因为疯子的邀请才过来的。

钟晨鸣正好在自己的韩服账号上，游戏已经进了，他切出去看了看疯子有没有在线，很显然，放假的时候，疯子果断地放弃了玩 LOL。

实际上就算疯子玩 LOL 他俩也不一定能碰得到，钟晨鸣怀疑疯子这个人有小号癖，每天打一把自己的大号保段位，然后就疯狂打小号，肯定还不止一个小号，至于到底有多少个，他觉得疯子自己可能都数不过来。

小号这么多，钟晨鸣也不是每个小号的好友都有，他俩并没有交换其他联系方式，这就导致了他突然想找疯子，却又找不到人的情况。

钟晨鸣静下心来先打完了这把，然后去问信号疯子的联系方式。信号摇了摇头，他跟疯子不熟，青训队跟正式队的管理又是分开的，他自然没有。

见钟晨鸣突然问这个，信号还好奇地问了句："咋了？"

钟晨鸣摇摇头："没事。"

信号一脸莫名其妙地看钟晨鸣两眼，接着打游戏训练，钟晨鸣出去抽了根烟，回来给疯子留了个言，也开了下一把。

钟晨鸣还没联系到疯子，第二天 Master 却十分高兴地来找他了。

Master：【你今天什么时候过来？】

不知道为何，钟晨鸣总觉得 Master 发这句话的时候，是十分高兴的。想到 Master 绷着脸想装高冷，却内心雀跃地发消息问他，钟晨鸣又不自觉地笑了起来。

虽然高兴，但钟晨鸣的回复还是：【我今天不过来，还没跟 LTG 这边的人谈完。】

【有什么好谈的。】这句话的心情就变了。

看着发过来的文字，钟晨鸣甚至能想到 Master 皱眉的样子。

很快 Master 的第二条消息就跳了出来：【你别犯傻，之前喊你过来试训的时候是怎么说的？让你直接进正式队，看谁状态好谁首发，结果来了，就让你在青训打。你要是现在答应了，说不定下一步就是问你愿不愿意给别人洗脚，你平时就挺傻的，这个点听我的，别傻了。】

钟晨鸣没有计较 Master 的用词，Master 说的事情，也是他反感的地方，如果第一次他就退了，那以后什么好事情都轮不到他，夏天怕是要他一退再退，完全听从战队安排，这样肯定是不行的。

钟晨鸣一边思考着，一边跟 Master 打字说道：【我不是要答应夏天，我是要跟他谈条件。】

Master：【谈什么条件？】

关于这个打算，钟晨鸣没有跟 Master 细说，他就回了句"等谈好了告诉你"，毕竟他自己也不知道能谈到什么地步，就没跟 Master 说出来。

既然钟晨鸣这样说了，Master 也没再继续追问，就道：【反正你可以来我家，我跟 MW 说他们肯定要你，退路都给你准备好了，尽管谈尽管谈。】

钟晨鸣第二天没有去找夏天，他准备等一等疯子的回复，结果一天没等到，他也没找到疯子的电话号码，这种事情直接去问夏天要肯定不太好。

疯子没出现，教练没给他安排训练赛，钟晨鸣就打了一天的排位，破天荒地，往常十点就准备睡觉的他今天熬夜了，十二点了还在训练室打游戏。

信号是睡得比较早的那批人，也是钟晨鸣这几天跟他住一起，把他也带得早睡早起了，他打完一把游戏，打了个哈欠，准备去洗漱睡觉，心里想着自己真是老了老了，十二点就熬不动了。

从座位上站起来，信号正准备走，突然发现今天的训练室有点奇怪，在不应该有人的位置上竟然有人！

他把已经转向门口的头又转了回来，看着一脸认真打着游戏的钟晨鸣，也没打扰钟晨鸣，拉着椅子坐到了钟晨鸣身后，看钟晨鸣打游戏。

看了一会儿，他就明白了为什么钟晨鸣打游戏有这么多观众看了，因为这个人打游戏，十分赏心悦目。在他看来，钟晨鸣从细节到操作都趋近于完美，玩中单的时候就如同入海的鱼，带着潇洒自如的美感，而且时不时的灵性操作也能让人有刷"666"的冲动。

信号看着他对线，看着他指挥队友，看着他 carry 自己队友，直到游戏结束，信号才回过神来，想起自己过来是干吗的："18，你今天怎么还没睡，这不是你的风格啊。"

钟晨鸣根本没注意到信号过来了，他刚打得太入神，此刻信号一说话，差点把他吓一跳，点排队的手都抖了一下，转头看信号，说道："我冲个分。"

信号也看到了钟晨鸣号的分数,他道:"如果不是这几天一直打训练赛,还让你用小号跟阿面双排,你怕是这个号也上韩服第一了。"

阿面耳朵尖,立刻回了一句:"怪我咯?"

信号笑嘻嘻道:"不怪你不怪你,哪能怪你,什么时候教练给你的这个大腿,能借我抱抱?"

阿面怼回来:"我的大腿给你抱啊,来双排。"

"别了吧兄弟,我还想在大师分段多待一会儿。"

"我现在大师300点,还带不动你?"

在两人的说话声中,钟晨鸣突然站了起来,两人立刻没再说下去,都看向钟晨鸣。

"我去抽根烟。"钟晨鸣也没看他们,拿起桌上的烟盒就往外走。

等钟晨鸣出了门,信号才问阿面:"他怎么了?"

阿面摇头表示不知道:"都第二包烟了,平时一天也不见他抽完一包,大概是失恋了吧。"

信号"哦"了一声,点头给了阿面一个"都懂的"的眼神,阿面没理他,继续打自己的排位。

第二天,钟晨鸣爬上游戏又打了两把排位,看着依旧没有跳动的消息栏,他决定不等疯子的回复了,直接去找夏天。

夏天说话弯弯绕绕,表达一个意思先要来一大堆客气,钟晨鸣却十分直接,在夏天办公室里坐着,开门见山地说:"我还是想直接进正式队。"

对于钟晨鸣的想法,夏天没有露出意外的表情,似乎早就知道他会这么说,拿出了早就准备好的说辞:"我们青训里面也有RANK分数高的人,还不少,你虽然是比他们分数高那么一点,但是他们有些都在战队待了半年了,还是没有去正式队的机会,如果我直接让你进正式队,我怕他们会不满啊。"

钟晨鸣露出个微笑来,这个微笑十分好看,温和又礼貌,但夏天眼皮却莫名其妙地跳了一下。

这次钟晨鸣跟之前不一样,没有照顾夏天的面子,直接道:"他们能打到韩服第一?"

夏天不为所动:"你也应该知道,韩服第一那个位置除了绝对的实力,有时候运气也很重要,你第一个号是打上了韩服第一,但这不代表你就真的有稳坐韩服第一的实力,而且打 RANK 厉害,比赛就不一定厉害……"

钟晨鸣依旧笑着看他,只是现在的笑容怎么看怎么都带上了点讽刺:"你要不要再看看?"

夏天话语一顿,盯着钟晨鸣,钟晨鸣笑着看夏天,夏天没再说下去,打开韩服的战绩查询网站看了一眼。

钟晨鸣的第二个号,韩服第一了。

夏天愣了一下,又很快收好了自己脸上惊愕的表情,钟晨鸣天天在打排位,青训队的人没有人比他刻苦,又拥有实力,第二个号本来段位也不低,这样快地打上韩服第一,很正常。

看着钟晨鸣的数据,夏天想了想,觉得自己需要重新思考一下对钟晨鸣的定位。

不过他还是委婉地说:"正式队的假期还没有结束,也安排不了你跟正式队试训。"

"假期还有三天就结束了,不是吗?"钟晨鸣看着他。

夏天看了钟晨鸣一会儿,笑了笑:"你倒是知道得很清楚。"

他终于意识到了,面前的这个人,看起来没什么心机,一心打游戏,其实并不好哄骗。

看清楚自己用了错误的方式,夏天终于肯好好说话了,也跟钟晨鸣摊牌:"你去打电商赛,明年 LPL 你肯定可以上场。"

"你们要组二队?"钟晨鸣一眼看穿。

夏天一开始还不知道钟晨鸣对现在的赛事情况知道多少,但钟晨鸣这样一说,夏天顿时觉得自己之前做的事情就是一个笑话,在这个人眼前,关于比赛的事情,好像什么都瞒不住。

"我们就是有这个意向,都还没开会讨论,你算是第一个知道的了。"夏天忍不住笑了,瞒不住就不瞒,"你怎么看出来的?"

"猜的。"钟晨鸣实话实说,"之前 LTG 青训被淘汰了,你想要电商赛这个 LDL 的名额。"

夏天点了点头。

"而参加电商赛有个条件，要的是当年没有在任何赛区注册过职业选手的人。"

跟夏天说到这个地步，钟晨鸣也知道夏天这是想物尽其用了，他就是那个没有注册过职业选手的人，正好实力也有，夏天想要他强行拖着LTG的青训队进入LDL。

这时夏天开口了："其实是临时做的决定，你来了之后，之前我觉得没有希望，就想放青训去历练一下，你来了我才觉得有可能。"

看着钟晨鸣的神情，夏天不是很能捉摸透他在想什么，于是又道："我给你保证，没有进LDL明年你也会进正式队，不一定是首发，只要你状态好，首发也有可能。"

如果一开始夏天就这么跟他说，钟晨鸣肯定不会拒绝，然后条件谈好白纸黑字签字，钟晨鸣也会继续打，但一开始就是受欺骗而来，钟晨鸣就对夏天拥有了不信任情绪，这件事情怎么想怎么硌硬。

他需要做出一个选择。

"我要跟正式队试训。"钟晨鸣看着夏天，也说出了他的答案，"等他们回来，试训结束之后，我再决定打不打。"

战队在选择他，他同样也在选择战队，夏天后面这番话倒是说得合乎情理，而且战队到现在，除了这个签约问题，对他也很不错。

而且他也想看看，自己选的战队，到底如何。

他选择继续观察还有一个原因，疯子一直联系不上，谁知道疯子什么时候会上小号，他要是要离开，也会先跟疯子说一声。

夏天看了他半晌，点了点头："可以。"

既然一个号打上韩服第一了，钟晨鸣又找了个号打，一个号打几局，反正过不了几天就要被封号，他先把备用号准备好。

这几天，Master先是为钟晨鸣不去他家烦恼了一阵，骚扰了钟晨鸣几个小时，最后被钟晨鸣一顿饭安抚好了，然后开开心心跟钟晨鸣双排。

钟晨鸣既然打小号，那就意味着可以双排了！

第一把双排结束，钟晨鸣突然就松了一口气。跟Master一起打游戏，真的让他很省心，特别是跟阿面双排对比起来，那真是一个天上一个地下。平时阿面还好，但阿面要是坑起来，他带都带不动，还要全程指挥着阿面打。

跟 Master 双排，他几乎不用说话，就算说话也基本是在吐槽对面或者自己队友，队友太菜或者队友太厉害太奇葩，气氛很是欢乐，什么反野布眼，该上哪儿抓也根本不用他担心。

钟晨鸣突然觉得，他这玩的才是游戏啊！

跟 Master 双排了几天，正式队终于放假结束，回来了。留了两天给休息了快一个月的队员们调整状态，又安排他们打了两天的训练赛找感觉，教练组这才安排钟晨鸣上场。

第一次跟正式队一起打训练赛这天，教练就通知了一下正式队员有新中单，其他的也没提，等看到钟晨鸣的 ID 进入房间的时候，疯子立刻大叫了一声。其他几个队友都看向疯子，疯子也不说什么，表情却是十分喜感，像是看到了什么意料之外又十分酸爽的事情一般。

钟晨鸣不跟他们一个房间，他们打训练赛还是用语音交流，听到开麦问候的声音，疯子"扑哧"一声，直接笑了。

"你干吗？"LTG 的 ADC 大力看着他，觉得这人怕是有点毛病，他俩合作了一个赛季，他还是摸不透自己辅助的想法。

"没事没事。"疯子眼泪都快笑出来了，还一个劲说没事，他闭了麦，钟晨鸣听不见，但他们一个训练室的肯定能听见，大力也懒得理他，反正自己这个辅助，疯着疯着就好了。

"听说我们中单是韩服第一。"大力说道，他也没开麦，"是不是要照顾一下？"

"你们正常打。"说话的是教练，"可能他的实力也没想象的那么厉害。"

这次跟他们打训练赛的是一个次级联赛的战队，比他们实力差了一点，但两队挺熟的了，也没多说废话，很快就开了。

选择英雄界面，大家都照顾了一下新中单的想法："你让先拿还是后拿英雄？"

钟晨鸣这个倒是无所谓的，他英雄池深："你们先拿，给上单留 counter 位，我看情况选就是。"

counter 位就是针对位，一般指第五个选择英雄的位置，第五个选择英雄的可以很好地根据对面选的英雄来调整，拿出针对性英雄来，所以称为

counter 位。

"很有自信嘛兄弟。"上单丝毫不客气地收下了这个 counter 位,"那你们先选。"

对面也没有先手亮中单,等 ADC 跟辅助打野都拿了,轮到钟晨鸣,他思考了一下,拿了这个版本比较稳妥的英雄,辛德拉。

对面看到辛德拉,也没什么特别的表示,拿了个飞机出来,这一把,中路就是飞机打辛德拉。

刚开局,他们这边的打野就二级抓下,抓死了对面辅助,然后又走向野区,一边刷野一边看他们这个新中单对线。

钟晨鸣拿着辛德拉,在飞机面前一点都不怵,对线的时候打得很主动,在线上对飞机形成了压制局面。

"中路好杀吗?"看到换血,飞机血线十分不健康,打野就问了句。

"杀不了。"钟晨鸣说了一句,清完线选择了回城,对面飞机也回城,两人双双传送上线。

"稳得不行。"打野这么评价一句,路过他中路,去了上半野区。

钟晨鸣一边对线还一边观察了一下局势,上路五五开,对面打野还没露头,而下路前期就有了击杀优势,线上也打得顺风顺水的。

但打得顺,不代表能击杀对面,疯子几次都找不到机会,十分不耐烦,开始指挥:"来搞中路。"

说搞中路就搞中路,绝不含糊,疯子直奔中路而来,打野刷完 BUFF 也往中路走。

这次钟晨鸣没再说什么,疯子跟他打过一段时间双排,两人的节奏还是能搭上,至少很容易交流。

如果不是疯子确实玩得好,钟晨鸣也不会来 LTG,他是从疯子身上看到了这个战队的希望。

搞死了对面中单,钟晨鸣以为疯子还会在外面玩一会儿,比如去对面野区带带节奏,或者去搞上路,毕竟以前疯子的风格就是这样的。

但这次,疯子抓完中路,在河道做了一个视野,优哉游哉地往下路走,但耳机里,却跟游戏里完全是两个画风。

语音里，疯子说话没停过，一直在分析局势，现在他一边往下路走，一边说着："对面打野会去上，上单你打凶点争取压线，打野赶紧过去反蹲，ADC控线，河道中路草丛有眼……"

这时候打野打断他："在哪个草丛？"

疯子语气一顿，回答了他的问题："不知道，我过去的时候他提前往上路的方向走，眼位应该是在中路到河道草丛之间，按照免费眼的刷新速度，消失时间应该在20秒之后……中单他刚才什么时候去做的眼？"

"不是他做的，打野做的。"钟晨鸣答道，"他一直在跟我对线，只在上边的河道草丛做了眼。"

打野也是个打了不少比赛的职业选手了，也有一定经验，刚才过来抓中单的时候，就是绕过了草丛视野，从对面野区出来，听他们这么一分析，点了点头："我知道了，会注意什么时候来抓。"

疯子又问了一句："你打不打得过对面打野？"

打野道："打不过，英雄问题。"

疯子没再说什么，他已经走到了下路，开始跟ADC大力交流起来："我回来了，可以推线。"

大力听话照做，疯子也跟他一起推线，推线的时候还在吐槽："你注意蓝量，对面打不过，打凶点，打野不在，过来，不要尿，我帮你补后排兵。"

钟晨鸣打着比赛，简直有点怀疑这个疯子不是他认识的那个疯子。

之前跟疯子双排，疯子的风格十分激进，有一点机会就要打，抓到破绽就一定要杀，而且因为他的存在，他可以把对面的破绽无限扩大，有时候并不知道自己干了什么，却慢慢地就输了。

疯子的话也不是很多，虽然他看起来很活泼，一开始跟他双排的时候话确实挺多的，但两人多打了两把，算是熟悉起来之后，疯子就变成了只说必要的话。

这样稳健如钢板又絮絮叨叨跟老妈子一样的疯子，还是他第一次见到。

之前疯子就算话多的时候，也不会事无巨细地安排队友做什么，而且他发现其实LTG队员之间的感情并不怎么好，如果感情好的话，打游戏的时候会直接叫名字，叫位置就显得十分见外了。

在疯子跟幼儿园老师一般仔细耐心的安排下，这把训练赛打得很顺利，前期的节奏不错,中期没有崩,钟晨鸣的辛德拉抓到机会秒了对面C位,然后强行团灭对面,对面在公屏上打出"GG",退出游戏。

钟晨鸣他们也退了出来,几个人也开始说上一把比赛的事儿,上单最先夸奖钟晨鸣:"大兄弟不错啊,线上压制,又在辅助的保护下单杀了ADC,可以的可以的。"

"对面估计没进入状态。"钟晨鸣这样说着,跟他们进入了下一把。

这一把就打得不怎么顺利了,对面开始无限针对中路,几个人轮流来中路,有一种"我就是要把你抓崩"的感觉。

对面太照顾中路,搞得钟晨鸣只能抗压发育,一开始只有一个打野来抓钟晨鸣,钟晨鸣还能轻松逃生,后来又叫上了辅助,这次钟晨鸣不得不交闪现,再下次,看到钟晨鸣没闪现,就带上了上单,终于把钟晨鸣给抓死了。

而他们这边的打野上单则是姗姗来迟,至于辅助疯子,他也晚了一步,因为在路上碰到了对面的ADC。

这次钟晨鸣死了,疯子没有说话,耳机里有片刻的寂静,随后才传出疯子不算柔和,但听起来莫名有耐心的声音:"放弃中路。"

"嗯?"打野一脸的莫名其妙,发出疑问,显然没懂疯子要做什么,连钟晨鸣都不太懂。

但钟晨鸣不是那种说被放弃,就会指着指挥鼻子骂为什么的人,他知道疯子不是傻子,这样做肯定有原因的。

"等上单有大,他们应该还会抓中路,20分钟34秒的时候,打野你来下,我们强拆下塔,中路你自己想办法,上单去帮他守塔。"

"我有传送。"上单立刻应道。

"如果他们没有抓中呢?"打野问了句,抓不抓,这真的不一定。

"那中单就给机会让他们抓。"疯子说着,"给机会还不来,他们应该是想动龙,ADC控线。"

大力没有说话,默默控线。

"你怎么什么都知道?"钟晨鸣虽然一直被抓,但他表现得还是很轻松,不就是被针对吗?他经历得也不少了,他提出假设,"万一他们是要去抓你们?"

"打得多了,能猜到他们的策略。"疯子提了一句,又开始了新一轮的吐槽。

这次疯子虽然猜到了一些,但没有猜到全部,对面没有动龙,也没有抓中,在二十分钟还没到的时候,下路换线去了上路,让ADC压线推上塔。短手上单在ADC跟辅助面前会十分难受,基本上ADC要强行点塔他就只有看着,要是没有队友来帮忙守,很快就能把塔推掉。

看到对面拿出了不一样的策略,疯子的语气突然变得感兴趣起来:"可以,放了个假回来他们套路都变了,直接换塔,中单你去上路帮忙守塔。"

"我直接传送过去。"钟晨鸣说着,直接点了小兵传送,又补了一句,"对面中单没有传送。"

之前对面中单被钟晨鸣打残,不得不回家补充状态,为了不亏兵线,又是传送上的线,钟晨鸣算计着对面的传送时间,知道对面还没好。

他们打野在下,对面下路组合跟打野都在上路,现在在下路的是对面的上单,人员构造是一样的,所以就可以互相比推塔速度。这次是他们推塔比较快,对面中单没有来下路,而是去了上路,硬生生地要推他们上塔,钟晨鸣跟上单守不住四人强推,只得放塔,最后竟然是对面推塔快了一步。

推完塔,疯子指挥去拿小龙,对面卡着点去拿了峡谷先锋。

有了峡谷先锋,对面就有了推塔的主动权,过了几分钟,峡谷先锋的大身躯出现在中路,翅膀抖了抖,猛然一冲,一头撞掉了被消耗得残血的中路一塔,又开始往中路二塔走去。二塔就没有给它机会再撞一头了,钟晨鸣守住了兵线,在峡谷先锋和小兵搏斗的时候打死了它。

疯子没有管钟晨鸣的中路,而是开始指挥ADC大力:"下路兵线去收,不要过河。"

大力冷冷淡淡道:"哦,知道了,给我做个眼。"

疯子本来往中路走,听到他这么说,又回到了下路,在河道帮他做了眼。

这次他们成了劣势局,钟晨鸣跟着疯子的指挥在走,打了两把,他也听出了疯子指挥里面的问题。疯子太自信了,比赛经验又不足,有些决断上稍显青涩,没有考虑周全,但总体上来说,已经是一个在联赛里面实力不错的辅助。

而且队友拖累了疯子，钟晨鸣能看出来，疯子在事无巨细安排一把比赛应该怎么打的时候，对局势的分析就会出现失误，从大局指挥跳到个人的指挥，疯子会转换不过来。

钟晨鸣看出来了，也没有多说什么，更没有插嘴疯子的指挥。一个队伍并不需要两个指挥，除非在两个指挥分工明确的情况下，现在他跟疯子并没有进行过沟通，所以不会轻易说话，何况，指挥是真的会让人在对线与打团的时候分心。

这一把打得有些艰难，双方你来我往，谁也没有打出 GG，最后还是 LTG 这边技高一筹，推平了对面基地，打完出去，ADC 感叹了一句："好难。"

上单也道："对面有进步。"

他们聊了起来，钟晨鸣没插话，他没有急着从比赛后的数据界面里退出来，一边听他们说着，一边点开了伤害统计。钟晨鸣的伤害直接碾压，就连他们自己这边，所有人打的伤害加起来，才只有他一个人多。这一把是大后期，理应不该如此才对，这个版本，从中期开始，就是 ADC 的天下。

钟晨鸣关掉了数据界面，突然为疯子和那个素未谋面的韩援感到心累。

训练赛没打多久，到了吃饭的时候就结束了。LTG 是食堂模式，钟晨鸣有时候跟信号一起过去吃，有时候一把打得太久，也会一个人去。

今天他就是一个人去的，刚刚打完饭菜坐下，他旁边就坐了一个人，是个戴着眼镜，穿着格子衬衫，看起来斯斯文文的男生。

钟晨鸣认识他，比赛上见过，是疯子。

疯子端着餐盘，一坐下来就笑了："你还真来了。"

钟晨鸣也笑了："不是你让我来的？"

"说真的，"疯子道，"我没想到你一个韩服第一会来我们战队，我确实想跟你做队友，因为我跟你做队友能赢，但是这里不行。"

"我也准备走了。"钟晨鸣说着，看向疯子，"你这样说都不怕队里给你小鞋穿吗？"

"我有什么好怕的？"疯子说得十分有底气，"我都打算走了，你签约了吗，没签约跟我一起走。"

"战队会放你走？"钟晨鸣声音放轻了点，"你别跟其他战队私下接触，当心出事儿。"

疯子无论在训练赛的表现还是在夏季赛的表现都很亮眼,LTG放他走去哪儿找个这种水平的辅助来?

疯子无所谓道:"我来的时候可是签的六个月,马上就到期了,我会怕?"

钟晨鸣第一次听说这种操作:"还有六个月的合约?"

疯子:"对于别人来说没有,对于我来说,有。"

钟晨鸣有些诧异,毕竟六个月合约这种事太少了,一般都是一年一签,能签六个月,可能是有什么不好说的内幕,这种事当事人不提,别人还是不要细问的好。

钟晨鸣也就换了一个事情问:"你怎么打算走了?夏季赛不是打得挺好的?"

而且LTG看起来也十分需要疯子,如果疯子走了,LTG可能又要重回末流队伍。

"是挺好的。"这个时候疯子才注意了一下自己的言语,声音都放轻了些,他想了一想,又低头吃了几口菜,还是没有继续说。

钟晨鸣不打算问,没想到这个时候疯子突然抬起头来,神秘兮兮地说:"我的目标是世界冠军。"

说完,他还露出了一个"你懂的"的笑意。

"那你为什么一开始会选择LTG?"如果目标是世界冠军,钟晨鸣这就有点不懂了,LTG很明显没有打进世界决赛的资格,虽然这次LTG进了季后赛,但是在前两轮就被刷了下来,算是一个季后赛的观光旅游队。

疯子低头想了想,说得含混其词:"春季赛的时候我就想打职业吧,不过当时有点事,只有LTG答应了我可以一边过来跟着训练一边处理自己的事情,所以我就来了。"

吃了口饭,疯子又道:"当时也没想太多,就想看看自己在比赛上是个什么实力吧,没想到还可以……说实话,每一把比赛我都很累,这次训练赛还好,跟你沟通无碍,我跟……晚上去吃烧烤吧。"

"嗯?"这个神转折钟晨鸣一时没反应过来。

"我吃饱了,回去打游戏,晚上吃烧烤吗?"疯子又问了一遍。

钟晨鸣先掂量了一下自己还有多少钱,这才点头道:"行。"

晚上没有训练赛,倒是教练来问过钟晨鸣的训练情况,语气很是和善,钟晨鸣没想太多,随意答了,他已经不太想待在这里,也不会去注意教练对他的想法。

之前他还想着,这个战队的情况如果可以,大家都积极向上,就算队友有点菜,他也会留下来。

看 LTG 的比赛的时候,他觉得这个队伍虽然水平参差不齐,但就算不出彩,也不会菜到莫名其妙的地步,属于稳健型。

现在他才懂了,这个稳健,是建立在疯子事无巨细的安排上的,他甚至觉得找一群有操作的钻石选手来打,被疯子这样指挥,也能打成这样。

不过钟晨鸣也有收获,打完今天下午的训练赛,他是真的对疯子这个人刮目相看。之前他觉得这个人就是节奏狂魔,喜欢冲锋陷阵,自己乱玩,但是这个人的乱玩,跟别人的乱玩却有不同——这个人的乱玩,是在既定的框架里面寻找改进之法,而不是急于去打破这个框架,玩一些队友跟不上的套路。

现在钟晨鸣觉得,他可以给疯子送上两个字:厉害。

他还从来没有见到过一个人可以这样指挥,就跟带奶娃娃一样,结果还把奶娃娃给带起来了,如果能给疯子一个平台,或许对方真的可以有一番不一样的作为。

晚上看时间差不多,钟晨鸣跟疯子说了一声,两人出去吃烧烤。

这次钟晨鸣跟疯子交换了联系方法,而不用苦兮兮地等他小号上线。

疯子到了地方,大马金刀往凳子上一坐,原本斯斯文文的模样愣是被他坐出了霸气来,他一手撑着膝盖一手直接在菜单上点了几下:"就这些,上吧,不用问他了。"

钟晨鸣不解。

"他们这儿也只能吃这个,其他的别想了。"疯子很熟稔地给钟晨鸣倒了杯茶,又给自己倒了杯,这才说正事儿,"你为什么要来 LTG?"

这下他又换了个表情跟语气,显得正儿八经的,像个正经人一样。

"只跟你打过,我以为还可以。"钟晨鸣说。

疯子摇了摇头,叹气道:"你还是太年轻了,跟我去 NGG 吧,等合约一结束,我就去 NGG。"

钟晨鸣手指微微一抖,看向疯子:"你联系好了?"

疯子坦然道:"没有啊。我合约还没结束,怎么会去私底下联系别的战队,我又不傻。"

确实,有些合约里面都明确写着,选手不允许私下联系转会的事,知道了可能有各种后果。

"那你怎么说得像是明天就去 NGG 了一样?"钟晨鸣笑着问他。

"我掐指一算,Miracle 肯定明年就退役。"疯子说得很自信,好像他从哪里得来了内部消息一般。

"你怎么知道?"钟晨鸣露出了感兴趣的表情。

"Miracle 都打多少年了你看,连锐气都被打没了,现在就只会稳健稳健稳健,今年他打完,明年也到了退役的时候了,机会是留给新人的。"疯子说着,"我跟独孤那个小孩也排到过,独孤那种充满杀意的打法,怎么能让 Miracle 去辅助呢,他缺一个凶狠的辅助,嘿嘿,比如我。"

钟晨鸣:"小孩?你多大?"

疯子强行忽略掉他的问题,又自顾自说了下去:"Miracle 退役了 NGG 肯定需要辅助啊,你看我又有了成绩,还正好没有合约,配合独孤那种凶狠的打法一点问题都没有,最关键的是,我便宜啊。"

钟晨鸣:"……"

"我是 NGG 最好的选择。"在疯子的长篇大论中,烧烤也上来了,疯子大口吃了两口烧烤,看着钟晨鸣,"怎么样?跟我去 NGG 做替补吧。"

钟晨鸣笑了:"Miracle 不会退役。"

疯子不明所以地看着他。

钟晨鸣也没说为什么,就道:"你的打算很好,但你为什么觉得 Miracle 跟独孤的下路有问题?"

疯子摘下眼镜,钟晨鸣以为他要说什么,结果他什么都没说,低头继续吃烧烤。

过了两分钟,疯子才有了回答:"你猜。"

钟晨鸣反应了一会儿才知道他在回答自己之前的问题,无奈道:"你这是强行觉得自己适合独孤吧。"

疯子叹了口气:"如果小凯不是大学生该有多好。"

这次钟晨鸣跟上了疯子思维跳跃的节奏,疯子并不是觉得他就一定适合独孤,但NGG是他现在最想去的队伍,不管适不适合,他都要强行去。

估计疯子前段时间跟小凯双排出感情来了,他应该是想小凯能来LTG,或者小凯跟他去另外的队伍。

疯子接着又道:"如果他跟你一样是个无业游民小混混,那我怎么也拉他来打职业。"

钟晨鸣觉得自己膝盖中了一箭。

"可惜了可惜了,未来的神级AD就要埋没在拉普拉斯跟傅里叶里面了,唉!"疯子感叹着,吃了两口烧烤,好像食不知味一般,从老牛吃草变成了猫嚼碎肉。

钟晨鸣这下习惯了疯子的满嘴跑火车,天上地下地吹。感叹完,疯子终于说了人话:"你去NGG吗?"

"去了也只能去青训,算了。"钟晨鸣道。

"你其实很想去NGG吧。"疯子接着说。

钟晨鸣低头吃东西,摇头。

疯子却不依不饶:"我说NGG的时候你眼睛都亮了,不如跟我去试一试?"

"鸡翅你不吃我吃了。"

"一人一个,平分,"疯子先把自己的鸡翅夹走了,"你实力有的,咋这么不自信,而且说不定NGG的二队这次就进LPL了,多好,青训也可以。"

两个人胡扯了一晚上,基本就是钟晨鸣听疯子满嘴跑火车,说自己的雄心壮志,钟晨鸣也没打扰他。等他吹完,钟晨鸣都有了一种坐在他对面的这个人已经走上人生巅峰,拿到了世界冠军的错觉。

等疯子胡吹完,两个人也吃完了烧烤,疯子主动去付了钱,并且说这是他必须要请的,毕竟是他把钟晨鸣诓来了LTG,必须请,钟晨鸣也没有跟他抢。

走出烧烤店的时候,疯子问:"打算好跟我去NGG了吗?"

钟晨鸣道:"再说吧。"

疯子没有再强求，就是有点失落："想到以后要在赛场上遇到你，我就觉得有点头痛。"

不过他刚说完，脸上就露出一个笑来，又换了一个开心点的语气："不过如果不能打败你，那我又怎么能走上世界第一的道路，加油。"

钟晨鸣也笑着点了点头："加油。"

回到宿舍，钟晨鸣在床上躺了一会儿，睡不着，爬起来拿出手机看了看战队排行。

LPL 战队，排第一的依旧是 NGG，第二是 BNO，第三是 UNG，第四 MW。

前三队也是这次出战世界赛的战队，MW 以一分之差惨遭淘汰。

BNO 也邀请过他，此刻看到这个名字，钟晨鸣反思了一下，会不会是自己太冒进了？如果真的在青训磨炼一下，也不是并无可能，只要他表现得好……

钟晨鸣点了下 BNO，去看他们的战绩，还没加载出来，手机上弹出了企鹅号消息，是可可找他。

可可说后天是原子生日，希望钟晨鸣能录几句话，或者录个小视频祝福一下，并且对原子保密最好，因为他们准备给原子一个惊喜。

钟晨鸣觉得录祝福的话或者视频什么的，有点太羞耻了，而且也没什么实际作用。想了片刻，钟晨鸣回复可可：【我送他点东西吧，你们直接给他就好。】

可可直接回答：【好呀。】

钟晨鸣从床上爬起来，去训练室。

大半夜到了训练室，钟晨鸣才发现这个时候的上海穿 T 恤晚上还是有些冷，要去买衣服了。

不知道九块九能不能买到一件外套。

信号看到他过来，好奇道："你今天不睡了？"

钟晨鸣边开电脑边说："弄点东西。"

他综合这几个版本游戏的改变，针对原子个人，写了一篇数据报告以及训练方向，也写了自己对于中单的理解以及经验总结，写了半晚上还没写完，越写还越冷，他去卧室抱了床毯子出来继续写，又写了一会儿，实在是熬不住才去睡了，第二天一早起来继续写。

他除了战队规定的训练时间都在写这个东西，等到原子生日那天早上，才发到了可可邮箱里。

可可这个时候还没起床，等到中午，钟晨鸣才收到可可的回复，不过这个时候换成钟晨鸣还没起床了，他熬夜写完实在是扛不住，睡着了。花了这么长时间来写并不是因为他写得很多，而是因为有些东西需要综合比赛视频什么的来写，他会去看比赛然后总结经验写进去，有些记得不清楚的，还要去翻古早视频。

原子算是他手把手教的，原子还有哪些不足他很清楚，所以针对性也很强，需要寻找的素材也比较多，这些才是真正耗费时间的地方。

钟晨鸣下午爬起床训练，还看了看手机，就看到可可发了一个惊讶的表情，然后用整整一页的感叹号表达了自己的震惊以及感谢之情。

将感叹号拉倒最下面，可可还写了一条消息：【原子一定会很感动！】

钟晨鸣笑了笑，问可可原子什么反应。

可可回复得很快：【原子出门了，我们先给他准备一下。】

说完，可可用手机拍了一圈训练室。训练室里面放着一个蛋糕，原子的位置上堆满了礼物，钟晨鸣看到了《英雄联盟》里面的小萌物"魄罗"的毛绒玩具，还看到了手办盒子，以及一堆小吃零食，钟晨鸣忍不住笑了。

钟晨鸣：【你们也是可以的。】

可可大概是忙不过来，这次发的语音，语气也笑嘻嘻的："等原子回来了我拍视频给你看，他肯定很惊讶！"

钟晨鸣又跟可可说了两句，就继续去准备今天的训练，他还没有从LTG离开，所以训练还是要继续，他的试训也没有到时间。今天倒是没有安排他的训练赛，主队约了某个强队，这次钟晨鸣没有上。

到了晚上吃饭的时候，疯子兴高采烈地走到钟晨鸣身边，坐下来说道："哇，跟NGG打了训练赛，爽！"

钟晨鸣看着疯子，疯子看起来简直是满面荣光："跟NGG交手也很多次了，今天终于把他们吊起来打，解气解气。"

钟晨鸣："NGG不是要打世界赛？"

"哦。"疯子笑容僵了一下，"他们青训。"

钟晨鸣："……"

"挺强的。"疯子还想挽回一下面子，"真的，信我，但是他们中单没有你强，我觉得他们需要你去当中单。"

信号这次跟钟晨鸣一起来吃饭的，听到这位都开始把青训队员往外推了，立刻干咳两声："咳咳，我觉得18在我们队挺好的。"

疯子看了信号一眼，完全没有在意这个人的存在，跟钟晨鸣自顾自说着："不过他们辅助挺强的，跟我有得一拼，但是我觉得他不应该玩辅助，明明其他位置更出色……"

钟晨鸣听他吹了一会儿，拿出手机来看了看，算着时间，可可应该给他发消息了才对。

对于钟晨鸣听他说话开小差这件事，疯子没有任何不满，并且还问了句："你女朋友给你发消息了？"

"不是。"钟晨鸣随口应着，"是一个朋友。"

结果下一秒，疯子看了一眼自己的手机，沉默两秒钟，开始打电话，第一句话就是："喂，宝贝我在吃饭，刚没注意手机……"

信号看了这两人一眼，默默将餐盘往远离两个人的位置挪了挪，两个人生赢家，惹不起惹不起。

可可还真发消息过来了，他之前把手机调了静音，没有看到，可可发过来的是一段小视频，录的原子刚刚进门时候的情况。

原子刚从外面回来，屋里面都是黑的，可可的手机也没录到原子的表情，倒是录到了原子的声音，原子在门口站了一下，疑惑地喊了一声："Boom？BUG？"

这个时候可可突然把灯打开，露出桌上的蛋糕跟礼物，并且大家一起大喊："生日快乐！"

疯子几句话就哄完了女朋友，此刻凑过来看，嗤之以鼻："好老土的庆生方式。"

原子看起来十分惊讶，惊讶中还带着一些说不清道不明的情绪，眉头微微皱着，最后竟然流下了眼泪。可可立刻问原子怎么了，原子擦着眼泪，摇头道："没事，谢谢，谢谢。"

"这就感动哭了？这哥们胜利承受能力不行啊。"疯子又评价道。

"吃你的饭。"钟晨鸣将他凑过来的头推开。

视频到这里也结束了，接下来又是几个视频，切蛋糕的，拆礼物的。

看到钟晨鸣送的礼物，原子沉默了许久，默默收了起来，没有说话。

从几个视频来看，原子虽然感动，但好像兴致不高，过个生日过得都心不在焉的。

钟晨鸣切到聊天界面，原子没有找他，或许是大家给他准备的生日还没过完吧。

晚上钟晨鸣继续打 RANK 进行训练，今天晚上他也变得心不在焉的，训练完，又一次躺在床上发呆。

NGG？ BNO？ MW？

钟晨鸣闭上眼睛，拒绝思考。

倒是 Master 发消息过来了：【你今天晚上有点奇怪啊，还在 LTG？不打算走了？】

虽然没有振动，钟晨鸣感觉到手机亮了，他拿来看了一眼，回 Master：【还没想好去哪儿？】

Master 想也没想，回复得飞快：【来 MW。】

钟晨鸣：【我过来能少还点钱吗？】

Master：【不能。】

钟晨鸣：【一点诚意都没有。】

Master：【你可以不还。】

钟晨鸣：【我开玩笑的……】

Master：【我知道，不然我会这么说？】

钟晨鸣：【……】

Master：【去 UNG 吧，他们中单应该快退役了，要么今年，要么明年，我之前听他说过，他身体不好，已经有了这个打算。】

UNG……吗？

钟晨鸣想了片刻，又道：【你知道哪里租房便宜吗？】

Master：【？】

钟晨鸣：【算了，没事。】

其实他想干脆打半年直播，把 Master 的钱还上再说，继续这样下去不知道什么时候才能还钱，但 Master 要是听他这样说，肯定得翻脸。

而且光租房子还不够，他还得配台可以直播的电脑，上海的租金……还是算了吧。

【你要是想找住的地方，我家倒是有多的房子。】Master 过了一会儿发过来，【我妈说要租出去，不知道她怎么弄的，现在还没人去住，我刚问了下，空着的，你可以去住，就是有点偏，快到乡下了。】

【没关系，房租多少？】钟晨鸣跟 Master 商量着，【一月一付可以？】

Master：【你不付都可以。】

钟晨鸣：【别了吧。】

Master：【跟我有必要计较这些？你的卡都在我这里。】

钟晨鸣退让了：【好吧。】

关上手机，钟晨鸣重新闭上眼睛，看来他真得先打几个月直播还钱了。

第二天起来，钟晨鸣拿手机看了眼时间，却看到基本没啥动静的 TD 战队群里面有几条消息。

消息有两条，分别是原子跟豆汁发的，他俩的消息内容一模一样：【对不起。】

钟晨鸣立刻从床上坐了起来。

第十章
折戟

钟晨鸣发了个"？"出去，这两人怎么莫名其妙来了这么一出？

然而没有人回应他，等他去洗脸刷牙完毕，再次看手机，发现回应他的是两条系统消息。

【原子退出了该群。】

【豆汁退出了该群。】

钟晨鸣大概猜到TD那边发生了什么事，他给原子打了个电话，原子没接，再次打过去，手机关机。

给可可发了条消息，钟晨鸣将手机放到了一边，去训练室打他的排位。

这不是他能管的，如果可可都留不住，他就更加留不住。

他今天还要打最后一次训练赛，然后跟教练谈签约的事情。

半上午的时候，TD群里面炸开了锅，可可应该是没在战队，在群里面问怎么一回事儿。

之前在TD战队里面，钟晨鸣是起得最早的，随后是可可，其他人都要睡到中午或者下午才起得来，这次问他们，结果没人回答。

可可也没回钟晨鸣的消息，在群里面消失了二十分钟，随后才给钟晨鸣发来一条消息：【我过去战队。没事，你好好训练。】

钟晨鸣一开始接触到这姑娘的时候，就发现她眉头总是皱着，开心不起来，心里像是装了很多事儿，在TD通过LDL海选的时候，她才真正高兴了一回，后来见她笑的次数也越来越多。

这次……钟晨鸣打开排位，在心里摇头，可惜了。

原子是TD的队长，豆汁是他们的核心，他们俩走了，小凯又是一个学生，真的是可惜了。

说起来可可虽然算是个有钱人,但在电竞这条路上,她总是接连碰壁。

一开始空有一腔热血,跑去女队撞了个头破血流,回来想自己建个战队,战队也起了个好头,结果没过多久就开始衰落,队员一声不吭地离开。

然后是钟晨鸣的加入让战队重新有了希望,却偏偏在他们拿下LDL地区晋级赛第一,准备去打电商赛的时候,队伍核心离开了。

这对TD来说可以算是致命打击,钟晨鸣觉得,恐怕TD就要这么散了。

此时,他只能希望可可还能保持着一颗追逐梦想的心。

钟晨鸣关注了几个战队的微博,下午的时候,DSK战队发了一条微博:【欢迎我们的新成员,中单Atom,辅助Linn。】

配图是原子跟豆汁的照片。

豆汁去了DSK,不是打野,重回了他辅助的位置。

Boom将这条微博截图发在了群里面,配上了他最真诚的问候:【这两人以后就别让我看到,看到我非废了他们不可!】

可可:【闭嘴。】

Boom:【我说错了吗?这两人你还护着?我现在就想去上海堵门!】

可可:【你知道DSK大门往哪边开?】

钟晨鸣看这样的发展有点不对,也打字劝道:【冷静一点,你们现在想的是找新队友,不然电商赛怎么打?】

Boom:【哦。】

Boom:【你就是站着说话不腰痛,"准职业选手"。】

Boom:【上哪儿找人去?!】

Boom:【一群傻子。】

【Boom退出了该群。】

钟晨鸣:【???】

可可:【没事,你别往心里去,他就是这样。你好好训练,别担心我们,我会处理。】

随后群里又是半天没有消息,Boom也没有回来,倒是小凯找了钟晨鸣。

小凯:【基地被砸了。】

小凯:【可可砸的。】

小凯：【Boom 走了。】

小凯：【我继续去做实验了。】

钟晨鸣：【嗯，好好学习。】

小凯：【有点失望。】

钟晨鸣：【？】

小凯却没有继续回他，估计真的一头栽进了实验室里面。

TD 出事，钟晨鸣不光在关注着那边的情况，他还在打着 LTG 的训练赛。

今天的训练赛和往常一样，也是钟晨鸣一个人打伤害，疯子如幼儿园老师一般仔仔细细地指挥，打完了，两人都是身心俱疲。

打完训练赛，教练也来找钟晨鸣谈了谈，问他对自己的定位。

钟晨鸣老实说了，说自己想做一个 carry 型中单，希望队友能跟上他的节奏。

听到钟晨鸣这么说，教练表情都变了一下，看着钟晨鸣："你认真的？"

钟晨鸣露出笑意，点了点头："认真的。"

教练明白了他的意思，叹了口气："我让夏天跟你说吧。"

钟晨鸣道："不用了，这个决定我自己还是可以做的，帮我谢谢夏天。"

教练看他这么好说话，决定再挽留一下："其实大家都还有进步空间……"

钟晨鸣笑着看教练，也不说话。

教练不继续说了，转而放低声音道："或许明年换人了呢？"

钟晨鸣问他："真的吗？"

"好吧，其实我也不知道。"教练无可奈何，他也想换人，但这件事不是他能决定的。

钟晨鸣说："这种不确定的事还是算了吧。"

教练很通情达理："那祝你顺利找到战队。"

跟夏天通知了一声，钟晨鸣并没有得到夏天太多挽留，夏天应该知道 LTG 留不住他，只是简单地说了句："有缘再会。"

从 LTG 离开，钟晨鸣提着没装几件衣服的包，还有自己的鼠标键盘，慢慢往车站走去，一边走一边想着自己还不知道该怎么走的未来。

走到大门口,钟晨鸣回头看了眼 LTG 的标志,有些微的失落。

他来到这里,本来以为这里可以是他梦重新开始的地方,却没想到现实与理想的差距如此巨大。

他转过头,突然看到大门口停着辆车,这车还有点眼熟。

Master 在车里面向他招了招手,示意他上车。

钟晨鸣看着驾驶室正襟危坐,脸上没什么表情的 Master,笑了。

Master 一路将钟晨鸣送去了自己家的那个房子。如 Master 所说,确实很偏,这边去地铁站都还要坐好几站车,不过钟晨鸣一眼就看到了熟悉的网吧,立刻接受了这个地方。

只要有地方能玩 LOL,其他都不是问题。

Master 跟钟晨鸣去买了日常用品,把钥匙交给钟晨鸣,也没多说,就道:"我回基地了。"

钟晨鸣看了眼时间,都快晚上十点了,于是问道:"这么晚了你还回去?"

Master 看了他一眼:"那我明天回去。"

这里其实是两室一厅,但只收拾了一张床出来,恐怕还是钟晨鸣说要过来住临时收拾的。

十月的上海气温还不是很低,盖条毯子就能过,虽然是张单人床,但两个人挤挤还是挤得下的。

刚躺到床上,Master 突然问他:"你小组赛看了吗?"

钟晨鸣道:"没有,今天有小组赛?我都没注意。"

Master 拿出手机:"你睡得着吗?睡不着一起看?"

钟晨鸣这几天睡得都挺晚,想得又多,已经属于日常失眠。

今天是世界赛的小组赛,钟晨鸣本来打算看来着,但是 TD 的事和 LTG 的事压着,他还真没顾得上,这个时候倒是闲下来了,可以跟 Master 一起看比赛。两个人靠在床上,今天是 NGG 那一组的比赛,几乎是毫无悬念,NGG 一路碾压,没什么波折地就拿了个 3:0。

这太顺利了,钟晨鸣看得都打了几个哈欠,看到第三把 NGG 大优势,困得不行,直接睡着了。

Master 拿着手机，看钟晨鸣侧头睡去，将手机音量关了，把毯子拉上来给钟晨鸣盖上，自己看完了整场比赛，这才睡去。

将就了一晚上，第二天一大早 Master 就离开了，他还要回战队训练，这里距离他战队还挺远的，堵个车怕是要中午才能到了。

钟晨鸣是 Master 走了之后才醒的，他这几天没睡好，昨天晚上身边挤了个人，却睡得出奇的好，一觉睡到九点多。

从床上爬起来，钟晨鸣先是看了看战队的情况，再是研究电脑配置。

他算了算，现在手上就两千多，要想配台能直播的电脑，肯定不够。

该怎么办呢……

办法还没想出来，TD 战队的群又冒出来消息了，这次说话的是 BUG。

BUG：【可可，我家已经给我找好了工作，这次真的不行了。】

BUG：【对不起，我爸催了我很久，我知道自己其实不适合打职业，我太菜了，也没那个天赋，努力也没用，跟不上天赋选手，在战队这么久，谢谢你们带我打比赛，对不起。】

【BUG 退出了该群。】

钟晨鸣看着这行消息，没有切到其他界面，也没有打字说话。

BUG 对自己的认知还是很准确，他不是天赋型选手，或许是比普通玩家玩得好一点，但也仅仅是好一点而已。

电竞并不是一个我努力就可以的地方，这里的人，谁都是睁眼训练闭眼做梦复盘，在同等的努力下，拼的就是天赋，这真的是一碗从你出生开始，就确定了你能不能吃这碗饭的地方。

赛场上最不缺天才选手，多少职业选手踏进赛场的时候都被冠以"天才少年"之名，关键是天才还比大多数人都努力，所以庸人在这里或许能存在，但绝不可能做出一番成就来。

BUG 知道这点，在战队散队的时候，他觉得看不到希望，所以选择了离开。

钟晨鸣也看出来，BUG 的家里其实并不支持他打职业，恐怕之前还因此与家里闹得很不愉快，本来就在打职业与不打职业之间徘徊，这次的事，彻底将他推向了家人这边。

过了很久，可可发了一句话出来：【辛苦了。】

【群主已经将聊天群解散。】

这个群里面也只有了三个人,他、可可、小凯,其实解散跟不解散也没有什么区别。

钟晨鸣给可可去了条消息:【你打算怎么办?】

可可:【不知道,嫁人吧。】

钟晨鸣:【?】

可可:【我也老大不小了,什么都不会,就会打游戏,嫁个人当全职太太继续打游戏,没什么差别。】

钟晨鸣只觉得有钱人的想法他们穷人不懂。

钟晨鸣:【你真就这么放弃了?】

可可:【不,不甘心,等我嫁完人我还会回来。】

钟晨鸣这个时候才觉得自己其实跟可可有交流障碍,这让他怎么回?祝你嫁个有钱人?祝你幸福?

怎么回都不对吧!

好在可可自己接了下去:【好好打职业啊兄弟,我现在就把梦想放你身上了,等你拿到了世界第一,我就去跟我老公吹牛,说世界第一曾经是给我跑腿的,多牛啊。】

钟晨鸣突然觉得肩膀有点重。

可可又道:【好了,你训练去吧,有什么困难可以找我。】

钟晨鸣看得哭笑不得,其实他离开 LTG 的时候,疯子也这么说,有什么困难可以找他,可可已经是这两天第二次跟他说这句话的人了。

不过他好像真的有事可以找可可帮忙,想到可可现在的状态,他没说出口,他其实想问问可可战队的电脑可不可以送他一台,想到小凯说的可可砸基地的事,他还是没说。

安慰了可可两句,钟晨鸣拿好钥匙,带着鼠标去了网吧。

带键盘太过于显眼了,而且他对键盘的要求其实不高,只是对鼠标的要求比较高。虽然未来的打算还没做好,但训练却不能落下,他必须要保持着竞技状态,不允许现在的自己有所松懈。

可惜的是,他本来想打韩服,却发现网吧的电脑怎么调网络延迟都降不下去,只得选择上了国服的账号。

他选的这个网吧比较好，上号的时候也没有通告，有的网吧只要白金以上上线，就会全网吧通告"××区×××号机是来自××大区的白金/钻石/大师/王者大神，欢迎来到本网吧"，这只会让钟晨鸣感到尴尬，没有通告正合他意，他决定以后天天来这个网吧。

钟晨鸣认真思考了一下要不要用网吧的电脑直播，看了看电脑配置，他发现这个网吧不愧是开得最大的连锁网吧，虽然贵也有很多人来，这个电脑配置还真的能开直播。

但是在网吧直播，要是开麦就太吵了，直播总不能一句话不说吧？

钟晨鸣想了想，还是决定开直播试试。

他登录了自己直播平台的账号，又发了条微博，并且说明了特殊原因不能说话。

久未直播，直播间的人数涨得很慢，钟晨鸣也没想过会很快就有人来，将直播标题改成了"主播不能说话"，然后开了游戏。

他国服账号段位也挺高的了，王者700点，这还是他不常打的结果，上午排队也是慢得出奇，这就让他有了空闲去看屏幕上的弹幕。

这次就没有房管给他控场了，他重新开直播都没有给房管们通知一声，完全是突然想了起来。

弹幕上也刷得很欢：

【"过世"主播回来了？】

【诈尸？！】

【说好的打职业呢？又回来开直播是想圈钱？】

【之前不开摄像头就算了，停播一个月连麦都没了？】

【求求大家出点钱给过世主播买麦克风吧，我出一毛，不能再多了！】

【主播去了哪个战队？这是确定了战队所以开始直播了？】

虽然有喷子，但更多是吹牛询问的，还有关心的粉丝，钟晨鸣看着看着就笑了，他调出文档来打字：【想大家了，所以开下直播，至于去哪个战队，现在还没确定下来，确定了会告诉大家，谢谢关心。】

他话还没说完，又是一堆礼物刷了过来，"过世主播诈尸"，那肯定是要刷一堆礼物庆祝一下的，他以前人气也挺高，这些礼物算是对他这段时间直播的认可。

钟晨鸣又在文档里打了几个谢谢，加红标粗，这时候排进去了，钟晨鸣点了确认，自己的手机却响了起来，是电话。

那边是 Master，他直接问道："你在直播？"

"对，怎么？"钟晨鸣简单回答。

Master 沉默了片刻，又道："没，没什么，你继续直播。"

然后 Master 就挂了电话，钟晨鸣拿着手机一脸莫名其妙，最后只能归结于这个人有毛病，然后开始选英雄。

对于欠 Master 钱这件事他一直很在意，一开始他想的是在 LTG 做正式队员，工资也不错，他可以慢慢还钱，现在正式队员的事情没着落，青训队工资不高，没有收入来源，他就在想要不要先直播把钱还了再说。

国服，一个让国内玩家情绪复杂的地方。

这个地方，是让 Kiel 都害怕的一个服务器，世界各地无数的职业选手都在这里被打得头破血流，不知道如何上分。

这，是一个神奇的地方。

钟晨鸣在国服打得不多，账号是他用空闲时间随手打上去的，也没注意自己队友如何，最近倒是对国服的凶险没什么感受。

钟晨鸣跟往常一样，登录了国服账号，开始选英雄。

他排到的位置是中单，刚进去就有人说了：【5L 只会中，求中单。】

钟晨鸣看了一眼，这个人排到的是辅助。辅助钟晨鸣会玩，就把中单让给了他。最后选完英雄，钟晨鸣拿了个风女，5L 拿了个亚索中单。亚索虽然是个劝退英雄，但在一个说自己只会玩中单的人嘴里说出来，大家也都算是信了他不是"托儿索"（对玩得不好的亚索的笑称），应该是会玩的。

钟晨鸣不太会玩风女这样的软辅助，不过风女简单，这个版本又强势，在这几天的世界赛中表现优异，出个香炉死保 AD 就是。风女的一些小技巧，比如用 Q 技能或者 R 技能去打断别的英雄技能，他也是知道的，所以选了这个。

这是个下路风女打露露的版本，钟晨鸣开局按照常规套路，出了上古钱币。

钟晨鸣还是跟自己家的 AD 打字：【我辅助不是很会，悠着点。】

AD十分善解人意：【没事，我们发育。】

这句话刚刚从对话频道跳出来，一个系统提示音也响了起来："First blood！"

钟晨鸣抬头一看，亚索死了。

兵线刚刚上线，中单就死了。

上单打了个：【？】

打野打了个：【……】

钟晨鸣看了一眼，继续对线。

这把，可能有点悬。

虽然钟晨鸣说自己不会辅助，但打得多了，辅助虽然不行，跟着混混还是可以的，线上还能说得过去。

之前钟晨鸣跟BUG讨论过辅助怎么玩，应该做的事有哪些，跟着疯子也打了不少时间，看得久了，还研究过，水平还是在大多数人之上，跟这个分段的辅助也差不多了。

这次排到的ADC也不菜，所以他们下路对线还说得过去，钟晨鸣甚至还有时间去看中路。

中路这个亚索，就真的很惨了。

钟晨鸣看着这个亚索的操作，甚至怀疑他是不是个小学生，不……可能小学生都比他玩得好。

从对线开始十分钟，亚索已经死了三次，全都是单杀。

前两次打野还安慰道：【中路稳住，稳住就能赢，我们后期无敌。】

第三次，亚索直接E（位移）到对面面前给对面杀，打野终于看不下去，爆炸：【只会中路？】

中单根本没回他。

打野不依不饶：【不懂什么叫稳？】

【一个孤儿也敢玩亚索？】

钟晨鸣的弹幕上也都是喷的，纷纷对这个亚索奉上了问候。

这个时候有人突然说：【这个人是个"演员"啊。】

【我在海哥那边看到过这个人，"演"过海哥。】

【风狼也排到过。】

【就是个"演员"！】

【这样送，这是"明演"了吧？】

"演员"，就是指故意输给对面，让对面上分的人。

因为LOL排位机制属于金字塔模式，越往上面走，分数越高，需要的实力也就越强，能排到的人就越少。

而在金字塔的顶端，找个人少的时间玩，排来排去总是那么几个人。

这样就发展出了一项生意，那就是给钱送分，我排到你对面，我就乱玩，让自己这边输，让对面赢。

这类送分的，被称为"演员"，而拿分的，就被称为"导演"。

【"导演"是谁有没有人来扒一下？】

立刻又有热心群众开始了扒皮。

【我看了下战绩，是对面的辅助吧，已经十连胜。】

【主播举报他！】

【国服"演员"真猖狂，都敢这么演。】

【垃圾国服，主播还是打韩服去吧，没事打什么国服，为主播不值。】

【看着就来气，这些"演员"也是绝了。】

专心打游戏的钟晨鸣并不知道这些，不过他也觉察出自己家的这中单菜得不同寻常，可能有点问题。

这一把没有救起来的机会，RANK局里面，中野几乎就是一局的中心，中野崩了，除非拖大后期，否则很难救。

这个能救，还有个前提，就是中野会打团，看亚索这个样子，钟晨鸣也不期望他会打团了，只期望他能少送点。

这一把崩得十分迅速，钟晨鸣一个辅助根本没法救，他的游走肯定比不上对面中单的游走，等到二十分钟他们这边就无奈打出了GG。

出了游戏，钟晨鸣看了一眼弹幕，知道了这个人是个"演员"，举报起来也是毫不留情，结果下一把，钟晨鸣又排到了这个人。大概是处理没这么快，也可能是送分送得没这么多，反正系统没有封这个人的号。

钟晨鸣上午来上网，上网玩游戏的人还是有点少，排来排去，真的就这么几个。

这次"演员"还是排到的辅助，但是他没说话，估计是学乖了，怕一说话，看到他这个名字就被秒,干脆就乖乖拿了辅助。

反正高分段,辅助坑了,照样没法打。

等到游戏加载进去,钟晨鸣才看到这个人,他还特地切出去看了眼弹幕。弹幕跟过年一样,十分欢乐。

【666!】

【恭喜主播,贺喜主播。】

【主播运气好啊。】

【又是这个玩意儿。】

【主播相信自己。】

【凉了凉了。】

钟晨鸣又默默切回了游戏画面,看了眼两边队伍。

——其实这一把也不是没有解。

这次中单是他,他拿的劫。

游戏加载结束,钟晨鸣看向中路。

钟晨鸣拿的劫,对面拿的亚索,这次的亚索,就不是上一把他们这边这个"托儿索"了,交手下来,钟晨鸣觉得这个人玩亚索应该玩得挺多的了,只不过还是玩得不太行。

如果说上一个亚索是"托儿索"的话,那这个亚索就已经告别了幼儿园,算个小学生水平。小学生亚索嘛,总是谜之自信,自己很帅,自己天下无敌。

亚索跟劫都是秀得飞起的英雄,但说实话,这个版本两个英雄的表现都不行,版本原因让刺客无法进入赛场,但 RANK 玩玩还是可以的。这两个英雄对线,有的人说亚索打不赢劫,也有人说劫打不赢亚索,其实到底谁打得赢谁,还是看个人操作。

对面的是一个经验丰富的老亚索。老亚索都有个通病,那就是觉得自己帅得天崩地裂、惨绝人寰,特别是学了 E 位移技能之后,在小兵之间 E 来 E 去,那飘逸的身姿,那洒脱的话语,简直就是剑客再世,必将迎来无数迷妹迷弟的尖叫。

"死亡如风,常伴吾身。"

屏幕上飘逸的亚索御风而行,穿过一个小兵的身体,他砍了一刀眼前的小兵，又E向下一个小兵。

就这样E到钟晨鸣面前，手中太刀抬起，向前挥出，带着寒风的刀刃挥出，直指面前的劫。

钟晨鸣操纵着劫往旁边走了一步，刀刃从他身旁而过，风声剑鸣，却未伤他一丝一毫，同时他双手一抬，手里剑飞出，亚索又E了一个小兵，带着风轻飘飘移开，躲过了这个手里剑。

忍者与剑客的对抗，一位飘逸灵动，一位诡秘多变，比的就是谁的细节做得更好一点，谁能先一步抓住对面的破绽。

然而这次并不是谁先抓住了破绽，而是对面亚索觉得自己好像能打赢，决定不再做一个飘逸的剑客，而是要真刀真枪地干一场，他比劫先一步升级，直接就E到劫脸上，准备追着劫砍。

钟晨鸣不慌不忙，一个影子出去，又位移到影子上，躲过亚索刀刃上带着的风，又从亚索的背后投出了自己手中的手里剑，他原本所在的位置也留下了一个影子，跟他同时扔出手里剑。

影子与实体扔出的手里剑形成了一个三角形区域，最大范围地将亚索限制其中，让他无处可避，一定会被射中。

钟晨鸣这个时候没有走近亚索，而是回头A了一个残血小兵，升级！

亚索转头又是一刀砍了过来，劫不避不让，侧身双臂一旋，手中利刃划过亚索胸口，亚索手中带着寒风的霜刃也斩向劫的身躯。

谁赢？

当然是躲过亚索技能的劫。

亚索见对拼不过，转身就想E小兵逃跑，钟晨鸣哪会给他机会，闪现点燃平A。亚索的血线在点燃的作用下慢慢减少，钟晨鸣没有看一眼，补了两个兵，点下回城。

亚索徒劳地走了几步，被点燃烫死在中路上，发出一声哀鸣。

此时，正在回城读条的钟晨鸣敲下回车，在对话框里打下两个字：【能赢。】

他没有发出去，这是给观众看的，不是打给队友看的。在对话框里面停了五秒，钟晨鸣删掉了这两个字，更新完装备，继续上线。

这一次打野来照顾中路，钟晨鸣这边的打野会玩，也来中路蹲着，打了个 2V2，亚索又死了。这次亚索死得也十分清奇，他残血，在小兵身上 E 来 E 去想躲技能，结果一不小心 E 到了钟晨鸣塔下，被塔给打死了。

玩亚索的嘛，总有这个毛病，看到兵就想 E。虽然他是个老亚索，但亚索这个英雄，并不是光"老"就可以的，玩得不好还是玩得不好。

亚索"死"了两次，钟晨鸣直接起飞，他回家买了双五速鞋，这是 LOL 里面跑得最快的鞋，然后开始游走。

劫的精髓，是在自己获得了优势之后，去边路将这个优势无限扩大，拿尽量多的人头，让自己的装备尽快成形，只要能多对面一件装备，那对面除了肉，其他的在他眼里就跟纸糊的一样。

钟晨鸣最先选择的，就是下路。

他们下路辅助是"演员"，那 ADC 肯定过得十分辛苦，何况这位"演员"都不在乎自己会不会被封号，直接开始"明演"了，钟晨鸣也就要去多照顾一下下路。

"明演"就是明目张胆地送人头不给技能输比赛，"暗演"就是跟着大家打，然后悄悄摸摸搞事让大家觉得他不是"演员"，前者直接乱来，后者还会象征性地打打，就是关键技能放不出来而已。

他们 ADC 大概十分有抗压经验，缩在塔下不出来，对面想要越塔强杀，但 ADC 十分猥琐，只要自家打野出现，连塔下都不去，直接待在最远的地方吃经验，就是补兵困难了一点。

对面这样压线，就给了钟晨鸣机会。

第一次去下，钟晨鸣打了个信号，他们的打野十分有眼力，立刻就跟着他去了下路，两人包下，虽然他们的辅助没啥作用，但顶不住钟晨鸣装备好。这个时候下路都是六级，就钟晨鸣一个人七级了，他还装备碾压，直接跟打野切死了对面 AD，对面辅助跑得很快，没杀掉。

打野这个时候说话了：【感觉可以赢。】

ADC 赶紧打字：【多来下。】

打野：【你稳住。】

这个打野上一把也排到了，知道他们这边辅助是个"演员"，本来都抱着输的想法在打了，没想到这样一看，竟然还有赢的希望，那肯定要打起十二分精神，谁不想打"演员"的脸，看他们"演"失败的样子？

而且大师王者局带个"演员"都能赢,不说吹一年,吹一个星期总是有的。

上单跟对面打了个五五开,下路ADC勉强"苟"住不死,这一把看起来还真的挺有希望的。

更有希望的事还在后面,"杀"完下路,钟晨鸣直接去了对面野区,打野一看,瞬间觉得有肉吃,也跟了过来。

钟晨鸣没有选择去上路,既然上路五五开,那现在就没必要去,他要把中下野都给"杀"废。

钟晨鸣在对面野区蹲到了对面打野,"杀"完打野又回下路,他竟然是放弃了中路也要把对面下路"杀"爆。

中路的亚索已经被他跟打野打废了,此刻放他发育一会儿,等会儿回头再"杀"就是,倒是其他路,特别是下路,可不能再养个劲敌出来。

上路也十分上道,打完回家,直接来中路帮钟晨鸣收了兵线,反正钟晨鸣全场游走没时间,收完兵线才回去了上路。

一个装备起来的劫有多可怕?

大概就是见面你根本不能做出反应,就已经是地上的一具"尸体"。

只有两个字能形容,那就是"绝望"。

虽然这边有个"演员",但对面都被劫"杀"得无心游戏,这一把,钟晨鸣以22∶3∶7的数据结束了战斗。

弹幕疯狂刷起来。

【66666!】

【主播这是把王者局当成了人机在打?】

【18还是这么厉害!】

【不愧是打上了韩服第一的男人!】

【教练我想学!】

【滚,我也想学!】

随着弹幕而来的,还有礼物,原本他开播就被刷了一堆礼物,现在又强行战胜导演,让围观吃瓜的群众都觉得解气。

"演员"一直都是国服的一大毒瘤,极其影响游戏体验,这次被教训了,就算碰不上"演员"的"青铜白银"看着都觉得很爽。

钟晨鸣在对话框里打出感谢，然后继续排下一把。

直播了两三个小时，钟晨鸣准备去吃午饭，下播之前，他看了眼自己收到的礼物，计算了一下，这样下去，好像一个星期他就可以配一台可以直播的电脑了？

就是不知道合约到期了，这些礼物钱还能不能取出来。

事实证明钟晨鸣想多了，第一天礼物的钱多，那是因为他消失已久再出现，粉丝一高兴就多送了点，后面送得就没那么多了。

打了两天，钟晨鸣彻底被国服打服气了，对，不是他把国服打服气了，是国服把他打服气了。

国服游戏人员的水平参差不齐，由于职业选手全都去了韩服打，国服的水平严格来说，比韩服差了一截。不仅如此，国服的游戏人员动不动就挂机骂人，队友莫名其妙就崩了，明演暗演遍地，就算你打崩对面两路，都不一定能赢。

这样的游戏环境真的让人体验极差，而且毫无运营的一把对局也很少能让人学到东西，钟晨鸣感觉自己要是完美融入国服，那距离自己告别职业生涯也不远了。

第二天钟晨鸣就跑去问了问网管，能不能帮他弄下网络加速，让他可以打韩服。网吧是个大网吧，既然客户提出了要求就会尽力满足，网管小哥研究了一下，说等会儿给他答复。

钟晨鸣没打两把游戏，小哥就回来了，告诉钟晨鸣用哪个网络加速器，钟晨鸣听小哥的话换了加速器，上韩服果然好了很多。虽然还是有几十毫秒的延迟，但还在可接受范围内。

网管这么弄了一下，钟晨鸣又重新开始打韩服，连他的粉丝都松了一口气，说终于不用看主播一拖四还被队友坑输的局了，之前两天看着都心疼。

钟晨鸣回来直播，之前的跟他签约的那个超管也过来问了句，问他签不签约。钟晨鸣没给明确的答复，就说现在有些不方便签约，直播打发一下时间。

超管也是明白人，知道这个人是想打职业的，但他有一点就不懂：【打职业工资几个钱啊，你看看网站给你开的工资，不心动吗？】

钟晨鸣老实回答：【心动，但打职业更让我心动。】

超管：【……】

钟晨鸣：【哥，我问一下，没签约的话礼物钱能取出来吗？】

超管：【可以。】

钟晨鸣：【谢谢。】

超管：【你这是免费直播？】

钟晨鸣：【就是有点缺钱。】

超管：【你是不是傻？】

钟晨鸣：【大概是吧。不说了，我继续直播了。】

跟超管聊完，钟晨鸣又在直播间隙摸出手机来刷二手市场。

他想尽快配一台电脑，一直在网吧直播也不是个办法，这几天他弹幕上带节奏的有点多，甚至还有人说这个人不说话又不开摄像头，怕不是本人，是网站随便找个人来代替他的，搞得他哭笑不得。

关于电脑配件，他有了些眉目，玩 LOL 并不需要多高的配置，主要是要满足直播，CPU 跟显卡要好一点，例如显示器什么的，可以直接买二手的来用，有些还挺便宜。

这样精打细算着，钟晨鸣发现虽然直播礼物变少了，但依旧可以一星期配一台电脑，不过在那之前，首先要解决的是网络问题，以及一直住在 Master 家里也不是个事儿。

先把直播问题解决了，过不了几天住处问题自然就解决了，毕竟现在直播是他唯一的经济来源。

钟晨鸣没有在 Master 家里看到网线，也没有无线网，他就打电话去问了问 Master。

Master 听钟晨鸣问这个有点奇怪："你不是一直在楼下网吧玩吗？我家里也没电脑，你要网线干什么？流量不够用？我给你开个高点的包月……"

钟晨鸣："我想配台电脑。"

Master 沉默了一下，随后问："你准备住多久？"

钟晨鸣误会了他的意思："不会住很久，有电脑我跟直播网站商量一下，看能不能签短约，我想先……"

Master突然打断了他:"你吃晚饭了吗?"

钟晨鸣:"嗯?"

Master:"我过来找你吃饭吧。"

钟晨鸣:"这都到了吃夜宵的点了,还晚饭?你不训练了?"

Master:"训练完了,我过来找你。"

不容钟晨鸣反驳,Master直接挂了电话,一个小时之后就出现在了钟晨鸣这里。

钟晨鸣从网吧出来,有些无奈,笑着问他:"去吃什么?"

"隔壁有家烤鸭火锅。"Master道,"走吧。"

饭桌上Master并没有说什么,就聊了些最近的事,钟晨鸣把可可他们的事说了,听得Master也觉得可惜,他觉得TD还是有发展可能的,没想到就这样散了。

吃完饭,Master没回基地,跟着钟晨鸣上了楼。

钟晨鸣在前面开门,说道:"我觉得你今天有点奇怪,平时话不是挺多的,今天是不知道说什么了?"

Master摇了摇头。

钟晨鸣推门进去:"你是不是心情不好,MW有什么变动?"

Master道:"不是。"

房间里有些乱,钟晨鸣两步走过去把地上的衣服捡起来,又把被子整理好:"我没怎么收拾,有点乱。"

"没事。"Master从衣柜里拿了钟晨鸣的衣服,"我先去洗澡。"

"去吧,我看会儿比赛。"今天世界赛小组赛第二轮开始了。

Master洗完澡出来,一边吹头发一边说:"你只有短袖吗,穿着不冷?"

钟晨鸣刚拿着衣服走到浴室门口,此刻回头,不好意思道:"这个啊,我忘记买了,一直想着明天买明天买,结果到了现在也没买。"

Master道:"我给你拿几件过来,我平时也就穿穿队服,有些粉丝送的没穿过。"

"可以啊。"钟晨鸣进去洗澡,回了Master一句。

两人睡觉都老实,钟晨鸣拿着手机看比赛,Master就靠在旁边跟着看,看完比赛钟晨鸣睡觉,还没睡着,就听到Master的声音从旁边传来:"打

-257-

职业吧,随便去哪个战队都好。"

钟晨鸣没有说话,听着 Master 的声音。

"你去直播真的浪费了,你不是也想打职业吗?不管是对手还是队友都行啊。"

钟晨鸣自己也是一团乱麻,甚至有点不知道自己现在需要做什么,他想打职业,却总觉得自己应该先还钱,他觉得自己欠 Master 太多,还是先还清比较好。

过了一会儿,钟晨鸣感觉到 Master 翻了个身,用困倦得不行的声音道:"你别还钱了,我不要你还。"

"你睡蒙了吗?"钟晨鸣回了一句,Master 却没有再说话。

钟晨鸣按亮手机,侧头看了一眼 Master。在手机光亮的照射下,Master 的五官变得柔和起来,睫毛长得竟然在脸上留下两道影子,不知道为何,这样近距离看,钟晨鸣发现这个人好像更帅了一点。

此时 Master 闭着眼睛,呼吸均匀,已经睡着了。

Master 依旧是早早回了基地,钟晨鸣则继续去网吧,他想了想 Master 的话,意外发现自己竟然被这个人感动到了。想了许久,这次钟晨鸣没有开直播,开始认真地打韩服排位。

打了两把,钟晨鸣又把直播开了。

反正都是打排位,又不用说话分心,干脆还是开着吧,这几天他发现,就算不开麦,粉丝也想看他打游戏,他还是满足一下粉丝的要求。

看到他开直播,有一个人却坐不住了,Master 的消息几乎随后就到:【你这是就准备当主播了?】

钟晨鸣:【……】

Master:【你不是要打职业?】

钟晨鸣:【对啊。】

Master:【?】

钟晨鸣:【我就开着回馈粉丝,你怎么比我还着急?】

Master:【算了,没事了,训练赛开始了。】

然后 Master 就失踪了。

钟晨鸣觉得 Master 也是好玩，笑了笑没当回事儿。

之前他打的那个韩服小号是战队的号，离开 LTG 他就把账号还了回去，后来自己又去买了个韩服账号，之前的大号毫不意外地又被封了。

新买的小号还是白金段位，打起来就是碾压，直播间的观众也看得很爽。看直播嘛，如果不是来看直播逗趣的，基本就是来看主播吊打对面，或者是看高端局的玩法。

有些人就喜欢看主播虐菜，因为这样，钟晨鸣即使打个低端局也没有流失太多观众，大家还是看得津津有味。

没两天，可可联系了钟晨鸣，说自己要来上海。

钟晨鸣：【出来吃饭？我喊上 Master。】

可可：【好啊，我过来找个工作，找到了以后就留在上海了。】

钟晨鸣跟她开了个玩笑：【不是说要去嫁人？】

可可也不在意，坦然道：【找到工作就不嫁人了，找不到再嫁人，有工作嫁什么人？】

钟晨鸣最近才觉得，可可的想法有点意思，之前大概是全部都用来操心战队了，现在没了战队，可可整个人都轻松了不少，也开始跟他开玩笑了。

他也是现在才反应过来，可可说的这个嫁人，其实就是一句玩笑话。她说要来上海也是十分迅速，今天说要来，明天早上就到了。

钟晨鸣说去火车站接她，被她直接拒绝了，说有人接她，钟晨鸣也就不再问。

可可白天要去面试，晚上本来想约钟晨鸣他们撸串，后来突然就改了主意，说有点事忙不过来，不能来了，以后有空再找他们。

到了上海，可可突然就忙了起来。钟晨鸣发现可可这个"忙"，跟他所定义的"忙"有点不一样。可可的朋友圈里全是各种聚会的截图，从中午吃到晚上，半夜还在 KTV，第二天又是另外一批人。

这样看来可可上海的朋友还是挺多的，钟晨鸣也就继续打自己的排位，顺便看战队。

Master 也在旁边跟他做着参考，最后他接受了 Master 的建议，准备去 BNO 试试。

BNO有官方的青训自荐渠道，当初BNO的人通过可可找过他，钟晨鸣没有回应，现在再去找别人也不好意思，钟晨鸣就去看了看BNO的官方自荐渠道。

说是官方自荐渠道，其实就是一个邮箱，写明白了要求，要电一王者或者韩服大师，其他的都不收。BNO可以说是对青训要求比较高的一个队伍，有些队伍国服大师也会收，钟晨鸣看完了要求，写了一份简历，发给了BNO的官方邮箱。

接下来就是等官方的回复了，这期间钟晨鸣就继续打排位。

BNO的回复还没过来，可可先有空来跟他们吃饭了，钟晨鸣叫上了Master一起。

饭桌上，可可跟他们聊了聊最近的事，比赛、战队，但对于TD却绝口不提。

对于TD解散的事，现在的可可看起来好像一点都不在意，这件事对她没有影响一样，过去了就是过去了，她甚至比之前还开朗健谈了许多。

看到这样的可可，钟晨鸣松了一口气，他还怕这妹子从此就一蹶不振，现在看来，或许以前的TD也让可可十分劳心劳力，从另外一个方面来说，TD解散了之后可可也算是解放了。

饭还没吃完，可可接了个电话，很快一辆车就开到了门口，可可跟他们打了声招呼，上车匆匆走了。可可也没说她这几天忙什么，就说了可能在上海会待半个月，以后可以再聚。

跟可可吃完饭没两天，BNO的回复就到了，让他直接过去说签约的事，当然，是签青训，钟晨鸣之前投的也是青训。

等通知真的来了，钟晨鸣又有点迷茫，他去BNO真的就是最好的选择？

钟晨鸣在网吧打了一晚上游戏，跟Master说了一下要去BNO了。

Master没有说什么，问了一些战队的情况，比如那边情况怎么样，待遇如何，管理会不会很低级。

钟晨鸣发现自己对这些问题真的是一问三不知，他想的就是去青训打打，然后争取去主队，对这些都没怎么考虑过。

不过BNO既然能打进世界赛，那肯定也不会怎么差就是了，他对生活条件和薪资这些并不怎么在意。

第二天钟晨鸣就去了 BNO 基地，正式队的人都出征去了世界赛，不在基地，基地人也少了很多，看起来有些冷清。跟钟晨鸣谈的是青训队的负责人，态度也是不冷不热，钟晨鸣没注意这些，他在想 Master 说的薪资问题之类的，跟负责人完全在两个频道上。负责人没有让他一来就签约，而是先带他去青训队看了看情况。

钟晨鸣是上午来的，这个时候青训队的人大多还没起床，有一两个倒是起了，专注于打游戏也没去关注他。

BNO 的青训队跟 LTG 的青训队差不多，甚至训练室比起 LTG 还差了点，负责人又带他去了住宿的地方。

看了一圈，钟晨鸣发现 BNO 的青训条件其实不怎么好，宿舍让他想起了高中的八人宿舍，还是铁床上下铺。

都看完了，负责人这才跟他说签约的事。

钟晨鸣问明白了青训队员成为正式队员的情况，负责人也讲明白了，看了一遍没问题，钟晨鸣就签了。

青训合同三个月一签，合同到期再从训练情况看是否续约，如果不是实力特别强又年龄不够那种，一般都不会在青训待多久，要么走了，要么就去了别的队，就算是之前打次级联赛的队伍，那也算是一个战队的正式队员了。

BNO 的基地离 MW 还挺远，签约之后钟晨鸣从 Master 那里搬了出来，Master 还给他塞了几件自己没穿过的衣服，道："粉丝送的，我也穿不了这么多，你拿去穿。"

十月的末尾，钟晨鸣就提着几件衣服，还有自己的鼠标键盘，来到了 BNO 的青训，开始跟着青训队训练。

同样在这个十月的末尾，BNO 正式队在半决赛惨遭淘汰，最后杀进决赛的是 NGG 与 UKW。

NGG 与 UKW，一个是中国老牌队伍，一个是韩国制霸的强队，两支队伍交手次数也不少，对对面的战术布局都进行过深刻的研究，到这时，就看是哪个队伍能在大赛上更稳得住了。

决赛当日，教练放了他们假，给他们时间看比赛。钟晨鸣坐在电脑前，戴着耳机,等待这场中韩决战的开始。

　　Master 给他发消息过来:【你说这次谁能赢?】

　　钟晨鸣回答得毫不犹豫:【NGG。】

　　Master:【我看决赛 UKW 最近强得有些可怕啊,而且越来越强,这个队今年有些恐怖的。】

　　钟晨鸣看着手机。

　　Master 又道:【我也希望 NGG 能赢,但我并不看好。】

　　钟晨鸣:【来打个赌?】

　　Master:【赌什么?】

　　钟晨鸣:【赌一套源计划皮肤。】

　　Master:【可以。】

　　钟晨鸣给 Master 拨了语音过去,两人就这样一人在 MW 基地,一人在 BNO 基地,一边看比赛一边聊着天。

　　第一把 NGG 把 UKW 按在地板上打,第二把 UKW 就调整了过来,换作他们把 NGG 按在地上打。

　　到了决赛,两个队没有任何保留,将自己乱七八糟压箱底的战术全都拿了出来,只要能把对面的这队打趴下,那他们,就是世界冠军!

　　两个队的实力都差不多,看起来连战前准备都差不多,每个队都拿出了针对性战术,又开始破解战术。

　　世界总决赛是 BO5,这不仅是战术的战斗,更是一场见招拆招的战斗。

　　五场比赛,能打满五场,就算前期再有准备,在对战过程中都会被对面摸得门儿清,而且有些歪门邪道的战术,只适合用一次,用第二次,对面肯定已经找到了应对的方法。

　　这把比赛,NGG 跟 UKW 打到了第五场,战术已用尽,套路也都摆了出来,这最后一场,就是斗兽场里脱掉盔甲的士兵,在进行一场没有兵器的肉搏。

　　这是真正看个人与战队实力的时候,也是最考验队员心态的时候。

　　B/P 开始,NGG 拿了四保一的常规阵容,而 UKW 拿了一套速推阵容。NGG 的发力点在下路独孤身上,而 UKW 的阵型则需要打全线压制,特别是要压制独孤的小炮。

NGG 的下路是 ADC 小炮加辅助洛，而 UKW 的下路是 ADC 女警加辅助风女。

NGG 的这个下路组合，在 UKW 的下路组合面前，就像是两个靶子，因为射程压制，女警把小炮跟洛压得生活不能自理。

下路被压制，打野选择了去支援，他们的核心在下路，肯定要去帮忙把下路抓起来。

UKW 的打野则选择了去上，他们对 NGG 的下路好像没什么想法，反而觉得上路更有突破口一点。

UKW 的上路是杰斯，NGG 拿的纳尔，本来上路打了个五五开，打野一来，立刻被压制。

光打野来上路还不够，UKW 的中单也来了上路。

UKW 的中单是个岩雀，岩雀的大招就是开出一个可以横跨半个地图的土墙来，并且还可以跟着土墙一起前进，是一个可以封锁地形，也可以全图支援的技能。

这次岩雀开大来上，土墙从 NGG 上塔后面横跨而过，直接封掉上单的退路。

"这把有点悬。"Master 说着，"感觉小炮是 UKW 故意放给 NGG 的。"

"看下路。"钟晨鸣微微皱眉。

Master 没有反驳，下路打野去帮忙，并没有造成击杀，倒是 NGG 的上路被杀，并且还趁这个机会点了上路塔三分之二的血量。

再来一轮，可能上塔就要出事了。

然后 UKW 真的再袭击了一轮，这次就把上塔给推了。

"这一把有点……"

"NGG 状态不怎么好。"钟晨鸣打断 Master 的话。

那边 Master 沉默了一会儿，没说话。

NGG 凉得很快，下路被压制，上路被抓崩，下路还能玩，而上路则是完全没法应对，连对线都不敢，装备差距太大了，见面就是死。

钟晨鸣像是有些疲惫一般闭了闭眼睛，声音也低了下来："还有得打，NGG 是后期阵容。"

Master 回道:"嗯,能翻。"

过了十秒钟,钟晨鸣才反应过来:"你这个语气有问题吧?"

Master 道:"真的能翻,我是认真说的,你听我语气。"

钟晨鸣:"好好好,信你,不过说实话,我自己也有点不相信。"

Master:"你智商上线了?"

钟晨鸣:"……"

Master:"别看了吧,你这么喜欢 NGG,我怕你看到结果受不了。"

钟晨鸣看着屏幕上的比分,过了好一会儿才回道:"我想看。"

这个时候,Master 终于问出了他想问的问题:"你为什么就从来没有考虑过 NGG?"

"NGG 这么强,怎么会要我?"钟晨鸣勉强笑了一下。

Master:"你在搞笑吧。"

钟晨鸣想了一下,说道:"害怕吧,想去又害怕,说不出来是什么心情。"

Master 没有再追问,倒是钟晨鸣看着这把比赛,在心里低声念叨:"NGG 现在……真的不需要我。"

比赛中期,UKW 开始主动找团推塔,这是他们阵容的优势期,能不能赢,就看现在了。

上路杰斯没人能管,打团 NGG 还打不过,NGG 想拖住发育,无奈对面的推塔速度太快,根本就拖不住。

训练室起了议论声:

"NGG 凉了吧。"

"没机会了。"

"如果这能都翻盘,我吃键盘。"

"可惜。"

"独孤这玩的是什么?"

"Miracle 也该退役了。"

钟晨鸣看向了屏幕,NGG 的英雄头像一个个灰了下去。

"我出去抽根烟。"

钟晨鸣摘下耳机,拿着烟盒跟打火机出了门,Master"吸烟有害健康"

的劝告被留在了耳机里,他没听到。

等钟晨鸣抽完烟回来,比赛已经结束,屏幕上播放着广告,青训队的队员们还在议论着刚才的情况,说得最多的两个字就是"可惜"。

NGG输了,距离世界冠军只有一步之遥。

钟晨鸣戴上了耳机,Master的声音立刻从那边传了过来:"你回来了?"

"嗯。"

Master:"少抽点烟,你那么穷。"

"想抽。"

Master:"出来吃饭吧。"

钟晨鸣:"嗯。"

两人在人民广场会合,一起去一家网红餐厅,路上Master问他:"在BNO待得如何?"

"还行吧。"钟晨鸣说得有点心不在焉,语气也放低了很多。

Master继续问:"什么时候会安排你去试训?"

钟晨鸣跟Master选战队的时候,对各个战队的基本情况都问了问,这次有Master这个现役选手在,一些之前钟晨鸣找不到的资料现在也有了。

BNO的管理模式是RANK到了一定分数就可以去试训,也就是跟着正式队员一起打训练赛,如果训练赛表现得好,就可以成为正式队员,这也是钟晨鸣会选择BNO的原因。

在BNO,一切都以实力说话,你更强,更适合队伍,那么你就可以上场。

而钟晨鸣的RANK分肯定已经达到了试训的分数,什么时候去试训只是时间问题。

"还在放假。"钟晨鸣语速很慢,好像说一句话要想很久一样,"等正式队员归队了或许会让我跟他们熟悉一下。"

BNO正式队四强折戟,世界赛之后便是假期,假期结束之后便是各种跑活动,这个时间段基本没安排什么训练赛,毕竟今年也没正式比赛打了,nest他们也去不了,所以最大的可能性是让他跟正式队员接触一下,双排双排什么的。

Master突然露出个微笑来:"总感觉明年看到你,就是在赛场上了。"

钟晨鸣道:"希望是吧。"

第十一章
秋末

"要谁？"BNO的经理办公室里传来一声疑问。

"18，所以我现在问你这个18是谁！"BNO的战队经理声音都放大了些，看着自家这个领队，怀疑他根本没听自己在说什么。

领队想了想："是个青训队员，才进队没多久吧，这就有人挖了？"

"实力怎么样？"经理问道。

领队主要负责的是正式队的运营，对青训那边不是很熟悉，不过18他还是知道的："韩服前几吧，RANK很强，以前在LTG待过，不知道怎么走了，不过LTG你也知道，去都去了，有实力基本走不了，估计是比赛表现不怎么好。"

经理点了点头，示意他继续说下去。

领队又道："最近不都在忙活动嘛，青训那边我也没关注，不知道他在青训表现得怎么样，我去问下那边的教练再说？"

经理点了点头，招招手让领队去问。

随后他想了想，在网页上搜了一下"18"的个人信息，这个人的名字他总觉得自己在哪里听到过。

网页上搜出来了一些精彩集锦之类的东西，经理自己也玩LOL，就点进去看了看，这个人的确玩得可以，用刺客英雄秀得飞起。但他看哪个大师王者玩游戏，都是秀得飞起，所以他说了不算，还是要看教练组怎么说。

领队很快就问完回来了，给经理说了青训教练那边的评价，是个不错的中单，但是容易跟团队脱节，不是团队型选手，太过于注重个人操作了，需要花很多时间培养，而且主玩英雄都是刺客，比较单一。

经理正在看 18 用劫花式秀人，原本他还觉得这个人操作很好，听领队说不适合团队，他就明白了，而且中单只会玩一种定位的英雄肯定不行，趁着有人要，卖了也好。

"我知道了。"经理看完了一个精彩操作的剪辑，又点开了下一个，依旧是 18 的刺客操作剪辑，一边看，他还不忘打开对话框，跟要挖 18 的人谈条件。

现在 BNO 阵容稳定，可能会有一些位置调换，但肯定不是一个刚进入青训没多久的新人可以上来的，经理根本没考虑过 18 可以直接进正式队这点。就算 BNO 的管理模式是强者优先，但并不是强就一定可以，不仅要强，还得适合团队。

一个没经验的新人一时半会儿跟团队也配合不起来，除了个别天才选手，没个半年打磨不出来，现在有人要，能卖个好价钱就卖个好价钱。

聊了一会儿，经理突然想起来一个重要的问题，叫住了已经走到门口的领队："等等，他态度端正吗？"

在职业战队里，很多时候态度比实力都重要，有态度没实力可以培养，有实力没态度，通常都是一颗定时炸弹，你还不知道他什么时候爆炸，只能心惊胆战地捧着。

"态度还好吧。"领队想了想，"好像经常出门，但是训练什么的都没落下。"

打发走了领队，经理在聊天框里的态度突然来了个一百八十度大转弯。

前一句话还是"好说好说"，下一句话立刻就变成了"这个还需要队员自己同意才行，你知道的，我们也不能左右队员的决定"。

而此时的钟晨鸣，正在基地跟青训的打野双排。

BNO 的青训规模没有 LTG 大，队员更换也很平常，通常是待三个月，如果没什么价值，直接就不签了，有价值的要么卖了，要么提拔去主队，也有些会留下来培养。

他们签青训的要求很高，并不是 RANK 分高就一定能被签，如果只用一个英雄打上去，BNO 看都不会看一眼，他们只会签打 RANK 的时候看起来就有潜力的选手。

所以现在 BNO 的基地里面，青训队就一个打野，钟晨鸣也只能跟他双排。不过因为这样,他们训练赛的对手就比较五花八门了,毕竟整个青训队拼拼凑凑才刚刚把所有位置凑齐,但偏偏这样拼凑起来的战队实力并不弱,所以他们有时候不仅会跟青训打,还会跟职业战队打。

钟晨鸣听打野说,之前他们还会跟正式队进行对练,给正式队锻炼战术,只是钟晨鸣来的时间不凑巧,正式队都去搞活动了。

打野每次跟钟晨鸣双排,都感觉心惊胆战,无他,就是压力太大,他觉得自己坐在这个人旁边,都是无形的压力。

"钟哥你等一下我啊!"打野哀号着跟上钟晨鸣的脚步,"要死了要死了,钟哥你回头看一眼!"

屏幕里,钟晨鸣的劫顶着一个血皮杀入人群,直取对面ADC首级,他的队友还远远地在一个屏幕之外,打野更是闪现强行跟上钟晨鸣劫的伤害,结果打野一过去,就被对面给围殴了。

劫是个灵活的英雄,打野被围殴,他却趁着这个机会潇洒杀完ADC走人,可谓是"挥一挥衣袖,带走敌将首级"。

团战打完,打野感觉自己手心都出了汗,真的压力大,这个人开团也不说一声,而且一个脆皮中单,不等打野跟上单去开,自己冲上去肉身开团?这什么操作?

"所以你'死'了吗?"旁边的辅助听他这样叫着,忍不住调侃,"钟哥你悠着点,你看他都快哭了。"

钟晨鸣淡定道:"'死'不了,不用大惊小怪。"

"我再慢零点零一秒你就'死'了好吗?"打野不服,强行跟钟晨鸣分析,"稳一点,求求你了。"

钟晨鸣没跟他争,笑道:"好好好。"

也不怪打野,他最近是喜欢玩极限,俗称"不残血不会玩",正常人是看着会心惊肉跳的,但现在版本更新了,谁让新版本的刺客这么好玩呢?

打了两把,钟晨鸣给了打野一点喘息时间,出去抽烟。他前脚刚走,后脚打野就跟辅助吐槽:"钟哥这个节奏,人都要被他给吓死,你没跟他双排过你不懂那种感受。"

钟晨鸣也不知道听没听到,反正脚步没停,一路走到阳台,点了根烟,还拿出手机来看了看。

这次手机屏幕上没有 Master 的消息，是可可的。

【在 BNO 感觉如何？】

两天前。

日暮西垂，天际线还有一些稀稀拉拉的黄色，余晖透过窗户洒在洁白的床单上，一个花臂女孩盘腿坐在床上，一手擦着湿漉漉的头发，一手拿着手机。

"老板，你这么说，我去把 NGG 给你搬过来行不行？"电话打到一半，可可突然就笑了，她将手机按了免提扔在床上，开始往自己脸上涂东西。

一个有些沙哑的青年男声从电话里传来："可以，你搬。"

可可："先给个一千万吧，不够我再给你说。"

老板："你怎么不说让我去把 NGG 买下来？"

可可："这你也买不到啊，好了，我只能说争取达到你要的目标，你知道我也没管理这么大战队的经验。"

老板："不是听说你之前那个战队还可以？而且我战队也用不着怎么管啊，你管他们吃喝拉撒就是了，要不是之前……算了不说了，说起来就气，我信你啊，你别给我乱搞。"

可可抹完了脸开始化妆，此时正在细细地描绘自己的眉毛，听他这么说，笑了："你说的那个目标，你用脚想想，难度有多大？"

那边安静了一会儿，再次说话突然就换了个话题："你搞完了没？我都在楼下等你半天了！"

"马上，十分钟。"可可涂着粉底。

"第几个十分钟了？"

"最后一个。"可可说完，看着自己的眉笔想了想，又道，"给点钱，买个人。"

"谁？多少钱？"

可可将眉笔插回化妆包，找出眼影来，说道："新人，不贵。"

钟晨鸣看着手机，以为可可的话只是朋友间的问候，便回道：【还行，挺好的。】

可可:【有转会的打算吗?】

钟晨鸣笑了:【没有,我连比赛都没打过,能去哪儿。】

那边没回消息,钟晨鸣抽完烟,又回去接着训练,路上看了一眼手机,可可的消息过来了:【哪天出来吃个饭,我现在很闲,是真的闲。】

看可可强调自己很闲,钟晨鸣就想起她吃了一半就跑了的事,这样强调,这次应该是不会再跑了,就道:【好,你看时间。】

回到训练室,钟晨鸣继续跟打野双排,其间Master也来找过他,问他双排不。钟晨鸣道:【有训练任务。】

这话的意思就是他要跟别人双排了,Master只能道:【好吧。】

钟晨鸣又问:【你不用跟队员一起训练的吗?】

Master道:【有,最近五神状态不太对,我跟影子双排比较多。】

影子是MW的上单。

钟晨鸣问:【五神状态又出问题了?】

Master这次回得慢了一点:【从nest回来就有点不对,而且现在也没安排训练赛,大家都在补直播,新版本也还在适应期,他不太想玩吧,放松一下正常。】

钟晨鸣:【行吧,那晚点双排。】

Master:【等你等你。】

Master这个等你一下就等到了晚上。

其间,五神突发奇想,莫名其妙来找他双排了。

Master跟五神双排了一把,五神又觉得没劲儿,自己"吃鸡"去了。

估计了一下时间,Master没开下一把,打开小游戏玩了起来,他开着直播,这次大大方方地给观众说:"等18过来双排。"

观众对这个理由嗤之以鼻:【混时间就混时间,带上18是什么意思?】

又有观众问:【上一把"骂死"(Master)说了几句话?】

【他有说话?我耳朵聋了?】

【我们耳朵都聋了。】

【等18,18过来他就要说话了。】

【一人血书跪求主播开麦。】

【他开麦了你484(是不是)傻?没听到空气一直在旁边说话。】

-270-

【我兄弟临死前想看 Master 开摄像头。】

……

不过 Master 也不看弹幕，十分努力地在维持着他高冷打野的人设。等到了钟晨鸣，他终于开了金口："你玩什么？"

钟晨鸣："劫，现在劫贼好玩。"

Master 道："可以，这赛季刺客真的强，你的赛季。"

钟晨鸣笑笑："希望是。"

因为游戏赛季更新，对天赋符文做了很大改动，直接把天赋删了，符文变成符文树。这赛季不仅是刺客有了上场机会，肉食类打野也有了机会，不过从旧版本转换到新版本还需要时间，现在上场的还是上赛季的热门英雄，当然，也有热衷于开发新玩法的玩家在做不同的尝试。

钟晨鸣拿劫，Master 直接就拿了螳螂，双刺客阵容，两个人在游戏里面强行杀戮，交流还是不多，但 Master 至少会说话了。

Master 直播间的粉丝简直要高兴得去放鞭炮，当然高兴的不只是 Master 一个，还有钟晨鸣的粉丝，消失已久的主播终于出现了！虽然他没开播，但至少让人知道他还活着啊！

钟晨鸣的粉丝心态大概是这样的：主播死了吗？→这么久没开播没发博主播死了→在 Master 直播间复活了？→今天也是好让人高兴呢！

于是 Master 发现今天自己收到的礼物都多了不少，而且空气还在他旁边说："你直播间里面这个粉丝，送了个深水鱼雷让你给 18 买点好吃的？"

Master："……"

空气："哦哦，又有粉丝砸了个深水，问你 18 在哪个战队，下赛季能不能上场。"

Master："你好像很闲。"

空气："对啊，排不到人，来查查房，帮你看看弹幕，这个厉害了，三个深水问你跟 18 什么时候……带领我们走向 S 赛打爆 UKW？好家伙有梦想！"

Master："……"

"好了好了。"钟晨鸣觉得空气再这么说下去，他和 Master 明天得上"德玛西亚"头条，赶紧说，"走走走，去下。"

钟晨鸣来得晚，还没打两把，就到了休息时间，Master跟钟晨鸣混久了，也有了早睡早起的习惯，跟观众打了声招呼，关了直播。

Master去洗了个澡，从浴室出来，却发现五神坐在床边玩手机，眉头还皱着，似乎在想着什么很重要的事。

MW的房间是宾馆标间的配置，一个房间两张一米五的单人床，住两个队员，他跟五神一个房间，下路一个房间，上单跟替补上单一个房间。

五神看Master出来，也没急着去洗澡，问："你合约马上到期了？"

Master点了点头："准备续约，怎么了？"

五神又看回了手机屏幕："没事。"

过了一会儿，五神又道："你不觉得战队出问题了吗？"

Master看着他："是，但我觉得可以进步。"

五神不置可否，放下手机："我去洗澡。"

还没跟可可吃饭，钟晨鸣就接到教练通知，让他跟着正式队训练一段时间。

这次教练直接让钟晨鸣拿着鼠标键盘去了正式队的训练室，BNO正式队的训练室比青训队的好不到哪里去，看上去就跟没装修过一样，刷了个墙铺了个地就搬着电脑进来算是训练室了。

这个战队看起来是真的很朴实，完全没有一个世界赛四强队伍的样子。

钟晨鸣对这些也不在意，他只对游戏在意。

搬到正式队来，教练第一天就安排他跟打野小安双排，BNO的打野小安也是个明星打野，跟Master一样，以打法凶狠著称，是这次全明星投票打野位得票率第一的人。

其实去年是Master得票第一，可惜今年MW没进世界赛，队员的人气总是跟队伍成绩挂钩，世界赛表现亮眼的小安成了全明星得票赢家。

小安在补直播时间，开着直播跟18双排。

等钟晨鸣上了游戏，小安拉他的时候，直播间直接炸了。

【？？？】

【这个人怎么这么眼熟？】

【在BNO！】

【天呀,我终于等到了18去哪儿的消息。】

小安看到这些弹幕,也没有意外。他在韩服排到过不少次钟晨鸣了,知道这个人的实力,对于粉丝的疑问,他没有回答,18只是跟着训练,能不能留下来还真就不一定,所以他不会去特意带节奏。

打了两把,钟晨鸣发现 Master 的打野风格已经很收敛了,这个赛季为了适应版本也做了不少改变,小安这个人才是"我不管,我就是要上,我0∶10也要上"!

这下就换成钟晨鸣跟不上小安的节奏了,这个人他完全看不懂。

"跟上跟上。"

钟晨鸣看着小安拿着个龙女,开着大招就扑了上去。

钟晨鸣:"我跟你隔了一个地图……"

打着打着,钟晨鸣就发现,这不是跟不跟得上的问题,是小安这个人,根本就不会看他队友在哪儿,反正"我能打我就上了,你们来不来随意,反正打不赢我能跑,打得赢我就赚"。

钟晨鸣想起了水友们给小安的评价"野区疯狗,见谁咬谁"。

第三把,钟晨鸣习惯了小安的节奏,决定让小安一个人去玩,他打他的,小安打小安的。

小安凶归凶,节奏还是没有问题的,而且走哪儿哪儿"死"人,只有小部分时候"死"的是自己这边,加之钟晨鸣的能力,所以两人双排虽然没有默契,但还是能赢。

双排一晚上,钟晨鸣慢慢摸索出来小安的节奏,尝试着去配合了一下。

在野区遭遇战中,钟晨鸣本来没想上的,但是看到小安过来了,往后退的步伐一顿,立刻回头。他玩的卡萨丁,直接 R 技能跳到对面人群里,小安在旁边大吼:"兄弟你别这样,要'死'的,快出来!"

说着,他皇子也一个位移跟上,一个大招盖下去,配合钟晨鸣的伤害秒掉对面 ADC。

弹幕上评论:【嘴巴里说着不愿意,身体还是很诚实的嘛。】

钟晨鸣立刻按下金身,免疫一切伤害,留下小安一个人在那里挨打。

等金身结束,他们家的队友也赶到,小安被围殴到"死",钟晨鸣打了个收割。

小安:"你慢点,别这样上啊。"

钟晨鸣:"我不回头你'死'了。"

小安不服:"你不回头我就不会上。"

钟晨鸣笑了:"那行,我下次就不上了。"

钟晨鸣说不上就不上,这次小安一个人切进去,回头一看:"兄弟你人呢?"

钟晨鸣:"你不是叫我不要上?"

小安:"……怕了怕了。"

这之后小安就收敛了一点,没有友军千里之外也要开团的气势,知道跟钟晨鸣商量一下了。

他俩双排的画风突然就变成了:"兄弟能上吗?"

钟晨鸣没说话直接上了,小安立刻就跟上。

双排一天,教练把小安拉去问了下情况,也就是钟晨鸣的真实水平如何,小安想了想:"个人能力还可以,就是打得太苶了。"

教练也知道自家这个打野是什么个性,点点头表示知道了,第二天就安排钟晨鸣跟着正式队打训练赛,这次是青训跟正式队打,钟晨鸣是中单,教练就在旁边看着。

钟晨鸣跟队员们没什么磨合,BNO 有个打法凶狠的打野,整体节奏也是偏快的,钟晨鸣调整着自己跟上 BNO 的节奏。

第一次跟着全队打训练赛,而且对队员都没怎么熟悉,打起来肯定有点问题,钟晨鸣发现自己跟队友的节奏有点脱节。

不过打青训问题还是不大,就是没那么 carry 了。

钟晨鸣打了三把训练赛,教练就说可以了,让大家继续打排位补直播时间,现在是赛季开始,正式队员们都在熟悉游戏,训练赛并不是必要的,实际上最近都没有训练赛安排,今天的训练赛倒看起来跟突发奇想的一样。

其他队员不知道,教练心里是明白的,经理让他看看这个 18 的实力,估计是在考虑是否要培养这个人。但现在他们的中单发挥不错,这次打进四强说明成绩也还不错,他是不想换队伍配置的,重新磨合起来太麻烦了。

一个队伍的磨合可不是短时间能做好的事情,一个月跟一年的磨合期,默契度肯定不一样,BNO 已经磨合了一年,他觉得明年成绩可以更好,这个时候换中单不是一个好选择。

他这样想着，跟经理说的时候还是实话实说，就说可以培养，但现在跟队伍节奏不太合适，要培养成正式队员需要的时间很长。

经理点了点头，又问了一句："你觉得他以后会成为我们的麻烦吗？"

对于这点，教练十分自信："现在的 BNO，也就只怕 NGG 和 UKW。"

他们四强就是被 UKW 给淘汰的。

打完训练赛，钟晨鸣继续跟小安双排。

小安继续开直播混时间，这次观众看到小安拉 18 双排，变得淡定了许多，甚至很多人都在期待着明年比赛，毕竟现在来看，小安跟 18 都是很强的选手。

跟小安打了两天，两人算是熟悉了点，小安比 Master 活泼很多，看到对面选了寡妇打野，小安好像很高兴，说道："我要去抓崩对面。"

这次钟晨鸣排在小安前面，听他这么说，就选了个辛德拉。小安的这个"抓崩对面"，跟别人的"抓崩对面"不一样，这个"抓崩对面"就是我要去把对面野区抓崩，而且是六级之前就要去抓崩。

开局，小安拿个螳螂，前期在对面野区摸了一圈，在对面蓝 BUFF 处做了眼，来监控对面打野的动向。

寡妇开局比较弱，刷野也有点伤，螳螂打个红两级就能在野区把他抓崩，有梦想的寡妇一般会选择反向打 BUFF，让对面开局猜不到自己的刷野路线，防止在野区被抓。

但对面寡妇是个没梦想的寡妇，依旧蓝开，打 BUFF 的时候，小安插的眼刚好结束它的任务，灭了，但这样也足够让小安看到寡妇的刷野路线。

小安跟钟晨鸣吐槽："这个寡妇估计是个新寡妇，一点想法都没有。"

钟晨鸣正在对线，敷衍回道："抓崩她，看好你。"

"这个红她是别想打了。"小安说着打完了红，直接往对面走，一边走他还一边了看几条路的对线情况。

上路打得有来有回，还看不出谁弱谁强，中路他们这边辛德拉压制对面瑞兹，下路有点惨，不过看起来还能混。

看完各路情况，他就在心里把这次反 BUFF 可能的情况推想了一遍。

这次他们是在蓝色方，对面红BUFF在上半野区，上路的支援肯定是对方比较快，毕竟没出现压制情况，而中路虽然被压，但也能比自家中单更快支援过来，毕竟近。

也就是说，他要在短时间内击杀寡妇然后离开，不然会被包夹。

推想完，小安已经走到了对面野区前面的河道，这个时候钟晨鸣突然提醒了一句："有眼。"

小安一看，对面中路瑞兹往自己家野区走了两步。

他这个地方，如果中路现在就做出反应，那就应该是红BUFF外面的草丛有眼。一般的打野看到这个情况，可能就是往后退不反野了，毕竟都被看到了，对面中路已经支援过来。

小安也是这样想的，如果这是比赛，他还会问问队友反野的可行性，但路人局就算了，谁知道你的队友是什么牛鬼蛇神。

做出选择，小安直接就往后退了一步，他虽然是个十分激进的打野，但不是一个没脑子的打野，知道该如何选择。

这个时候钟晨鸣却突然说了一句话："没事，你继续反野。"

小安将镜头切到中路，看到瑞兹往他这边走却正好被钟晨鸣抓到机会，屏幕中一身黑色的辛德拉将手中的黑暗法球砸了出去，瑞兹被打了一套，加上前期消耗，直接半血。

辛德拉的血线却很健康，她甚至没吃瑞兹的技能，就是不可避免地被小兵打了两下。

见到这个情况，小安立刻回头就往对面野区走："可以啊兄弟。"

对面中单残了，自家中单血线还健康，而且辛德拉这样压制了瑞兹，过来支援那就不比瑞兹慢多少了。

寡妇虽然没有梦想，但也不是一条"咸鱼"。

蓝开之后，寡妇选择了立刻打红，螳螂过来红BUFF走的路比她来打红要远，所以两边都直接打完第一个BUFF往她这边红BUFF走的话，肯定是她先到达。

并且她还在红BUFF外面的草丛做了眼，用来看螳螂的动向，防止被反野。

他们打的不是低端局，大家都是有想法的人，没吃过猪也见过猪跑，或许前期处理有点问题,但不会一直傻下去。

小安就比较有梦想了,就算你把我看到了怎样,我依旧要反。

这个时候寡妇就面临一个尴尬的选择,这个红她打呢,还是不打呢。

看到红的血量,寡妇咬咬牙,反正还有惩戒,不虚,中单拖一拖她就能打完。

寡妇一边打红,一边往自己家退,这样她就可以尽量离螳螂远一点,拖一拖时间。

寡妇还没离开BUFF坑两步,一只身披金色铠甲的螳螂从天而降,小安用了螳螂的"圣金甲虫"皮肤,由一只紫色螳螂变成了金光闪闪的螳螂,此刻挥动着金色镰刀一样的前足,扑向身材娇小的寡妇。

小安一向激进,就算是在红BUFF处抓不到对面打野,他也要收下对面红BUFF,或者说收下对面所有野区的野怪,中单已经把对面压制住,他觉得自己能在对面野区横行!

你的野区,就是我的野区!

在小安触及寡妇的那一瞬间,突然有击杀消息传来,瑞兹被辛德拉单杀!

这下小安更加没有了后顾之忧,向寡妇张开了自己的獠牙,钟晨鸣也走向了对面野区。

对面上单本来想来野区支援,看到中单被杀,刚刚挪动的步伐就又挪了回去,中单都死了,怎么打得赢,还是继续对线,打野怎么值得牺牲自己的发育去帮呢?

小安一言不发地抓死了对面寡妇,看到寡妇死了他就笑了,转头看钟晨鸣:"666,对面中单爆炸了,你这个单杀可以的,我躺好了,兄弟带我飞。"

直播的时候,只要洗了头基本就开着摄像头,小安也开着,他这个笑容以及转头就被观众清清楚楚看在了眼里。好歹是个全明星打野,小安直播间的观众人数不低,几十万人气还是有的,还有钟晨鸣的人气加成,这样立刻就有人刷起了弹幕。

先是正常弹幕:

【666!】

【哦,上帝啊,我看到了什么?这是蒂花之秀的秀吗?】

【中单666!】

还有粉丝搞事:

【这个笑容,截图了!】

【18坐你旁边?看到你笑得这么猥琐,竟然没给你两巴掌?】

【开局一把打野刀,一把游戏全靠躺。】

【让新队员carry,你的良心不会痛吗?】

弹幕刷得起劲,小安杀人之后切出去看了眼弹幕,没当回事儿,乐一乐就好了,反正粉丝刷粉丝的,跟他也没什么关系。

这一把钟晨鸣把对面中单杀成了移动ATM,装备起不来也没伤害,小安美滋滋地完成了他的"抓崩对面寡妇"成就,二十分钟不到就推平了对面。

基地爆炸那一刻,小安还在说:"你怎么开窍了,今天有点强啊。"

钟晨鸣笑了笑:"感觉跟你玩还是要玩前期强势的中单,你打太凶了。"

小安嘿嘿嘿笑着:"没事,你可以玩弱势的,我来帮你抓。"

钟晨鸣:"别了吧。"

小安十分不在意:"没事,信我!"

于是第二把钟晨鸣就拿了卡萨丁。

卡萨丁这个版本是越到后期越强,前期用处不大,至少六级有了大招才有点用。

结果小安先把自己玩崩了。

但是小安是个勇于承认错误的人:"唉,我的'锅',我等会儿请你吃夜宵。"

钟晨鸣:"没事,能翻。"

然后钟晨鸣发育起来,次次团战稳定切死一个C位,对面打团少个输出,只能GG。

小安:"可以可以。"

这个时候,很多看着直播的粉丝就有点不安,Master这怕是要凉啊。

双排了一晚上,小安也向教练反馈了关于钟晨鸣的情况。

他们都知道钟晨鸣是来试训的,所以反馈钟晨鸣的情况也算是日常训练的一部分。

小安先是吹捧了钟晨鸣，然后跟教练说："我发现这个人可以的，真的强，可以好好培养啊。"

教练："……"

小安："可以当个替补先试试，先让他在场下观察对手，总结经验，然后上场打，你跟他商量个一两局，上场之后直接套路死对面。"

教练："……"

小安："咋了？"

教练："已经卖了。让你跟他双排，还有打训练赛都是在估价。"

小安不解。

BNO并不缺中单，他们的首发中单状态稳定，正值当打之年，跟俱乐部的关系也很好，只要状态没问题，再打个两三年是没有问题的。

至于小安所说的问题，这种战术型替补中单一向是有更好，没有也可以的情况，毕竟教练在下面看着，让首发中单临时做出调整就可以了，而且实力的差距并不是在场下观察一下就可以解决的。

培养一个新中单还耗时耗力，如果不是正好碰到了一个合适的中单，他们是不会考虑这个战术的。

何况BNO作为一个经济型战队，是不会去想培养两个同样强大的中单的，在考虑成绩的同时，还要考虑一下战队的收支。

教练把钟晨鸣的训练情况如实反馈给了经理，经理说了句考虑一下，看着电脑陷入了沉思。

而对战队交易完全不知道的钟晨鸣第二天跟可可出去吃饭，可可说这次来的不仅有她，BUG跟小凯也来了，Boom其实想来，但实在没空，在群里给大家道了个歉。

到了地方，钟晨鸣发现不止有BUG跟小凯，Master跟空气也来了，还有个一脸"我是谁？我在哪儿？"的懒宝宝，看得他很是意外。

钟晨鸣来了，可可十分热情地跟他打招呼，懒宝宝看着他嘿嘿笑，让他快点进来坐下。

Master看了他一眼，低头看手机，没说话，倒是空气跟他打招呼："18你好！"

空气打招呼说话还带着上扬的尾音,气氛一下子就活跃了起来,钟晨鸣也笑了:"你好,你们怎么来了?"

空气看了一眼还在看手机的 Master,笑着说:"经理喊我们来的。"

"经理?"钟晨鸣看向另外几人。

懒宝宝赶紧介绍:"可可姐!可可姐现在是 MW 的经理!"

钟晨鸣看向懒宝宝:"你难道是 MW 新来的打野?"

懒宝宝赶紧摇头:"没没没,我就是让可可姐带我出来见见世面。我们也好久没见了,你可是我兄弟,正好有空我肯定来看看我兄弟混得如何了!"

"你还当真了。"可可笑道,"跟你开玩笑,听不出来吗?"

"听出来了听出来了,解释还是要解释一下的!"懒宝宝赶紧道。

"签名都拿到了,紧张做什么?"空气拍了拍懒宝宝肩膀,"放松点放松点。"

懒宝宝笑了笑,表情还是尴尬,一边高兴一边都不知道手脚往哪儿放。

空气安抚着懒宝宝,BUG 也问:"你在 BNO 怎么样?"

钟晨鸣道:"挺好的,BNO 气氛不错。"

"好好打。"BUG 道,"我明年来 LPL 现场给你加油。"

钟晨鸣笑道:"那我争取给你弄张免费票。"

两人相视一眼,都笑了起来。

懒宝宝和 BUG 还好说,小凯过来钟晨鸣就有点意外了,从钟晨鸣过来,小凯就只是抬头象征性地跟钟晨鸣打了个招呼,就低头盯着桌上的肉。

红白相间的五花肉在铁网上嗞嗞作响,炭火炙烤下,油从肥肉里面冒出来,流进红色的瘦肉里,一起在铁网上颤动起来,瘦肉渐渐变为灰白,外面的一层亮汪汪的油却更让人有食欲。

钟晨鸣说:"小凯你来上海玩吗?"

小凯没理他,看着五花肉的边慢慢蜷起,又慢慢舒展开,快能吃了。

钟晨鸣:"你要不要去 MW 看看?"

小凯伸出了筷子。

懒宝宝一巴掌拍到小凯胳膊上:"小凯,我大哥问你话呢,吃什么吃!"

筷子一抖,五花肉从筷子上掉了下来,落到了桌上,小凯慢慢转头看

-280-

了懒宝宝一眼。懒宝宝莫名觉得全身发凉，赶紧躲到了钟晨鸣身后。

小凯这才转头看向钟晨鸣，点了点头："可可说带我来看看。"

可可道："小凯突然对战队感兴趣，我就带他来了。"

小凯又道："疯子说要去 NGG。"

这句话没头没尾的，不过也没人在意他们说的话，就 Master 突然绷紧了身体，然后又继续若无其事地玩着手机，耳朵却听着这边。

钟晨鸣道："我知道，你要去吗？"

小凯想了想，摇了摇头，转头继续看向了下一块快要烤好的肉。

钟晨鸣也不打扰小凯吃烤肉了，今天这个阵容，他知道可可肯定不是真的请他出来吃饭，便问可可："MW 怎么了？"

可可也不避讳，吃着烤肉坦荡道："上个经理中饱私囊，被大老板开了，大老板听说我有管理战队的经验，我朋友又在大老板耳边煽风点火了一番，大老板就让我上了。"

夹了块烤肉给小凯，可可继续道："大老板嘛，你应该也知道，富二代，弄战队就是玩玩的，砸钱就是了，根本没有管战队到底怎么样，不过还是想要有成绩，之前那个经理跟大老板关系还挺好的，不过翻脸不认人起来也特别惨，估计要进去坐几天。"

钟晨鸣点了点头，也没说话。这些战队之间的事情，他早有一些听闻，以前管理不规范的时候还要乱，现在已经好多了，不过条件好了起来，混子也多了起来，但总体来说还算是一件好事就是了。

可可看他一副不太关心的样子，又换了个话题："五神要转会了，可能走的还不止他一个。"

钟晨鸣问："这个跟我说没事？"

俱乐部对转会这件事一直都是藏着掖着的，生怕透了一点风声一样，不到最后时刻绝对不会公布，大家都憋着气看谁憋得最久，没想到可可竟然主动跟他说。

可可看了他一眼："BNO 的人没跟你说？"

"说什么？"

小凯吃了一块肉："转会。"

钟晨鸣这下是真的很莫名其妙了："没，我这几天都在跟着主队训练。"

可可："他们的人还告诉我你好像没有转会的欲望，我要去找他们好好问问了。"

说最后几个字的时候，可可微笑起来，不过这个微笑让懒宝宝都躲了半米远。

钟晨鸣思考了一下，反应过来，笑了："他们是想坐地起价？"

可可道："跟最开始谈的价格比，都快翻了个番了。"

钟晨鸣乐了："我就三个月合约，他们狮子大开口也不怕？"

"也没那么可怕，不过一开始的价格确实有点低，我估计他们是看到我挖人才想起有你这么一个人。"可可说着，"你来MW吗？"

钟晨鸣几乎没有考虑："如果缺中单，我就来，我要首发。"

可可道："训练赛打得可以就没问题，这点我相信你，五神估计都要签约了，他肯定要走。"

空气在旁边听了半天，说道："兄弟你不行啊，之前跟Master双排的时候这么猛，怎么去BNO连个泡都没冒一下。"

可可无奈道："都坐地起价了，求求你们这些人别吹了，给我留口饭吃吧！"

空气道："又不是花的你的钱。"

可可一想："好像也对，反正多少钱买你过来都是值得的，我相信你对得起这个价钱。"

钟晨鸣笑了："我觉得这个价钱有点低了。"

空气乐道："多少钱你知道吗？这就说低了？"

钟晨鸣道："我觉得我的转会费应该比你高才对。"

空气笑骂："兄弟你这么看不起我的吗？好歹我也是'五朝元老'，而且我又不走，鬼知道我转会费是多少，说起来可可我都不走了，能不能涨点工资，你看我的热血跟青春都奉献给了MW……"

可可："你先在韩服上个王者行不行？"

空气立刻转头看Master："玩什么手机，吃饭吃饭！"

钟晨鸣看向Master，他脸上就差写着"高冷"两个字了，钟晨鸣笑了笑，也没说话，倒是Master先憋不住了，干巴巴找了个话题："小安是不是很强？"

钟晨鸣听着这个问题怎么有点奇怪："嗯？"

Master："……"

钟晨鸣点了点头："很强。"

Master低头看烤肉："嗯。"

钟晨鸣："但是我跟他节奏不太对，还是跟你打游戏舒服。"

Master目光跟粘在了烤肉上一样，长时间没有移开。

空气先受不了了："你们这是在干吗？能不能一边去，不要打扰人吃饭。"

可可在旁边看着，点点头："以后的营销策略有了。"

大老板虽然说着是玩票，但还是想赚钱的。

懒宝宝转头看可可："嗯？"

可可道："吃饭，你什么都没听见。"

懒宝宝看着可可夹过来的肉，瞬间就把可可刚才说了什么忘了，高高兴兴地吃起了烤肉。

吃完饭几个人就散了，他们补直播的回去补直播，训练的接着回去训练，可可还要去准备交接战队，现在战队还没完全交到可可手里，她还有很多事情要去学，毕竟她也算是第一次管理战队。

可可有人来接，小凯跟懒宝宝还有空气都跟着她走了，送钟晨鸣回家这个任务就交到了有车的Master的身上。

路上Master依旧没怎么说话，倒是钟晨鸣先开了口："你今天怎么莫名其妙的？"

Master握着方向盘，还是不说话。

"你是不知道怎么说话了吗？"钟晨鸣问他。

"没有……"正好红绿灯，Master盯着前面的倒数数字，想了几秒，"我也不知道，不是很想说话。"

"咋了，老队友要走你心情不好？"钟晨鸣说着话，摸了摸兜里的烟，刚从基地出来，到跟可可吃完饭他一根烟也没碰，现在烟瘾犯了。

"我早就知道了。"Master伸手按住他想拿烟的手，继续说道，"他之前暗示过我，想让我跟他一起走。"

钟晨鸣将手从兜里抽出来，示意自己什么都没拿，Master点了点头，钟晨鸣道："你怎么说？"

"没说什么，我装作没听懂。"正好红绿灯切换，Master轻踩油门，将手收了回来，搭在方向盘上，他感觉这只手有点微热，而另一只手却是冰凉的。

"五神也是老选手了吧。"钟晨鸣又摸了摸自己兜里的烟，看看Master，还是没拿出来。

"他对田螺不满。"Master握方向盘的手稍微往下滑了一点，说着。

"嗯？"钟晨鸣觉得奇怪，"怕不是这样吧？"

Master道："另外的队给他开的工资应该不错，他在MW也有些烦了，大概是想换个环境。"

"理解的。"钟晨鸣看了看Master，又看了看车窗，犹豫着要不要开窗。

Master伸手把驾驶座旁边的一盒口香糖扔给了钟晨鸣，说："可可把注都押在你身上了，根本没有考虑过其他的中单。"

接过口香糖，钟晨鸣看着Master笑了："她也是胆子大。"

"可可其实在MW不怎么好。"Master没有看他，依旧看着前面的路，绷着表情，"大家都不太看好她，你知道女孩子在这方面总是会受点歧视。"

"所以现在你们都在等待看我表演吗？我压力很大啊。"钟晨鸣看着车窗外，"那我尽力吧，怎么也不能辜负可可的期望。"

他知道，让一个完全没有比赛经验的选手做首发，是多么大胆的一件事，赛场上多的是打了几年次级联赛才有机会进入LPL的选手，既然可可选择了信任，他肯定会不负所托。

钟晨鸣回去也没提转会的事，私自接触其他战队联系转会的事是禁止的，这条甚至明明白白写在合同里面，钟晨鸣肯定也不会去问。

还是照常地打着训练赛，跟小安双排，不过这次双排没两天，小安就要去全明星集训了，钟晨鸣又回归了单排的日子。

看可可的意思，他去MW这件事肯定是板上钉钉了，所以他刚开始单排，MW的人就想着来跟他熟悉熟悉了。

先是空气，十分热情地拉他双排，他也没拒绝，爽快地接受了邀请。

为了避免麻烦，这次空气没开直播，还找了个小号跟钟晨鸣打。由于有人选辅助排得也快，空气虽然喜欢吐槽，但这次没有喊钟晨鸣开语音，可能也是怕给钟晨鸣添麻烦，毕竟这个转会的当口儿跟外队的人双排，就怕别人乱说些什么。

打了两把，空气排到的都是辅助，这次进来，空气突然排到了个打野。

空气就打字跟辅助大兄弟商量：【3sup？】

suponlyMMM：【OK！】

虽然没开麦，空气也抑制不住自己爱吐槽的本性，私聊钟晨鸣：【这个人是不是只会辅助啊？要不我跟他说我还是去打野算了？】

钟晨鸣：【你安心辅助吧。】

空气：【兄弟你这么不信任我的吗？】

钟晨鸣：【没，你辅助还可以。】

空气：【？？？】

接着队伍对话框里面钟晨鸣就打出来一行字：【Miracle？】

suponlyMMM 并没有回他，空气却又发过来消息：【Miracle 小号？】

钟晨鸣：【嗯。】

空气：【他在开直播？】

钟晨鸣点开网页看了一眼，回答：【在开。】

空气：【还好我是小号。】

钟晨鸣：【……你脑补太多了。】

Miracle 虽然是 NGG 的辅助，但他其实是个全能选手，什么位置都能玩，还玩得很好，玩辅助大概就是因为其他位置没挑战性了，来挑战一下这个指挥位置。

钟晨鸣很熟悉 Miracle，这是晨光多年的队友，曾经一起征战，一起在召唤师峡谷里面大杀四方，他能回想起 Miracle 指挥的声音，甚至记得世界赛决赛上他跟 3F 下路的对话。

现在晨光跟 3F 都退役了，曾经的 NGG 分崩离析，只有 Miracle 一个人还在坚守，从年纪最小的青涩队员成了战队的中流砥柱，带领着 NGG 重新崛起。

钟晨鸣其实很羡慕他，也很佩服他，当初晨光跟 3F 的退役让 NGG 举步维艰，Miracle 却救活了 NGG。

Miracle 虽然已经算是大龄选手，竞技状态却维持得很好，他玩的打野豹女，二级就下路带走了对面 ADC。

空气毫不吝啬打字赞美：【6666666！】

钟晨鸣盯着豹女看了一会儿，打出一行字：【Miracle，能不能给个好友位？】

suponlyMMM：【不。】

钟晨鸣：【那怎样才能给好友位？】

suponlyMMM：【不。】

钟晨鸣：【这把我"杀"二十个，给个好友位行不行？】

suponlyMMM：【……】

空气看到这里，眼睛盯着屏幕还抽空拍了拍 Master 肩膀："哇，你家中单竟然主动要好友位，活久见！"

Master 转头看了一眼："Miracle？"

空气："对啊，话说都是老年选手，为什么我没有这待遇，我就比 Miracle 少打了一年职业吧！"

Master 根本没理他后面的话，直接道："Miracle 的话，很正常。"

"什么叫正常？"空气一边操作着一边问 Master。

Master 打着游戏，头也没回："当初他也是这么跟我要好友位的。"

空气："行行行，你们厉害，我不跟你们讲话。"

而 Miracle 那边的直播页面上，也有粉丝认出了钟晨鸣，跟 Miracle 提醒：【这个是 18！那个两个号韩服第一的人！】

【哇，我们 Miracle 就是高冷，但是不要拒绝 18 啊！这还是我第一次看到 18 主动要好友位。】

Miracle 并没有看弹幕，而是认真打着游戏，至于二十个人头好友位的事，他根本没有当回事儿，这又不是"青铜白银"，哪有那么好杀的。

钟晨鸣这把拿的劫，他说二十个人头，那就要杀二十个。

这把前期有点难，虽然 Miracle 去下路抓死了对面 ADC，强行打出优势来，但 Miracle 一走，下路突然送了个双杀。

钟晨鸣看了一眼下路的情况，怎么都想不通这两个人是怎么送双杀的，只能归结于 ADC 太菜，中路单杀完之后，就去了下路，空气十分明白套路，帮助钟晨鸣拿到了双杀。

钟晨鸣打起了十二分精神在玩，拿出了自己打比赛的注意力来，他们打的国服，国服这个段位的水平实在是不敢恭维，钟晨鸣杀起来也比较轻松，就是下路少送点就好了，再这么送下去钟晨鸣感觉他杀再多都赢不了。

终于，打了十来分钟，下路喷起来了，先是 ADC：【玩的这什么垃圾辅助。】

空气不说话。

ADC 又打字：【这么菜还敢要辅助位置？】

空气还是不说话。

钟晨鸣也没劝架，这次空气玩得确实菜，钟晨鸣只能归结于空气在练英雄，就多去下路帮他，争取能帮起来，他伤害高，一下子又是收人头。

人头有了，装备一好起来，劫就是万军从中取敌将首级，"杀"完敌首还能全身而退，这把打了三十几分钟，钟晨鸣拿到了"22 杀"，还真"杀"了二十几个人。

这个时候 Miracle 才算是去注意了一下这个中单，操作确实不错，意识也好，在排位里是个很强的玩家，算是强行带他们下路躺赢。

站在对面基地面前，钟晨鸣又打出字来：【能不能给个好友位？】

这行字刚发出去，基地爆炸，钟晨鸣退了出来，在战况结算的界面点了 Miracle 名字，加好友。

消息亮了一下，空气打字飞快，刚出来就发过来一行字：【嘿嘿嘿，你看我给你创造的条件怎么样，如果不是我带着 ADC 送，你"杀"不了二十个这把就结束了。】

钟晨鸣：【谢谢。】

空气：【不客气不客气，请吃饭啊。】

钟晨鸣：【好。】

刚跟钟晨鸣沟通完，空气就拉着 Master 炫耀："你看我骗了 18 一顿饭哈哈哈！"

Master 本来专心打着游戏，不想理空气，此刻刷着野还是忍不住转头看了一眼，就看到一个"好"字，又转了回来，说着："我不批他没钱。"

-287-

空气问:"为啥?"

Master:"他的工资卡在我这儿。"

空气立刻转头表示震惊。

而游戏里面,Miracle出了游戏,终于看了一眼弹幕,看到直播间的粉丝刷的消息,知道了18这个人。

确实玩得挺好的,Miracle看了一眼18的战绩,都还不错,主动加了这个18。

钟晨鸣这边也很快通过了好友申请,接着就弹了一个消息过去:【双排吗?】

Miracle:【好。】

钟晨鸣主动拉了Miracle,拒绝了空气的邀请。

空气:【?】

钟晨鸣:【我跟Miracle双排两把试试。】

空气:【???】

钟晨鸣:【晚点跟你双排。】

空气立刻转头跟Master告状:"这个人不讲义气啊,我'演'了一轮让他有了Miracle的好友位,结果他转头就抛弃我了?有点意思的这个人。"

Master直接伸手将他的椅子转了个面:"闭嘴,不要打扰我打游戏。"

第十二章
燃之冬

晨光还在NGG的时候，Miracle是战队里面年纪最小的，脾气性格也好，粉丝们都把Miracle看作NGG的队宠，晨光平时也会照顾一下这个小弟弟。

现在Miracle已经成了NGG的队长，钟晨鸣看他的采访跟比赛，Miracle成熟稳重了很多，从之前的"软萌"少年变成了可以独当一面的选手。

这次跟Miracle双排，钟晨鸣看了双方阵容，对面中单是沙漠皇帝，他就拿了妖姬。

Miracle玩的牛头，版本更新之后，因为新符文的原因，Poke型（消耗型）下路成了宠儿，对面就是Poke型下路的代表，辅助女枪跟ADC维鲁斯。

他们这边是EZ跟牛头，EZ也算是版本宠儿，有个"行窃预兆"的符文让EZ发育得十分快，但那是发育起来之后厉害，前期还是没什么特别的，最多通过天赋偷点小东西。

他们这个组合，有一个弊端，那就是手短，对面偏偏是两个消耗厉害的长手组合，这就让EZ跟牛头前期很难受了。

对付远程消耗组合，最好的方法就是强开，牛头就是一个强开型辅助，但一二级的时候技能没学全，想强开也开不起来，到了二级对面也会十分注意走位不让牛头开到，就算开到，前期EZ的伤害也不够，打不赢，只能猥琐发育。

前几级Miracle跟着ADC在下路被消耗残血，不得不回家，再次出来，Miracle就没急着上线，买了个真眼去河道做视野。

钟晨鸣看Miracle往这边走，下意识就开始放线，等Miracle做完真眼，一看中路，好像有机会，立刻就过去了。

Miracle 作为一个老辅助，抓机会的能力十分出众，一眼就看到抓中路的机会来了。

对面沙皇也是活得十分不谨慎，一看打野出现在上路，妖姬一退，突然就信心满满地觉得这个妖姬菜得抠脚，他肯定能压得这个妖姬生活不能自理。

接着钟晨鸣就上去跟他热情友好地问了好，妖姬手中的法杖挥舞，手中锁链与印记飞出。

沙皇并没有着急，他是沙漠的皇帝，技能是召唤出沙兵来帮他作战，优势是远程持续作战能力，而妖姬的优势是爆发高，只要一套没打死他，接下来就是看他如何表演。

现在妖姬的伤害肯定是杀不了他的，他已经中了妖姬的伤害技能，那他就一定得打回来，换血不能亏！这个妖姬都被他压了线，换血还是要换赢！

妖姬手中的锁链消失，沙皇被锁链禁锢，突然一个老牛从旁边的草丛走了出来，一头撞向沙皇，又在刚刚要触碰到沙皇的时候双拳往地上猛然一捶，大地震颤，沙皇被捶了起来，老牛的点燃挂在沙皇身上，加上妖姬的平 A 伤害，这次沙皇还没落地就没了。

沙皇那个恨啊，他还想搞事，却发现这个妖姬不跟他打了！

妖姬回家补充了装备，看下路觉得能打，直接传送到了下路，Miracle 来中路帮了他，他肯定要帮回去。

实际上就算 Miracle 没有来帮他，他也会十分照顾下路，他相信 Miracle，如果能把 Miracle 从下路放出来，这一把就算是赢了一半。

这么多年的职业生涯，Miracle 早就成了一个全能辅助——"进可全场游走带节奏，退可奶妈香炉温柔乡"，这种局里面，只让 Miracle 保护 ADC 肯定是大材小用了，能让下路有优势，Miracle 可以出来游走，那 Miracle 的作用可不比一个会玩的打野小。

这一次是下路大乱斗，不仅是钟晨鸣到了，对面上路看有人传送，不管是谁传送，他先来支援再说，正好对面打野也在下路，对面一边想退，还在一边想办法反打。

Miracle 的嗅觉十分灵敏，在钟晨鸣打信号的时候，他就直接闪现强开了对面活得不谨慎的女枪，EZ立刻跟上伤害，对面维鲁斯反打，钟晨鸣传送，维鲁斯一边打一边开始想着后撤。

女枪交了闪现想跑，钟晨鸣传送落地，直接闪现加位移技能"魔影迷踪"跟了过去，收掉残血的女枪人头，然后他回头看了一眼身后的战况。

他收掉女枪人头的时间里，对面上单落地，正向他走来，对面打野也出现在了视线范围之内。

现在他有两个选择，一个是穿过对面防御塔的保护范围，被防御塔打两下离开，或者再次按下"魔影迷踪"，回到他之前使用"魔影迷踪"的位置，但那个位置，对面上单正好路过。

根本没怎么思考，钟晨鸣就按下了"魔影迷踪"，有 Miracle 在，他相信自己不会死。

结果下一刻，Miracle 就走向了对面 ADC 维鲁斯，一拳将维鲁斯捶了起来，配合 ADC 杀了维鲁斯。

钟晨鸣："……"

没有位移技能的钟晨鸣虽然极力想跑，但无路可去，"惨死"在上单跟打野手中。

这个时候 Miracle 才回过头来，顶开过来想杀 ADC 的打野，保护 ADC 全身而退。

今时不同往日……

钟晨鸣心中突然就生出沧桑感来。

不过刚才那个情况，Miracle 或许没想到他会回来，去帮助 EZ 杀对面维鲁斯也是正常选择，如果不是 Miracle，他也不会回来，宁愿从对面防御塔走，去看情况能不能碰到对面沙皇。

虽然有了这么一个小插曲，这一把还是在钟晨鸣的"大杀特杀"之下赢了。游戏结束的那一刻，Miracle 在直播间里说了两个字："躺赢。"

下一把，钟晨鸣拿了沙皇，他就是看对面玩，所以自己想玩了，没有什么特别的原因。

这次 Miracle 拿了女枪，也没什么原因，看对面玩，自己也想玩，就这么简单。

钟晨鸣不怎么玩沙皇，沙皇又是一个看熟练度的英雄，这一把，他就有点惨了，以往的支援打不出来不说，前期还被压线压刀，玩得他自己都想笑——菜得想笑。

打了几分钟，钟晨鸣终于学会了如何控制沙兵，这个时候他六级了，有了大招，他觉得自己可以很酷地用大招把对面推进自己塔里面，他就行动了！

三个技能接起来：Q——E——R！

好像推反了，闪现闪现闪现！溜了溜了！

钟晨鸣一顿乱七八糟的操作，成功玩出了自己的闪现，然后默默"回家"，下次上线安安静静待在中路，刷兵。

再玩下去就要把自己玩死了。

不过虽然失误了，但这个大招的释放技巧他还是领悟了，在中路安安静静发育了几分钟，下次打野来 GANK，他直接闪现用大招把对面中单推了回来。不知道从哪儿闻到了人头的气息，Miracle 突然冒了个头，噼里啪啦一顿枪弹的声音响起，人头被 Miracle 拿走了。

钟晨鸣打字：【……】

Miracle 丝毫不虚，淡定回道：【混个助攻。】

打野也表示了一下自己的意见：【……】

Miracle 淡定地回到下路，还打字说道：【你这个沙皇有点问题。】

钟晨鸣：【练练。】

Miracle：【可以。】

二十分钟之后，钟晨鸣终于刷出师了，团战将对面打野推到了 Miracle 面前，Miracle 直接就被切死。

Miracle：【？】

钟晨鸣：【手滑。】

下一次又是钟晨鸣被抓，Miracle 直接闪现给了对面虚弱，又放 E 技能减速，护着钟晨鸣离开。

钟晨鸣退了两步，Miracle 突然停下了脚步，他们的支援来了。

屏幕中的沙皇突然回头，手中权杖一指，沙兵冒出，手中的金色长矛直戳向追上来的打野，Miracle 立刻放出大招，一排排的子弹射向面前的区域。

沙皇金色权杖一挥,沙兵突刺向前,沙皇身上出现一个金色护盾,猛然冲向对面打野,一排沙兵凭空出现,冲击向对面打野,沙兵手中的盾牌将打野顶得飞起来。

两个人这个配合,一套伤害打出,对面脆皮打野直接被秒。

对面还想过来杀沙皇,但钟晨鸣在女枪的大招保护之下,对面不敢轻易踏进这个由子弹织成的区域,支援赶到,直接开了对面 C 位,对面只得落荒而逃。

这一局之后,钟晨鸣就跟开了窍一样,沙皇突然就杀了起来,对面在一排排的沙兵面前就跟纸一样,而且这个沙皇不止能操纵沙兵,还直接闯进了人群当中把自己当刺客来用。

最让人气愤的是,这个人把沙皇当刺客玩还真的能切死 C 位,这就很可怕了,沙皇有这么玩的吗?说好的远程操纵沙兵杀人呢?

别人看不懂,Miracle 却能看懂,这个沙皇的切入时机掌握得很好,看来应该是刺客玩习惯了,是个专业刺客玩家没错了。

钟晨鸣其实不是想把沙皇当刺客来玩,不过他玩着玩着,就觉得这样还挺好玩的,用 QE 位移切进人群,放大招破坏阵型然后切 C 位,越玩越好玩,对面还给他切进去的机会,那他就肯定要把握了!

两人排了几把,排得还算愉快,到了饭点,钟晨鸣再次拉 Miracle 双排,被 Miracle 拒绝了。

Miracle 打字过去:【吃饭了。】

钟晨鸣:【嗯。】

钟晨鸣点开了 Miracle 的直播间,刚打开,就听到直播间里一个年轻男孩的声音:"怎么了?"

接着是 Miracle 成熟了很多的声音:"没事,遇到个挺好玩的队友,挺强的。"

声音跟记忆里没什么差别,但两人已经跟以前大有不同。

钟晨鸣笑了笑,招呼队友一起去吃饭。

吃饭的时候,他消息响了起来,是 Master 的消息,问他晚上有没有空双排。

钟晨鸣答应下来,他晚上还真没什么安排,只需要完成指定的训练任务局数就行，跟人双排也是打，自己打也是打，没什么区别。

等进了游戏，钟晨鸣开始选英雄，看到 Master 选了螳螂，钟晨鸣在英雄列表里面看了一圈，锁定了自己刚刚买的英雄：佐伊。

佐伊是个新英雄，拥有可爱的外表和搞怪的性格，她的技能也是十分的古灵精怪不走寻常路，只要用得好，就是一个很强的英雄。

佐伊的设计师同时也是亚索的设计师，佐伊完美继承了亚索在玩家中的看法，真的是让人又爱又恨，敌方佐伊一套秒人，是召唤师峡谷里顽皮的精灵；我方佐伊出门就死，人头送个不停，开着大招给对面送钱，往往就是个"千送伊"。

像秀起来秀得飞起，坑起来坑得人哭的英雄，一般都有个外号，什么"儿童劫""托儿索""提款姬"，"千送伊"这个称号从佐伊出来没两天就有，可以说玩家对这个英雄十分的肯定了。

由于"千送伊"的原因，这个英雄在排位的 BAN 率几乎是百分之百，钟晨鸣买来就没玩过，只在自定义看了看技能，这一把没人 BAN，他终于可以玩一玩。

主要 Master 的螳螂玩得还是不错的，就算他坑一点，Master 应该也能带得动。

抱着这样的想法，钟晨鸣开始了这把排位。

佐伊的技能钟晨鸣大概知道，QQR 技能连用能打出最高伤害，至于具体要怎么放技能，那就看情况再说吧。

大概是拿了千送伊的原因，钟晨鸣中路得到了"特殊"照顾，不过 Master 也特别照顾他，辅助看到中路有架打，也围了过来，突然就变成了中路大乱斗。

打架不可怕，谁技能没中谁尴尬。

佐伊只有两个伤害技能，钟晨鸣连续两个技能落空，这就很尴尬了。

团战打完，钟晨鸣感觉自己的输出几乎为零，回家补充状态的时候，他释放了一套连招看情况，然后又去了中路。

虽然钟晨鸣这个佐伊菜得一个技能中不了，对面打野还是又来了中路，辅助见苗头不对，也立刻往中路跑。

他们辅助是个机器人，来到中路将对面打野勾到了钟晨鸣面前，钟晨鸣正好想用佐伊的控制技能"催眠气泡"去控住打野，两个人技能同时出手，结果就是机器人勾到了打野，但是佐伊手中的彩色泡泡在地上弹了一下，铺开成了彩色星星地毯。

机器人勾到也算控制，钟晨鸣立刻 QQ 连招接上，打了打野半血，控制一结束，对面打野就扑向了钟晨鸣。

这个佐伊技能都用了，这不就是送到嘴边的肉？

钟晨鸣立刻交出大招"折返跃迁"躲避，如果机器人不把对面勾过来，他还不用跑，勾过来就在他面前了，这不跑不行了，他伤害不够一套秒掉对面打野。

"折返跃迁"是个位移技能，但是位移之后还会回去，钟晨鸣想着逃跑就按了下去，对面打野就在他之前的位置等着，一秒之后，闪烁到另外一个位置的佐伊又回来了。

打野立刻跟上，钟晨鸣此时已经笑得不行，不知道这把打的是什么，但这个英雄挺好玩的，钟晨鸣被打野抓到，死在原地，他还在笑。

机器人打字：【你这个佐伊……】

钟晨鸣也打字：【我菜我菜。】

机器人：【你佐伊伤害怎么这么低？】

钟晨鸣：【大概是因为菜吧。】

机器人无言以对，别人都承认自己菜了，还能怎样？只能自己不去中路好好打下路了。

Master 打到现在，早就发现钟晨鸣的佐伊菜得非同寻常，估计是第一次玩，或许不仅是第一次玩，还对这个英雄机制的适应度很低，如果要赢，肯定不能帮一个不会玩的人，他已经把重心转移到了下路。

机器人一回去，Master 就开始在下路搞事，而钟晨鸣的佐伊……就让他在中路送吧。

当然，钟晨鸣对线期刷线躲技能一点问题都没有，还能用 E 技能催眠气泡把对面中单睡得不想跟他对线，这也是对面打野十分照顾他的原因，但是令人尴尬的是，打起小团来，钟晨鸣就有点不知道怎么玩了。

不过练英雄嘛，不经过一段菜得不行的时期，怎么能变强呢？

由于 Master 将火力吸引去了下路，钟晨鸣就安心跟对面中单在中路对线，这次他还是注意了很多，没有乱七八糟一顿操作让对面打野找到抓他的机会，而一旦对面打野在其他路露了面，他就开始狂压对面。

佐伊是个很强的英雄，不然也不会有接近百分之百的 BAN 率，钟晨鸣就算是第一次接触这个英雄，都能在线上把对面中单压着打，当然，这也是对面中单水平有问题的原因，钟晨鸣打的国服大师号，对面确实跟他有一定的水平差距。

钟晨鸣一边打游戏一边被自己的操作蠢得发笑，他的队友终于忍不住看了他屏幕一眼："什么东西这么好笑？"

钟晨鸣笑着说："这个英雄好玩。"

"这个打野玩得可以，这顿操作秀得不行。"队友一下就被屏幕上的螳螂吸引去了注意力，刚才螳螂秀了一顿操作，一打三绝地反杀，细节操作躲过一万个技能，杀完还溜了。

与螳螂相对的就是钟晨鸣的佐伊，他本来想去支援的，结果又是一个技能没中，只得回中路安静刷线去。

队友也看出问题来了："这么菜的佐伊我还是第一次看见。"

"我觉得我水平还可以了。"钟晨鸣说道。

队友一脸不信："千送伊。"

钟晨鸣笑着说："我马上杀个人给你看看。"

说完，钟晨鸣就转头去了对面野区，一个"催眠气泡"从墙壁里滑了过去，那个位置正好有 Master 之前在对面野区留下的眼，看到了对面 ADC 路过。

对面 ADC 刚走到视野中央，刚刚他刷了个野怪，血线还不满，突然从墙壁里蹦出了一个彩色气泡来，"啪"一下弹在他头上，他立刻被催眠睡着了。

一个闪烁着星辰的圆洞出现在了 ADC 身旁，从圆洞里跳出个金色长发的小女孩。小女孩高兴地挥着手，一团星星一样的光芒随着她挥动的手弹到 ADC 身上，打出爆炸伤害来，ADC 被打中莫名其妙血线就消失了一大截。

小女孩从星辰光辉的洞里面消失了，又蹦蹦跳跳着走过来，手中闪烁的星光弹射向刚刚能动弹的 ADC，ADC 仅剩的一点血皮也没了。

"666……所以你战绩怎么回事？"队友一针见血。

钟晨鸣十分淡定："之前没这个机会，你看我人头，都是单杀的。"

队友："可以的，所以你'死'的次数都是打团'死'的？"

钟晨鸣点了点头，随后又笑了。

队友只能鼓励道："加油。"

虽然钟晨鸣线上优势挺大的，但由于玩得太少，英雄理解不够，打团根本就没什么作用，打到一半他们就有点不行了，钟晨鸣这才想到点什么，就抓到对面后排把对面 ADC 给杀了，不过他也没能回来，但总算是有点用了！

机器人打字吐槽：【突然感觉有赢的希望是怎么回事？】

ADC 立刻道：【醒醒。】

没睡醒的机器人下一秒团战就被教做人，佐伊没有抓到杀后排的机会，只能打前排，他还打不动，这团战一输，对面立刻推平了他们基地。

出去之后，Master 弹了个消息过来：【语音？】

钟晨鸣直接弹了语音过去。

虽然之前为了避嫌，钟晨鸣跟空气双排的时候没有开语音，还用的小号，但 Master 就不同了，谁都知道他跟 Master 是好友，这倒是没必要避嫌。

一打开语音，Master 就问他："还玩佐伊？"

钟晨鸣道："看情况吧。"

这个看情况，就是佐伊接连三把被 BAN，到了第四把的时候，他才重新有机会选到佐伊。

看到钟晨鸣的佐伊，Master 突然问了个问题："你跟 Miracle 双排的时候怎么不玩佐伊？"

钟晨鸣被这个莫名其妙的问话搞得愣了一下，这才反应过来："你还看直播吗？"

Master 立刻道："没，看了下战绩。"

这话回答得十分迅速，迅速得钟晨鸣都觉得有点奇怪。

不过钟晨鸣也没多想，就道："跟他打嘛，我总要 carry 一点，毕竟是 Miracle 对吧。"

Master："那跟我打就开始练英雄？"

钟晨鸣："你在说什么？你不带我飞？"

Master沉默了一下，突然笑了："也对，躺好，这次带你赢！"

等MW跟BNO的人谈得差不多了，转会的这件事可以确定下来的时候，BNO的管理层才找钟晨鸣说了转会的事，并且问他的意向。

问的时候管理也说得很有余地，说知道他跟MW的人比较熟，如果他要是不想走，BNO也会有他的位置。

钟晨鸣笑了笑，管理也笑了，一切都在不言中，双方都懂了。

合约签完，钟晨鸣就从BNO搬到了MW，五神转会的事情已经定了下来，他打完nest杯没多久就把东西搬走了，Master的房间空了一张床出来。

钟晨鸣没什么东西，找个袋子提着几件衣服，抱着鼠标键盘就去了MW。

尽管钟晨鸣东西不多，Master还是去了BNO一趟，开车接钟晨鸣。

两人没说什么话，路上偶尔聊了两句关于战队的事情，到了基地，Master停好车走出来，站在MW大门前，看着钟晨鸣突然露出一个好看的笑容来："欢迎来到MW。"

钟晨鸣一手提着鼠标键盘一手提着衣服，从他身边走过："我住哪儿？"

Master立刻跟了上去，他发现这个人怎么把MW当成自己家一样，一点都不拘束的？

Master从钟晨鸣手中接过东西，带他去了房间。对于跟Master一个房间，钟晨鸣没有任何异议，他甚至还松了口气，跟Master一个房间还免了遇到不熟的人的尴尬，挺好。

等东西放完，可可拿了洗漱用品过来，跟钟晨鸣打了招呼，一切就跟之前在TD一样，除了基地大了点，队友厉害了一些，好像也没有什么不同。

钟晨鸣跟着可可熟悉了一下基地，下午就去训练室训练。

五神转会走的时候带走了上单，这个时候基地里就剩空气、Master跟田螺，自然还会有其他队友来，但钟晨鸣是来得最早的一个。

LPL的转会窗刚开，人员定得也没这么快，这段时间里几个俱乐部包括俱乐部头上的资本都在进行较劲，不到转会期关闭的时候，谁也说不好最终队员的名单是什么，就算是公布了，指不定还有半路加入的。

在钟晨鸣搬到MW的第二天，全明星赛开始了，全明星赛在洛杉矶举行，北京时间早上四点比赛就开始了，钟晨鸣没有选择起床，准备睡到自然醒起来看重播，结果没想到大早上的被 Master 给弄醒了。

Master 一大早就起了床，这次他起得比钟晨鸣还早，跑去基地的健身房待了一个小时，又回来洗澡，本来钟晨鸣还没醒，这下被哗啦啦的水声弄醒了，坐起来拿手机看比赛。

Master 洗完澡出来，就看到钟晨鸣在看比赛，便打招呼："醒了？"

"嗯。"钟晨鸣看着比赛，"你怎么这么早？"

"有点睡不着。"Master 擦着头发坐到钟晨鸣旁边，跟他一起看比赛，"solo 赛？Miracle 恐怕要输。"

手机屏幕上是 Miracle 跟 Kiel 的 solo 赛。

"不会，Kiel 打不过他。"钟晨鸣道。

"Miracle 这么强的吗？"

钟晨鸣道："很强。"

没过三分钟，Kiel 倒下，Miracle 丝血获胜。

Master："运气好？"

钟晨鸣："这个叫实力，计算好了肯定是 Kiel 先死。"

Master 突然换了个话题："你怎么看 NGG 自带滤镜？"

钟晨鸣不承认："有吗？"

Master 点头："有。"

钟晨鸣："他们确实强，不是我带滤镜。"

很快下一把要开始了，Master 也没计较这个。

全明星赛要进行三天，这几天 Master 都起得很早，不过尽量不去吵钟晨鸣，等钟晨鸣醒了就跟他一起看比赛，下午 Master 直播，钟晨鸣打 RANK 训练。

等到全明星赛第三天，迎来了决赛，这次决赛依旧是中韩大战，LPL 全明星对阵 LCK 全明星。

这次是 BO5，因为时差，北京时间早上八点就开始打，钟晨鸣这次自己醒了，洗漱之后跟 Master 一起去了训练室。

钟晨鸣分到的电脑在 Master 旁边，跟空气隔了一个位置，这个时间点大家都没起来，训练室里空空荡荡的，估计整个基地就他俩能早起。

两人开了一台电脑，Master把椅子拉过来，坐在钟晨鸣旁边看比赛。比赛看了一半，钟晨鸣突然发现旁边这个人没声儿了，转头一看，Master竟然睡着了。

　　还真是哪儿都能睡。

　　这几天Master睡觉时间还是凌晨十二点以后，起床时间突然就变成了五六点，不累才怪，钟晨鸣也没管他，继续看他的比赛。

　　一把比赛看完，Master迷迷糊糊醒了，钟晨鸣让Master去屋里睡，Master看他一眼，把椅子拉得近了些，说道："让我靠下。"

　　说着，Master就靠在了钟晨鸣椅子上，又睡了过去。

　　钟晨鸣："……"

　　Master没睡两分钟，头就掉到了钟晨鸣肩膀上，钟晨鸣已经习以为常，调整了一下坐姿，让Master的头不会继续往下掉，就安心看起比赛来。

　　Master睡了有半个小时才再次醒过来，这次像是睡醒了，十分没有高冷形象地打了个哈欠，看着比赛屏幕："怎么2∶1了？我不就睡了一觉？"

　　"马上3∶1了，你还睡吗？"钟晨鸣问他。

　　Master看着钟晨鸣，过了两秒才道："算了，不睡了，看比赛。"

　　或许是全球总决赛打得太憋屈，这次全明星赛LPL的队伍竟然势如破竹，打得气势汹汹，直接3∶1拿下了全明星赛的冠军，看着直播画面切向了选手，钟晨鸣也就关了直播，看向Master："双排？"

　　Master点头："来！"

　　看到LPL夺冠，肯定是高兴的，Master说话的语气都高兴了不少，钟晨鸣也笑着，毕竟是LPL的冠军啊，虽然这个冠军不如全球总决赛的冠军那样含金量高，甚至被很多人看作是一个娱乐赛，但这也是LPL的冠军。

　　钟晨鸣打开游戏。

　　他希望明年，是他为LPL再拿下一座冠军奖杯，所以现在就要继续努力了。

　　全明星赛结束之后，转会的关注度也上来了。

　　转会窗开得比全明星赛早，不过有全明星的热度在的时候，关注的人不是很多，等全明星的热度一消下去，战队之间队员的去留问题就浮了上来。

LPL 的俱乐部之间开始了一场憋气大赛，不管是战队管理还是选手，都对转会问题闭口不谈，有人问干脆就当没看见。

战队跟选手都不谈，各种小道消息、"舅舅党"（自称有亲戚在内部的人）却漫天飞起，无数玩家跟媒体开始猜测各大选手的去向，今年因为联赛制度改革的原因，会增加两个 LPL 的席位，采用的是竞标形势，这又让大家猜测的事情多了一些。

微博上，有媒体发突然曝出消息来："五神或将离开 MW？新的 MW 中单会是谁？"

这篇微博将五神离开 MW 的原因说得有理有据，挖了各种料，甚至连中下不合的这个理由都找了一二三点出来。

随着这篇"猜测"，又有其他媒体发出了自己的猜测来。

"NGG 阵容难再续？"

"BNO 签下新人 18？"

"憋气大赛最后一名，沉不住气的 UNG。"

"到底谁才是这场憋气大赛的冠军？"

"竞标价格已达 6000 万？城玩时代将入驻 LPL？"

"JW 战队或将退出 LPL，联赛新规则发布。"

不仅媒体在这里猜，粉丝更是担忧。大多数粉丝都不希望换阵容，除非是战队真的问题很大。

转会消息一个都没出来，队员们直播的时候粉丝也问到了这个问题。

Master 一向是不看弹幕，就算看到了他也会视而不见，毕竟战队要求保密的东西，他不能提前说，也懒得说。

倒是空气十分开心地跟直播间的观众一阵乱吹："五神啊？我怎么知道五神会去哪里？五神在没在基地？没在啊，他自己不爱直播我也没办法，是说五神不转会了？我怎么知道转不转会，五神在 MW 待了多久了，你们心中没点数吗？跟 18 双排？我没有啊，Master 倒是经常跟这个小孩双排，玩得不错，我还想抱他大腿上分，改天让 Master 介绍一下给我，'大腿'借我用用。"

钟晨鸣就坐在跟空气隔了一个 Master 的地方，听着空气吹牛，八风不动稳如泰山，对于空气的话他就当一个字没听到，空气那个位置也快靠近角落了，没事肯定不会过去，他倒是不怕被摄像头看到。

"我自己啊。"空气继续说着，"我在MW打了多少年了你们没点数吗？再说我这么菜，除了MW……不对错了，我这么厉害，外面战队都抢着要我，我该怎么办啊，真烦恼，NGG开价一千万让我去打中单，我要不要去，不去又怎么拒绝，YKW的邀请我也收到了，他们说看我适合打野位置……"

弹幕画风跟着空气的胡吹乱扯走得越来越远，钟晨鸣听着好笑，空气这么大的一个人了，活得也是这么不谨慎，还是MW的队长，这个队长当得他都觉得MW要凉。

在MW待了一个星期，关于MW的消息他虽然没有特意关注，也看到了不少，就连他那个万年不发一条微博的微博下面，也有人在问MW的情况。

五神走的时候没有藏着掖着，加上最近大家都在直播，开着摄像头大家也发现以前五神的位置一直没有人，各种猜测说得有理有据，粉丝们肯定会担心。

不只是粉丝们关心MW的情况，其实钟晨鸣也有点关心，这转会期都过去大半了，他们的上单还是没有消息。

战队里面大家都在补直播训练，也没人怎么在意上单会如何，反正总会有新上单的。

可可成了战队经理，已经算是战队的决策层，但战队签人这种事肯定不是她一个人说了算，而且想要的人也不一定买得到，特别是在转会期之前还换了一批管理，这对MW来说其实挺伤的。

之前的管理走得也不光彩，交接的事情肯定没做好，或许之前有在谈上单，但到了可可这儿，都要重新来过。

各方面的原因综合下来，MW的队员们还没等到上单，却等来了一个新的辅助。

这天队员们补直播的补直播，上分的上分，突然可可就带了个人进了训练赛，让他熟悉一下战队环境。

钟晨鸣从排位的间隙抬起头来，看了一眼，发现这个人还是熟人，正好新辅助一眼就看向了他，钟晨鸣跟他抬手打招呼："欢迎来到MW？"

疯子向他招招手，笑容灿烂："兄弟我来了！"

-302-

可可给疯子安排了电脑，想让疯子坐另外一排，疯子好像有点不乐意，看了几眼 Master 的位置，还是摇摇头算了，一来就抢位置还是不好，等混熟了他再把 Master 骗走，他坐钟晨鸣旁边吹牛，嘿嘿嘿。

钟晨鸣的位置已经是边缘，旁边就是墙壁了，疯子就选了个跟钟晨鸣背靠背的位置。

虽然说是背靠背，但 MW 的训练室还是不小的，这个背靠背快有三米远，疯子勉为其难地接上自己的鼠标键盘之后，拉着椅子就跑到钟晨鸣旁边跟他说话。

"兄弟想不到吧，我来 MW 了！"

钟晨鸣也挺意外："你不是说想去 NGG？"

对于这个事情疯子毫不避讳："NGG 不要我啊。Miracle 竟然还不退役，我去别说首发了，当个替补估计都没上场的机会，他们的战术中心就是独孤，我肯定是没机会了。"

这件事情疯子倒是想得很开，钟晨鸣没说安慰的话，这个人不需要安慰，而且现在人在 MW，他安慰一个来 MW 去不成 NGG 的人也不像话，就点点头听他说。

疯子继续道："然后 MW 不是正好嘛，我感觉 MW 也挺好的，看好你们明年夺冠。"

Master 在旁边听着，此刻问道："你们？"

"哦不对。"疯子马上改口，"我们明年肯定夺冠，不然就算你们再怎么需要我，我也不会来 MW 啊！"

"别听他吹。"可可还没走，听疯子这么说，当即打断了他的话，"这个人当初在邮箱里求着我收留他，写了万字自荐信，我看他好像无处可去了才收留的他。"

疯子笑道："可可姐，你别拆台啊，让我装一下！"

可可道："不是你自己说的适合 MW 现在的体系，并且跟 18 又是好友，还和小凯配合出色？"

疯子："那只是一部分原因，一部分原因，我是看好 MW 的整体实力！"

听他俩说话，钟晨鸣突然听出点什么："小凯要来？"

可可摇了摇头："还不知道，至少也要等他考试完之后再说，现在期末了,他像是有意向,现在有空就往战队跑。"

钟晨鸣点了点头,表示知道了,小凯是真的有天赋,如果好好培养一下,说不定就是下一个神级 ADC。

而疯子这个情况嘛,疯子就是喜欢吹牛,一分都要被他说成十分,所以他来战队到底是什么情况,钟晨鸣只能猜测是自荐入队,何况疯子还便宜,他合约到期了不用付转会费,强也挺强的,可可估计是觉得拿来养着说不定有用,就签了。

既然是自荐嘛,疯子要的价格可能还有点低,不过疯子看起来也不缺钱,估计他能去自己想去的战队就很开心了,钱这点事他也不介意。

跟可可一起吹了牛,Master 终于受不了这个比空气还烦的存在了,看向疯子,问道:"来双排?"

疯子高高兴兴地答应下来:"来啊!"

疯子双脚在地上一蹬,"嗖"一下滑回了他自己的位置。这个人来了没有一个小时,就把训练室当成自己家一样,玩得也是嗨,Master 不由又多看了他一眼。

可可绕了个弯儿,绕过 Master 去看空气。可可带人来的时候空气就十分懂事,关了麦跟摄像头,没有把转会的事泄露出去。

虽然空气平时看起来不靠谱,但关键时候,还是很谨言慎行的,不然也不能在 MW 坐上队长这个位置。

确定了空气没有开麦没有开摄像头,可可就跟空气吐槽:"新队员是没看到 Master 眼里的杀气?"

空气有点蒙:"Master 眼里有杀气?"

可可:"……"

空气:"Master 很喜欢这个辅助吧,我还是第一次看到他主动跟人双排。"

Master:"我就坐你们旁边……你们真当我听不到吗?"

空气无所谓:"你听到了啊,听到了又怎么样?"

Master:"……"

空气:"可可姐扣他工资,他攻击队长!"

Master:"滚,我就是好奇这个新辅助的实力,试试。"

可可小声补上一句:"越解释越觉得有问题。"

Master 无奈:"那算了我不说话了。"

疯子看 Master 一直没拉他,提醒道:"兄弟你拉我啊,我 ID 都给你说了。"

Master 拉了疯子进来,两人开始双排,这下可可也不说话了,Master 觉得清净了不少,然后反思了一下自己的行为。

反省了一个选英雄的时间,最后他承认,他真的就是想看看新队员的实力而已,并没有其他想法!

钟晨鸣有点好奇这两个人双排,游戏也不打了,空气也挂着直播混时间,看 Master 双排,他对这个新辅助一见如故,感觉挺好的,估计合得来,此刻就来了兴趣,何况疯子在之前的夏季赛表现也很不错。

排位开始,Master 选了皇子,疯子拿出了他的拿手英雄锤石。

锤石这个英雄几乎是每个辅助的招牌英雄,这是一个可游走可开团,还能很好地配合队友 GANK 以及保护队友的辅助,可以说很全能,这也是他稳坐辅助一哥的原因,疯子拿出这个英雄来,看来这把是想很认真地打。

Master 的皇子也不错,一向是要么节奏带得飞起,要么玩崩对面野区,胜率挺高的,但是这一把跟疯子双排,Master 发现他竟然可以躺着玩。

疯子是个排位套路型选手,开场去对面野区做了眼,算计着时间补眼位,看时机差不多了,他就招呼 Master:"来来来,来三狼,有肉吃。"

既然是自己队友说的,Master 自然就去了。疯子的眼位本来是看不到三狼位置的,但是他就跟开了透视挂一样,手中钩子一挥,愣是在一片黑色的三狼区域钩出一个打野来,配合着灯笼带着 Master 去了三狼坑里。

对面打野是个螳螂,看到两个人来抓他,第一反应就是想跑,等锤石钩子的控制时间一过,它背后的双翅微微振动,立刻跃起,想要跳向墙的另外一边。

疯子自然知道螳螂会跑,连逃跑路线用什么技能疯子都给他算计好了,锤石手中的绿色镰刀轻轻一挥,就把振翅欲飞的紫色螳螂从空中给刮了下来,打断了螳螂的位移技能。

螳螂的位移技能有个动作,就是飞起来落下去,整个动作时间不足一秒,疯子能把这个位移技能打断，反应跟预判一个都不差。虽然这个也算是高分段的正常操作，但观看的几个人还是很给他面子，一起说："666！"

疯子听到队友喊"6"，笑起来，打了螳螂一套伤害，螳螂这次交闪现准备跑，Master的位移技能就是留给他的，立刻追了上去，收掉了螳螂人头。

这个时候对面的支援才姗姗来迟，疯子就是算好了他们在这个地方击杀螳螂对面来不及支援，这才放心抓人。

对面下路跟中单都来了，他们这边的中单跟ADC也赶过来支援，当然，他们这边的支援肯定要慢了一些，Master跟疯子在野区花式躲了躲技能，又配合着闪现过来支援的ADC杀了对面中单，他们的中单才到，看到没有肉吃，对面辅助ADC也撤了，中单又回去了。

"可惜。"疯子突然发出一声感叹来，"如果我们中单是18，对面中单就不用死了？"

Master操作着鼠标键盘，出声问道："为什么？"

可可跟空气也看向疯子，这是什么道理？

疯子笑了笑："嘿嘿，如果我们这边是18，对面中单肯定被压着打，被压着打怎么过来支援，不过来支援我们怎么收人头？"

这样一想……好像也没问题？

可可："我们的新同志骨骼好像有点清奇。"

空气："没毛病，我看好这位选手！"

双排了一把，Master也摸到了疯子的套路，跟着疯子双排打RANK，他发现他竟然不用思考，跟着疯子走就是了，反正疯子会带领他大杀特杀，一个辅助加一个打野就能把对面游爆（游走支援导致对方爆炸）。

"可以。"Master十分高冷地给出了自己的评价。

疯子笑道："兄弟你的打野也是可以的，来来来继续！"

这次就换疯子主动拉Master。

"不了。"Master拒绝了疯子的邀请，"你这样保姆式的打法，我怕我成傻子。"

疯子笑容僵了一下，随后又笑了起来："那你来带我躺，我不来了，选个星妈在下路看你玩。"

这样说这个人应该还会另外一种玩法，Master又接受了疯子的邀请。

疯子果然选了个奶妈，安安心心地待在下路，认认真真做着他的保姆。

虽然疯子的锤石厉害，但并不代表他其他的英雄就弱了，就算用个奶妈，疯子都能压得对面生活不能自理，这次他全程安安静静地看 Master 表演，等 Master 带他赢。

说是带他赢也不完全对，毕竟下路优势是疯子建立的，甚至多次危急时刻，都是疯子一口奶给奶上来的，这个人的奶妈急救能力很可怕，大局观也厉害，在疯子的奶妈保护下，可谓是舒舒服服赢下了这场比赛。

空气在旁边吐槽："更像保姆了。"

可可："我觉得赚了。"

空气看可可，明白了什么似的小声问："多少签的？"

可可拿出手机给空气看了一个数字，空气看得眼珠子差点掉了出来："这个价格，你也不怕被告？"

可可："他自己要求的，我肯定会给他放宽点。"

辅助在 LOL 职业联赛里面其实是最贵的位置，因为一个队伍的辅助往往还是战术核心，担任着团队指挥的位置，可可开的这个价格，那何止是赚了，这个人怕就是白送的。

这把打完之后，Master 似乎觉得还可以，继续跟疯子双排。

主要那种以为自己已经死了，突然从天而降一口奶，拉回血线的感觉太爽了！而且冲进冲出，发现自己血线竟然还很健康，会有一种自己已经无敌的错觉。

于是 Master 道："奶妈？"

疯子："可以可以。"

虽然平时疯子看起来比空气还不着调，ID 看起来也不好惹，脾气却十分好，什么事都好商量，这也是可可会签他的一个原因。

双排了几把，到了吃饭时间，Master 先喊了钟晨鸣，疯子一听也凑上去："走走走，一起啊。"

钟晨鸣这把还没打完，Master 就道："你先去吃。"

疯子正想说什么，Master 又补了一句："我看完这把。"

疯子看看他俩，没再说话，就道："行吧。"

可可拍了一把空气，说道："队长快带新队友去熟悉食堂。"

"走吧。"空气在看韩国前段时间的比赛，可可喊他他就先暂停了，带疯子去吃饭。

路上，空气给疯子说道："冯野那人就那样，看起来冷淡，其实人挺好的。"

"冷淡？"疯子挑了挑眉。

空气点头："他冷是出了名的，你这都不知道？"

"没有没有。"疯子摇摇头，笑了笑，没说话，不过刚才Master跟他解释那句为什么不一起去吃饭，他是觉得挺意外的，他印象中Master这个人不应该解释才对，不吃就不吃，让你一个人去吃就让你一个人去吃，没有那么多废话。

Master这个人话不多，但冷淡，还是谈不上吧，疯子想着之前看的直播，看来Master这个冷淡是看人的。

疯子就这样在MW基地留了下来，他在MW基地好像也没什么不习惯的，第一天就完美融入，第二天已经约着跟刚回来的田螺双排，不过田螺要直播，现在还没到公布转会的时间，他们双排也没打几局，算是认识之后就没打了。

整个基地就疯子一个人不用补直播，现在正式训练没开始，教练组也没定下来，连训练任务都没有，他应该很闲才对。但他还是整天都扎在游戏里面，没有训练任务也要自己练，这让大家对这个新队友的接受度高了很多，努力的人总是让人喜欢。

这个时候，他们的上单终于定了下来，可可把UNG的替补上单Glock买过来了。

Glock，周阅，出身于NGG青训，在NGG打了一年替补上单，没什么上场机会，后来转会到UNG，继续看饮水机（做替补）。这个人虽然一直没有打过首发，人气却莫名其妙很高，每次出场都是临危救主，救完大家就当没有这个人一样，放置到一边，继续该怎么打就怎么打。

钟晨鸣知道这个人，万年饮水机选手，打法不激进，偏向稳健，属于蓝领上单，就是指给团队打辅助的功能型上单，不需要他carry，只需要他做好分内的事，让队友carry就行。

这点Glock还是做得很好，他甚至在抗压这件事上，已经算是做到了出神入化的地步，每次都是"你强任你强，我自补兵岿然不动"，就算对上顶级上单，也极少被单杀，就是他也极少单杀对面就是了，即使对面是公认的菜。

这样的上单少了点锐气，一旦有天分好点的上单出现，就极容易被取代。

等 Glock 正式过来报到，他们老板大手一挥，直接出钱让他们去韩国集训五天。为了让战队有所起色，老板这次也是下血本了，给他们联系了几个韩国战队打训练赛。Glock 刚刚踏进基地的大门，行李都还没放下，就被拉上了飞机。

他们几个人都有签证，就钟晨鸣麻烦点，不过老板一早就做好了让他们去韩国集训的准备，钟晨鸣刚来战队就开始给他办签证，现在也办了下来。

可可把他们风风火火赶上了飞机，让他们带着鼠标键盘走就行，其他的那边都准备好了。

钟晨鸣一路上都很淡定，倒是 Master 一直关注着他，前一天晚上还给他说了一些注意事项，气温、饮食之类的，他一边点头一边笑着看 Master。Master 说一半就不说了，看着钟晨鸣："怎么了？"

钟晨鸣道："没事，感觉你话越来越多了。"

"M · 话越来越多 · aster"同志感觉自己的一片关心都喂了狗，想说又怕被嫌弃，结果第二天还是在行李箱里多装了一件厚毛衣又塞了件羽绒服。

韩国那边要比上海冷一些，何况他们在上海基本不出门，基地有地暖，穿短袖都没问题，到了韩国住酒店，天天都要出门，保暖装备还是必须的。

韩国那边是战队安排的酒店，依旧是标间，钟晨鸣还是跟 Master 一间，到了酒店，第一天稍作休息之后，就有车接他们去 LA 战队打训练赛。

LA 战队，在韩国也算是前三的战队，他们老板以人脉加钱借了间 LA 的训练室，接下来他们就将在这里度过集训的五天，每天上午过来，晚上回去酒店。

临出门，Master 准备让钟晨鸣多穿点衣服，话还没说出口，就见钟晨鸣自己从行李箱里面摸了一堆衣服出来。

来了 MW，钟晨鸣也不用担心九块九能不能买到羽绒服了，反正有队服，他们还发了羽绒服，连行李箱跟背包都是 MW 标配，印着 MW 的 logo，就是他们新队员还没有这个定制版的。

可可知道钟晨鸣属于那种有得穿就不会买衣服的类型，能穿的衣服少

-309-

得可怜，发衣服的时候还多照顾了一下他，从周边商城那边要了几件队服过来，完美解决了衣服的问题。

现在韩国这边零摄氏度左右，钟晨鸣临出门的时候才想起自己并没有毛衣，之前都是靠 Master 的羽绒服支撑着，而且上海现在的天气一件羽绒服搭卫衣足够了，就只能把自己能带的队服都带走了。

要出门，钟晨鸣的装备就是战队卫衣加两件队服，然后套羽绒服。

Master 看他这个装备有些好笑，还是把自己带的毛衣拿了出来，扔给钟晨鸣："穿上吧。"

钟晨鸣接过去，看 Master："我穿了你穿什么？"

Master 给他看了一眼自己羽绒服里面，他穿的同款不同色的厚毛衣，说道："给你带的。"

钟晨鸣笑了笑，开始换衣服："谢啦。"

Master 在旁边等着，问道："你没有厚毛衣怎么也不说一声？之前给你看了这边的天气吧。"

"忘记了，其实我这样穿不会冷。"钟晨鸣说是这样说，还是套上了毛衣，"昨天研究卡萨丁去了，这个赛季很强，这次全明星赛你也看到了，肯定要练的一个英雄，我玩得还不行。"

"我觉得你卡萨丁可以的。"Master 看着钟晨鸣穿羽绒服，"等会儿你要跟 Kiel 对线，可以用他练一练。"

"第一天就打 LA 吗？这么刺激？"钟晨鸣虽然这么说着，语气却有些兴奋。

Master 看到他说 Kiel 那一瞬间，钟晨鸣眼里突然出现了不一样的光彩，那是带着战意的眼神。

"你好像很期待？"

钟晨鸣提着鼠标键盘准备出门，闻言露出一个笑容来："我肯定想在训练赛打爆他，那是 Kiel，每个中单都以单杀 Kiel 为荣。"

就跟曾经大家都以单杀晨光为荣一样。

钟晨鸣握紧了自己的鼠标键盘，他的荣耀，他会再次拿回来！

- 第二册 完 -